KB113480

나의 까칠한 지니

초판 1쇄 찍은 날 | 2014년 6월 19일
초판 1쇄 펴낸 날 | 2014년 6월 25일

지은이 | 화연 윤희수
펴낸이 | 예경원

편집 | 유경화

펴낸곳 | 예원북스
등록번호 | 제396-2012-000132호
등록일자 | 2012. 7. 25
YRN | 제1-0069호

주소 | 경기도 고양시 일산동구 무궁화로 8-28 삼성메르헨하우스 712호 (우) 410-837
전화 | 031-819-9431 팩스 | 031-817-9432
http://cafe.naver.com/yewonromance
E-mail | yewonbooks@naver.com

ISBN 979-11-5630-100-4 03810

화연 윤희수
장편 소설

나의 까칠한 지니

YEWONBOOKS ROMANCE STORY

||||| 목차 |||||

프롤로그

MYU방송국 시사교양 2팀의 마지막 촬영이 끝났다. 아직 방송이 남았지만 그동안의 노고도 풀고 기분도 낼 겸 고지니 팀장이 직접 나서 회식 자리를 마련했다. 오랜만에 갖는 마음 편한 회식이라 주거니 받거니 한창 흥이 달아올랐다. 그 와중에 단 한 사람. 회식이 회식처럼 느껴지지 않아 전혀 즐겁지 않은 인물이 있었다.

가장 구석자리 사람들의 시선조차 닿지 않는 외진 곳에서 혼자 잔을 기울이던 하라의 입이 불퉁하게 튀어나왔다. 그녀의 불만 가득한 시선이 메인 자리에 앉아 고혹적인 미소를 짓고 있는 고지니 팀장에게로 향했다. 팀 회식이라고 수고했다고 다른 사람은 다 치하하며 잔술을 따라주면서 하라만 쏙 빼버렸다. 투덜거리며 벗어 던진 신발이 발밑에서 아무렇게나 나뒹굴었다. 늘 있는 일이었지만, 술이 들어가니 불만이 밖으로 툭 튀어나왔다.

하라가 마시던 맥주병을 들고 천천히 자리에서 일어섰다. 그리곤 곧장 고지니 팀장을 향해 걸어갔다.

맥주잔을 입으로 가져가다 말고 지니는 제 앞에 선 하라를 멀뚱히 올려 보았다. 신발은 또 어디다 벗어 던진 건지 맨발로 테이블 위에 올라선 하라는 이미 술에 흥건히 취한 상태였다. 맥주병을 든 하라가 눈을 한껏 내려뜨고 눈썹을 들썩거렸다. 뭔가 불만이 가득한 얼굴이었다. 하라를 올려 보는 지니의 미간이 좁아졌다.

"뭐지?"

그가 건조하게 묻자 하라가 콧방귀를 뀌며 그의 말을 따라 했다.

"뭐지? 뭐긴 뭐야? 사람이지?"

혀만 꼬인 게 아니라 말도 꼬여 있었다. 투계판의 쌈닭처럼 하라가 씩씩거리며 발동을 걸고 있었다. 마주한 둘의 눈에서 불꽃이 튀었다. 평소라면 감히 눈도 마주치지 못할 만큼 머나먼 위치에 있는 그였다.

하지만 술이 한 잔, 두 잔 들어갈수록 하라가 느끼는 거리는 점점 가까워졌다. 그리고 거나하게 취한 지금은 위아래도 구분 못할 정도가 되어 있었다.

"아이고, 우리 막내가 술이 많이 됐네. 우쭈쭈, 술은 앉아서 마시는 거지 서서 마시는 거 아니다. 앉아. 앉아서 마시자고."

옆자리에 앉아 있던 김 작가가 하라를 붙잡아 끌어당기며 너스레를 떨었다. 힐끔힐끔. 지니의 눈치를 살피며 자신을 억지로 끌어 내리려는 김 작가의 손을 하라가 찰싹찰싹 야무지게 때렸다.

"놔요. 나 할 말 있다고. 이씨. 이거 놔."

"아야! 야. 홍! 너 진짜 정신 안 차리냐?"

김 작가가 잇소리를 내며 하라를 윽박질러 보지만 하라는 막무가내였다. 기어이 김 작가의 손을 떨쳐 낸 하라가 테이블 위 걸리적거리는 것들을 발로 밀쳐 내고 철퍼덕 지니 앞에 자리를 잡고 앉았다. 그리곤 맥주병을 지니의 면전에 척하니 내밀었다.

"저랑도 건배하셔야죠."

"……."

"왜요. 막내 VJ는 인간도 아니니까 상종도 하지 말자 뭐 이런 겁니까? 그래서 저어기 끝 구석에 처박아두고 투명인간 취급하신 겁니까?"

지니의 무미건조한 시선이 하라기 손끝으로 가리킨 문 옆 어두운 구석 자리에 닿았다. 훑다시피 슬쩍 바라보고 다시 하라를 지시한 지니가 제 잔을 내밀었다. 그 잔을 가늘게 쏘아보던 하라가 입을 샐쭉이 내밀며 못 이긴 척 병을 부딪치려 손을 조금 더 뻗었다.

하지만 하라가 바라던 쨍 소리는 나지 않았다. 지니의 잔은 원래의 위치에서 약간 어긋나 있었다. 술에 취해 거리를 잘못 가늠한 건가 하며 머리를 흔들어 정신을 깨운 하라가 다시 병을 내밀었다. 잔이 또다시 이동했다. 이번에는 하라의 눈에도 잔의 움직임이 확실히 보였다.

"어라라?"

하라의 손끝이 잔이 움직이는 경로를 따라 이동했다. 지니의 길고 고운 손에 들린 잔은 그의 손을 떠나 슬로모션으로 바닥에 곤두박질쳤다. 카펫이 깔린 바닥에 둔탁하게 떨어져 맥주를 쏟아내는 잔을 멍하니 바라보던 하라가 시선을 올려 지니를 쳐다보았다.

그가 손가락을 까닥거렸다. 그에 고개를 갸웃 기울인 하라가 손에 술병을 든 채로 지니의 얼굴 가까이 다가갔다. 슬그머니 다가선 하라의 귀를 그가 사정없이 잡아당겼다. 귀에 입술을 가져간 지니가 시니컬하게 말했다.

"몰랐나? 신입은 원래 사람이 아니다. 난 사람이 아닌 것과는 술을 마시지 않는다. 그러니까, 나와 술이 마시고 싶거든 기어서든, 달려서든, 날아서든 기를 써서라도 사람이 되려고 노력해야 돼."

"사람이 아니면 뭐랍니까?"

"그건 네가 알아서 생각해야지. 그것까지 알려줘야 돼?"

지니가 귀를 놓고 물러서자, 빨갛게 변한 귀를 문지르며 하라가 눈을 게슴츠레하게 떴다. 귀찮음이 역력한 몸짓으로 손을 내저으며 지니가 소파에 등을 기댔다. 그런 지니 앞으로 서연주 리포터가 냉큼 맥주를 가득 채운 새 잔을 내밀었다. 그 잔을 받아 든 지니가 기품 있는 몸짓으로 잔을 기울여 맥주를 머금었다.

기막혀 벌어지는 하라의 입을 서늘하게 쳐다보며 지니가 텅 빈 잔을 테이블 위에 내려놓았다.

"벌레처럼 기고, 개미처럼 부지런히 달리고, 벌처럼 미친 듯이 날아서 기어이 사람의 반열에 오르면 그때서야 마주 술잔을 기울일 수 있다?"

터무니없는 소리다 불퉁하게 말하는 하라를 직시하며 그가 보란 듯 거만하게 다리를 꼬았다.

"됐습니다. 그냥 독주(獨酒)에 취미 붙이렵니다. 제가 보기엔 팀장님도 그다지 사람처럼은 보이지 않으니까 패스."

당차게 손을 가로 그으며 병나발을 부는 하라를 모두들 경악스럽게 쳐다보았다. 다시 하라를 말리려 나서는 김 작가를 지니가 손짓으로 제지시켰다. 그리곤 계속해 보란 듯이 하라를 향해 고개를 끄덕였다. 입술에 묻은 맥주를 손등으로 쓸어낸 하라가 몸을 옆으로 흔들며 주저리주저리 말을 이어나갔다.

"제가요. 여기 MYU에 오려고 정말 죽을힘을 다해 기를 쓰고 노력했거든요? 방송인 타이틀? 노노. 바로! 댁 때문에."

"······댁?"

"네! 고지니 저널리스트. 모든 VJ들의 꿈과 희망. 당신이 내 롤모델이었단 말입니다. 여기. MYU에 와서 당신의 실체를 보기 전까진 딱 그랬다고요."

"내 실체가 뭔데?"

지니의 목소리가 낮게 가라앉았다. 고저 없는 시니컬한 목소리. 시리게 차가운 냉정한 눈빛. 입가에 머문 비릿한 실소. 그의 표정 변화에 민감하게 반응하며 간만의 회식에 여태 웃고 떠들던 이들이 일시에 숨을 죽였다. 딱 한 사람, 술에 취해 사리분별이 어려워진 하라만이 분위기 파악 못하고 계속 주절거렸다.

"잔인한 독사. 메두사보다 더 악독한 눈빛을 가진 냉혈한. 또······."

"아이고. 술을 마셨으면 안주도 먹어야지."

벌떡 자리에서 일어선 김 작가가 손에 잡히는 대로 과일 안주를 집어 냉큼 하라의 입에 쑤셔 넣었다. 직원들 사이에서 은밀하게 떠도는 지니의 별명을 거침없이 뱉어내는 하라의 무개념에 직원들이 화들짝 놀랐다.

반항하며 허우적거리는 하라를 주변에 있던 다른 직원들이 붙잡아 서둘러 구석 자리로 끌어 내렸다. 표정 변화 없이 정면을 주시하던 지니의 미간이 미세하게 꿈틀거렸다.

"독사에 냉혈한이라. 그렇습니까?"

"네?"

"제가 메두사보다 탁월한 눈빛의 소유자입니까?"

"아이고, 무슨 그런 말도 안 되는 소리를! 세상에 이렇게 유한 눈빛도 찾아보기 힘들 겁니다. 팀장님의 영롱한 눈동자는 정말 순수의 결정체입니다."

아부 근성이 남다른 나 PD가 나서서 손까지 크게 내저으며 능청을 떨었다. 모두가 동조의 눈빛을 보이는 가운데 지니가 손을 뻗어 입에 들어온 과일을 우적우적 씹어 삼키는 하라를 가리켰다.

"그런데 저 조무래기 신입의 입에선 왜 그런 말이 나온 걸까요? 대체 어디서 무엇을 들었기에."

"그, 그러게 말입니다."

눈도 마주치지 못하고 눈치만 살피는 나 PD를 무시하며 지니가 자리에서 벌떡 일어섰다.

"오늘 회식은 이걸로 끝내죠. 내일 또 새벽부터 달리려면. 이런 벌써 오늘이네요. 세 시간 뒤에 다시 만납시다. 그럼."

지니의 말에 모두들 급하게 시간을 확인했다. 새벽 1시 45분. 세 시간 뒤라면 5시도 되지 않는 시간이었다. 평소 같으면 당연히 받아들여질 그것이 오늘은 왠지 부당하다는 생각이 들었다. 이건 지극히 지니의 개인적인 감정이 섞여서 나온 말이라고밖에 생각

되지 않았다.

회식 전에 지니가 분명, 모처럼의 회식이니 내일은 정상 출근하도록 하자 그렇게 말했었다. 그가 말하는 정상 출근이란 보통의 회사 직원들에게 허용되는 오전 9시. 그건 케이블 방송국 MYU 시사교양 2팀에겐 생일과도 같은 경축일이었다. 1년에 한 번 있을까 말까 한.

그게 순식간에 엎어졌다. 그것도 새파란 햇병아리 VJ 덕분에. 지니가 문을 열고 나서는 모습을 허망하게 바라보던 직원들의 시선이 일제히 원망을 담아 비몽사몽 흐느적거리고 있는 하라에게 쏠렸다. 얼굴을 꿰뚫을 듯 강렬하게 쏟아진 눈빛에 하라가 멍하니 고개를 돌려 직원들을 바라보았다.

"왜요?"

"저거 끌어내서 조져 버려."

나 PD가 이를 빠득 갈며 하라의 직속 사수 정태에게 지시했다. 안 그래도 골칫덩어리 사고뭉치 하라의 주정 때문에 머리를 싸매고 끙끙거리고 있던 정태가 억눌린 한숨을 내쉬며 고개를 끄덕였다.

"네. 확실하게 조져 놓겠습니다."

저를 죽일 듯 쏘아보는 정태를 멀뚱히 돌아보곤 하라가 배시시 웃었다. 그런 둘을 두고 직원들이 하나둘 자리를 떴다. 벌떡 자리를 박차고 일어선 정태가 하라의 뒷덜미를 잡아 일으켜 세웠다.

"내가 전생에 무슨 잘못을 저질렀기에 이런 사고뭉치를 떠안았는지. 학교 후배고 뭐고 오늘 너 아주 제대로 혼 좀 나보자."

"캑캑. 목 졸려."

"단두대에 올려 싹둑 자르지 않은 걸 다행으로 알아!"

"아, 세상이 막 흔들려. 선배, 나 쏠려."

하라를 끌고 밖으로 나온 정태가 훈계를 하기 위해 그녀를 벽에 몰아붙이고 앞에 버티고 섰다.

"야, 너 고지니 팀장이 어떤 사람인 줄 몰라서 거기서 그 난리를 치냐? 뒤끝 완전 작렬이라고 내가 말했어 안 했어. 비위 잘 맞추고 알아서 기라고 그렇게 누누이 말했는데. 너, 진짜 이럴 거야?"

"좋아했는데……."

"뭐?"

"선배도 동경했잖아. 모든 VJ들의 선구자라고. 모든 역경과 괄시를 이겨내고 자신의 자리를 개척한 사람이라고."

"후우. 그래서 내가 말했잖아. 동경과 현실은 다른 거라고."

"그래도, 어떻게 신입과는 말도 안 섞을 수가 있어? 인사도 안 받아주더라? 이게 참된 선구자의 본보기냐고."

"그것도 내가 귀에 딱지가 앉도록 말했지. 네 능력 인정받을 수 있을 때까진 죽었다 하고 미친 듯이 일하라고. 고지니 팀장은 능력으로 사람을 평가해. 그리고 그게 내가 지금 발 담그고 있는 이 바닥의 현실이야."

현실을 직시하라 일장연설을 펼치는 정태를 물끄러미 바라보며 하라가 입을 불퉁하게 내밀었다. 아는데. 알고는 있는데 오늘따라 그동안 참아왔던 서러움이 폭발을 하고 말았다.

"회식이잖아. 모두가 즐거워야 되잖아. 그런데 나만 우울해. 나만 사람 취급을 안 해줘."

"야, 나도 술 한 잔 못 받았어. 무슨 헛소리야. 정신 차리고. 에휴."

화를 내다 안쓰러움에 정태가 하라의 어깨를 두드렸다. 자신도 그런 시절을 겪었기에 하라의 서러움을 잘 알고 있었다. 다정히 다독이는 정태의 손길에 하라가 몸을 들썩였다.

"욱. 우욱."

"뭐, 뭐야."

"우우욱!"

하라의 예고 없는 되새김질에 당황한 정태가 펄쩍 뛰며 급히 몸을 뒤로 물렸다. 그와 동시에 하라가 조금 전 삼켰던 것들을 다시 입 밖으로 게워냈다.

"아우. 새끼. 더럽게. 그러게 작작 좀 먹으라니까."

거북한 속을 게워내고 시원했던지 고개를 든 하라가 배시시 웃으며 손등으로 입가를 훔쳤다. 그를 꺼림칙하게 보던 정태가 진저리를 치며 혀를 찼다.

"있어. 술 깨는 약 사올 테니까."

"오우케이."

대리기사를 기다리고 있던 지니가 저만치서 그 모습을 보고 있다가 인상을 팍 구겼다.

"가지가지 한다."

고개를 살래살래 흔들며 도로로 시선을 옮긴 채 품에서 담배를 꺼내 물고 라이터를 찾아 주머니를 뒤적이던 지니의 얼굴 앞으로 낯선 손 하나가 불쑥 다가왔다. 그 손이 발칙하게도 지니의 입에 물린 담배를 뺏어갔다.

하아. 요즘은 담배도 갈취하나? 미간을 잔뜩 찌푸린 지니가 고개를 돌려 담배를 빼간 손의 주인을 쳐다봤다. 그리곤 저도 모르게 흠칫거렸다. 홍하라였다. 3미터가 넘는 거리를 주온 저리 가라의 속도로 다가왔다. 무섭기도 그와 흡사해서 하마터면 심장 마비에 걸릴 뻔했다.

"뭐, 뭐야."

거리가 어두워 얼굴을 자세히 보지 못했는데 바로 앞에서 바라본 아라의 얼굴은 판다를 닮아 있었다. 시커먼 두 눈덩이에서 흘러내린 검은 물줄기가 세로로 흔적을 남긴 참담한 몰골로 하라가 지니를 향해 배시시 웃음을 흘렸다. 그 끔찍함에 지니가 낮은 신음을 흘렸다.

"담배는 몸에 해롭습니다, 팀장님."

"그걸 모르는 흡연자가 어디 있어. 이리 내."

"에이, 알면서 하는 게 더 나쁜 겁니다, 티임자앙님."

"술이 많이 된 것 같은데 일찍 들어가지."

담배를 돌려받기는 글렀다 생각하며 하라에게서 몸을 돌린 지니가 다시 담배를 꺼내 물었다. 그 담배를 하라가 또 낚아채 갔다.

"야!"

지니가 버럭 고함을 질렀다. 귀청이 떨어져 나갈 것 같은 목소리에도 하라는 꿈쩍도 않고 담배를 2등분으로 똑 부러트렸다. 그리곤 뭐가 그리 좋은지 실실거렸다. 눈에 쌍심지를 켠 지니가 거칠게 하라의 어깨를 잡아 제 쪽으로 돌려세웠다. 지니의 사나운 시선과 마주치자 하라가 겁도 없이 히죽거렸다.

"이봐, 신입. 이 정도 봐줬으면 아주 잘 봐준 것 같은데. 그만 정신 좀 차리지."

"에이, 이왕 봐준 거 이것도 좀 봐주십시오."

"뭘 더……."

서슴없이 손을 뻗어 지니의 얼굴을 잡은 하라가 발을 돋웠다. 그리곤 입을 쭉 내밀어 지니의 입술에 입을 맞췄다. 하라의 어깨를 잡은 지니의 손에 불끈 힘이 들어갔다. 움찔. 하라의 미간이 찌푸려지며 신음이 흘러나왔다.

"아…… 야."

술기운에 흐느적거리며 아래로 미끄러진 하라가 당돌하게도 지니의 가슴에 살포시 얼굴을 기댔다. 지끈. 머리가 아파왔다. 아픈 머리보다 먼저 입술에 닿은 손이 입에 묻은 잔해를 신경질적으로 거둬냈다. 손에 묻은 이물질을 확인한 지니의 입에서 잇소리가 새어 나왔다.

"젠장."

조금 전 하라가 게워냈던 것의 일부였다. 그의 손이 파르르 경련을 일으켰다. 빠득빠득 이를 가는 지니의 귀에 작게 코 고는 소리가 들렸다. 그의 차게 식은 눈이 사납게 제 가슴에 얼굴을 기대고 잠든 하라의 뒤통수에 닿았다. 바들바들 떨리는 지니의 손이 하라의 뒤통수 바로 앞에서 불끈 쥐어졌다.

때릴 듯 부들거리는 지니의 손을 길 건너에서 불안하게 지켜보던 정태가 마른침을 꿀꺽 삼켰다.

"저 처죽일 사고뭉치! 내가 저거, 저거 사고 칠 줄 알았다. 아우. 미쳐. 이제 어떡하냐! 이 망할 놈아!"

입사 일주일. 오매불망 자신의 롤 모델인 고지니를 부르짖으며 발바닥에 땀나도록 열심히 뛰어다녀 쟁취한 MYU 시사교양 2팀의 입사였다. 하지만 한 팀이 되고서도 그는 멀고 먼 곳에 있는 고느님이었으며, 신입은 인간 취급도 하지 않는 냉혹한 팀장이었다. 한 번만. 단 한 번만 그의 눈길을 받고 싶다던 소망이 오늘 드디어 대형 사고를 내고 말았다.

정작 술에 취해 꿈인지 현실인지 분간 못하는 홍하라만 모르는.

"좋아. 소원대로 해주지. 아주 철저하게 관리해 주겠어, 신입."

시니컬한 미소를 짓고 있는 지니의 눈빛이 섬뜩하게 번뜩였다.

1. Welcome to the hell

잠자리가 무척 불편했다. 머리도 지끈거리는 것 같고 속도 거북했다. 뒤척거리던 하라가 부스스 머리를 긁적이며 실눈을 떴다. 팅팅 부어 잘 떠지지 않는 눈을 억지로 밀어 올리느라 눈썹이 일그러졌다.

"……여기가 어디래?"

익숙하면서 낯선 공간이었다. 한 가지 확실한 건 여기는 자신의 침실이 아니라는 것이었다. 사방을 이리저리 휘둘러보던 하라가 깊은 한숨과 함께 기지개를 활짝 켜며 자리에서 벌떡 일어나 앉았다.

"퇴근을 회사 숙직실로 했구만."

어쩌다 보니 여자 숙직실 침대 하나를 차지하고 누웠다. 어제 회식에서 과음을 했던 모양이다. 자신이 왜 여기 누워 있는지 모를 정도로 필름이 끊겼던 걸 보면. 하라는 지끈거리는 머리를 한 손으로 꽉 누른 채 침대 밖으로 나가기 위해 몸을 움직였다. 그러다 손끝에 닿는 딱딱하고 차가운 느낌에 베개맡으로 시선을 옮겼다.

"어라? 이게 뭐지?"

숙취 해소제 하나와 메모지가 놓여 있었다. 우선 타고 울렁거리는 속을 달래려 숙취 해소제를 따서 단숨에 들이켠 뒤 메모지를 읽었다.

—이 원수야! 이거 먹고 그냥 콱 뒈져 버려! 아니다. 이거 안 먹고도 아마 뒈지고 싶을 거다. 어제 네가 저지른 엄청난 사건이 떠오르면 정말 창피해 죽고 싶을 테니까. 그래도 꼭 살고 싶거든. 절대 기억 안 난다고 낯짝에 철판 단단히 두르고 나와. 팀장이 이 빠득빠득 갈면서 너 벼르고 있으니까.

"뭔 소리야?"

메모지를 건성으로 보며 고개를 갸웃한 하라가 다 마신 해소제와 메모지를 휴지통에 던지고 일어섰다. 글씨로 보아 정태가 휘갈겨 놓은 것 같은데 당최 의미를 알 수 없는 저주만 한가득이었다. 평소에도 잔소리가 워낙 심한 터라 그냥 무시하고 넘어가기로 했다.

흐느적흐느적 문으로 걸어가 손잡이를 잡아 비틀던 하라의 머릿속에 이상한 영상 하나가 스치고 지나갔다. 맥주잔을 든 채 기막힌 표정으로 자신을 올려다보고 있는 고지니 팀장의 얼굴이었다. 노이즈가 심한 영상처럼 지지직거리며 금방 사라져 버린 그것이 무엇을 의미하는지 하라는 짐작조차 하지 못했다.

"걸작이다. 이젠 걸으면서도 꿈을 꾸네."

얼굴 마주 보고 대화 나누는 게 얼마나 소망이었으면 이런 현상까지 나타나나 자신이 너무 어이없어 고개를 절레절레 흔들며 문을 열었다. 복도를 걸어 화장실로 들어선 하라는 세수를 하고 구비된 가글로 입을 헹궈냈다.

그러다 또 문득 자신이 구토하는 장면이 머릿속에 떠올랐다. 옆에서 뭐라 뭐라 떠들어대는 사수 정태의 잔소리도 들리는 것 같았다. 하라의 고개가 갸웃 기울었다.

"이상하게 속이 더부룩하다 했더니 소로 빙의됐었구나. 내가."

아랫배가 묘하게 아파 시원하게 배변까지 미치고 기분 좋게 시사교양 2팀 사무실로 들어섰다.

"좋은 아침입니다!"

상큼하게 90도 인사까지 하며 들어선 하라에게 쏟아지는 시선이 곱지 않았다. 모두들 철천지원수를 바라보는 눈빛으로 하라를 노려보며 콧김을 내뿜었다. 저마다 몰골이 퀭한 것이 어제 회식의 여파가 꽤 심한 모양이었다.

이상한 낌새를 눈치챈 하라가 슬쩍 시간을 확인했다. 오전 8시 25분. 어제 말한 정시 출근보다 35분이나 빨리 왔음에도 분위기가 살벌했다. 눈치를 살피며 분위기 파악을 해보니 이미 모두들 업무에 열중인 걸로 봐서 모두들 출근을 이르게 한 것 같았다.

'어제 메두사 고지니 팀장이 분명히 9시 정시 출근이라고 한 거 같은데 대체 몇 시부터 이러고 있는 거야. 대체 왜들 이래?'

간만의 정시 출근이다 환호성을 지르던 것과는 정반대의 분위기였다.

"좋을 뻔했지. 아주 좋아 죽을 뻔했어. 그런데 죽을 것 같은 아침이 돼버렸지. 그 누구 때문에. 그런데 그 누구는 간이 배 밖으로 나오다 못해 아예 지구 밖으로 날려 버린 모양이야. 지각을 아주 대놓고 하고도 좋아 죽겠다니 말이야. 반전도 이런 반전이 없어요."

수염도 제대로 깎지 못한 초췌한 모습으로 앉아 있던 나 PD가 쭈뼛거리며 사무실 끝 자신의 자리로 걸어가는 하라를 향해 이죽거렸다. 그 이죽거림이 자신을 향한 것임을 눈치로 알아채고도 영문을 몰라 어리둥절해하는 하라의 머리 위로 서류철 하나가 탁 소리를 내며 내려앉았다.

"아야."

"새끼 이거 완전 꼴통이네."

"아이 씨, 또 왜요."

하라의 머리를 때린 서류철을 책상 위에 던져 놓으며 정태가 옆자리에 털썩 주저앉았다. 그를 얄밉게 흘기며 하라가 볼멘소리를 했다. 그에 즉시 정태의 날카로운 눈빛이 날아들었다.

"아이 씨? 또 왜요? 지금 네 입에서 그 말이 나올 타이밍이냐?"

"그럼 지금이 무슨 타이밍인데요."

"나 죽었다 하고 석고대죄 할 때지."

소리를 지르지는 못하고 이를 꽉 깨문 채 눈을 희번덕거리는 정태를 하라가 이상하게 쳐다봤다. 대체 무슨 엄청난 잘못을 했다고 석고대죄를 한단 말인지 이해를 할 수가 없었다. 술에 취해도 절대 주정은 부리지 않는다고 철석같이 믿고 있던 하라였다. 제 술 주정은 그냥 얌전히 자는 거라고 늘 주장하고 다녔었다. 모두들 그럴 때마다 썩은 얼굴로 그녀를 어이없게 바라보긴 했지만 하라는 그에 추호도 의심을 하지 않았다. 기억이 안 나는 걸 어떡하라고.

"어휴. 이 돌대가리. 너 어제 엄청 추태 부리고 진상 떤 거 진짜 기억 안 나?"

"제가요? 에이, 설마요."

"그 설마가 아주 어제 널 잡아 잡수다 못해 온 팀원들 간을 다 졸여놨다고."

"팀원들 간을 제가 왜. 어제 전 분명히 조용히 구석에서 혼자 술잔을 기울이다가 술병으로 나발을 불다가…… 지리에서 일어나 갑갑해서 신발을 벗어 던지고…… 에, 또 화장실 갔나?"

"테이블 위로 올라갔지. 맨발의 투혼을 왜 그런 데서 펼치는지 내가 아주 미쳐 돌아가시는 줄 알았다."

양손으로 머리를 잡아 쥐고 신음을 흘리며 진저리를 떠는 정태를 멀뚱히 쳐다보던 하라는 불현듯 머릿속에 떠오른 맨발로 자박자박 테이블 위를 걷던 자신의 모습에 고개를 갸웃했다. 이런! 정태의 말이 맞는 모양이었다. 과일 안주와 맥주가 난무한 테이블 위를 비틀거리며 걷는 제 모습이 떠오르는 걸 보면.

"진짜 거긴 왜 올라갔지?"

다음으로 저를 올려 보던 지니의 기막힌 눈빛과 제 맨발이 오버랩되며 하라는 헉 하고 놀란 숨을 삼켰다. 그리곤 절대 그럴 리 없다 강력하게 부정하며 고개를 절레절레 흔들었다.

"아니죠? 에이, 설마 그럴 리가. 이건 꿈이야. 꿈. 어떻게 새파란 신입이 팀장이랑 맞짱을 떠?"

"네 만행의 결과. 우린 오늘 새벽 5시에 칼 출근을 했다. 뭐, 샤워하고 옷 갈아입고 올 시간은 그나마 있었어. 아주 고맙게도 네가 새벽 2시가 안 된 시간에 그 진상을 떨어줘서 말이야."

혀를 차며 팔짱을 낀 정태가 매정하게 말했다. 하라의 눈동자가 또르르, 또르르 사방을 정신 사납게 굴렀다. 이런. 망할.

"말리지 그러셨어요!"

벌떡 자리에서 일어선 하라가 눈을 부릅뜨고 정태의 옷깃을 붙잡아 흔들었다. 하극상도 이런 하극상이 없었다. 감히 하늘 같은 직속 사수의 멱살을 잡다니. 즉시, 정태의 눈에 쌍심지가 켜졌다.

"이게 아직도 술이 덜 깼나. 이거 안 놔."

하라의 손을 잡아떼 내며 정태가 그녀의 뒤통수를 휘갈겼다. 퍽하는 경쾌한 소리에 여기저기서 작은 웃음소리가 들렸다. 그것 하나만으로도 통쾌했던 모양이다. 정태의 가슴팍에 얼굴을 묻은 채로 죽은 듯 가만있는 하라의 머리 위로 정태의 억눌린 한숨이 쌓였다.

"저는 완전히 망했습니다."

풀이 한껏 죽은 목소리로 중얼거리는 하라의 뒤 머리카락을 손가락으로 쭉쭉 잡아당기며 정태가 시니컬하게 말했다.

"진짜 미친 짓은 그다음에 저질렀지."

"……."

"아는 것보다 모르는 게 나은 엄청난 일이지. 차라리 죽어도 안 떠올랐으면 싶을 거다."

머리를 번쩍 쳐든 하라가 눈을 부릅뜨고 정태의 면전에 얼굴을 바짝 들이밀었다. 좀비를 연상시키는 하라의 얼굴에 흠칫한 정태가 거친 숨을 몰아쉬며 진저리를 쳤다.

"헉. 면상 안 치우냐?"

가까이하는 것도 끔찍하다는 듯 정태가 하라의 이마를 검지로 밀어냈다. 뒤로 밀려난 하라가 눈을 깜빡거리며 콧김을 내뿜었다. 아무리 머리를 굴려봐도 구토 이후의 일이 떠오르질 않는다. 뭔가 엄청난 미친 짓을 벌인 것 같은 불안이 엄습하자 마른침이 꿀꺽 삼켜졌다. 그 이상으로 미친 짓을 벌일 대상이 있었다면 그건 단언컨대 딱 한 사람밖에 없었다. 했던 곳에 또 하는 엎친 데 덮친 경악할 짓을 벌였다는 뜻이다.

설마, 설마 아니길 바라는 간절한 눈빛으로 하라가 목소리를 낮춰 은밀히 물었다.

"거긴 아니죠?"

"네가 생각하는 거기가 내가 생각하는 거기가 맞는다면. 아마 거기가 맞을걸?"

저승사자처럼 음산하게 말하는 정태를 멀거니 바라보던 하라의 얼굴이 사색이 되었다. 거기가 어디라고 감히 거기에다 엄한 짓을 했단 말인가. 정태의 말대로 그 엄한 짓을 아는 것도 끔찍했다. 억지로 떠올릴 필요 없이 생각이 안 나면 그대로 묻어두는 게 옳을지도 몰랐다. 나 몰라로 그냥 밀어붙여 버릴까?

새파란 햇병아리 신입이 사수도 아니고 저 먼 우주의 창조주와 맞먹는다는 팀장에게 실수를 저지르다니. 이건 정말 죽고 싶어 환장한 게 아니면 할 수 없는 일이었다. 이 일을 어찌해야 하나 안절부절못하던 하라의 시선이 팀장의 자리에 딱 꽂혔다. 다행히 아직 팀장은 자리에 없었다.

하라의 브레인이 LTE 급으로 빠르게 돌아갔다. 어차피 일은 벌어졌고, 수습은 불가능했다. 이왕 이렇게 된 거 오리발을 장착하고 최대한 팀장의 눈에 띄지 않게 죽은 듯 숨어 다니는 수밖에 달리 방법이 없다.

"선배!"

"에잇. 뭐야. 귀청 떨어지겠네. 왜!"

"오늘부터 전 미스트처럼 살겠습니다."

"자식아, 미스트도 눈에 보이거든?"

"눈에 보이되 정체가 없는 무생물처럼 살겠습니다. 일은 해야 하니까요."

"하여튼 입은 살아가지고. 어제 네가 한 일 팀장님이랑 나만 알아. 내가 알고 있다는 거 팀장님은 모르고 계시고. 그러니까 팀장님이 내색 안 하면 절대 먼저 아는 척 굴지 마. 알아도 모르는 거야. 넌 만신창으로 취해서 전혀 기억 못 하는 거다. 알겠지? 되도록 눈에 안 띄게 초스피드로 움직이고. 알았어?"

"아, 그래요?"

"명심해. 알아 좋은 일 아니니까 절대 아는 척 굴면 안 돼."

"옙. 그럼 저는 일단 필름 모니터하러 출동하겠습니다."

벌떡 자리에서 일어나 거수경례를 하는 하라에게 귀찮다는 듯 손을 내저으며 정태가 의자를 돌려 바로 앉았다. 그런 정태를 두고 냉큼 돌아서며 하라가 숨을 후 내뱉었다. 서로 모른 척이 상책이라니 대체 무슨 일일까 궁금하긴 했지만 얼른 궁금증을 접었다.

주변의 따가운 눈총에 어색한 손짓으로 미안함을 대신하며 굽실굽실 출입문을 빠져나가려던 하라의 얼굴이 들어서려던 누군가와 가벼운 접촉 사고를 일으켰다.

"어이쿠. 죄송합니다."

고개를 숙인 채 그대로 지나치려던 하라의 목을 단단한 팔이 잽싸게 휘감았다. 컥 소리를 내며 하라가 제 의도와 상관없이 뒷걸음질을 쳤다. 다시 사무실 안으로 들어온 하라의 몸이 앞으로 돌려졌다.

아주 자연스레 제 어깨에 척하니 올라온 낯선 손을 하라가 멀뚱히 쳐다봤다. 그 손 참 곱디곱다. 그런데 또 남자답게 힘줄이 돋은 게 무척 섹시하게 보였다. 하라가 알기로 팀 내에 이런 매력적인 손을 가진 사람은 딱 하나였다. 그녀의 고개가 스르르 좌로 돌아갔다. 그리고 보았다. 무심한 표정으로 서 있는 나이스한 페이스의 소유자를.

"헙."

헛바람 삼키는 소리가 절로 나왔다. 잔뜩 주눅 든 얼굴로 그를 올려 보는 하라를 지니가 살짝 내려깐 눈으로 바라봤다. 그 서늘하고 야릇한 눈빛에 하라가 즉시 고개를 반대편으로 돌려 지니의 시야에서 벗어나고자 발버둥 쳤다.

"안녕하십니까, 팀장님. 전 필름 찾으러, 아니, 모니터하러 가는 길이었습니다. 그럼."

재빨리 말하고 은근슬쩍 빠져나가려던 구렁이 담 넘어가기 작전은 지니의 저지에 의해 보기 좋게 실패했다. 돌아서는 하라를 다시 돌려세워 앞을 보게 한 지니가 슬며시 눈치를 살피고 있는 팀원들을 향해 손을 살짝 들어 보였다.

"무척 즐거운 아침입니다."

즐거움이 전혀 묻어나지 않는 인사였다. 팀원들의 어설픈 인사를 받으며 안으로 걸음을 옮기는 지니의 손에 하라가 옵션처럼 딸려갔다. 단두대로 끌려가는 죄인처럼 지니의 손에 잡혀 억지로 걸음을 옮기는 하라를 향한 시선이 약간은 측은지심으로 돌아섰다. 한 짓은 괘씸하나 그 심정 십분 이해는 가고, 간만의 꿀잠을 앗아간 것을 떠올리면 또 울화가 치밀지만 지니의 손에 끌려가는 것을 보니 살짝 불쌍하단 생각도 들었다.

"티, 팀장님."

두려움에 떨리는 가슴이 말을 더듬게 했다. 답 없이 지니가 의자를 빼고 거기에 하라를 앉혔다. 멀뚱히 앉은 자리의 책상을 바라보던 하라의 시야로 토독토독 책상을 두드리는 지니의 길고 고운 손가락이 들어왔다. 그의 한 손은 여전히 하라의 어깨를 꽉 움켜쥔 채였다.

다른 때 같았으면 영광이다 감격에 겨워 할렐루야를 외쳤을 일이건만 지금은 이 모든 낯선 상황이 불안감을 조성했다. 절대 신입은 같은 사람의 선상에 두지 않는 위인이었다. 벌레보다 존재감이 없는 무생물 취급으로 일관하던 그가 하라를 사람 취급하며 어깨에 손을 올렸다는 것 자체가 경악할 일이었다. 이건 뭔가 대단히 불길한 징조였다.

불안함에 눈치를 살피며 힐끔 올려 보는 하라의 눈동자를 지그시 응시하며 지니가 단조롭게 말했다.

"어제 건의사항 잘 접수했다, 신입."

"아, 그, 그건 제가 실수."

"쉿."

자기가 잘못했다 시인하려는 하라의 입을 지니가 책상을 두드리던 손으로 콕 찍어 다물렸다. 오리 주둥이가 된 하라가 눈을 동그랗게 떴다. 그가 아래로 고개를 내리자 부드럽게 앞머리가 흘러내렸다. 이마를 간질이는 앞머리에 정신을 빼앗긴 사이 그가 판결을 내리듯 간결하게 입을 움직였다.

"앞으로 지대한 관심 가지고 특별히 애정을 쏟도록 하지."

'왠지 그 애정 극구 사양하고 싶습니다!'

도리질을 치고 싶었으나 꽉 잡힌 입 때문에 그럴 수가 없었다. 겁먹은 강아지 눈으로 자신을 보는 하라를 건조하게 내려 보며 지니가 슬며시 손을 놓고 다시 책상을 손끝으로 가리켰다.

"앞으로 이 자리가 네 자리다, 신입."

"······."

지니의 말을 못 알아들은 듯 고개를 모로 기울이던 하라가 눈을 이리저리 굴리며 사태 파악에 나섰다. 팀 내에서도 가장 구석진 끝자리. 목을 자라처럼 쭉 빼지 않고선 절대 지니의 머리카락조차 제대로 볼 수 없는 극한의 위치. 온갖 잡기들이 들어 있는 캐비닛이 뒤로 즐비하게 늘어선 그곳이 막내 VJ의 자리였다. 그랬던 것이 술자리에서의 망발 한 번으로 급상승해 지니의 자리와 대각선으로 마주한 곳에 앉게 되었다. 이게 어떻게 된 일이지?

꼿꼿이 허리를 펴고 선 지니가 모델 뺨치는 자태와 걸음으로 우아하게 자신의 자리로 걸어가 앉는 모습을 하라가 홀린 듯 황홀한 눈으로 뒤좇았다. 노트북의 전원을 켜는 손길마저 시선을 사로잡았다. 그의 머리 뒤로 눈부신 후광이 비쳤다. 물론 그건 오로지 하라의 시선에서만 보이는 후광이었다.

반짝반짝 빛을 발하는 하라의 눈과 헤벌쭉 벌어진 입을 눈치채지 못하게 곁눈질로 간파한 지니의 입가에 비릿한 미소가 머금어졌다. 좋아 죽는단다. 특별관리 대상이 된 게 경축할 일이라 생각하는 모양이었다. 그건 겪어보면 알 일이지.

붉게 달아오른 볼을 양손으로 감싸고 눈을 깜빡거리며 황홀함에 도취되어 있는 하라를 다들 한심한 눈으로 바라보았다. 쉽게 넘어가진 않을 거라 예상은 했지만 이건 좀 과했다. 애를 피 말려 아주 죽여놓을 심산인 게다. 마치 교사가 특별히 지도가 필요한 문제아를 제 앞에 앉혀놓고 시시때때로 감시하는 것처럼 시야에 하라를 두고 사정없이 괴롭혀 줄 요량임을 모두들 간파했다. 딱한 사람. 아직 지니의 성격을 완전히 간파하지 못한 지니 홀릭 홍하라만 빼고.

"인생 참 더럽게 꼬인다."

지니가 앉혀놓은 자리에서 싱글벙글 좋다고 침까지 흘리고 있는 하라의 모습에 정태가 설레설레 고개를 저었다. 그게 마냥 좋아 할 일은 아닌데 정신 못 차리고 좋아 죽겠다니. 저 꼴통을 어쩌면 좋을지 눈앞이 깜깜했다.

"홍하라."

속삭이듯 작은 목소리였다. 넋이 나간 얼굴로 지니만 바라보고 있는 하라의 귀엔 전혀 들어오지 않는 소리였다. 지니의 입술이 다시 움직였다.

"스탠 답."

이번에 웅얼거리는 소리가 들린 듯도 했다. 하라가 귀를 휘적거리는 짧은 순간 지니가 그녀의 눈을 시리게 직시했다. 지나치게 직설적인 눈빛에 하라가 찔끔거리며 동작을 멈췄다. 그가 손에 쥐고 있던 마우스를 놓고 느긋이 의자에 등을 기댔다. 그가 팔짱을 끼며 하라를 향해 무미건조한 목소리로 독설을 선사했다.

"귀 먹었어? 엉덩이에 철근 붙였어? 아니면 굼벵이로 빙의라도 한 건가?"

"네?"

"홍하라. 빨랑 일어나 짐 옮긴다. 5분 안에."

"……5분이요?"

이게 무슨 소린가 하라가 미처 파악도 하기 전에 카운트가 시작되었다.

"남은 시간 4분 57초. 56초…… 51초."

"아, 네. 네."

벌떡 일어나 자기 자리로 가려다 말고 뒤를 돌아보며 하라가 조심히 입을 열었다.

"저기, 팀장님. 제 이름 흥하라가 아니고 홍하라입니다."

다시 마우스를 잡고 모니터에 시선을 둔 지니가 건성으로 답했다.

"알아. 흥하라."

"아니. 그게 아니고. 홍. 홍입니다. 홍하라."

"안다니까."

지니가 시린 시선을 들어 하라를 똑바로 쳐다보며 한 자 한 자 힘주어 말했다.

"흥. 하. 라."

거듭된 지니의 흥하라에 하라가 눈을 말똥거리며 뒷목을 긁적거렸다. 이건 당최 뭘 하자는 건지 알 수 가 없다. 배알이 꼬여 시비를 거는 건지, 아니면 말을 잘못 알아듣고 계속 잘못된 이름을 되풀이하는 건지. 지니의 무심한 표정에선 도저히 그것을 유추해 낼 수가 없었다.

멀뚱히 자신을 바라보고 선 하라에게서 시선을 거두며 지니가 카운트를 마저했다.

"3분 42초. 41초."

"앗. 지금 합니다."

발에 모터를 단 듯 박스에 짐을 쓸어 담다시피 급하게 책상을 싹쓸이한 하라가 가쁜 숨을 몰아쉬며 자리로 돌아와 철퍼덕 의자에 주저앉자 톡이 왔음을 알리는 소리가 들렸다. 슬쩍 눈치를 살피며 지니에게 등을 보이며 돌아선 하라가 조심히 주머니에서 휴대폰을 꺼내 톡을 확인했다.

지니 팀장에게서 온 톡이었다. 고개를 갸웃하며 손으로 톡을 터치해 확인하던 하라의 눈이 동그랗게 커졌다. 고개를 갸웃하며 좀 더 가까이 톡을 재차 확인하던 하라의 눈이 덧없이 깜빡거렸다.

「고느님 : 난 반어법을 좋아해. 흥하라.」

화면을 가까이 봤다 멀리 봤다 하며 이게 대체 무슨 뜻일까 유추해 보던 하라의 머릿속에 전구가 번쩍 켜졌다. 처음 설마하던 것이 그럴 수도 있다로 바뀌며 어느새 시선이 일에 열중인 지니에게로 쏠렸다. 부지런히 자판을 두드리고 있는 그의 마우스 옆엔 블랙의 고귀한 광택을 흘리는 휴대폰이 놓여 있었다. 하라의 눈썹이 한쪽만 불손하게 치켜 올라갔다. 탁탁 마우스를 클릭하던 지니의 손이 휴대폰으로 옮겨가 잘했다는 듯 쓰다듬었다.

'그게 생물인가? 쓰다듬게?'

불만을 담은 하라의 눈썹이 꿈틀거렸다. 휴대폰을 눈에서 레이저를 쏘아 녹여 버릴 듯 매섭게 쏘아보던 하라가 문득 좌통수를 쿡쿡 찔러오는 찌릿한 시선을 느끼고 눈을 45도 각도로 올렸다. 아니나 다를까, 지니가 시큰둥한 얼굴로 그녀를 쳐다보고 있었다.

"뭐 하실 말씀이라도."

속내를 감추고 상큼 발랄한 목소리로 하라가 물었다. 방실방실 웃는 하라의 얼굴을 무표정하게 마주하고 지니가 출입문을 향해 가볍게 손가락을 튕겼다.

"홍하라. 겟 아웃!"

"네?"

"필름 모니터 작업 1시까지 마무리해서 가져와."

"필름 모니터를 1시까지요?"

"왜, 너무 긴가? 그럼 12시."

"아닙니다. 절대 그렇지 않습니다."

두 손을 흔들며 절대를 강조하던 하라가 꽁무니가 빠져라 사무실을 뛰쳐나갔다. 그 모습을 무심하게 바라보던 지니가 시선을 거두고 톡톡 휴대폰을 가볍게 두드렸다.

"홍하라."

그의 시선이 닿은 휴대폰 액정에 저장된 홍하라의 이름은 망하라였다.

"앞으로 살 때문에 스트레스받는 일은 없을 거야. 죽도록 뛰어다닐 일만 생길 테니까."

독백처럼 흘러낸 말에 사무실 가득 한기가 서렸다. 그의 행동 하나하나에 신경을 곤두세우고 있던 이들에겐 그 말이 지옥문을 여는 환영의 인사말로 들렸다. 그 안에서 그가 손을 까닥이며 '이리 와, 이리 와' 하며 손을 흔드는 상상을 하다 저마다 흠칫 몸을 떨었다.

고지니의 과녁에 일단 들어서고 나면 그 뒤는 이미 정해져 있었다. 끔찍한 지옥을 경험하거나, 아예 지옥 불에 담금질당하거나 둘 중 하나였다.

보통은 일 처리를 제대로 하지 못해 사고를 친 경우에 해당하는 일들이었지만 항상 예외는 존재했다. 자신의 위치를 망각한 신입을 훈계하는 팀장의 가르침이라는 꽤 그럴싸한 명목으로 하라에 대한 복수극은 시작됐다.

"미안하다, 하라야. 넌 이미 내 손을 떠났다."

눈에 불을 켜고 모니터에 열중하고 있을 하라를 떠올리며 정태가 성호를 그었다.

하루 꼬박 밤샘 작업을 해도 모자란 일을 단 3시간 만에 해내라니. 이건 골탕을 먹이겠다 작정하고 지시한 일이었다. 알면서도 해야 하는 것이 부하직원의 비애였다. 그것도 아직 일 처리도 제대로 하지 못하는 햇병아리에게 이런 일을 시킨다는 건 그 햇병아리가 상사의 눈 밖으로 벗어났음을 의미했다.

"흥하라 흥하라 한 게 망하라 망하라 한 거였단 말이지."

이제야 어렴풋이 알 것 같았다. 선배들이 왜 그를 독사라고 부르는지. 하라는 지니의 톡을 곱씹으며 분노의 클릭과 더불어 손에 불이 나게 테이프를 돌리고, 돌리고 또 돌렸다. 1,000만 년 동안 1초의 오차도 없었다는 원자시계와 견주어도 될 만큼 뛰어난 정확도를 자랑하는 하라의 배꼽시계가 꼬르륵거리며 밥때가 되었음을 알렸다.

힐끔 시간을 확인한 하라가 입을 씰룩거렸다. 정각 12시. 곧 죽어도 밥은 먹고 일해야 한다는 그녀의 철학이 와르르 무너지는 순간이었다. 지니가 빌한 타임아웃 시간이 다 되었음에도 모니터는 절반도 하지 못한 상태였다. 이렇게 된 이상 최대한 시간을 줄여 열심히 작업하는 열성이라도 보이는 수밖에 없다.

"조금만 참아라. 이것만 마치면 맛있는 밥 많이 먹여줄게."

하라는 주린 배를 꽉 움켜잡고 다시 플레이 버튼을 돌렸다. 하라가 보고 있는 것은 이번 시즌 마지막 방송 촬영분이었다. 화려한 사회 이면의 숨겨진 그림자라는 주제로 다룬 시사 프로그램이었다. 많이 다루었던 주제였던 만큼 색다른 취지를 두기 위해 체험 위주로 이뤄졌다. 그들과의 일주일이란 부제를 달고 팀원들이 돌아가며 함께 현장에 투입되었다.

피날레는 팀의 수장답게 고지니 팀장이 몸소 체험에 나섰다. 일일 현장 막노동꾼으로 화한 그는 평소의 눈에 띄는 수려함을 모두 감추고 완벽하게 스며들었다.

"퍼펙트. 가장 완벽한 변신이지 싶다."

연기를 해도 저렇게 완벽할 순 없다 싶을 만큼 현장감 있게 그들과 융화된 지니에게 감탄하며 하라는 저도 모르게 계속 그가 나오는 부분을 리플레이를 했고, 그의 얼굴만 클로즈업시켜 넋을 놓고 바라보기를 반복했다. 그러면서 오버 시간이 점점 늘어나게 된 것도 감지하지 못한 채 화면 속에 빨려 들어갔다.

미팅을 마치고 돌아오는 길에 지니는 방송국 근처 뭐 버거 앞에 차를 세웠다. 주인 말로는 '뭐 먹어. 버거 먹어'에서 착안해 지은 필 충만한 상호라는데 그다지 동조하고 싶지는 않았다. 성격대로라면 이름 짓기 귀찮아 아무거나 갖다 붙인 게 분명했다. 계산대로 걸어간 지니는 메뉴를 보지도 않고 바로 주문을 했다.

"늘 먹던 걸로."

"자식이 여기가 무슨 바인 줄 아나. 네가 뭘 먹는지 어떻게 알고 줘. 이름 대. 이름."

"척하면 척이지. 단골이 뭐 좋아하는지도 모르면서 무슨 장사를 해."

"너 같은 손님 없거든요."

"그러니 특별하지. 기억하기 쉽네. 유별난 놈은 뭐가 달라도 달라. 이거 내 전용 멘트 거 모르냐?"

말로는 모른다 하고 조리대로 자리를 옮겨 곧바로 햄버거 조리에 나선 채준이 지니의 너스레에 피식 싱겁게 웃었다.

"유명했지. 대학 앞 주점에서 너 모르면 간첩이랬잖냐. 젠틀한 또라이가 말이 되냐? 나이 많은 전입생에다가 돈 놈이 젠틀해 봐야 얼마나 젠틀하다고 이모들이 다 눈이 삐었지."

"내가 또 미쳐도 매너는 굿이거든."

"그 미친 짓에 홀랑 넘어가서 상사병 걸린 걸들이 또 얼마나 많 았게. 넌 모든 인류의 적이야."

다 만든 햄버거를 보기 좋게 포장까지 마쳐 건네며 채준이 신랄 하게 쏘아붙였다. 만 원권 하나를 꺼내 계산대에 올려놓은 지니가 찡긋 윙크를 건네며 상큼하게 말하고 돌아섰다.

"나도 사랑해, 자기. 나머진 팁이야."

"거부한다. 500원에 팔 사랑이 아니야."

"벌써 넘어온 거 다 알아."

"염병."

등을 보인 채 손을 흔들며 입구를 빠져나가는 지니를 채준이 눈 으로 좇았다. 말과 달리 채준의 얼굴엔 엷은 미소가 머물렀다. 대 학 동기이자 입사 동기였던 채준은 방송국 생활이 고되고 적성에 맞지 않는다며 호기롭게 사표를 집어던지고 진로를 변경해 방송 국 근처에 햄버거 가게를 차렸다.

타고난 입심과 훈훈한 외모 덕에 손님은 나날이 늘어갔다. 방송 국 생활 7년 차의 경력도 무시할 수 없었다. 그를 아는 선후배들은 물론 함께 온 동료들이 단골이 되어 몇 년째 성황을 이루며 잘 운 영되고 있었다.

그중 골수팬이라 할 수 있는 몇몇 인물 중에 하나가 지니였다. 오죽하면 버거만 먹다가 지니가 탈이라도 날까 싶어 밥버거까지 만들었을까. 덕분에 메뉴 개발도 줄기차게 이뤄져 가게에 이득을 창출하기도 했다.

보조석에 햄버거를 두고 차를 몰아 방송국으로 향한 지니는 주 차장에 차를 세우고 운전석에서 내리다 드라마국 감독으로 있는 차은주와 마주쳤다.

"외근?"

은주가 먼저 다가와 말을 걸었다. 차문을 닫으며 지니가 건성으로 답했다.

"어."

"나가는 길이야, 들어오는 길이야?"

돌아보지 않는 지니를 향해 은주가 끈질기게 물었다. 짧은 한숨을 내쉬며 지니가 시큰둥하게 내뱉었다. 그다지 마주치고 싶지 않은 사람이었다. 이런 식의 대화도 달갑지 않다.

"컴백."

간단한 대화를 나누고 보조석에 둔 햄버거가 생각나 다시 차 문을 열고 봉투를 꺼냈다.

"또 햄버거?"

"넌 나가는 길?"

햄버거에 대한 물음을 무시하고 지니가 말머리를 돌렸다. 익숙한 일인 듯 은주가 별 대꾸 없이 고개를 끄덕였다.

"그럼."

더 이상 대화를 나눌 이유가 없다는 듯 냉정하게 몸을 돌려 출입문으로 걸어가는 지니를 은주가 아쉬움 가득한 눈으로 바라보았다. 그러다 이내 어깨를 으쓱하며 자신의 차로 걸어갔다. 주차장을 등지고 복도를 걸어가던 지니의 발걸음이 느려졌다. 봉투를 쥔 손에 힘이 깃들었다. 걸음을 멈춘 그의 입에서 짙은 한숨이 새어 나왔다.

"망할."

낮은 탄식 같은 말을 흘려내곤 다시 아무렇지 않은 표정으로 코너를 돌아 계단을 올랐다. 지하에 주차를 한 터라 사무실이 있는 3층으로 가려면 계단을 한참 올라야 했다. 하지만 계단을 이용하는 것에 익숙한 지니에겐 층수가 그다지 문제가 되지 않았다. 1층에 올라 2층으로 향하려던 발걸음을 반대로 돌렸다. 작업실이 즐비한 1층 복도를 생각 없이 걸었다. 그러다 문득 방금 지나쳤던 필름 작업실 앞으로 뒷걸음질 쳤다.

낯익은 뒤통수 하나가 그의 시야에 들어왔다. 단발도 아니고 커트도 아닌 모호한 머리 스타일을 하고 있는 두루뭉술한 머리는 그녀를 보이시하게 보이게 했다. 지금 그 정수리가 정확히 문 쪽을 향해 누워 있었다. 슬며시 문을 열자 쿄 고는 소리가 먼저 들려왔다. 제일 늦게 출근한 주제에 낮잠까지 자다니. 팀 막내가 아주 팔자가 늘어졌다.

"감히, 팀장 지시도 까고 태평하게 잔단 말이지."

성큼성큼 안으로 들어선 지니가 엎어져 깊이 잠든 하라의 두꺼운 낯짝을 가늘게 쏘아보며 헛웃음을 터트렸다. 그가 냉정한 시선으로 엎어진 하라의 주변을 둘러보았다. 한 손은 플레이 버튼 위에 올려진 채고 나머지 한 손은 배를 감싼 채였다. 배가 아팠나?

시선을 옮겨 모니터를 보던 지니의 미간이 와락 구겨졌다. 노동자로 위장한 지니의 얼굴이 화면 가득 클로즈업되어 있고 화면 곳곳 손자국과 성분이 의심스러운 자국들이 군데군데 찍혀 있었다. 흔히 아이들이 침 묻은 손으로 물건을 만지면 저런 자국이 생기곤 했다. 꺼림칙한 직감을 애써 외면하며 화면에서 눈을 뗀 지니가 곤히 잠든 하라의 어깨에 손을 올려놓을 때였다.

꼬르륵. 꼬르륵.

코 고는 소리에 섞여 뭔가 다른 소리가 들려왔다. 살며시 허리를 숙여 귀를 기울이자 하라의 배가 우렁차게 제 존재감을 드러냈다. 그의 고운 미간이 꿈틀거렸다. 배가 아팠던 게 아니라 고팠다는 의미였다. 헛웃음을 짓던 지니가 미간을 좁히며 손목시계를 확인했다.

오후 3시 25분. 점심을 먹기엔 늦어도 한참 늦은 시간이었다.

손에 든 봉투와 침과 손자국으로 범벅이 된 모니터와 아직 가시지 않은 숙취로 인해 세상모르고 깊이 잠든 하라를 번갈아 보던 지니가 고개를 절레절레 흔들며 플레이 버튼 옆에 봉투를 올려놓았다.

"옛다, 먹어라. 먹고 죽은 귀신이 때깔도 곱다는데. 지옥 입성도 고운 때깔로 하면 좋겠지. 그래야 괴롭히는 맛도 나고."

시니컬하게 말하며 돌아선 지니는 들어섰던 것과 달리 소리 없이 문을 닫았다. 터벅터벅 복도를 걷는 그의 발걸음이 조금 가벼워져 있었다.

지니가 다녀간 15분 뒤, 잠결에 몸을 뒤척이던 하라가 손에 걸리는 봉투 소리에 실눈을 떴다. 몽롱하게 봉투를 쳐다보던 하라의 눈이 콧속을 파고드는 맛난 냄새에 번쩍 뜨였다.

"오! 이게 뭐야?"

배가 고팠던 만큼 손놀림도 빨랐다. 재빨리 봉투를 열어 안에 든 햄버거 통을 꺼내 든 지니의 목으로 침이 꼴깍 넘어갔다. 통의 뚜껑을 열자 눈에 익은 버거가 눈부신 자태를 드러냈다. 두 손을 꽉 맞잡은 하라의 얼굴에 황홀한 표정이 떠올랐다.

"감사하게 먹겠습니다."

갑자기 하늘에게 뚝 떨어진 음식을 아무 생각 없이 덥석 집어 한입 베어 물던 하라가 눈을 깜빡거렸다. 멈춤도 잠시 깔끔히 베어 문 햄버거를 꼭꼭 씹어 삼키며 하라가 고개를 갸웃거렸다.

"으음. 신기하네. 이렇게 먹을 걸 두고 갈 인간이 내 주변엔 없는데. 요정이 다녀갔나?"

요정이 두고 갔건 인간이 두고 갔건 그건 상관없었다. 지금 중요한 것은 하라의 주린 배가 잘 채워지고 있다는 것과 입이 즐겁다는 것이었다. 히죽. 만족스레 입술을 끌어 올리던 하라의 눈에 묘한 장면이 잡혔다.

"어라. 저게 뭐지?"

입에 묻은 잔해를 손으로 쓸어 쪽쪽거리며 화면 가까이 얼굴을 가져간 하라가 눈을 멍하니 깜빡거렸다. 화면이 변해 있었다. 고뇌에 차 우수에 젖어 있던 지니의 얼굴이 아니라 깔깔거리며 모닥불 한쪽에서 흐느적거리고 있는 웬 광년이에게 초점이 맞춰져 있었다.

"저건……."

줌 버튼에 손을 대고 화면에 나온 광년이를 클로즈업하자 낯익은 얼굴이 화면을 가득 메웠다.

"엄마야!"

노숙자 코스프레를 하고 있는 사람은 다름 아닌 하라였다. 품속에 소형 카메라를 숨기고 노숙자들에 섞여 업자들의 횡포를 몰래 촬영하고 있는 모습을 또 다른 카메라로 잡은 것이었다. 깜빡 잊고 있었다. 그날 위장은 지니만 한 것이 아니었다. 피날레인만큼

온 스태프가 열정을 다해 참여했었다. 그중 하필이면 하라가 맡은 것이 노숙자였다.

'완벽해. 이보다 더 완벽할 순 없다. 딱이다. 할 일 없음 이쪽으로 전업해도 되겠다. 푸하하하.'

묵은 때에 찌든 낡은 옷을 걸치고 품바 저리 가라 한 삼 일은 안 감은 듯한 부스스한 머리를 하고 있는 하라를 보고 박장대소하던 정태의 모습이 떠올라 입을 삐죽거렸다. 하라는 남은 것을 죄다 입에 쑤셔 넣고 오물거리며 연신 고개를 갸웃거렸다.

대체 누가 다녀간 거지?

요정과 이름만 비슷한 시사교양 2팀 고지니 팀장이 두고 간 햄버거를 맛나게 섭취한 하라가 힘내 작업을 마친 시간은 오후 9시가 넘은 시각이었다. 정말 열심히 작업을 했음에도 불구하고 워낙 방대한 작업량인지라 시간이 많이 걸렸다. 작업을 마친 필름을 들고 힘없이 사무실로 들어선 하라를 반긴 건 희미하게 실내를 밝히고 있는 조명등 하나가 전부였다.

"뭐야. 나만 두고 다들 어딜 간 겨."

사무실을 휘둘러보며 투덜거려 보지만 아무 기척도 들리지 않았다. 정태의 책상 쪽으로 이동해 자리를 살핀 하라의 입에서 실소가 터져 나왔다. 가방도 없고, 늘 들고 다니던 노트북도 없었다. 데스크톱만 덩그러니 꺼진 채 놓여 있는 정태의 책상을 얄밉게 쏘아보며 하라가 허탈한 한숨을 내쉬었다.

"지각했다고 고걸 또 혼자 남겨두고 퇴근을 하나? 이 인정머리 없는 인간들. 내가 이런 사람들을 믿고 몸 바쳐 열정 바쳐 일하다니. 에휴. 시사교양 2팀의 의리는 종잇장보다 얇다는 걸 새삼 실감한다."

투덜투덜 자신을 두고 매정하게 떠난 팀원들을 곱씹으며 새로 배정받은 자신의 자리로 걸어간 하라의 허리를 뭔가가 건드렸다.

"엄마야!"

놀라 펄쩍 뛰며 비명을 지른 하라가 뛰는 가슴을 부둥켜안고 제 허리를 찌른 정체불명의 물건을 노려봤다. 그것이 어둠 속에서 꿈틀거리며 움직였다. 지니의 자리 위에 설치된 실내조명이 은은하게 아래를 비췄다. 그 불빛 아래 드러난 습격체를 매섭게 쏘아보던 하라의 눈이 순간 유순해졌다.

"어라? 팀장님?"

책상 위로 길게 뻗어 꼬아 올렸던 다리를 거두며 지니가 감았던 눈을 떴다. 1초, 2초, 3초. 천천히 눈을 깜빡거린 지니의 시선이 곧장 하라에게 닿았다. 그가 잠긴 목소리로 물었다.

"뭐야."

"아, 접니다. 홍하라."

하라의 존재를 확인한 것 같더니 제대로 보지 못한 듯 손으로 눈자위를 꼭 누르며 그가 재차 물었다.

"누구?"

"홍하라입니다, 팀장님."

하라의 대답에 책상에 팔을 기댄 그가 손 아래로 그녀의 얼굴을 확인했다. 그리곤 피곤이 역력한 얼굴로 작게 고개를 끄덕였다. 그가 하라를 보지 않고 손을 내밀었다. 그에 머뭇거리다 다가선 하라가 공손히 그의 손 위에 제 손을 얹었다. 그가 비스듬히 고개를 치켜들고 시린 눈으로 하라를 쳐다봤다.

"치워."

"아. 예."

"같은 광씨라고 하는 짓도 딱 그 수준이다."

"예?"

광견이나 광년이나. 누가 거기에 손을 올리라고 했나 따지기도 귀찮아 휘휘 손을 저으며 턱으로 하라의 다른 손에 들린 필름을 가리켰다. 그제야 눈치를 챈 하라가 급히 고개를 끄덕이며 필름을 내밀었다. 하라의 손에서 빼앗다시피 필름을 낚아챈 지니가 몸을 돌려 재생기에 필름을 넣고 플레이 버튼을 눌렀다. 언제 잠들었었나 싶게 화면에 집중하는 지니를 하라가 넋을 놓고 빤히 쳐다봤다.

"할 일 없으면 퇴근해."

하라의 존재를 잊은 듯하던 지니가 돌아보지도 않고 툭 던지듯 말했다. 현란하게 움직이는 그의 손놀림과 빛을 발하며 초집중하고 있는 그의 눈이 화면에 비치는 걸 유심히 바라보며 하라가 고개를 저었다.

"아닙니다. 할 일 있습니다."

"그럼 세수라도 하고 오던가."

"네?"

"침 자국이랑 눈곱이 그대로 있잖아."

그리 밝지 않은 실내였고 찰나의 순간이다 싶을 정도로 짧은 시간 마주한 얼굴에서 어떻게 그런 걸 다 간파했을까. 감탄한 눈으로 입을 동그랗게 모은 하라의 입에서 짧은 탄성이 튀어나왔다.

"오!"

"입 주변도 지저분하다. 이왕이면 양치질도 하고 와. 냄새 풍기지 말고."

"아, 네."

아까 허겁지겁 먹어치운 햄버거의 잔해가 아직 입 주변에 남아 있었던 모양이다. 거울 한번 볼 시간도 없이 일하다 보니 얼굴에 뭐가 묻은 것도 모르고 있었다. 손으로 얼굴을 문지르며 슬쩍 세면도구를 챙겨 출입문을 나서는 하라의 모습을 모니터로 지켜보던 지니가 미간을 찌푸리며 고개를 절레절레 저었다.

말끔히 세수와 양치질을 마친 하라가 사무실로 다시 들어설 때까지 지니는 흐트러짐 없는 자세로 빠르게 모니터링하고 있었다. 아마도 작가가 건넨 큐시트와 화면을 맞춰보고 있는 모양이었다. 힐끔. 지니를 살피던 하라가 발소리를 죽여 슬금슬금 탕비실로 걸어갔다.

내려놓은 커피가 하나도 없는 걸 확인하고 다시 원두를 채워 넣고 커피 머신을 작동시켰다. 간식거리가 될 만한 것이 없나 냉장고를 뒤적이던 하라의 눈에 과일 몇 개가 들어왔다. 사과 두 개와 배 하나를 두고 고심하던 하라가 배를 집어 들었다.

"밤 사과는 독이랬으니까. 배, 너를 먹어주겠어."

배를 가늘게 노려보며 과도를 든 하라가 음흉한 미소를 지었다. 기회는 시시때때로 찾아오는 것이 아니었다. 비록 첫 단추를 잘못 끼우긴 했지만 그렇다고 미운털이 박힌 채로 이리저리 굴러다닐 수는 없었다. 모두가 퇴근하고 단둘이 남은 이 절호의 찬스를 기회로 삼아 이미지 변신을 확실히 하리라 과도를 쥔 하라가 불끈 결의를 다졌다.

서툰 손놀림으로 배를 잘라낸 하라가 접시에 각양각색의 개성을 자랑하는 배를 올려놓으며 코를 훌쩍거렸다. 뭔가 상당히 기하학적인 모양이 된 배를 겸연쩍게 내려 보다 어깨를 으쓱했다.

　"난 나름의 최선을 다했다고. 모양이 중요한가. 정성이 중요하지. 암."

　잔 가득 커피를 채우고 쟁반에 배 접시와 함께 올리고 파이팅을 외치며 호기롭게 탕비실을 나섰다. 일에 집중하고 있는 남자의 뒷모습이 이렇게 아름다울 수 있음을 하라는 오늘 처음 알았다.

　'완전 멋져. 심장이 벌렁벌렁.'

　지니의 뒷모습에 심취해 멍하니 서 있는 하라의 귀에 냉랭한 목소리가 들렸다.

　"계속 뒤에 서 있을 건가? 작업에 방해되는데."

　"죄, 죄송합니다."

　"쓸데없이 걸리적거리지 말고 일 없으면 가."

　"아, 그런 건 아니고. 일단 좀 드시면서 작업하십시오. 피로엔 커피와 다과가 짱입니다."

　이번엔 제대로 그의 작업대 위에 살포시 쟁반을 내려놓은 하라가 상냥한 목소리로 말하며 커피와 배를 권했다. 돌아본 그의 고개가 모로 기울었다. 아마도 접시에 올려진 정체불명의 음식을 유추하고 있는 모양이었다.

　"뭐야 이건?"

　"그게 그러니까."

　볼을 긁적이던 하라가 냉큼 포크로 배 하나를 찍어 그의 면전에 내밀었다. 그래도 그 짧은 순간 제일 그럴싸한 모양을 하고 있는 놈을 골라 찍었다. 확실히 순발력 하나는 끝내준다. 혼자 속으로 자화자찬하던 하라의 손이 뭔가에 의해 옆으로 쓱 밀려났다.

"됐어."

"당도가 아주 끝내주는 배입니다. 입안에서 사르르 녹는다니까요. 한 번만 드시면 완전 뻑이 가실 겁니다."

시리게 차가운 지니의 시선이 곧장 하라의 얼굴로 쏟아졌다. 그 매서움에 찔끔한 하라가 그대로 굳은 듯 동작을 멈추고 히죽 어색한 미소를 지어 보였다. 이거였네. 메두사의 눈빛. 완전 간 졸이는 섬뜩한 눈빛이다. 심장이 얼어붙을 것 같았다.

지니가 입을 달싹여 서늘한 음성을 토해냈다.

"난 배 싫어해."

"……아. 예."

그가 덥석 하라의 손을 붙잡았다. 덩달아 하라의 눈도 부릅떠졌다. 잡힌 손이 화르륵 타올랐다. 이런 기분 난생처음이다. 난공불락. 도저히 근접하기 힘든 사람이다 체념하고 있었던 하라의 마음에 그가 단숨에 불을 지폈다. 지니가 포크를 쥐고 있는 하라의 손을 더 힘껏 움켜잡으며 시니컬하게 말했다.

"어제부로."

"네. 어제부로."

지니의 말을 따라 하던 하라의 눈에 시리게 비틀려 올라가는 그의 입술이 보였다. 말에 뭔가 가시를 박아 넣은 것 같은데. 당최 그 가시가 어떤 건지 감을 잡을 수가 없었다. 어제 대체 무슨 일이 있었기에 배에 저다지도 과민 반응을 보인단 말인가.

마른침을 꿀꺽 삼킨 하라가 지켜보는 가운데 그녀의 손에 들려 있던 배가 포크에서 떨어져 우아하게 바닥으로 낙하했다. 바닥에 떨어진 배를 그가 발로 짓이겼다. 이건 또 무슨 일인가 하며 눈을 동그랗게 뜨고 지켜보던 하라의 귀로 음산한 지니의 목소리가 들렸다.

"그러니까 너도 먹지 마."

"전 왜?"

"절대 먹으면 안 돼."

"전 배 엄청 좋아합니다."

순진하게 배를 좋아한다 말하는 하라의 손에서 포크를 빼내 접시 위 널브러진 배에 거칠게 꽂으며 지니가 이를 빠득 갈았다. 회식 날, 입술 테러를 당한 기억을 떠올리며 지니가 몸서리를 쳤다. 다시 생각해도 끔찍했다. 구역질한 입술로 입을 맞추다니! 테러를 당한 다음 제 입술에 남은 배의 잔해를 떼어내며 부들거렸던 손이 지금도 진저리를 치며 떨리고 있었다.

"앞으론 절대 좋아하지 마."

"왜……."

"내가 극도로 혐오하니까."

수긍할 수 없는 이상한 말이었지만 워낙에 그의 눈빛이 살벌해 고개를 끄덕이고 말았다. 싫어한다는데 눈앞에서 먹을 이유는 없었다. 보이지 않는 곳에서 몰래 먹으면 되지. 간단하게 결론지은 하라가 안심하라는 듯 히죽 웃었다.

힐끔. 하라의 입술을 바라본 지니가 절레절레 고개를 흔들며 손을 놓고 물러섰다. 잠시 너무 흥분해 이성을 잃고 광분했었다. 쉽게 광분하는 성격이 아닌데 일이 묘하게 되었다. 짐짓 아무 일도 없었던 것처럼 시크하게 돌아선 지니가 다시 작업에 몰두하자 멀뚱히 그를 바라보던 하라가 커피잔만 들어 그 옆에 내려놓고 쟁반을 챙겨 일어섰다.

"그럼 이건 치우겠습니다."

정중히 말하고 쟁반을 들고 걸음을 옮기는 하라에게 지니의 신경이 집중됐다. 그걸 알 리 없는 하라가 탕비실로 걸어가며 못난 이 배 중 하나를 집어 입에 넣고 오물거렸다.

와사삭 소리와 함께 지니가 벌떡 자리에서 일어섰다. 하라가 눈치챌 틈도 주지 않고 단숨에 다가선 지니가 하라의 어깨를 잡아 벽으로 몰아붙였다. 놀란 하라가 쟁반을 놓쳐 접시의 배가 바닥으로 죄다 떨어졌다. 지니가 이를 꽉 깨문 채 잇소리를 냈다.

"먹지 말랬지."

"아, 그게 그냥 버리기 아까워서."

"난 그냥 배도 싫지만 네 입에 있는 배는 더 싫어. 아주 끔찍해."

"제 입에 든 게 말입니까? 왜요?"

"그걸 몰라 물어?"

윽박지르는 지니의 모습이 낯설었다. 평소 선배들을 쥐 잡듯이 잡는 카리스마엔 익숙한데 이런 식의 히스테리는 처음이었다. 뻥 찐 얼굴로 멍하니 저를 바라보는 하라를 뚫어져라 직시하며 그가 손을 뻗어 그녀의 입술을 손등으로 쓱쓱 문질렀다. 배즙이 살짝 묻어 반질거리는 것조차 보기 싫었다.

입술에 닿는 손등의 감촉이 좋았다. 어제 무슨 꿈을 꿨기에 이런 횡재를 다 하나 싶었다. 배시시 웃음꽃이 활짝 핀 하라의 얼굴을 어이없이 바라보며 지니가 헛웃음을 터트렸다.

"내가 왜 배를 싫어하게 됐는지 정말 모르겠어?"

몽롱한 얼굴로 고개를 끄덕이는 하라에게로 바짝 몸을 기울이며 그가 어깨에 올렸던 손을 움직여 그녀의 양 볼을 감쌌다. 제 시선에 하라의 시선을 고정시키며 지니가 씨익 입꼬리를 끌어 올렸다. 미소가 무척 섬뜩했다.

"떠올리지 마. 떠올리면 그 순간부터 지옥을 경험하게 될 테니까. 내가 대체 무슨 짓을 저질렀나, 땅을 치며 후회하게 될 거야. 하지만 그전에 나의 화려한 환영식을 받게 되겠지."

"환영식이요?"

"그래. 그게 얼마나 끔찍했을까 차마 떠올리기 겁날 정도로 엄청난 환영식을 받게 될 거야. 다시는 그러지 말아야겠다 느낄 만큼."

"하지만 왜 그런지 생각 못하면 환영식의 의미를 모르지 않겠습니까?"

눈을 말똥이며 순진하게 말하는 하라의 얼굴 가까이 제 얼굴을 대자 하라의 얼굴이 시뻘겋게 달아올랐다. 볼을 감싼 손으로 열기가 느껴졌다. 그 모든 것을 깔끔히 무시한 지니가 가늘게 눈을 빛내며 음산하게 소곤거렸다.

"알 거야. 충분히. 다시는 이 사람 눈에 띄면 안 된다는 걸 뼈저리게 경험하게 될 테니까."

"흐음."

차분하지만 왠지 모를 섬뜩함이 느껴지는 지니의 목소리에 하라의 등골을 타고 소름이 쫙 끼쳤다. 뭔가 이상하게 일이 돌아가고 있음을 감지한 하라가 어설픈 미소를 띠며 그의 손에서 벗어나려 기회를 엿봤다. 하지만 지니의 철벽수비에 부딪혀 옴짝달싹할 수가 없었다.

"넌 오늘 배를 깎지 말았어야 했어."

"그런가 보다 느끼고 있는 중입니다."

꿀꺽 마른침을 삼키는 하라의 귓가로 입술을 내린 지니가 고혹적인 목소리로 나직하게 속삭였다.

"Welcome to the hell."

하라의 심장이 두근거림을 멈췄다. 그녀의 심장이 말했다. 난 죽었다고.

2. 왼손이 한 일을 오른손이 꼭 알게 하라

오랜만의 숙면으로 몸이 가뿐해진 정태가 기분 좋게 엘리베이터에서 내려 복도를 걸어 여자 화장실 앞을 지나칠 때였다. 갑자기 뭔가가 불쑥 나타나 그의 앞을 가로막았다.

"헉! 깜짝이야!"

놀란 가슴을 진정시키며 상대를 확인하던 정태의 다리가 휘청거렸다. 눈앞에 하라가 좀비 몰골을 하고 게슴츠레하게 서 있었다. 정태의 눈이 단박에 찡그려졌다. 그가 못마땅하게 혀를 찼다.

"넌 몰골이 그게 뭐냐? 아무리 그래도 여자는 못 돼도 사람처럼은 하고 다녀야지."

"저라고 사람이 되고 싶지 않겠습니까. 되고 싶어도 될 수 없는 이 암울한 현실을 선배가 확실하게 개선해 주겠다고 약속하시면 저도 노력해 보겠습니다."

퀭한 눈으로 저를 바라보며 주먹을 불끈 쥐는 하라를 정태가 멀뚱히 쳐다봤다. 저게 지금 무슨 신소리를 하는 건가 머릿속으로 생각하며 정태가 눈을 깜빡거렸다. 그러다 주머니를 뒤적거려 천원짜리 한 장을 꺼내 하아 입김을 불어 그것을 그대로 하라의 이마에 철썩 붙였다.

"아직 아침 전이지? 잘 챙겨먹고 다녀라. 몸 망가지면 너만 고생이다."

선심 쓰듯 너그러운 투로 말하며 정태가 빠른 걸음으로 하라의 앞을 지나쳤다. 또 붙잡혀 말도 안 되는 넋두리 듣기 전에 서둘러 피하자는 심산이었다. 멀어지는 정태의 발소리를 들으며 입을 삐죽인 하라가 이마에 붙은 천 원을 떼어내 마뜩잖은 눈으로 쏘아보았다.

"쪼잔한 인간. 고작 천 원으로 땜빵이야? 쳇."

투덜거리며 천 원을 챙긴 하라가 방금 정태가 내렸던 엘리베이터로 터벅터벅 걸어갔다. 하루 사이에 온 에너지를 다 소비한 느낌이었다. 깊은 한숨과 함께 엘리베이터에 오른 하라는 1층 버튼을 누르고 벽에 멍하니 기대섰다.

벽면에 비친 얼굴이 무척 암울했다. 힘없이 들어 올린 손이 절로 벽에 뭔가를 긁적였다. 처음 무표정했던 하라의 표정이 손가락 낙서가 더해질수록 점점 밝아졌다. 급기야 눈에 광기까지 담고 빠른 속도로 손을 놀리던 하라의 동작이 땡 소리와 함께 멎었다.

"어라."

스르르 열리는 엘리베이터 문과 제 손을 돌아보며 하라가 흠칫 몸을 떨었다. 손가락 끝이 빨갛게 달아오를 때까지 그녀가 벽에 써댔던 단어는 '또라이, 고느님 개 또라이' 였다. 전지전능한 고느님에게 대체 무슨 단어를 붙였단 말인가! 저도 모르게 한 짓에 진저리를 치며 손을 감추고 재빨리 사건 현장을 빠져나갔다.

방송국 1층에 위치한 편의점에서 컵라면 하나를 고른 하라가 계산을 마치고 물을 받기 위해 포장을 뜯으며 고개를 절레절레 흔들었다.

"미쳤어. 미쳤어. 아무리 밤새 괴롭힘을 당했기로서니 어떻게 그런 단어를 쓸 수가 있냐고. 그래도 고느님인데. 정중하게 살짝 맛 간 분 정도로 그쳤어야지. 쯧쯧."

뜨거운 물을 받고 입에 물고 있던 나무젓가락을 살짝 벌려 컵라면 뚜껑과 몸통을 고정시킨 후 손가락 장난을 하며 3분을 보냈다. 더딘 3분이 지나고 잘 익은 컵라면을 개봉해 나무젓가락을 갈라 손으로 비비는 하라의 눈에 기대감이 서렸다. 전날 배 한 조각 잘못 먹은 탓으로 고지니 팀장에게 잡혀 그의 밤샘 작업에 동참 아닌 동참을 하게 되었다. 5분 간격으로 이어진 '흥하라' 릴레이에 의자에 엉덩이 붙일 시간도 없이 사무실 안을 뛰어다녀야 했다.

후루룩. 맛나게 라면을 흡입해 꼭꼭 씹으며 하라가 혼잣소리를 중얼거렸다.

"그중에 제일 쇼킹했던 건 여자 화장실 마지막 칸 휴지의 총 길이는 몇 뼘인가였지."

라면을 들어 올리던 젓가락을 놓고 왼손을 쥐었다 폈다 하며 울분에 찬 목소리로 홀로 하소연했다.

"내가 그거 재느라 손을 얼마나 쫙쫙 벌렸다 오므렸게. 손에 쥐나서 죽는 줄 알았다니까?"

현실감 돋는 과도한 리액션을 펼치며 열변을 토했지만 듣는 이는 하나도 없었다. 살짝 머쓱해진 하라가 다시 얌전히 젓가락을 들어 라면을 먹기 시작했다.

"그래서, 총 길이가 얼마라고?"

듣기 좋은 저음의 목소리가 바로 옆에서 들려왔다. 익히 잘 알고 있는 목소리였다. 뜨거운 라면이 씹기도 전에 목으로 넘어갔다. 슬쩍 눈동자만 굴려 옆을 돌아본 하라의 시야에 곱고 길면서 힘줄도 적당히 돋은 매력 넘치는 손이 들어왔다.

"컥. 흠. 432뼘으로 대략 5,184센티 정도 됩니다."

뜨거운 목을 쓰다듬으며 하라가 답했다. 그런 하라를 지그시 바라보며 지니가 손수 개봉한 맛김치를 그녀 앞으로 밀어주었다. 멀뚱히 그것을 내려 보는 하라에게 다정한 미소를 지어 보이며 지니가 입술을 달싹였다.

"라면엔 김치를 곁들여야 제맛이지."

"아, 예. 감사합니다."

어설프게 고개를 숙여 보이며 지니의 시선을 받은 채로 맛김치를 조심스레 하나 집어 올려 입에 넣었다. 차마 씹지는 못하고 어색하게 씨익 웃어 보이는 하라의 얼굴을 마주 쳐다보며 지니가 다른 손에 들고 있던 원두커피를 한 모금 머금었다.

아침 7시 15분. 남들은 이제 일어나 슬슬 출근 준비를 할 시간이었다. 아직 문을 연 카페도 없는지라 편의점 커피로 대체할 수밖에 없는 그런 이른 시간이었다. 그 시간에 하라는 자신의 금쪽같은 잠을 앗아간 위인과 마주 서서 모닝 컵라면을 먹고 있었다.

'열나게 맛있네그려.'

은근히 지니를 신경 쓰며 다소곳한 모습으로 라면 몇 가닥을 집어 입에 넣으며 하라가 속으로 꿍얼거렸다. 바로 곁에서 테이블을 등지고 서서 우아하게 커피를 머금는 지니의 시선은 줄곧 하라에게 머물러 있었다.

처음 신경을 쓰는 듯하던 하라는 이내 조금씩 먹기가 감질났던지 남은 것을 한 젓가락에 다 들어 후루룩 씹어 삼키고는 국물까지 맛깔나게 마셨다.

"으음. 그래 이 맛이야."

하라가 그제야 만족스런 미소를 지으며 뿌듯해했다. 그런 하라를 지니가 가만히 응시했다. 보면 볼수록 재미있는 녀석이었다. 놀리는 재미까지 겸해서 하라와 함께 있으면 이상하게 지루하지가 않았다. 먹성도 좋아 뭘 먹어도 맛깔나게 먹는다. 그래서 더 챙겨주고 싶다. 그런데 또 심통 맞게 놀리고도 싶다. 참 묘한 감정을 느끼게 하는 녀석이었다.

피식. 지니가 흘려낸 낮은 웃음소리에 하라가 멀뚱히 돌아보자 곧 웃음을 말끔히 지운 무심한 얼굴로 지니가 물었다.

"다 먹은 건가?"

"네."

"라면이라 식사가 조금 부실한 건 아닌가?"

"아닙니다. 김치까지 곁들여서 오늘은 더 풍족했습니다."

"그래?"

"네!"

흡족한 미소를 띠며 고개를 끄덕이는 하라를 향해 돌아서며 지니가 마시던 컵을 쓰레기통에 집어넣었다. 그리곤 톡톡 가볍게 하라의 어깨를 두드렸다.

"풍족했다니 다행이군."

"팀장님이야말로 커피 한 잔으로 괜찮겠습니까?"

"음. 안 괜찮아."

"네. 네?"

"그래서 조금 더 보충해야겠어."

느긋하게 팔짱을 낀 채 근엄한 얼굴로 자신을 내려 보는 지니의
얼굴에서 뭔가 불길함을 느낀 하라가 억지로 입꼬리를 끌어 올려
웃었다.

"아하하. 그러시구나. 부족하셨구나."

"종로에 30년 전통의 순대국밥 집이 있어."

"……네."

"그 집 국밥이 기운 차리는 덴 최고거든."

"아, 그렇습니까?"

왠지 식은땀이 맺히는 것 같아 쓱쓱 이마를 문지르는 하라의 얼
굴 가까이 지니가 얼굴을 내렸다. 바짝 다가선 지니의 얼굴을 멀
뚱히 바라보며 하라가 동작을 멈췄다. 그런 하라를 지그시 응시하
며 지니가 고개를 모로 살짝 기울였다. 각도가 예술이다. 날렵한
턱 선하며, 고혹적인 입술하며 어디 하나 시선을 빼앗지 않는 곳
이 없었다. 그가 매끄럽게 입꼬리를 끌어 올리며 입술을 달싹였
다.

"먹고 싶어."

꿀꺽. 하라의 목으로 마른침이 삼켜졌다. 다음으로 이어질 지니
의 말을 미리 짐작하며 하라가 잘근 아랫입술을 깨물었다. 하라가

깔끔히 먹어치운 빈 맛김치를 집어 들어 그녀의 면전에서 팔랑팔랑 흔들며 그가 고혹적으로 입술을 움직였다.

"나도 잘 먹을게."

말과 동시에 쓰레기통으로 사라지는 맛김치를 하라가 싸하게 쳐다봤다. 어쩐지 절대 이런 선심을 쓸 위인이 아닌데 이상하게 다정하더라니. 하라의 눈썹이 불만스레 꿈틀거렸다. 언제 그랬냐는 듯 말끔히 표정을 지운 지니가 몸을 돌려 성큼성큼 편의점 문을 나섰다.

홀로 남은 하라가 손을 뻗어 테이블 위에 덩그러니 남아 있는 빈 컵라면을 와락 구겼다. 눈을 음산하게 빛내며 하라가 거친 콧김을 내뿜었다.

"부숴 버릴 거야."

똑똑. 복수를 다짐하며 발끈하던 하라가 소리가 들린 윈도 쪽으로 고개를 돌렸다. 편의점을 나선 지니가 윈도를 사이에 두고 맞은편에 서 있었다. 반사적으로 컵라면을 놓은 하라가 어색한 미소를 지어 보였다. 답례로 썩소를 선사한 지니가 입모양으로 말했다.

'라잇 나우.'

눈썹을 들썩인 하라는 곱게 고개를 끄덕였다.

"네. 라잇 나우."

무척 즐거워 보이는 모습으로 걸어가는 지니를 눈으로 좇으며 하라가 짙은 한숨을 내쉬었다.

"흥하라. 대체 너 배로 뭔 짓을 했냐?"

웃으면서 다정하게 사람 피를 말려 죽이는 방법에 도가 튼 우리 위대하신 고느님. 진심으로 존경하옵니다.

툭. 컵라면을 쓰레기통에 넣고 터벅터벅 입구로 나서며 하라가 또 혼잣소리를 중얼거렸다.

"어쩌자고 종로에서 30년이나 순대국밥을 파셨습니까? 가까운 여의도에도 좋은 터 많은데."

아침 댓바람부터 순대국밥 셔틀을 하고 돌아온 하라를 모두 안쓰럽게 쳐다봤다. 30여 분을 버스를 타고 종로까지 가서 아침 일찍부터 줄이 길게 늘어선 가게에서 또 40분. 다시 국밥이 식을세라 택시를 타고 겁나게 달려왔을 것을 생각하면 없던 측은지심도 절로 생겨났다.

꼴통 길들이는 방법도 여러 가지지만 그중 단연 최고는 고지니의 '난 이게 좋더라' 타령이었다. 매력적인 미소를 띠며 고혹적인 목소리로 그런 멘트를 날릴 때면 그 누구도 거절을 할 수가 없었다. 그 덫에 하라가 완벽하게 걸려들었다.

"헉헉. 팀장님, 여기 순대국밥 대령했습니다."

거친 숨을 몰아쉬며 다가온 하라가 품에 안고 온 국밥을 지니의 책상 위에 올려놓았다. 택시에서 내려 얼마나 급하게 달려왔으면 숨이 턱까지 차올랐을까. 기진맥진해 쓰러질 듯 책상 위에 손을 올려 턱을 괸 하라를 지니가 시큰둥하게 내려깐 눈으로 쳐다봤다.

"홍하라."

당장 자리로 돌아가라 호통을 치려 했는데 선뜻 말이 나오지 않았다. 저도 모르게 숨을 고르느라 내뱉는 숨결과 붉게 홍조가 떠오른 하라의 얼굴에 시선이 머물렀다.

'흐음.'

숨이 턱에 차오를 만큼 열심히 뛰어왔음을 온몸으로 어필하는 모습에 약간, 아주 약간 동정심을 느꼈다. 하지만 딱 그것뿐이었다.

"홍하라, 스탠 답."

고저 없는 지니의 목소리에 하라의 귀가 쫑긋거리는 게 보였다. 하라가 고개를 틀어 지니를 돌아봤다. 지니가 무심한 표정으로 마주 보며 다시 말했다.

"네 자리로 돌아가."

"아, 네."

벌떡 자리에서 일어나던 하라가 갑자기 중심을 잃고 비틀거렸다.

"앗! 쥐!"

반사적으로 하라의 몸을 받아 안은 지니가 놀라 물었다.

"쥐? 어디? 쥐가 왜 사무실에 들어와."

"여기. 여기."

지니에게 안긴 채 제 오른발을 들어 종아리를 두드리며 하라가 호들갑을 떨었다. 그를 바라보는 지니의 눈썹이 갈지자로 휘었다. 지금 그걸 말이라고 해? 그의 표정에 적나라하게 나타난 말에 모두들 수긍하며 고개를 끄덕였다. 그러게 누가 거기 쪼그려 앉아 멍 때리고 있으랬냔 말이다.

하라의 허리를 냉정하게 밀어내며 지니가 냉정하게 말했다.

"홍하라, 그 쥐는 네 자리 가서 잡아."

"아윽. 네."

눈물을 삼키며 깨금발로 바로 앞 제자리를 찾아간 하라가 엎어질 듯 털썩 주저앉아 신발을 벗어 던졌다. 그리곤 본격적으로 다리를 주무르기 시작했다.

"아아아."

옥타브를 넘나드는 괴성을 지르며 쥐를 잡는 하라의 모습에 모두들 고개를 절레절레 흔들었다.

얼마나 뛰어다녔는지 양말이 땀에 절어 있었다. 그걸 본 지니의 미간이 와락 구겨졌다.

"갈아 신을 양말 없어?"

"양말이요? 여기 어디 있을 텐데."

발을 계속 주무르며 서랍을 뒤적이던 하라가 양말을 꺼내 들고 흔들었다. 그러면서 연신 찌릿한 발 때문에 아릇하기 그지없는 신음 소리를 내뱉었다. 참다못한 지니가 하라의 자리로 다가와 그녀를 덥석 안아 올렸다. 놀란 하라가 눈을 동그랗게 뜨고 그를 올려다보았다.

"그냥 신을 생각이야?"

"네? 그럼……?"

발을 씻지도 않고 양말을 갈아 신을 생각이냐 묻는 말에 하라가 어리둥절한 눈으로 쳐다보자 지니가 신경질적으로 쏘아붙였다.

"땀에 절었잖아."

발에 난 쥐에 신경 쓰느라 지니의 말을 못 알아듣는 모양이었다. 제 발과 지니의 얼굴을 번갈아 쳐다보는 하라가 한심스러웠다.

"아, 됐어. 냄새 풍기지 말고 발 좀 가만있어!"

"넵."

가까이 다가온 하라의 발에 질겁하며 지니가 고함을 버럭 질렀다. 그에 즉시 다리를 아래로 내린 하라가 다소곳이 손을 모으고 고개를 조아렸다. 성난 걸음으로 하라를 안은 채 사무실을 빠져나가는 지니를 두려움 가득한 시선으로 바라보며 정태가 성호를 그었다.

"꼴통, 부디 무사 귀환하길 바란다."

사무실을 나와 곧장 여자 샤워실로 향한 지니가 문을 노크해 아무도 없음을 확인했다. 그리곤 망설임 없이 문을 열어 안으로 들어서 문을 걸어 잠갔다.

"어라, 여긴 왜."

"몰라 물어?"

"씻으러?"

지니의 시린 물음에 하라가 상큼하게 답했다. 그러다 이어진 지니의 서슬 퍼런 시선에 즉시 꼬리를 내리고 손으로 머리를 긁적였다. 그게 지니의 신경을 거슬렸다.

"좀! 하지 마."

머리를 긁적이던 하라의 손을 잡아 저지시킨 지니의 미간이 와락 일그러졌다. 발 주무르던 손을 잡고 말았다. 끔찍함에 억눌린 숨을 내뱉는 지니를 반짝이는 눈으로 올려 보며 하라가 배시시 웃었다.

"어머, 손잡으러 온 거였구나."

꿈틀. 지니의 미간이 위험하게 꿈틀거렸다. 입을 꽉 다문 지니의 입에서 억눌린 신음이 새어 나왔다. 제가 말하고도 민망했던지 하라가 혀를 쏙 내밀며 눈동자를 슬쩍 굴렸다. 지니가 갑자기 팔에 힘을 빼자 하라의 몸이 아래로 쑥 내려갔다. 다행히 한 손을 잡은 채라 넘어지는 불상사는 막았다. 하라가 엉거주춤한 자세로 착지를 하자 지니가 바로 손을 내쳤다.

"전자가 맞아. 씻어."

"넵."

하라가 군말 없이 허리를 숙여 양말을 벗고 바지를 동동 걷어 올렸다. 문에 등을 기댄 지니가 팔짱을 끼고 한껏 내리깐 눈으로 하라를 쳐다보았다. 그의 뜨거운 눈길을 받으며 준비를 마치고 샤워기 앞으로 다가간 하라가 샤워기를 들고 힐끔 그를 돌아보았다.

"저기 말입니다, 팀장님."

뭔가 할 말이 있는 듯 운을 떼는 하라를 지니기 한쪽 눈썹을 치켜올려 바라보았다. 그에 눈치를 보는 듯하던 하라가 샤워기 물을 틀며 넌지시 말을 꺼냈다.

"제가 발로 장을 담그고 싶어서 그런 게 아니라, 귀가를 못해서 그런 겁니다. 이틀 동안 회사에서 숙직 아닌 숙직을 하다 보니 본의 아니게 그렇게 된 겁니다."

주저리주저리 변명을 늘어놓으며 한쪽 발을 들어 씻는 하라의 입이 억울하다는 듯 삐죽 튀어나왔다. 구비된 비누로 꼼꼼히 씻으며 나 원래 더러운 여자 아니다 어필하는 하라의 행동에 지니가 작게 콧방귀를 뀌었다. 이미 그런 인식을 심어주기엔 더러운 걸 너무 많이 봤다. 충격적인 경험과 더불어.

"잔말 말고 깨끗이 씻어."

"네."

답은 하면서도 입은 들어갈 기미가 보이지 않았다. 말끔히 씻고 나자 자신도 개운한 듯 살짝 기분 좋아진 얼굴로 지니를 돌아보았다. 그리곤 언제 그랬냐는 듯 다시 생기발랄하게 지니를 향해 다가갔다.

"샤워도 했으면 좋겠지만 남자 앞에서 해본 적이 없어놔서. 아쉽게 생략하렵니다."

지니의 눈이 게슴츠레해지는 걸 보며 하라가 입을 꾹 다물었다. 그냥 웃자고 한 얘긴데 그렇게 정색할 것까지 있느냐 속으로 꿍얼거렸지만 겉으로 내뱉지는 않았다. 지니가 팔짱을 풀고 돌아서 문고리를 잡아 돌리는 순간 등 뒤에서 놀라 숨 삼키는 소리가 들렸다. 하라가 물이 흥건한 바닥을 잘못 디뎌 허우적거리며 내는 소리였다. 지니가 돌아보기도 전에 그의 허리가 하라의 손에 붙잡혔다.

"뭐야!"

"으아악. 살려⋯⋯."

쿠당! 혼자 넘어져도 될 것을 굳이 다른 사람까지 끌어들여 바닥에 뒹굴게 만들다니. 앓는 소리가 절로 났다. 천장의 불빛을 보며 잘근 입술을 깨문 지니가 태평하게 제 위에 겹쳐 누운 하라의 어깨를 꽉 움켜잡았다.

"아야야."

어깨에 가해진 통증에 번쩍 고개를 든 하라가 멍하니 제 얼굴 위에 있는 지니의 턱을 바라보았다. 아래에서 느껴지는 지니의 단단한 육체에 하라가 고개를 갸웃 기울였다.

'뭐지? 분명히 내가 뒤에 있었는데? 왜 고느님 위로 엎어진 거지?'

"비켜."

찰나의 순간 지니가 기지를 발휘해 등 뒤의 하라를 끌어안았다. 그 덕분에 하라는 무사할 수 있었고 지니는 등 전체로 전해지는 고통을 감수해야만 했다. 어깨를 밀어내는 지니의 손길에 벌떡 일어난 하라가 미안한 얼굴로 손을 내밀었다.

"죄송합니다. 제 손 잡으십시오."

"됐어."

하라의 손을 거부하고 자리를 털고 일어선 지니의 미간이 와락 구겨졌다. 입을 꽉 다문 그의 입에서 낮은 신음이 흘러나왔다. 움직일 때마다 온몸이 아우성을 질러댔다. 뼈에 금 안 간 게 천만다행이다 느껴질 정도였다. 움찔거리며 천천히 걸음을 옮기는 지니의 뒷모습이 무척 안쓰러웠다. 사워도 하지 않은 그의 옷이 물에 축축이 젖어 있었다.

"괘, 괜찮으십니까?"

재빨리 곁으로 다가가 눈치를 살피며 조심히 물어보는 하라를 휙 째려보다 지니가 흠칫하는 게 보였다. 아프긴 많이 아픈 모양이었다.

"정말 고의는 아니었습니다."

"넌 항상 고의가 아니지. 모르고 하는 민폐가 더 최악이야."

"아. 네."

거침없이 쏟아지는 독설에 하라가 고개를 끄덕이며 슬며시 뒤로 물러섰다. 몸을 이리저리 돌려보며 다친 곳이 없는지 살피는 지니의 모습을 걱정스레 바라보며 하라가 깊은 한숨을 내쉬었다.

"정말 그러려던 게 아니었는데. 어째 요즘 자꾸 실수만 느는지 모르겠네. 에휴."

머리를 마구 헝클이며 죄책감 가득한 눈으로 지니를 바라보았다. 아무래도 쉽게 가실 통증이 아닌 것 같았다. 주먹을 불끈 쥔하라가 방향을 틀어 사무실이 아닌 계단 쪽으로 달려갔다. 다다다거리는 발소리에 뒤를 돌아본 지니의 미간이 살짝 구겨졌다.

"뭐야. 또 어딜 내빼는 거야? 홍하라."

지니의 부름에도 하라의 발은 멈추지 않았다.

"잠깐이면 됩니다. 곧 돌아오겠습니다."

눈 깜짝할 사이에 계단으로 사라진 하라의 모습에 지니가 헛웃음을 터트렸다.

"사고 치고 튀면 그만이다 이거야? 너 딱 걸렸어."

자리로 돌아오자마자 휴대폰을 들어 하라에게 전화를 걸었다. 신호는 가지만 받지를 않았다. 이를 뿌득 갈며 재차 전화를 거는 사이 인터폰이 울렸다. 휴대폰을 든 채로 인터폰을 받았다.

"네. 시사교양 2팀 팀장 고지니입니다."

[나야, 최 국장.]

"네. 국장님."

[오늘 마지막 방송이지?]

"6시 30분. 라스트 방송입니다."

[그래. 마무리 잘하고 곧 있을 개편 준비도 철저히 하고. 고 팀장 너만 믿는다.]

"팀 결속력이 좋아 그런 거죠. 제가 뭐 한 게 있습니까."

[봐라 봐. 아닌 척 너 지금 깨알 자랑하는 거 누가 모를 줄 알고?]

"그랬습니까?"

능청스런 지니의 말에 최 국장이 웃으며 마무리 잘하란 말을 건 넸다. 그와 동시에 지니의 휴대폰으로 쩌렁쩌렁한 하라의 목소리 가 들려왔다.

[팀장님! 저 사무실 1미터 앞입니다. 헉헉. 지금 들어갑니다!]

"야! 귀청 떨어져."

휴대폰에 대고 버럭거린다는 게 그만 인터폰에 대고 소리를 쳐 버렸다. 그에 잠시 정적이 흐르던 인터폰에서 최 국장의 시린 목 소리가 들렸다.

[네 귀청만 걱정이고 내 귀청은 신경도 안 쓰냐?]

"아, 죄송합니다. 저희 신입한테 말한다는 게 그만."

[뭐야. 내 전화 받으면서 다른 놈이랑 대화를 했단 거야?]

"아니, 그게 아니라."

[됐고. 오늘 시청률 저조하면 개편 때 불이익 돌아간다는 것만 명심해. 끊어.]

냉정하게 끊긴 인터폰에서 삐— 하는 기계음이 들렸다. 곧 하라 가 마라톤 결승 테이프를 끊듯 거친 숨을 몰아쉬며 제 책상이 아 닌 지니의 책상에 손을 짚고 멈춰 섰다. 지니가 차분히 인터폰을 내려놓았다. 그리곤 빈손으로 상체를 숙여 헉헉거리는 하라의 목 을 덥석 붙잡았다.

"헉."

짧은 숨을 삼키며 눈을 말똥 뜬 하라가 지니를 돌아봤다. 지니 가 이를 빠득거리며 매섭게 쏘아보았다. 그가 다른 손에 쥔 휴대 폰을 부숴 버릴 듯 꽉 움켜쥐었다. 꼴통 중에 왕꼴통이다. 이걸 어떻게 손봐야 속이 시원할까. 속이 부글부글 끓어올라 폭발할 것 같은 얼굴로 지니가 하라를 죽일 듯 매섭게 쏘아보았다.

"작작 좀 해라. 어."

"아, 그게 아니라. 여기."

지니에게 목이 잡힌 채로 대롱거리며 하라가 손에 들고 있던 약 봉투를 흔들어 보였다. 지니의 미간이 구겨졌다. 그에게 좋은 반응을 기대했던 건 아니었다. 하긴 기분이 나쁠 만도 했다. 병 주고 약 주고 이게 무슨 헛짓거리냐 구박을 당해도 할 말이 없었다.

"뿌리는 거랑 붙이는 거 두 종류 있습니다. 어떤 걸로 해드릴까요?"

그래도 저 때문에 다친 건데 치료는 해주어야 마땅하다 생각한 하라가 활짝 미소를 띠며 최대한 정중하게 물었다. 냅다 뛰었던 게 이걸 사러 갔던 모양이다. 방송국 밖 약국까지 다녀온 것치고 꽤 빠른 시간이었다. 최선을 다해 뛰었단 말이겠지.

"됐어. 필요 없어."

고분고분 받아 붙이기엔 아직 앙금이 많이 남아 있었다. 잡은 목을 놓고 자리에 앉으며 지니가 곁에선 하라를 밀어냈다. 오늘분 편성표를 펼쳐 면밀히 검토하는 지니를 가만히 바라보다 하라가 마지못해 약 봉투를 그의 책상에 조심히 내려놓았다.

"그럼 나중에라도 꼭 붙이십시오."

"김정태, 음향 작업 어떻게 됐어."

하라의 말을 깔끔히 무시하고 지니가 정태를 불렀다. 자리에서 벌떡 일어나 정태가 시계를 확인하고 말했다.

"지금 작업 중인데 11시 20분까지는 완료해서 넘겨주기로 했습니다."

"누가 가 있어?"

"나 PD님이 가셨습니다."

"알았어."

또다시 시작된 투명인간 취급에 하라가 멋쩍은 듯 볼을 긁적였다. 그리곤 서운한 미소를 띤 채 자신의 자리로 돌아갔다. 아침나절 힘들게 사온 국밥은 지니의 외면에 이미 싸늘하게 식어 있었다.

"파스라도 좀 붙이시지."

국밥은 그렇다 치고 아픈 곳에 멍이라도 들기 전에 얼른 파스라도 붙였으면 좋으려만 지니는 그것마저 보이지 않는 것처럼 외면하고 있었다. 오늘이 마지막 방송이었다. 어젯밤까지 필름을 접검하고 미미한 부분을 체크해 다시 작업하도록 지시를 내리기까지 그는 모든 일에 철두철미했다. 그가 하는 일을 곁에서 지켜볼 수 있는 기회가 그리 흔한 것은 아니었다. 비록 도움이 되진 못했지만 그와 함께 밤을 새웠다는 것만으로도 하라는 뿌듯했다.

투덜거리긴 했지만 그의 관심이 싫지 않았다. 그는 자신과 함께하는 것이 지옥일 거라고 했지만 하라에겐 다시 못 올 기회였다. 잘하고 싶었는데 그게 마음처럼 쉽지 않아 괜히 속상해졌다.

풀이 팍 죽은 채 책상에 널브러진 하라의 등을 정태가 찰싹 때렸다.

"야. 이 바쁜 와중에 너 지금 뭐 하는 거야. 감히, 막내가 편히 쉬고 있어?"

"아야야. 아우. 진짜, 그런 게 아니라."

"닥치고. 빨리 따라와."

하라의 뒷덜미를 잡아 일으킨 정태가 앞서 걸어가며 입구를 턱으로 가리켰다. 가방을 챙겨 정태의 뒤를 쫓던 하라가 힐끔 지니를 뒤돌아봤다. 그는 하라가 자리를 비우든 말든 아무 관심 없다는 듯 묵묵히 모니터만 바라보고 있었다.

"다녀오겠습니다."

힘차게 인사를 하고 사무실을 나서는 하라의 모습이 지니의 모니터에 그대로 비쳤다. 지니가 좁혀진 미간을 손끝으로 문지르며 고개를 절레절레 흔들었다. 그가 의자에 등을 기대려다가 낮은 신음을 흘렸다.

"젠장. 많이 다친 것 같지는 않은데 왜 이렇게 아프지?"

욱신거림이 멈추질 않았다. 지니의 시선이 하라가 두고 간 약 봉투에 닿았다. 톡톡 책상을 두드리던 손이 약 봉투로 옮겨갔다. 슬쩍 봉투를 벌리자 뿌리는 파스와 붙이는 파스가 들어 있는 것이 보였다. 피식. 싱거운 웃음이 터져 나왔다.

"호들갑스럽긴."

가만히 생각해 보면 하라의 잘못도 아니었다. 그녀의 말대로 이틀 동안 발이 묶여 야근 아닌 야근을 했던 것도 사실이었고, 샤워를 할 시간을 주지 않은 자신의 잘못도 있었다. 말도 안 되는 일을 시키고 자신은 작업을 끝내고 방송국 근처 자신의 오피스텔에서 간단히 샤워를 하고 옷까지 갈아입고 왔다. 그게 말단과 팀장의 차이겠지만 이건 다분히 지니의 고의성이 담긴 괴롭힘이었다.

"넘어지지 않으려고 뭐라도 붙잡는 건 생존 본능이지만, 그렇다고 날 잡으면 어쩌겠다는 거야."

작게 투덜거리며 뿌리는 파스를 꺼내 든 지니가 사무실 안을 휘둘러 살폈다. 모두들 제 할 일을 찾아 나간 덕에 사무실은 텅 비어 있었다. 자리에서 조심히 일어선 지니가 몸을 이리저리 움직여 보며 아픈 부위를 가늠했다. 아무래도 가벼운 타박상을 입은 것 같았다.

점퍼를 벗고 티를 걷어 올리며 목을 돌려 등을 보려 했지만 여의치 않았다. 책상에 걸터앉아 모니터에 비친 모습을 보자니 선명하지 않아 그것도 갑갑했다.

"아우. 뭐가 보여야지 뿌리든가 말든가 하지. 그냥 뿌려 버려?"

뿌리는 파스를 심각하게 쳐다보며 지니가 턱을 쓰다듬었다. 이런 것으로 고민하게 될 줄은 또 몰랐다. 사람이 없는 게 다행인지 불행인지.

"연체동물이 부러워 보긴 또 처음이군."

쓰게 웃으며 지니가 처량하게 파스를 흔들었다.

정태와 하라는 음향 작업 중인 나 PD 뒤에 시립해 음향 감독과 지니의 메모를 맞춰보며 대화를 나누는 모습을 열심히 바라보았다. 서로가 놓쳤던 것에 대해 다시 한 번 살펴보고 체크하는 작업이 매우 진지하게 이뤄졌다.

"뭐냐?"

정태가 하라의 옆구리를 찌르며 작게 물었다. 움찔하며 정태를 돌아본 하라가 먼저 깊은 한숨부터 내쉬었다. 생각하면 할수록 억울하고 창피해서 죽고 싶을 지경이었다. 지니가 사무실에 들어설 때부터 풍겨오는 오라가 심상찮아 같이 나간 하라가 또 무슨 짓을 저질렀구나 생각했다.

　회식 때의 쇼킹한 사건 말고 또 무슨 짓을 저질렀기에 팀장이 저기압인가 궁금했다. 그래서 재촉하듯 하라의 옆구리를 계속 찔러댔다. 그 열성에 푸념 섞인 목소리로 하라가 힘없이 입을 열었다.

　"내가 팀장님 자빠트렸어."

　"뭐? 팀장님을 자빠트려!"

　너무 놀란 나머지 정태가 소리를 질렀다. 덩달아 작업 중이던 음향 감독과 나 PD까지 토끼 눈을 하고 둘을 돌아보았다. 자빠트렸다는 단어가 주는 뉘앙스가 묘했다. 게다가 그 단어를 접한 사람들의 생각도 각양각색이었다.

　"정말 고의는 아니었어. 그건 그냥 사고였다고."

　"야, 넌 무슨 사고를 항상 그렇게 대범하게 육체적으로 치냐. 저번 것도 그렇고."

　"저번? 저번에 뭐?"

　정태가 키스 건과 맞물려 자빠트림에 대해 엉뚱한 상상을 하고 있을 때, 나 PD와 음향 감독이 눈을 반짝이며 기대 가득한 목소리로 물었다.

　"뭐야, 고랑 레슬링했냐?"

　"이겼어? 고 팀장 뭉갰어?"

　자빠트림에 대한 견해가 이렇게 천지 차이일 줄이야. 고 팀장과 하라를 여자 남자로 엮을 생각은 추호도 해본 적이 없던 둘에게서 나올 수 있는 최고의 발상이었다. 정태와 나 PD와 음향 감독을 번갈아 바라보던 하라가 고개를 갸우뚱거렸다.

"샤워실에서 넘어졌는데요."

사실 그대로를 말했을 뿐인데 모두의 얼굴에 경악이 담겼다. 헉 하고 거친 숨을 삼킨 정태가 입을 가리고 어쩔 줄 몰라 하다 조심히 물었다.

"샤, 샤워실? 어디 샤워실?"

"여자 샤워실."

"여자 샤워실에 고 팀이랑 같이 들어갔단 말이야?"

음향 감독이 믿을 수 없다는 듯 목소리를 크게 돋웠다. 저를 향해 쏟아지는 과한 관심에 머쓱하게 어깨를 들썩이며 하라가 별스럽지 않다는 듯 답했다.

"샤워실에 뭐 하러 갔겠어요? 씻으러 갔지."

"꿀꺽. 씨, 씻으러? 둘이서?"

"나는 씻고 팀장님은 지켜보고."

"헉! 고 팀장이 너 씻는 걸 지켜봐?"

갈수록 태산이다. 하라가 씻고 그걸 옆에서 고 팀장이 지켜보는 묘한 상상을 하며 모두 몸서리를 쳤다. 이 무슨 직장 내에서 해괴망측한 짓이란 말인가. 그걸 또 아무렇지 않게 말하는 저 여자의 탈을 쓴 인간은 대체 또 뭐란 말인가. 부끄러움이라곤 털끝만큼도 없는 하라의 뻔뻔한 낯짝에 모두 혀를 내둘렀다.

"네. 발로 장 담그냐고 삭인 홍어 냄새가 난다나 뭐라나. 강제로 끌려가서 세족식 했습니다."

"뭔 식?"

"발 씻었다고요. 고느님 감시하에 비누칠해서 빡빡."

"……그걸 여자 샤워실에서 왜 해."

뭔가 잔뜩 김샌 얼굴로 정태가 허무하게 물었다. 남은 둘의 표정도 그와 다르지 않았다. 샤워실에서 발만 씻고 나온 건 정말 최악의 스토리였다.

"뭔 저널들이 스토리텔링이 고따위야. 재미없게."

금세 시큰둥해진 음향 감독이 다시 화면을 보며 돌아앉았다. 나 PD가 구시렁거리며 혀를 찼다. 제가 뭘 잘못한 건가 괜히 머쓱해진 하라가 볼을 긁적이며 말했다.

"여자 화장실에 갈 순 없었겠지."

"그럼 자빠트렸다는 건 또 뭐야?"

"선배 물 밟고 미끄러져 봤어? 그 어마무시한 순간 손은 본능적으로 생존을 위해 움직이게 되어 있지. 그래서 내 손은 고느님을 선택한 거고. 결론은 말 그대로 자빠진 거지. 함께."

"하아. 미쳤네. 미쳤어."

"본능이야. 누구든 그 상황에선 그럴 수밖에 없을 거라고. 그걸 미친 짓이라고 단정 짓진 말아줘."

약간의 억울함이 섞인 하라의 목소리에 정태가 어쩔 수 없다 고개를 절레절레 흔들었다. 평소 하라가 덜렁거리긴 하지만 일 처리 하나는 확실했다. 지나치게 감정 기복이 커서 그렇지 대부분이 초긍정 모드였다. 그래서 웬만한 것에도 쉽게 풀이 죽거나, 좌절하지 않고 굳세게 견뎌냈다. 그래서 자신이 그렇게도 바라던 곳에 들어왔는데, 어째서 오매불망하던 고 팀장 앞에서만 저렇게 사고를 치는지 모르겠다.

"하긴. 네가 제일 갑갑하겠다."

잘 보이고 싶었을 텐데 자꾸 이렇게 어긋나니 얼마나 속상할까.

정태가 하라의 머리를 부스스 헝클이며 옅게 웃었다.

"거기 멍하게 섰지 말고 이거나 팀장님 갖다 드려."

작업이 끝난 테이프 사본을 나 PD가 하라에게 내밀었다. 하라가 자신을 손가락으로 가리켰다.

"제가요?"

"그럼. 졸따구가 하지 선배가 하리?"

"넵. 잽싸게 전달하겠습니다."

테이프를 받아 든 하라가 장난스럽게 거수경례를 하며 음향실을 나섰다. 그 뒷모습을 걱정스럽게 바라보며 셋 다 허한 웃음을 터트렸다. 행동이야 좀 엉뚱하긴 해도 성실함은 누구 못지않은 녀석이었다. 부디 그게 고 팀장의 눈에도 들어 그의 인정을 조금이라도 받기를 바랐다.

"자식. 그래도 귀여운 구석은 있는데 말이야."

"곁에 두고 보다 보면 자연스레 알게 되겠죠. 다시 사고만 안 치면 다행인데."

"아이고. 누구는 뭐 처음부터 잘했나? 천하의 고지니도 신입 때는 알아주는 꼴통이었어."

자리에서 일어서며 넌지시 미끼를 던지는 음향 감독을 나 PD와 정태가 호기심 가득한 눈으로 바라보았다. 문을 나서는 음향 감독을 따라 둘의 시선이 움직였다. 곧 시선을 맞춘 둘이 벌떡 자리를 털고 일어나 그의 뒤를 따랐다.

"감독님! 어땠는데요? 예? 아이, 왜 운만 떼고 가세요. 감독님!"

슬금슬금 사무실의 동태를 살피기 위해 자세를 낮추고 고개를 뺀 채로 안을 바라보던 하라의 고개가 갸웃 기울었다. 티를 반쯤 들어 올린 채로 지니가 모니터에 제 모습을 비춰 보는 묘한 자세를 취하고 있었다.

'뭐야?'

조금 더 안으로 들어와 지니를 관찰하던 하라가 천천히 자리에서 일어섰다. 그의 손에 붙이는 파스가 들려 있었다. 요리조리 자세를 고쳐 가며 붙일 자리를 찾고 있는 모양이었다. 조금 더 다가가자 강렬한 파스 냄새가 콧속을 파고들었다. 사무실 가득 파스 냄새가 진동했다. 그의 옆에 뿌리는 파스가 놓여 있었다. 조준을 잘못한 모양이다. 뿌리는 것에 실패해 붙이는 것으로 시도를 하고 있는 모양이었다.

히죽. 하라의 얼굴에 미소가 떠올랐다. 조심스럽던 발걸음이 가벼워졌다. 성큼성큼 다가선 하라가 테이프를 내려놓고 그의 손에서 파스를 뺏어 들었다.

"제가 해드리겠습니다."

갑자기 나타난 하라에 놀란 지니가 서둘러 옷을 내리고 건조하게 말했다.

"됐어."

"아우. 이렇게 파스 냄새 진동할 정도로 뿌리고 실패했으면 한참을 고전했단 소린데. 사양하지 마십시오."

파스를 손바닥에 펼쳐 든 하라가 지니의 티를 잡아 올리며 천연덕스럽게 말했다. 하라의 손을 냉정하게 쳐내며 지니가 딱 잘라 말했다.

"됐다고."

아무 일도 없었단 듯 파스 냄새를 폴폴 풍기며 고집스레 자리에 앉는 지니를 하라가 게슴츠레하게 바라봤다. 꽁한 건 꽁한 거고 아픈 건 아픈 거다. 저 때문에 다쳐서 미안한 마음에 이거라도 붙여주겠다는데 차갑게 나오는 걸 보니 괜히 얄미웠다.

"제가 말입니다. 모르고 저지른 잘못에 대해 받는 꾸지람은 얼마든지 참고 견딜 수 있는데 말입니다. 이렇게 알고 있는 실수에 대해 아무것도 하지 못하는 건 도저히 참을 수가 없습니다. 해드릴 수 있는 건 해드리고 꾸지람을 든더라도 듣겠습니다. 죄송합니다."

허리를 숙여 사죄하는 하라를 무심한 척 지니가 돌아보지 않았다. 손에 덕지덕지 붙은 파스를 떼어내 쓰레기통에 넣고 다시 다른 것을 꺼내 들고 하라가 싱긋이 웃었다.

"팀장님, 반항하면 이번엔 진짜 자빠트릴 겁니다."

죄송 모드에서 바뀌어 상큼 발랄해진 하라의 목소리에 지니가 미간을 살짝 구긴 채 그녀를 돌아봤다. 팔랑팔랑 그녀의 손에서 파스가 흔들렸다.

"제가 까드릴까요. 팀장님이 직접 까시겠습니까?"

"까?"

"웃통 말입니다."

"흥하라."

나직한 지니의 부름에 하라가 눈을 휘며 성큼 다가서 그의 티를 붙잡았다. 눈에 한껏 힘을 준 지니가 위협을 가해도 하라는 꿈쩍도 하지 않았다. 꼭 파스를 붙이고 말리라는 엉뚱한 집념이 그녀의 두 눈에서 화르륵 불타올랐다.

"이왕 사온 거 그냥 버릴 순 없잖습니까. 사람은 미워도 죄는 미워하면 안 되는 겁니다."

"죄는 미워도 사람은 미워하면 안 되는 거겠지."

"아, 맞습니다. 그겁니다."

고집불통 하라가 쉽게 물러설 것 같지도 않고 사람들 오기 전에 그냥 끝내는 게 좋겠다 싶었다. 짜증을 내면서도 순순히 자리에서 일어서는 지니를 하라가 흡족하게 바라봤다. 그가 하라를 등진 채 티를 들어 올리자 근육이 잘 잡힌 너른 등판이 보였다. 파란 멍이 올라오진 않았지만 살짝 붉은 기를 보이는 곳이 두 군데 있었다. 눈에 보이지는 않고 통증은 등 전체로 느껴져서 아픈 곳을 정확히 가늠하기가 쉽지 않았던 모양이다.

"에이, 벗는 김에 화끈하게 벗어주십시오. 여기까지."

하라가 티를 어깨 위까지 끌어 올렸다. 그에 지니의 미간이 꿈틀거렸다.

"너 눈요기하려고 그러는 거면 죽는다."

"아이고, 그럼 다 벗기지 이것만 벗길까."

"뭐야?"

"아닙니다. 여기 하나 딱 붙이겠습니다."

어깻죽지 바로 아래 부분에 파스를 붙이고 다른 파스를 하나 더 뗐다. 그리고 잠시 붙일 곳을 쳐다보고 섰다.

"뭐 해. 다 됐어?"

"아니, 한군데 남았는데 그 위치가 좀."

"빨리 붙여. 사람들 오기 전에."

"네. 그럼."

하라가 망설임 없이 그의 바지 뒤춤을 잡아 확 끌어 내렸다. 당황한 지니가 바지를 잡고 휙 몸을 돌렸다. 그가 눈을 부릅뜨고 하라를 노려봤다.

"야! 뭐 하는 짓이야!"

파스를 든 채 하라가 멍한 눈으로 지니를 바라봤다.

"파스 붙이는 중인데요."

"그런데 왜 바지를…… 벗겨."

잇소리를 내며 말끝을 흐리는 지니를 영문을 모르겠다는 듯 쳐다보며 하라가 능청스레 말했다.

"팀장님 골에 멍이 들어서 붙이려면 바지를 내려야 합니다만."

"으흠. 됐어. 거긴 내가 붙이지."

"이왕 시작한 거 제가 마무리를."

다시 바지를 향해 뻗는 하라의 손을 덥석 잡아당기며 지니가 으르렁거렸다.

"벗어도 내가 벗어서 한다고."

"아. 네."

위치가 위치이니만큼 아무래도 그쪽이 낫겠다 판단한 하라가 선뜻 파스를 떼서 건네려 잡힌 손을 당겼다. 그 결에 생각 없이 서 있던 지니의 팔이 딸려갔고 체중이 하라의 몸 쪽으로 실렸다. 의도치 않게 둘의 몸이 하라의 뒤쪽으로 기울었다. 하라가 허리를 뒤로 휘며 상체를 젖혔고 그 위로 티를 끌어 올린 지니의 몸이 겹쳐졌다.

얼떨결에 벌어진 일에 둘이 멍하니 눈만 깜빡거렸다.

"어어. 이번엔 제가 그런 거 절대 아닙니다."

하라가 잡힌 손을 흔들어 보이며 발뺌부터 했다. 하라의 목소리에 섞여 다소 거칠어진 숨결이 귓가 섬세한 솜털을 자극하며 지니의 귓속으로 스며들었다. 지니가 저도 모르게 몸을 떨었다. 맞닿은 몸에 전해진 묘한 감각에 둘이 동시에 몸을 흠칫 떨었다. 지니가 벌떡 상체를 일으켜 세웠다. 잠시 굳은 듯 그가 빠져나간 자세 그대로 멈춰 있는 하라를 내려 보다 이내 아무렇지 않은 듯 태연하게 티를 끌어 내렸다. 그리곤 마치 아무 일도 없었던 듯 자신의 자리에 앉았다. 그리곤 하라가 올려놓은 테이프를 VTR 기기에 넣고 플레이시켰다.

"거기서 숙직할 거 아니면 그만 일어나지."

"예?"

차분하기 그지없는 지니의 목소리에 하라가 돌아보며 멍하니 물었다. 그가 화면에 시선을 둔 채 무심하게 말했다.

"오늘도 야근할 생각 아니면 벌떡 일어나 방송 준비하란 소리다. 사고뭉치."

야근이란 말에 하라가 두 번 생각할 틈도 없이 벌떡 몸을 일으켰다. 그리곤 폴더마냥 허리를 접어 인사를 한 뒤 쏜살같이 사무실을 빠져나갔다. 멀어지는 하라의 발소리를 들으며 지니가 깊은 한숨을 내쉬었다. 그가 화면에서 눈을 떼고 지끈거리는 관자놀이를 손으로 꾹 눌렀다. 어차피 영상은 눈에 들어오지도 않았다.

"흐음."

뭐라 말할 수 없는 난감함에 지니가 짙은 신음을 흘러냈다. 누가 그 장면을 보기라도 했으면 어쩔 뻔했나 생각하니 아찔했다. 지니가 하라를 덮친 거라 오해를 살 만큼 아주 위험한 자세였다.

그가 손을 옮겨 무심결에 하라의 숨결이 닿았던 귀를 만지작거렸다. 그러다 문득 동작을 멈췄다. 지니의 눈이 가늘어졌다. 그가 손을 모아 가만히 턱을 괬다.

"성가셔. 너무."

지니의 한쪽 눈썹이 꿈틀거렸다. 그러다 다시 입가에 엷은 미소가 머물렀다. 성가신데 귀찮다거나 싫지는 않다. 걸리적거리는데 자꾸만 눈이 가고 신경이 쓰인다. 사고 칠까 봐 걱정돼서 그런 거겠지. 배시시 웃던 하라를 떠올리다 고개를 저으며 지니가 그렇게 단정 지었다.

마지막 방송의 엔딩이 끝날 때까지 긴장을 놓을 수 없었다. 모두 평소보다 더 긴장한 채 방송에 집중했다. 모든 것이 끝나고 광고방송이 나가고 나서야 안도의 한숨을 내쉬었다. 기분 좋은 박수 소리와 환호성이 이어졌다. 그 모습을 기분 좋게 바라보던 지니가 책상을 두드려 시선을 집중시켰다.

"그동안 다들 수고 많았다. 오늘은 푹 쉬고 내일부턴 또 다른 프로젝트를 위해 달리는 거다. 알겠나?"

"와아. 이거 하나 끝나자마자 너무 몰아붙이시는 거 아닙니까?"

"3박 4일은 아니라도 하루 정도는 쉬어줘야 재충전이 되는 거지. 박하다 박해."

지니의 말에 뻔히 알면서도 여기저기서 투정 섞인 볼멘소리가 터져 나왔다.

"그러지 말고 우리 오늘 진하게 한잔하죠. 어차피 제대로 쉬지도 못할 건데. 기분 좋게 알코올 드링크 어떻습니까?"

그 와중에 하라가 손을 번쩍 치켜들고 한껏 들뜬 목소리로 방방 뛰며 말했다. 모두의 시선이 하라에게 집중됐다. 아주 당당하게 술을 외쳐 대는 하라의 얼굴을 빤히 쳐다봤다. 그 난리를 치고도 또 술타령이라니. 다들 기가 막힌다는 표정이었다. 그 내막을 알 리 없는 하라가 해맑게 웃으며 사람들을 두리번거렸다.

"우리도 종영파티 해야죠!"

"여기가 무슨 드라마국이냐? 쫑파는 무슨 쫑파."

너 빼고는 콜이란 말은 쏙 빼고 정태가 심드렁하게 말했다. 하라가 또 주사를 부리게 되면 가장 괴로운 건 맞사수인 정태였다. 이전에도 주사를 부린 적은 있지만 대상이 달랐다. 학교 때처럼 이놈 저놈 아무 멱살이나 잡고 흔들던 때와는 급이 달랐다. 다음 날, 배시시 웃으며 해장국 하나로 때울 수 있는 인물이 아니란 말이다. 고지니 팀장은.

"에이, 우리라고 못하란 법 있나? 원래 술자리란 게 다 이름 붙이기 나름 아닙니까. 쫑파가 싫으면 대파? 막파? 푸하하. 뭐 이런 것도 좋을 것 같은데 말입니다."

춥다. 그것도 오금이 저릴 만큼 아주 춥다. 지금이 어느 땐데 저런 철 지난 유머를 남발하며 광년이 사촌처럼 웃는 걸까. 모두 기가 막힌 표정으로 저게 방송 끝났다고 인생까지 덩달아 끝내고 싶은 건가 하며 쳐다봤다. 분위기 파악 제로의 하라는 제 말이 우스워 죽겠다며 배까지 부여잡고 옆에 선 사람의 팔까지 때려댔다.

"헉. 미친다."

"아주 죽으려고 기를 쓰는구만."

"놔도 너무 놨지. 정신줄이 아주 훨훨 날아 태평양을 가로지르는구먼."

모두들 하라의 손바닥 세례를 당하고 있는 사람을 보며 저마다 한마디씩을 덧붙이며 고개를 절레절레 저었다. 더러는 성호를 긋고 하라에게 신의 가호가 있기를 기도하는 사람도 있었다.

"막가파."

바로 곁에서 들려온 목소리에 하라가 고개를 들며 맞장구를 쳤다.

"그것도 좋네. 아! 막장…… 파도……. 헙!"

그때까지도 옆 사람의 팔을 때리며 즐겁게 웃던 하라가 입을 꾹 다물었다. 시선이 마주친 사람의 서늘한 눈빛에 바짝 주눅이 들어 버린 것이다. 눈동자를 굴려 시선을 피한 하라가 슬그머니 지니의 팔에서 손을 떼고 내리려 했다. 그 손을 지니가 덥석 붙잡았다.

"헉!"

놀라 거친 숨을 토해내며 하라가 토끼 눈으로 지니를 바라봤다. 그녀의 목으로 마른침이 꿀꺽 넘어갔다. 그 누구도 아닌 지니의 몸에 폭행을 가했다는 게 도저히 믿어지지 않아 1차로 기함했고, 사건 현장을 벗어나려는 범인인 손을 지니가 붙잡았다는 것에 2차로 놀랐다. 심장 마비 걸릴 뻔했다.

지니가 잡은 손에 지그시 힘을 줬다. 묵직하게 손목을 눌러 오는 압력에 하라의 입가가 부들거렸다. 그녀가 호소하듯 눈으로 말했다. 고느님, 이대로 제 가냘픈 손목을 분질러 버릴 건 아니시죠?

"술. 좋지."

"조, 좋아요?"

"특히, 고삐 풀린 망아지한텐 술이 꼭 필요한 법이지."

"네? 고삐 풀린 망아지요?"

"먹고 뒈질 만큼. 아주 많이."

"아…… 그놈도 그렇게 많이는 필요 없을 것 같습니다만."

"아니야. 필요해. 꼭."

지그시 하라를 내려 보는 지니의 눈매가 가늘어졌다. 한쪽만 치켜 올라간 입술이 무척 매혹적이면서 위험하게 보였다. 등골을 타고 섬뜩한 냉기가 올라왔다. 퍼뜩 정신이 든 하라가 강렬하게 고개를 흔들며 극구 사양했다.

"아닙니다. 다들 피곤한 것 같은데. 오늘은 일찍 들어가서 주무시는 게 좋을 것 같습니다."

"아니야. 네 말이 맞아. 마무리는 제대로 해야지. 가자. 뒤풀이."

"시, 싫습니다. 전 안 갈랍니다."

지니가 잡은 손목을 끌며 앞서 걸어갔다. 끌려가지 않으려 아무리 용을 써도 소용이 없었다. 도살장에 끌려가는 소처럼 질질 끌려가는 하라의 처참한 모습에 모두들 눈살을 찌푸렸다. 그러게 좀 적당히 하라니까. 구원의 눈빛을 보내며 애절하게 뒤를 돌아보는 하라를 모두 은근슬쩍 외면했다. 먼 산 바라보듯 딴청을 피우는 직원들을 원망 가득한 눈으로 바라보는 하라의 머리 위로 지니의 단조로운 목소리가 지나갔다.

"안 갑니까? 뒤풀이?"

"가, 갑니다."

나 PD가 눈짓 손짓으로 모두들 어서 움직이란 신호를 보냈다. 모두가 바라던 편안한 휴식은 하라의 망발로 날아가 버렸다. 대충 분위기만 맞추고 빠져나가야겠다 저마다 속으로 생각하며 마지못해 사무실을 나섰다.

"어, 차 감독님!"

누군가 엘리베이터 앞에 선 은주를 알아보고 불렀다. 그에 은주가 고개를 돌려 그들 쪽을 바라보며 가볍게 목례를 했다. 미소 띤 그녀의 시선은 이내 지니에게 고정되었다.

"팀원들 전부 대동하고 어디 가나 봐?"

은주의 물음에 답 없이 짧게 고개를 끄덕였다. 엘리베이터 문 쪽을 주시하고 선 지니의 반대편 손이 하라의 손목을 붙잡고 있는 것을 보고 은주가 눈썹을 꿈틀거렸다. 본의 아니게 지니의 옆에 딱 붙어선 하라가 빠끔히 고개를 내밀며 명랑하게 말했다.

"감독님, 이번 드라마도 반응 좋던데요? 감독님 연출력은 정말 탁월하십니다."

"고마워. 이름이?"

은주가 하라의 몸을 눈치채지 못하게 빠르게 훑으며 물었다.

"시사교양 2팀 신입 VJ 홍하라입니다."

하라가 씩씩하게 말하며 허리를 굽혀 인사했다. 그를 지니가 물끄러미 돌아봤다. 신입은 인간 취급도 안 하니 어쩌니 불평을 할 때는 언제고 제 존재도 모르는 다른 팀 감독에게는 참 깍듯하기도 하다.

"많이 힘들겠네. 신입이면 배울 것도 많고."

"에이, 뭐 저만 그런가요. 선배님들이 더 힘들죠."

지가 언제부터 저렇게 선배를 챙겼다고. 입에 침이나 바르고 말을 하지. 못마땅하게 하라를 흘기는 눈초리지만 그 속에 귀여운 녀석이란 속내가 숨겨져 있음을 눈치 빠른 은주가 놓칠 리 없었다. 골칫덩어리지만 미움을 사지는 않는다. 저런 놈들이 팀원들을 힘들게 하고 일을 그르칠 위험이 높다. 은주가 좋아하지 않는 부류다.

저를 호의적으로 바라보는 하라에게서 시선을 거둔 은주가 다시 지니에게 물었다.

"오늘 마지막 방송이었지?"

"응."

단답형으로 일관하는 무심한 지니를 대신해 정태가 나섰다.

"네, 감독님. 저희 그래서 뒤풀이 가는 길입니다."

"아, 그래요? 그럼 나도 동석해도 되나? 축하해 줄 겸 제가 한턱 쏠게요."

"네가 왜."

표정 없이 돌아본 지니의 말에 은주가 고혹적인 미소를 띠며 말했다.

"입사 동기로서 그 정돈 할 수 있잖아. 안 그래?"

"와아! 정말 짱이십니다. 두 분 우정이 남달랐다더니 이런 곳에서 빛을 발하네요."

정태가 나서서 너스레를 떨며 은주에게 엄지를 들어 보였다. 지니가 뭐라 마다할 틈도 없이 엘리베이터 문이 열리고 모두들 다운됐던 좀 전과는 사뭇 다른 분위기로 화기애애하게 엘리베이터에 올랐다. 덩달아 기분이 좋아진 하라가 공짜 술 생각에 헤헤거리다 손목을 통해 전해지는 아찔한 통증에 고개를 들어 지니를 올려 보았다.

모두가 즐거운 가운데 그만 굳은 얼굴로 심각하게 정면을 직시하고 있었다. 아프다 말하려다 말고 하라가 입을 다물었다. 그는 지금 자신이 손에 한껏 힘을 주고 있다는 사실을 모르고 있는 것 같았다. 저를 향해 으름장을 놓던 것과는 또 다른 분위기다. 왜인지는 알 수 없지만 그를 건드려서는 안 될 것 같았다.

"와아, 이렇게 룸까지 잡아주실 것까진 없는데."

나 PD가 마음에도 없는 말을 하며 테이블 위 맥주를 따 은주의 잔에 따랐다. 지니는 이미 누군가 따라준 맥주를 마시고 있었다.

"쏘려면 확실히 쏴야죠. 화끈하게."

"역시 감독님 성격 좋단 말이 헛소문은 아닙니다."

"어머, 그런 소문이 났어요?"

"아이고, 벌써 드라마국 담장을 넘어 저희 팀까지 들려온걸요. 아마 방송국 내에 모르는 사람이 없을 겁니다."

"비행기 너무 태우시는 거 아니에요? 이거 뭘 더 시켜 드려야 하나?"

온갖 아부를 다하며 모두들 은주를 추켜세우는 중이었다. 물론, 지니가 그렇게 짠돌이는 아니었지만 워낙 일에 치이다 보니 자주 회식을 할 수도 오래 즐기고 마실 수도 없었다. 얼떨결에 하게 된 뒤풀이 회식 자리에 요즘 승승가도를 달리는 은주까지 합세하고 보니 평소 칙칙했던 것과는 분위기가 확연히 달랐다.

오늘 하라의 자리는 구석 제일 끝이 아니라 지니의 옆이었다. 잡힌 손은 자유로워졌지만 눈치가 보여 마음 놓고 술을 마실 수는 없었다. 어딜 가나 좋은 점이 있으면 나쁜 점도 있음을 또 한 번

실감했다.

"축하해."

지니의 맞은편에 앉은 은주가 잔을 내밀었다. 지니가 시선을 들어 잔을 잡은 은주의 손을 스쳐 그녀의 얼굴을 마주했다. 낮은 한숨과 함께 잔을 부딪치는 지니를 곁에 앉은 하라가 술을 홀짝이며 곁눈질로 훔쳐봤다.

'뭐야, 누군 짠 한 번 하자 그렇게 졸라대도 절대 안 해주더니. 쳇.'

속으로 구시렁거리며 과일 안주 하나를 집어 올리던 하라의 손을 다른 손이 낚아챘다. 제 입으로 들어가야 할 안주가 허공에서 멈춘 채 부끄러운 속살을 만천하에 드러내고 있었다. 이 무슨 과일에게 못할 짓이란 말인가! 하라가 눈을 부릅뜬 채 손의 주인을 돌아봤다. 그리곤 그 즉시 시선을 내렸다.

"이건 먹지 말랬지."

잡은 손의 압력에 비해 말은 훨씬 부드러웠다. 힐끔. 눈동자만 굴려 하라가 지니를 올려봤다. 그가 그윽한 눈으로 저를 바라보고 있었다. 시선이 마주치자 하라가 히죽 억지로 입가를 끌어 올려 웃었다. 은주와 술을 마시느라 못 본 줄 알았더니 완전 귀신이다. 하라는 가지런한 앞니 일곱 개를 해맑게 보여주며 손에서 이쑤시개를 놓았다.

툭. 과일 접시 위로 배가 떨어졌다.

"왜, 하라 씨 배 알레르기 있어?"

은주가 고개를 갸웃하며 물었다. 정작 묻고 싶은 말은 따로 있었지만 속으로 감췄다. 그녀가 아는 지니는 신입 따위가 뭘 먹든 전혀 개의치 않는 사람이었다. 철근을 씹어 삼키든 땅에 떨어진 걸 주워 먹든 제 속에 들어가는 것이 아니면 상관하지 않는다. 그런 그가 직접 나서 손까지 잡으며 만류한다. 굳이 먹겠다고 입 앞까지 간 것을.

하라가 눈을 말똥거리며 도리질 치려는 머리를 지니가 양손으로 제 쪽으로 붙잡아 고정시켰다. 놀란 하라가 지니의 손을 덥석 잡았다. 일순 침묵이 흘렀다. 이건 대체 무슨 요상한 분위기란 말인가. 하라에게서 들은 샤워실 사건 이후 가장 센세이션한 일이었다.

모두의 시선이 쏠린 가운데 지니가 지그시 시선을 맞추며 하라의 얼굴 가까이 제 얼굴을 기울였다. 꿀꺽. 누군가 마른침 삼키는 소리기 들렸다. '왜 이러세요! 여기서 이러시면 안 됩니다!' 강력하게 외치고 싶었지만 그의 손에 볼이 짓눌려 삐죽 튀어나온 입으로는 아무 말도 할 수 없었다. 닿을 듯 말 듯 다가온 지니의 입술에 하라가 질끈 눈을 감았다. 입술에서 느껴져야 할 그 아찔하고 가슴 떨리는 촉감은 귀에서 전혀 다른 느낌으로 전해졌다.

"배가 그렇게 먹고 싶으면 말해. 이번에 내가 먹여줄게."

"……?"

"물론. 특별히 네가 좋아하는 뱃속에 넣었다가 뺀 것으로. 내 입술을 희생해서 먹여줄 수 있어. 네가 그랬던 것처럼."

등줄기로 서늘한 한기가 느껴졌다. 굳이 그런 친절은 베풀지 않아도 된다. 그의 손을 꽉 움켜쥐며 간절히 마음을 전달했다.

"양손은 늘 똑같은 걸 기억해야지. 절대 한 손이 모르게 하면 안 돼. 무슨 말인지 알지?"

참으로 다정다감한 말투였다. 그가 흘려낸 말이 섬뜩한 뜻을 내

포한 것이 아니라면 그 감미로움에 흠뻑 취해 정신을 못 차릴 정도였다. 그의 섬세한 얼굴이 정면으로 보였다. 하라가 다급하게 눈을 깜빡였다. 지금 제 심정을 대변할 수 있는 가장 확실한 신호는 눈으로 하는 끄덕임이었다. 그의 입가에 보일 듯 말 듯 엷은 미소가 떠올랐다. 그가 손을 떼고 역으로 하라의 손을 잡아 다소곳이 그녀의 무릎 위에 겹쳐 올려주었다.

시사교양 2팀에는 절대 잊어서는 안 될 명언이 있었다.

'왼손이 한 일을 오른손이 꼭 알게 하라!'

자신의 실수를 감추려 하지 말고 두 번 다시 똑같은 실수를 저지르지 않도록 되새기고 되새기리라는 의미였다. 느긋이 술잔을 들어 기울이는 지니 곁에서 하라가 새색시마냥 어울리지 않게 얌전히 고개를 조아리고 있었다. 입사 이래 처음 보는 참으로 경이로운 모습이었다.

대체 지니가 무슨 말을 했기에 저 천방지축이 저런 모습을 보이나 모두들 호기심 가득한 눈으로 둘을 바라보았다.

3. 사랑은 예고편이 없다

이래저래 지니의 눈치를 보느라 술도 제대로 마시지 못한 하라는 자리에 앉아 있는 것이 무척 지루하고 불편했다. 언제는 지니가 말 한번 붙여주는 것이 꿈이었는데 이젠 잠깐이라도 신경을 꺼줬으면 싶었다. 술을 앞에 두고도 마시지 못하는 심정이란 3박 4일 굶은 사람 앞에 먹을 것을 두고 먹지 말라는 것과 마찬가지였다. 말 그대로 환장하고 팔짝 뛸 노릇이란 말이다.

쩝. 하라가 아쉬움을 담아 입맛을 다시며 거품이 적당히 올라온 맥주잔을 응시했다. 쳐다보는 눈빛이 어찌나 뜨겁던지 시원한 맥주잔에서 떨어져 내리는 물방울이 마치 어쩔 줄 몰라 흘리는 식은땀 같았다.

"흐음."

하라의 입에서 낮은 신음이 흘러나왔다. 꿀꺽. 마른침을 삼킨 하라가 기어이 참지 못하고 잔을 덥석 붙잡았다. 원샷으로 털어 마시는 상상을 하며 싱긋이 미소를 띠던 하라의 얼굴이 서서히 굳어졌다. 잔은 꿈쩍도 하지 않았다. 하라가 게슴츠레하게 눈을 뜨고 잔 위에 뚜껑처럼 올려져 있는 지니의 손을 쏘아봤다. 반항적으로 힘을 줘보지만 어림 반 푼어치도 없다. 절로 입이 삐죽 튀어나왔다. 슬쩍 시선을 들어 올리자 지니가 고개를 돌려 하라를 마주 응시했다.

"적당히 마시지."

"한 잔도 제대로 못 마셨는데요."

"주량은 아나?"

"소주 세 병은 기본으로 깝니다만."

하라가 자랑스럽게 손가락 세 개를 척 펼쳐 보였다. 그 손가락을 지그시 바라보던 지니가 하나를 곱게 접어준 뒤, 그 옆의 손가락을 반쯤 접어놓았다. 하라가 기묘한 모양으로 접혀 있는 제 손가락과 지니의 얼굴을 번갈아 보며 고개를 갸웃했다. 지니가 자신의 잔을 들어 한 모금 들이켜며 단조롭게 말했다.

"그 이상부터 실실거리기 시작해."

"에이, 무슨. 딱 기분 좋은 건 두 병부터입니다."

하라가 손가락 두 개를 그의 얼굴 가까이 들이밀며 흔들었다. 그 손가락을 지니가 제 손안에 가두었다. 하라가 눈을 말똥거리며 쳐다봤다. 그가 순간적으로 그녀의 손등에 제 입술을 닦았다. 그리곤 무심한 투로 말했다.

"그때도 그랬잖아. 계속 실실거리면서 내 쪽 봤던 거 기억 안 나?"

그랬던가? 솔직히 그것도 기억이 안 난다. 안 나는데 어떻게 인정을 해. 못해. 절대 인정할 수 없어. 하라가 도리질을 치자 지니가 잔을 내려놓고 검지 끝으로 그녀의 이마를 꾹 눌러 제게 고정시켰다. 지그시 바라보는 그의 시선이 괜스레 부담스러워 하라가 눈동자를 슬쩍 굴렸다.

"원위치."

"네."

순순히 시선을 맞춘 하라를 마주 보며 지니가 짧게 고개를 끄덕였다.

"딱 한 잔만이다."

"옛썰!"

그가 손을 놓고 고개를 들리지 입이 헤벌쭉 벌어진 하라가 눈을 반짝 빛내며 잔을 거룩하게 들어 올렸다.

"반갑다. 알코올! 내가 아주 끝장나게 진하게 마셔줄게!"

입술을 쭉 내밀어 잔에 키스를 하듯 모션을 취한 하라가 곧 거침없이 맥주를 들이켰다. 그 모습을 은밀히 지켜보던 지니가 쿡 하고 낮은 웃음을 터트렸다. 보면 볼수록 하는 짓이 귀엽다. 귀여워? 문득 제 무의식이 느낀 감정에 의아해하며 지니가 고개를 설레설레 저었다. 사고뭉치 골칫덩이가 귀엽긴.

"뭐야?"

은주의 목소리에 지니가 시선을 들었다. 자신을 바라보는 지니의 얼굴에서 순식간에 웃음기가 거둬지는 것을 보며 은주가 속으로 씁쓸함을 삼켰다. 뭐가? 지니가 말없이 눈으로 물었다.

"너답지 않게 하찮은 데 신경을 쓴다 싶어서."

"하찮아?"

"전엔 없던 일이잖아."

은주가 눈짓으로 아쉬운 듯 빈 잔을 탈탈 털어 혀로 할짝이는 하라를 가리켰다. 지니가 하라를 돌아보며 자연스레 그녀의 손에서 잔을 빼 들었다.

"그만. 추하다."

"아쉬워서 그러죠. 딱 한 잔만 더 마시면 안 될까요?"

"안 돼."

"저기 끝에 가서 조용히 팀장님한테 절대 피해 안 가게 마시겠습니다. 네에?"

"딱 여기 있어. 네 지정석은 여기야."

손가락 하나를 세워 보이며 어울리지 않게 애교를 가미시킨 하라를 은근히 압박하며 지니가 탁탁 제 옆자리를 손바닥으로 두드렸다. 금세 하라의 입이 샐쭉해졌다. 그런 하라를 엄하게 바라보다 지니가 피식 싱겁게 웃었다.

"반 잔만이야. 더 마시면 죽을 줄 알아."

지니가 직접 따라주는 술을 하라가 넙죽 잘도 받아 마셨다. 따르기가 무섭게 뺏길세라 냉큼 들이켜는 하라의 모습에 지니가 낮은 웃음을 흘렸다. 저를 보던 것과는 사뭇 다른 지니의 표정에 은주가 눈을 차게 빛냈다. 오랜만에 보는 기분 좋은 미소였다. 저를 향해 짓던 그 다정한 미소를 지금 지니는 자신도 모르게 하찮은 신입에게 짓고 있었다. 왠지 싫다.

지니가 자리에서 일어서 룸을 나서는 것을 지켜보며 은주가 그 뒤를 따랐다. 룸 밖 복도 끝 창가에 선 그가 주머니에서 담배를 꺼내 물었다. 라이터를 찾는 손길이 분주했다. 그런 그의 면전으로 라이터가 나타났다. 은주가 라이터를 켜 내밀자 지니가 순순히 불을 붙였다. 그가 길게 한 모금 들이켜 연기를 천천히 내뱉는 모습을 가만히 지켜보며 은주가 엷은 미소를 머금었다.

"방송 잘 봤어."

"어."

짧게 답하는 그의 곁에 나란히 서며 은주가 벽에 기댔다. 그를 무심히 바라보며 지니는 느긋이 담배를 피웠다.

"나, 솔직히 지금 조금 서운한데."

"뭐가?"

"네가 다른 여자 챙기는 게 좀 신경 쓰여."

나 말고라는 말을 교묘히 숨기는 은주를 지니가 건조하게 바라봤다. 은주는 예나 지금이나 욕심이 많은 여자였다. 자신의 여자라고 믿었던 그 시절부터 줄곧 그녀는 모든 남성이 자신만을 바라보길 원한다. 독점욕이 강한 여자다.

"단속이야."

"그러니까. 네가 왜 그걸 하냐고. 사수도 있을 텐데."

지니가 마지막으로 길게 담배 연기를 내뿜으며 지독히 건조한 시선으로 은주를 응시했다. 담배 연기가 얼굴 쪽으로 다가오자 은주가 살짝 눈살을 찌푸렸다. 지니가 담배를 꺼 휴지통에 넣고 정면을 향해 돌아섰다.

"관심 꺼. 우리 팀 일이야."

웃긴 일이다. 이미 지나간 인연이 서운함 운운한다는 것은 정말 재미없는 조크다. 지니가 미련 없이 걸음을 옮기자 뒤에 남은 은주의 얼굴이 확 일그러졌다. 여태 자신을 잊지 못해 그 누구와도 가까이하지 않던 지니였다. 여자라곤 쳐다보지도 않는 목석이라 소문이 자자했었다. 그런 그가 서슴없이 하라의 손을 잡고 자잘한 것까지 손수 챙기는 모습을 보니 심기가 몹시 불편했다. 늘 그의 가슴 한 켠엔 자신의 자리가 있다고 생각했었다. 평생 잊지 못할 소중한 여자. 언제든 다시 손을 내밀면 잡을 수 있을 만큼 절절히 사랑했던 여자. 그 단 하나의 여자가 바로 자신이라고 자신했었다.

"골칫덩이 하나를 단속을 못해서 팀장이 직접 나서다니. 그 팀도 참 알 만하네."

일부러 지니의 팀을 평가절하하며 뒤틀린 마음을 다독였다. 그런 허접한 신입 하나 때문에 자신이 질투를 느낀다는 게 자존심 상했다. 그런 일은 있을 수도 있어서도 안 된다. 어쩌면 단순히 자신이 착각을 한 것일 수도 있었다. 지니의 말처럼 그저 사고 치기 전에 단속을 하는 것이 전부일 것이다.

"저런 애들이 꼭 큰 사고를 치지."

억지로 마음을 다스리며 은주가 막 걸음을 옮기려던 때였다. 저만치 걸어가던 지니가 누군가를 발견하고 다가가는 모습이 보였다. 화장실 쪽이었다. 여자 화장실에서 나온 누군가를 그가 가로막고 섰다. 조금 더 자세히 살피려 은주가 고개를 빼기 무섭게 지니가 알 수 없는 인물의 손목을 낚아채 비상구 쪽으로 사라졌다. 은주의 걸음이 우뚝 멈췄다. 그녀의 눈이 한껏 가늘어졌다. 왠지 기분이 몹시 불쾌했다.

"왜, 왜, 왜 이러십니까?"

장을 말끔히 비우고 개운한 기분으로 화장실을 나서던 하라는 갑자기 나타나 다짜고짜 자신의 손목을 잡고 비상구로 끌고 온 지니를 당혹스럽게 바라봤다. 하라를 벽으로 몰아붙인 지니가 벽을 짚어 그녀를 팔 안에 가뒀다. 벽에 사지를 바짝 붙인 하라가 마른침을 꿀꺽 삼켰다. 그가 말없이 조금씩 가까이 다가왔다. 입술과 입술 사이 거리가 점점 좁혀졌다.

착각은 금물이다. 속으로 수없이 되새겨 보지만 이미 제멋대로 뛰기 시작한 심장은 좀처럼 진정되지 않았다. 그 벅찬 설렘과 함께 다가온 지니가 고개를 살짝 모로 기울였다. 턱 선이 예술이다. 아슬아슬한 위치에서 그가 딱 멈췄다. 덩달아 하라의 호흡도 멈췄다.

그의 입술이 작게 달싹였다.

"마시지 말랬지."

지니의 섹시한 입술이 눈앞에서 유혹하듯 움직였다. 목소리마저 몽환적으로 들렸다. 하라가 한참만에야 멍한 눈으로 물었다.

"⋯⋯네?"

"대체 술을 또 얼마나 마신 거야?"

볼에서 통증이 느껴졌다. 이건 꿈도 환상도 아니다. 현실이다. 벽을 짚은 채 한껏 가슴 떨리는 분위기를 연출하던 지니의 손은 어느새 하라의 볼을 잡아 쭉 늘어뜨리고 있었다. 키스의 전조처럼 보이던 포즈는 단순히 하라의 입에서 나는 술 냄새를 맡기 위한 행동이었다. '잠시 검문 있겠습니다'와 일맥상통하는 고지니 식의 음주 단속이었던 것이다. 뭔 검사가 이렇게 가슴 설레게 야릇해? 입과 똑같이 하라의 눈이 게슴츠레하게 길게 쭉 찢어졌다.

"딱 두 잔입니다. 이 정도로는 절대 안 취합니다."

말이 불퉁하게 나왔다. 내려 보던 지니의 눈썹이 위아래로 휘었다. 그가 쭉 잡아 늘이던 하라의 볼을 놓고 손바닥으로 감쌌다. 얼얼한 볼에 따스한 기운이 감돌았다. 그의 얼굴이 불쑥 다가왔다. 하라의 눈이 동그랗게 떠짐과 동시에 그의 입술이 매끄럽게 말려 올라갔다.

"그걸 어떻게 알아?"

"네?"

"평소보다 더 발끈거리는 게 내가 보기엔 벌써 취한 것 같은데. 어디 증명해 봐."

"뭘…… 말입니까?"

"네가 지금 취하지 않았다는 거."

"그걸 어떻게 증명합니까?"

고양이 눈망울로 저를 응시하는 하라를 지그시 내려보다 그가 무의식적으로 손끝을 움직여 그녀의 입술을 더듬었다. 하라가 움찔거리는 걸 느끼고서야 제가 무엇을 하고 있는지 깨달은 지니가 아무 일도 없었단 듯 무심히 손을 거두고 뒤로 물러섰다.

그가 손을 뻗어 저만치 있는 벽을 가리켰다. 지니의 손끝을 따라 시선을 옮긴 하라가 새하얀 벽을 보며 눈썹을 들썩였다. 벽하고 뭘 어쩌라고? 벽면 수행이라도 하란 거야?

"걸어."

채 열 걸음도 되지 않을 거리를 걸어보란다. 벽을 가만히 쳐다 보던 하라가 시선을 옮겨 그를 물끄러미 올려 보았다. 그가 느긋이 팔짱을 끼고 그녀를 마주 내려 보았다. 하라의 얼굴에 불만이 가득했다. 그 모습이 또 지니의 입가에 엷은 미소를 떠올리게 만들었다.

"제가 말입니다. 고까짓 거 걸으라면 못 걸을 건 없지만 조금 억울해서 말입니다."

"뭐가?"

"저번에 제가 정말 미쳐서 실수한 건 인정한다 이겁니다. 그런데."

"사설이 길다. 본론만 말해."

정면으로 겁 없이 응시하던 시선을 슬쩍 내려 또르르 굴리던 하라가 볼을 긁적였다. 말을 꺼내긴 했는데 쉽게 뒷말이 나오지 않는 모양이었다. 검지로 코를 쓱쓱 문지른 하라가 눈동자를 올려 그를 살피며 조심히 입을 열었다.

"그건 술기운을 빌어 터트린 제 본심입니다. 절대 거짓은 없었다 이겁니다. 장난은 절대 아닙니다."

"본심?"

"동경하던 분이 눈앞에 있는데 눈길 한번 못 받는 심정이 얼마나 괴로운 줄 아십니까? 서운함이 가슴에 쌓이고 쌓여서 그렇게 터진 겁니다. 좋아해서 그런 겁니다. 딱 한 번이라도 관심 받고 싶어서. 단순한 술주정이 아니란 말입니다."

주저리주저리 눈치를 살피면서도 제 할 말은 다 한다. 가만히 보니 작은 입술이 도톰하니 꽤 앙증맞다. 그 입술에 시선을 둔 채 지니가 시큰둥하게 말했다.

"진심이라서. 너무 동경한 나머지 좋아하는 마음을 담아 그랬단 말이지?"

"조금 과했다는 건 인정합니다. 그래도 그땐 정말 너무 서러운 감정이 격해져서 저도 모르게. 하지만 딱 그때뿐입니다. 지금은 절대 그런 실수 하지 않습니다. 그러니까 술은…… 아무 잘못이 없습니다."

하고 싶은 말은 그거였다. 술은 무죄니 술을 벌하지 말지어다. 술을 못 마시게 하는 것은 정말 가혹한 형벌이다. 너그러이 용서해 달라. 말의 맥락은 그것이었다. 눈치 보며 조금씩 마시는 술은 감질나서 못 마시겠다. 술은 원샷이 제맛이다. 지금 이 순간 하라가 원하는 것은 단지 마음껏 술을 마시며 즐기는 것이었다.

"얼마나 좋아하면 그런 짓을 할 수 있는 거지?"

"그게…… 아주 오래 묵은 감정이라. 어찌 말로 다 설명을 할 수가……."

"돌려주지."

"네?"

"그러니까 그만 좋아해."

손목을 잡아끄는 것을 느낄 새도 없이 몸이 끌려갔다. 뒷머리를 받친 커다란 손이 그녀의 머리를 고정시켰다. 그리고 다음 순간 뜨겁고 달콤한 무언가가 그녀의 입술을 덮쳤다. 하라의 커다란 눈이 깜빡거렸다. 가벼운 입맞춤이 아니었다.

키스. 깊고 강렬한 딥키스.

거짓말이다. 돌려줄 테니 잊으란 말은 이런 키스에 붙일 수 있는 말이 아니었다. 마음과는 다른 말을 내뱉은 진짜 본심은 뭘까? 모르겠다. 그냥, 그러고 싶었다.

짜증스러웠던 일도, 화가 나는 일도 이상하게 요즘 들어 하라와 함께 있으면 잊어버리고 만다. 그녀에게 짜증을 내고, 화를 내는 게 오히려 즐겁다. 저도 모르게 좋아하게 된 상대에게 짓궂은 장난이라도 치고 싶은 장난꾸러기의 마음과 같은 게 아닐까.

하라의 단순한 사랑이 좋다. 솔직한 고백이 그의 마음을 조금씩 흔들어 틈을 비집고 들어온다. 좋아서 좋은 걸 달리 뭐라 말할 수 있을까. 그녀의 말이 옳다. 좋은 건 좋은 대로 솔직하게 말하고 행동하는 게 상대의 마음을 움직이는 키포인트다.

정신이 아찔해지고 아득하게 멀어질 때쯤 그녀의 입술이 자유로워졌다. 다리에 힘이 빠진 하라가 비틀거렸다. 그런 그녀를 부축해 세우며 지니가 담담하게 말했다.

"거봐. 취했잖아."

"……."

몽롱한 시선을 들어 그를 올려 보자 지니가 보일 듯 말 듯 엷은 미소를 지어 보이며 낮게 속삭였다.

"이번엔 입술에."

눈이 부셨다. 지니를 똑바로 바라볼 수 없을 만큼 그에게서 빛이 났다. 금방 타서 없어질 듯 얼굴이 화끈 달아올랐다. 튀어나올 듯 거칠게 뛰어대는 심장이 지금 하라가 제정신이 아님을 말해주고 있었다.

툭툭. 그의 커다란 손이 하라의 어깨를 가볍게 두드렸다.

"바람 좀 쐬고 들어와. 많이 취했다."

등 뒤로 문이 열리고 닫히는 소리가 들렸다. 멀어지는 그의 발소리가 이상하게 점점 더 크게 들렸다. 하라가 두 손으로 지그시 심장을 눌렀다.

"알아. 안다고. 미치게 환장하겠는 거 아는데 조금만 진정하자. 숨은 쉬어야 살지."

혼잣소리를 중얼거리며 후들거리는 다리를 간신히 움직여 벽에 몸을 기댔다.

"이건 반칙입니다. 이러면 안 되죠. 동경이…… 사랑이 되어버리지 않습니까. 그만 좋아하래 놓고 사랑하게 만들면 어쩝니까."

지니의 말이 맞았다. 하라는 많이 취했다. 술에. 그것도 세상에서 가장 달콤한 술에. 흠뻑 취해 정신을 차릴 수가 없었다. 고느님의 환상적인 입술에.

비상구를 빠져나온 지니가 잘근 입술을 깨물었다. 그가 손끝으로 아직 여운이 남은 입술을 매만졌다. 왜 그랬을까? 이유는 알 수 없다. 그저 그 순간 하라의 입술에 시선이 붙들렸고, 끌리듯 입을 맞췄다.

"왜……."

누군가 그의 팔을 붙잡았다. 고개를 돌려 상대를 확인한 지니가 짙은 한숨을 내쉬며 은주의 팔을 거둬냈다. 제법 감정을 잘 숨기는 여잔 줄 알았는데 지금은 실패한 것 같다. 심각하게 굳은 얼굴이 기분이 좋지 않음을 적나라하게 보여주고 있었다. 시선을 거둔 지니가 말없이 걸음을 옮겼다. 답할 이유가 없었다.

"나 때문이야?"

표정 없던 지니에게서 실소가 터져 나왔다. 말도 안 되는 소리다. 물론 은주가 열린 비상구 문틈 사이로 둘을 지켜보고 있다는 건 알고 있었다. 그렇다고 그걸 의식해 그런 건 절대 아니었다. 은주의 존재는 곧 잊어버렸다. 하라에게만 집중했다. 하라만 보였다.

"아니야."

답할 가치도 없었지만, 은주가 쉽게 떨어지지 않을 걸 알기에 짧게 그녀의 말을 부정했다. 그가 다시 걸음을 옮기자 은주가 재빨리 그의 앞을 가로막았다. 은주를 바라보는 지니의 미간이 살짝 찌푸려졌다. 은주가 고집스럽게 그를 다그쳤다.

"정말 아니야?"

"아니야."

"거짓말."

얼마 전까지도 지니를 만나면 무덤덤하게 대하던 은주였다. 그랬던 그녀가 갑자기 안달이 난 사람처럼 왜 이러는지 지니는 이해를 할 수 없었다.

"마음대로 생각해."

더 이상 마주 보고 말을 섞고 싶지 않았다. 그가 귀찮다는 듯 말하곤 은주의 옆을 지나쳐 룸으로 걸어갔다. 그가 문을 열고 안으로 사라지는 것을 지켜보던 은주가 고개를 돌려 비상구 앞에 멍하니 서 있는 하라를 쳐다보았다. 한참을 말없이 하라의 얼굴을 직시하던 은주가 쌩하니 몸을 돌려 룸으로 들어섰다.

"와우……. 착각할 뻔했다."

허한 숨을 내쉬며 하라가 어설프게 웃었다. 평소에는 맹하다가 꼭 이럴 땐 머리 회전이 빠르다. 아릿하게 저며 오는 가슴을 지그시 누르며 하라가 자조적으로 중얼거렸다.

"뭘 했다고 아파하냐? 완전 원맨쇼 했네. 사랑이라니. 누가 들었으면 어쩔 뻔했어."

착착. 볼을 두드리며 부르르 머리를 털었다. 잡념은 빨리 떨쳐 버리는 게 최상이다. 항상 자신만만하고 도도한 차은주와 저널리스트의 레전드 고지니. 어쩐지 잘 어울리는 것 같다. 이제야 고지니 팀장이 왜 자신에게 뜬금없이 키스를 했는지 알 것 같았다.

차은주 감독과 고지니 팀장이 썸싱이 있는 사이라면 모든 게 설명이 된다. 질투 작전에 자신이 이용당한 것이다. 지니의 말대로 좋아하진 말란 경고와 더불어 자신이 저지른 일에 대한 복수 차원의 경고라 쳐도 조금 과했다.

"아무리 저라도 이번 건 좀 아팠습니다."

당연하다고. 자신을 지니가 좋아해서 그랬을 리는 없다고 생각은 하지만 마음이 아픈 건 어쩔 수가 없다. 체념의 깊은 한숨을 내쉬며 터덜터덜 룸 쪽으로 걸어간 하라가 문 앞에서 다시 심호흡을 했다. 문을 열고 안으로 들어서자 마주 앉은 두 사람의 모습이 먼저 시야에 들어왔다. 선뜻 그들 곁으로 갈 자신이 없어 입구에 서서 망설이고 있는 하라의 어깨를 정태가 덥석 붙잡아 끌어당겼다.

"야, 야. 너는 어딜 그렇게 멋대로 쏘다녀. 또 어디서 사고 치고 온 건 아니지?"

"에이, 제가 뭐 만날 사고만 치는 줄 아십니까?"

"허이, 이봐라. 사고뭉치 입에서 어찌 이리 당당한 말이 나올꼬. 네가 사고 치는 거 말고 또 뭐 할 줄 아는 거라도 있냐?"

은근히 자신을 무시하는 정태의 말에 하라가 입을 씰룩이며 주먹을 불끈 쥐어 흔들어 보였다.

"사람도 칠 줄 압니다만. 지금 보여 드려요?"

위협적인 주먹에 진심이 담겨 있었다. 위아래로 들썩이는 의미심장한 하라의 눈썹과 마주한 정태가 꿀꺽 마른침을 삼켰다. 그가 급히 옆에서 한참 노래에 심취해 있던 나 PD의 마이크를 빼앗았다. 마이크를 하라의 손에 고이 쥐어주며 정태가 싱긋이 어색한 미소를 지어 보였다.

"우리 막내가 또 노래 하나는 쥑여주게 잘하잖여. 어여 한 곡 쭉 뽑아봐."

게슴츠레하게 정태를 째려보다 반주가 끝나고 손가락을 꼽으며 준비하라는 신호를 보내고 있는 화면을 바라보았다. 하필이면 이 노래야.

시련을 당한 아픔을 적나라하게 표현한 노래였다.

자동으로 시작된 노래에 울컥 뭔가가 치밀어 올랐다. 뒤로 돌아 대형 화면만 뚫어져라 쳐다보며 열창에 온 힘을 쏟았다. 분위기 파악 못하는 정태만이 그녀의 옆에서 한쪽 팔을 흔들며 제멋대로 추임새를 넣었다.

노래를 마치고 떠밀리다시피 다시 지니의 옆자리에 앉았다. 언뜻 보기에도 그는 제법 많은 술을 마신 것 같았다. 하지만 웬만해선 잘 취하지 않는 지니였다. 알싸한 알코올 냄새를 풍기는 지니 곁에 얌전히 앉아 괜스레 빈 잔만 만지작거렸다. 조금 전 몰래 진한 키스를 나눈 사이라고는 전혀 생각할 수 없을 만큼 그는 하라에게 무관심했다. 그게 또 하라의 마음에 작은 생채기를 냈다. 역시, 자신의 예상이 맞은 모양이다.

"타, 내가 데려다 줄게."

방송국 주차장에 차를 두고 온 지니에게 은주가 다정하게 말했다. 자신이 사는 거라면서 내내 술 한 모금 안 마신 이유가 바로 이것 때문이었나 보다. 지니의 옆에 선 하라가 입을 꾹 다문 채 작게 고개를 끄덕였다.

　"괜찮아. 택시 타고 가면 돼."

　"같은 방향이잖아. 사양 말고 타."

　팀원들은 벌써 뿔뿔이 흩어진 뒤였다. 지니에게 손목이 잡힌 채 여대 꼼짝달싹 못하고 남은 하라만 빼고. 은근히 둘 사이에서 눈치가 보인 하라가 지니의 손에서 손목을 빼내려 손을 살살 돌렸다. 그 손을 지니가 더 꽉 움켜잡았다.

　"가."

　짧은 말 한마디만 남기고 차게 돌아선 지니가 하라의 손을 잡은 채 도로 앞으로 나섰다. 그 모습을 은주가 시리게 쏘아보았다. 뒤에 남은 은주와 택시를 잡기 위해 손을 흔드는 지니를 번갈아 바라보며 하라가 어쩔 줄을 몰라 했다.

　"저기, 팀장님."

　"택시."

　하라의 부름을 외면한 채 멈춰 선 택시의 문을 연 지니가 그녀를 안쪽에 밀어 넣고 옆자리에 올라 문을 닫았다. 그제야 지니가 하라의 손을 놓았다. 뭔가 어색한 침묵이 흘렀다. 창밖을 주시하고 생각에 잠긴 듯한 지니의 옆얼굴을 가만히 바라보던 하라가 저도 모르게 낮은 한숨을 내뱉으며 고개를 떨궜다.

　"홍하라."

　그가 속삭이듯 하라의 이름을 불렀다. 하라가 고개를 들어 그를 바라보았다. 지니가 시선을 맞추며 나직하게 말했다.

"미안하다."

"뭐가 말입니까?"

하라의 물음에 지니가 말없이 그녀를 응시했다. 숨을 깊게 들이쉰 하라가 금세 시무룩해 있던 표정을 바꾸고 밝게 웃으며 손을 내저었다.

"복수혈전에 관한 거라면 뭐 제가 더 더티했으니까. 팀장님이 쬐금 밑지긴 하지만 쌤쌤으로 치죠? 전 막내잖습니까. 팀장님이 너그럽게 좀 봐주십시오."

아무렇지 않은 척 넓은 아량을 베풀어달라 너스레를 떠는 하라를 지니가 지그시 바라보았다. 허락 없이 키스한 것에 대한 미안함이었다. 키스 자체가 실수였다는 것이 아니라. 그 순간의 감정이 어떤 것이었는지는 말하기 어렵지만, 결코 복수를 하겠다는 의도에서 악의적으로 한 건 아니었다.

맑게 빛나는 하라의 눈을 바라보던 지니가 가만히 손을 뻗었다. 물끄러미 제게로 다가오는 지니의 손을 보던 하라가 눈을 깜빡거렸다. 머리 위에 안착한 지니의 손이 다정하게 그녀의 머리를 쓰다듬었다. 이게 뭐지?

"착하다. 꼴통."

부드러운 그의 손길이 싫지 않았다. 삐죽 입술을 내민 하라가 토라진 투로 불퉁하게 말했다.

"착한 꼴통은 대체 뭐랍니까?"

스르르 목 뒤로 내려온 지니의 손이 자연스레 그녀의 어깨를 토닥였다. 손을 거둔 지니가 반대편 어깨에 머리를 기댔다. 하라가 눈을 말똥거리며 그를 쳐다봤다. 그는 눈을 감은 채 팔짱을 끼고 있었다. 취침 모드였다.

"도착하면 깨워."

"네?"

"집."

"아, 네."

시선을 거둬 운전기사의 뒤통수를 응시하던 하라가 갸우뚱 고개를 기울였다. 그리곤 다시 지니를 돌아보며 물었다.

"어느 집 말입니까?"

답이 없다. 곤한 숨소리로 짐작컨대 그는 이미 잠이 들어 있었다. 고지니 팀장의 집은 딱 한 번 서류 심부름을 위해 방문한 것이 전부였다. 집은 쉽게 찾을 수 있었다. 동경하는 팀장의 집이었다. 그의 집에 발을 들이는 것만으로도 영광이다 흥분해 혼자 인증샷을 찍고 난리를 떨었었다.

"전 분명히 허락받고 가는 겁니다."

아까의 서운함은 벌써 눈 녹듯이 사라지고 없었다. 신기하게도 그의 큰 손이 머리를 쓰다듬는 것과 동시에 말끔히 지워졌다. 사랑이 아니면 어떻고, 질투에 이용당하면 좀 어떠랴. 사랑이 다시 동경이 되겠지만 그래도 더 이상 서운하지는 않았다. 그런 뜨거운 키스를 평생 또 언제 한번 받아볼까. 그것도 고느님에게! 중요한 건 바로 그 사실 하나였다.

차로 15분 거리. 걸어서 올 수도 있었지만 지니는 택시를 택했다. 어서 빨리 그 자리를 벗어나고 싶었다. 은주의 관심이 불쾌함으로 변하기 전에.

"얼맙니까?"

택시가 지니가 사는 오피스텔 앞에 멈추자 하라가 어깨에 기댄 지니의 머리가 기울지 않게 조심히 주머니를 뒤적이며 물었다. 뒷주머니에 아무렇게나 구겨 넣은 만 원을 꺼내 내미는 순간 커다란 손 하나가 그녀의 손목을 덥석 붙잡았다.

"깜짝이야!"

눈도 뜨지 않고 어떻게 남의 손을 그리 척척 잘도 잡는지. 하라가 뜨악한 얼굴로 사르르 눈을 뜨는 그를 쳐다봤다. 마치 잠든 적이 없었던 듯 너무 말짱한 얼굴로 자세를 바로잡은 지니가 하라의 손을 거두며 기사에게 말했다.

"기사님, 충정로로 가주십시오."

"충정로요?"

힐끔 룸미러를 통해 지니를 본 기사가 별말 없이 출발했다. 질문은 하라가 한 것이다. 충정로는 하라의 집이 있는 곳이다. 천하의 무심 대마왕 지니가 일개 신입의 집 주소를 알 리 없다 생각한 하라가 설마하며 넌지시 다시 물었다.

"거긴 왜 가십니까?"

질문을 묵살한 지니가 잡은 하라의 손에서 만 원을 빼 들었다. 한껏 구겨진 돈을 한심스럽게 쳐다보며 그가 고개를 절레절레 저었다.

"지갑 없어?"

"그게 꺼내고 넣고 절차가 복잡해서."

"보여?"

"네?"

지니가 난데없이 구겨진 만 원을 쫙쫙 펴서 하라의 얼굴 앞에서 흔들었다. 하라가 만 원의 움직임을 쫓아 고개를 이리저리 돌렸다. 수수께끼나 난센스인가 싶어 유심히 쳐다보는 하라의 머리를 지니가 손가락 하나로 고정시켰다.

"네 엉덩이에 질식사당할 뻔한 세종대왕의 얼굴. 완전 일그러졌어. 아무리 펴도 원래의 얼굴이 돌아오지 않을 만큼."

"음."

"대단해, 홍하라. 엉덩이 파워."

조곤조곤 고상한 말투로 어쩜 저리 완벽하게 사람을 무안하게 만들 수 있을까. 역시 그의 명성은 과장이 아니었다. 과연 지니의 말처럼 위대하신 세종대왕의 용안이 썩 좋지 않았다. 괜히 죄송스러워진 하라가 어설프게 웃으며 손끝으로 그분의 얼굴을 쓱쓱 문질렀다. 조금이나마 펴지지 않을까 하는 심정으로.

"어디로 빠집니까?"

"저쪽 골목으로요."

갑자기 끼어든 택시 기사의 질문에 하라가 아무렇지 않게 답했다. 그리곤 슬쩍 눈동자를 올려 지니의 눈치를 살폈다. 저도 모르게 집으로 가는 길을 말했다. 지니의 목적지가 정확히 어디인지도 모르면서 제멋대로 행선지를 말한 것이다. 그런데도 지니는 가타부타 아무런 말이 없었다. 그에 하라의 고개가 갸웃거렸다.

"저기, 팀장님. 혹시……."

"어디 세우면 됩니까?"

"아, 저기 파란 대문 앞이요."

또 택시기사의 질문에 즉답하고 말았다. 차가 멈추고 지니가 잠

시 기다려 달라는 말을 남기고 먼저 차에서 내려 문을 잡고 기다
렸다. 이게 뭔가 싶어 잠시 눈을 깜빡거리던 하라가 엉거주춤 차
에서 내렸다. 정말 바래다주는 거였나? 믿을 수 없음이 숨김없이
드러난 하라의 얼굴을 지니가 빤히 쳐다봤다. 그리곤 손을 뻗어
그녀의 머리를 부드럽게 헝클었다.

"이러고도 늦으면 죽음인 거 알지? 늦지 마."

"……네."

그의 손길에 이상하게 마음이 서걱거렸다. 세례를 받는 것도 아
닌데 머리 위의 손길이 어찌 그리 따스하고 포근하게 느껴지는지.
이러면 안 되는데 하면서도 가슴이 설레는 건 어떻게 할 수가 없
었다. 동경을 넘어선 흔들리는 감정의 변화를 고스란히 담고 있는
하라의 눈을 지니가 지그시 마주 보았다. 그의 손이 미끄러지듯
하라의 볼로 내려왔다.

"그리고 하나 더."

"……."

"미안한 건 허락을 받지 않은 것에 대해서야."

"허락이요?"

지니가 엄지로 하라의 입술을 스치듯 쓸었다. 불이 난 듯 입술
이 화끈거렸다. 그의 시선이 하라의 입술에 머물렀다.

"키스."

"……아."

"다음엔 꼭 제대로 돌려줄게. 들어가."

답도 듣지 않은 채 지니가 하라의 어깨를 잡아 대문 쪽으로 돌
려세워 가볍게 등을 떠밀곤 곧장 택시에 올랐다. 택시가 출발하는

소리를 들으며 하라가 고개를 갸우뚱거렸다.

"다음? 제대로? 뭐야, 그게?"

제대로 복수혈전을 하겠다는 건지, 키스를 다시 하겠다는 건지. 도통 의미를 알 수가 없다. 키스라고 하고 싶지만 목에 걸리는 존재가 있어 쉽게 그쪽으로 기울 수가 없다. 하라가 몸을 돌려 멀어지는 택시의 꽁무니를 바라봤다. 아직 그의 손길이 닿은 곳에 여운이 남아 있었다. 볼과 입술을 만질 때 은은하게 풍겨오던 그의 스킨 향기가 좋았다. 설렘에 설렘을 더할 만큼.

"아, 이러시면 안 됩니다. 순진무구한 어린양의 가슴에 불을 지르시면 어쩌자는 겁니까. 고느님은 그냥 전지전능한 그분과 같은 레벨에 머물러 계심이 옳습니다. 제발 제 심장에 강림하지 마소서."

부정하고 싶지만, 이미 강림해 자리를 잡고 있는지도 모를 일이었다. 사랑하면 안 되는데. 짝사랑은 유치하고 괴로운 건데. 진정이 나이에 그걸 해야 한단 말인지. 암담한 짝사랑에 미리 침울해진 하라가 고개를 푹 떨군 채 벨을 눌렀다.

—뉘여.

"나."

—나가 뉘데.

"이 집 사랑스런 막내딸."

—염병. 그런 딸 없다. 집 나가 죽었는지 살았는지 모를 망나니는 있는지 모르지만.

"야근이지. 철야라고도 하고. 집을 나간 건 아니야."

—과년한 처자가 허구한 날 외박을 일삼는데 그게 어디 야근이

여. 출가지.

"엄마, 나 엄청 피곤한데. 일단 들어가서 얘기하면 안 될까?"

인터폰은 방문자의 확인을 위해서 사용되어야지 통화를 위해 사용해서는 안 되는 거다. 전화라는 유용한 물건이 있는데 왜 대문을 사이에 두고 이런 짓을 해야 하는지. 안 그래도 오늘 정신 건강이 매우 극악한데 이런 기묘한 모녀의 대화는 여기서 일단락했으면 싶다.

문이 열리기를 기다리며 손잡이를 잡고 흔드는 하라의 귀에 냉정한 모친의 목소리가 들렸다.

—뒷산 암자에 행자승 구한다더라.

뚝. 냉정하게 끊긴 인터폰을 하라가 멍하니 쳐다봤다. 금일 모친의 심기가 매우 불편한 걸 보니 아버지가 어제 약주를 좀 과하게 하신 모양이다. 또 애창곡을 줄기차게 뽑아 동네 주민들의 원성을 자자하게 들었겠지. 오늘은 그냥 숙직실로 직행하는 게 좋을 듯싶다.

"쩝. 분위기 좋았는데."

키스 뒤 남자의 미안하다는 말이 어떻게 들릴지 말을 할 때는 생각을 못했다. 어쩌면 하라가 은주와 함께 있는 모습을 봤을 수도 있고, 그로 인해 엉뚱한 오해를 했을 가능성도 있었다. 본의 아니게 하라의 가슴에 비수를 꽂은 격이다.

"괜찮은 척하긴."

골칫덩어리긴 해도 미운 놈은 아니었다. 가끔씩 보이는 고양이 같은 표정은 귀엽기까지 하다. 그 큰 눈망울 가득 자신을 담고 깜빡거릴 때면 머리를 쓰다듬고 싶은 충동이 들곤 했다. 하라를 만졌던 손을 들어 가만히 바라보다 주먹을 쥐었다.

"왜지?"

자신에게 묻는 질문이다. 대체 왜 그 순간 하라의 입술을 취했을까? 그리고 미안하다 말했을 때 애써 괜찮다 너스레를 떠는 하라의 모습이 신경 쓰였던 건 또 무슨 마음에서였을까.

"관심…… 인가."

옆에 붙들어놓지 않으면 불안한 건 하라가 사고뭉치이기 때문이라고 생각했다. 신입의 실수는 당연한 것이다. 제 발로 뛰어 열정적으로 매달리지 않으면 아무도 일에 대해 가르쳐 주지 않는다. 그것이 방송국의 불문율이다. 끈기와 열정 없이는 견뎌내기 힘든 곳이다. 방송국이란 전쟁터는. 그래서 깨지고 실망하고 힘에 부쳐 제 스스로 걸어나가는 신입들이 부지기수다. 하라도 그들 중 하나일 뿐이다. 팀장인 지니가 일일이 신경 써 챙길 이유가 없는.

"왜 그랬을까?"

처음부터 하라의 실수에 예민하게 반응하며 옆에 둔 것부터가 미스터리다. 전에 없이 과민반응을 보였다. 대체 왜.

아직, 답을 찾지 못했다.

꾸물꾸물 이불을 걷고 일어난 하라가 눈도 제대로 뜨지 못한 채 신발을 발에 꿰었다. 이젠 숙직실이 집인 양 편안해질 만도 한데 자고 일어난 뒤끝이 영 개운치 못하다. 찌뿌둥한 몸을 이리저리 움직이며 하라가 겨우 실눈을 뜨고 서랍을 뒤적여 치약과 칫솔을 꺼내 들었다. 발을 질질 끌다시피 문으로 걸어가던 하라가 우뚝 멈췄다. 몸을 돌린 하라가 아무렇게나 걸쳐 놓은 수건과 비누를 집어 들었다.

화장실이 아닌 샤워실을 택한 건 조금 더 깔끔해 보이고자 하는 나름의 노력이었다. 옷까지 갈아입었으면 금상첨화였을걸. 다소 아쉬운 감은 있었지만 이미 예비용으로 가져다 놓은 옷은 빨랫감이 되어 그녀의 캐비닛에 고이 쌓여 있었다.

젖은 머리를 대충 털고 수건을 덮은 채 터덜터덜 사무실로 향했다. 아직 이른 시간이었다. 어제 회식도 했고 프로그램도 끝났으니 긴장감에서 벗어난 팀원들은 아마도 조금 더 늦게 출근할 것이다. 물론 다른 직장인들보단 빠를 테지만.

"집에서 퇴짜 맞았어?"

"헉."

별생각 없이 사무실로 들어서던 하라가 갑작스런 목소리에 놀라 흠칫거렸다. 이른 시간 텅 빈 사무실에서 난데없이 들리는 남자 목소리란…… 참 상큼하다. 어색하게 멈춰 서 있던 하라가 모니터를 보고 있는 지니를 향해 손을 흔들어 보였다.

"굿 모닝입니다, 팀장님."

모니터에서 시선을 든 지니가 하라의 몸을 쭉 훑어 내렸다. 그 적나라한 시선에 머쓱해진 하라가 수건 속으로 손을 집어넣어 머리를 긁적였다. 말 안 해도 알겠다. 그가 옷이 왜 어제 그대로인지 궁금해한다는 것을. 하긴, 집 앞까지 직접 바래다줬는데 옷도 안 갈아입고 방금 샤워를 하고 나온 몰골로 들어온 게 이상할 만도 했다.

"저기 그게. 그러니까."

"뭐냐? 너 또 문전박대당했냐?"

머리 위 수건을 잡아 흔들며 때마침 나타난 정태가 늘 있는 일인 양 아무렇지 않게 말했다. 채 물기가 마르지 않은 머리카락에서 물이 튀어 하라의 옷을 적셨다.

"에이, 진짜! 그만해요."

하라가 정태의 손을 잡아 저지시켰다. 뾰루퉁한 하라의 반응이 재미있었는지 정태가 본격적으로 양손으로 수건을 잡아 마구 형클었다. 정태의 양 손목을 삽고 반항하던 하라의 몸이 휘청거렸다.

"어어."

놀란 정태가 반사적으로 하라의 몸을 받아 안았다. 순간 정적이 흘렀다. 본의 아니게 격정적으로 와락 껴안은 꼴이 되어버렸다. 겸연쩍어진 정태가 헛기침을 하며 하라를 슬쩍 밀어냈다. 하라의 게슴츠레한 눈과 마주하자 화끈 얼굴이 달아올랐다.

"발이 왜 그 모양이야? 연체동물 코스프레하냐?"

괜스레 하라를 타박하고 말았다. 하라의 눈썹이 꿈틀거렸다. 그리곤 이내 싱긋이 웃는다. 저게 또 뭘 하려고 그러나 슬금슬금 뒷걸음질을 치던 정태의 귀에 하라의 발랄한 목소리가 들렸다.

"오늘은 지랄이 아주 풍년이지 말입니다."

"뭐?"

"선배 지가 건드려 놓고 발뺌을 아주 더럽게 한단 말입죠."

정태가 눈에 한껏 힘을 주곤 한 발 성큼 다가섰다. 하라도 질 수 없다 허리에 팔을 올리고 턱을 치켜들었다. 남의 머리를 허락도 없이 막 만지고 제멋대로 껴안아놓고 시비다. 하라도 그리 고분고분한 성격은 아니었다. 게다가 정태는 원수 같은 대학 선배였고, 지금은 그녀를 사사건건 간섭하고 놀리는 재미에 흠뻑 빠져 있는 재수탱이 직속 사수였다.

"야, 너 말버릇이 그게 뭐야. 나 네 사수야. 그것도 직속. 이게 아주 간덩이가 탱탱 부어서 튀어나오다 못해 아예 뻥튀기를 했지?"

성큼 다가선 정태가 하라의 양 볼을 잡아 늘이며 으름장을 놓았다.

"아이 씨. 아프잖아. 놔요."

"머리 좀 헝클었다고 이게 버릇없이 선배한데 막 기어오르지."

"이이템 회의할 건 준비했나?"

하라가 막 정태의 손을 잡아 물어뜯으려던 찰나였다. 묵묵히 그들의 모습을 지켜보던 지니가 불쑥 끼어들었다. 둘의 시선이 동시에 지니에게로 향했다. 지니의 시선이 스치듯 정태의 팔을 잡고 있는 하라의 손에 머물렀다. 그가 정태를 건조하게 쳐다봤다. 정태가 금세 정색을 하며 하라의 손을 떨쳐 냈다.

"지금부터 하려고요."

"8시 30분에 회의실로 전원 모이도록."

"네."

정태가 고개를 끄덕이며 사무실 안을 휘둘러봤다. 6시 반. 아이템 회의 때문에 서둘러 나온다고 했는데 8시 30분까지는 시간이 조금 촉박할 듯싶었다. 아직 안 온 팀원들에게도 전화를 돌려야 했다. 정태가 급한 마음에 하라의 손을 덥석 잡아 제자리로 끌고 가려 했다. 지금은 한 손이라도 더 보태야 했다.

"홍하라."

등 뒤에서 들리는 지니의 부름에 하라가 고개를 돌려 그를 보았다. 그가 손가락을 까닥였다. 정태를 돌아보자 정태가 낮은 한숨을 내쉬며 할 수 없다는 듯 하라의 손을 놔줬다. 하라가 다가서자 지니가 모니터를 응시한 채 무심히 말했다.

"커피 한 잔 부탁해."

"아, 커피요. 블랙으로요?"

"투 샷으로."

"투 샷."

이 새벽에 투 샷 블랙을 찾는 고느님의 고매한 취향을 어찌 맞춰 드려야 할지 하라가 난감한 얼굴로 볼을 긁적이자 지니가 물끄러미 하라의 얼굴을 응시했다.

"뭐 해?"

"네? 아니 그게. 투 샷을 어디서……."

"찾아."

"찾으라 하시면."

"없으면 찾아 만들어서라도 오는 게 VJ의 사명이다."

억지도 이런 억지가 없다. 이른 아침 카페가 문을 열기도 전인 시간에 투 샷이 첨가된 커피를 가져오는 게 VJ의 사명이라니. 커피에 무슨 문제라도 있어서 심층 취재라도 해야 한답니까? 직설적인 지니의 눈빛을 보고 있자니 원두라도 구해서 직접 바리스타 흉내라도 내야 할 판이었다. 안 그럼 아침부터 저 날카로운 눈빛에 목이 달아날지도 모른다.

"네. 알겠습니다."

짧게 고개를 끄덕인 하라가 돌아서 사무실을 나서는 모습을 지니가 눈으로 좇았다. 그러다 시선을 돌려 전화에 여념이 없는 정태를 힐끔 살폈다. 자연스레 자리에서 일어선 지니가 문을 향해 걸어갔다. 평소보다 조금 빠른 보폭으로.

뒷주머니에 손을 찔러 넣은 채 엘리베이터를 기다리던 하라의 손을 누군가 잡아당겼다. 얼떨결에 딸려간 하라의 시야에 지니가 들어왔다. 그가 엘리베이터와 반대편에 있는 비상구 쪽으로 그녀를 이끌었다.

"팀장님?"

하라의 부름에 주변을 확인하던 지니가 그녀를 돌아봤다. 머리를 닦기 위해 올려놓았던 수건은 이제 그녀의 목에 걸려 있었다. 바짝 다가선 그가 수건을 집어 다짜고짜 그녀의 미리를 닦기 시작했다.

하라의 젖은 머리가 유난히 신경에 거슬렸다. 그와 더불어 하라의 몸을 너무 자연스레 터치하는 정태의 태도도 마음에 들지 않았다. 마치, 제 소유물인 듯. 자신만 하라에게 그렇게 해도 되는 것처럼 생각되어서 그게 더 미칠 노릇이었다. 마음이 왜 이러는지. 불이 일었다. 젖은 채로 다른 남자 앞에서 아무렇지 않게 돌아다니는 하라를 지켜보는 것도 왠지 모르게 불쾌했다.

제 눈앞에 있는 지니의 가슴을 멀뚱히 쳐다보던 하라가 고개를 들었다.

"뭐 하십니까?"

"가만있어."

섬세한 손길에 비해 투박한 말투다. 정확한 이유는 알 수 없지만 그의 심기가 지금 별로 좋지 않다는 건 알 수 있었다. 조용히 그가 말하는 대로 있는 하라를 그가 지그시 내려 봤다. 어느 정도 마른 머리를 손끝으로 만지작거리며 지니가 낮은 한숨을 내쉬었다.

"여기서 씻은 건가?"

"네."

"왜?"

"숙직실에서 잤습니다."

"이유는?"

"모친에게 문전박대당했습니다. 외박이 잦다는 이유로."

지니의 미간이 꿈틀거렸다. 외박이 잦은데 문전박대라. 이게 이치에 맞는 처사인가? 도리어 집 안에 묶어놓고 못 나가게 해야 하는 게 맞지 않나 싶지만 그건 지니가 관여할 수 있는 일이 아니니 일단 패스.

"옷은?"

그 부분에선 선뜻 답을 내놓을 수가 없었다. 시간이 없어 세탁을 하지 못했다는 이유를 들기엔 다른 사람들이 너무 부지런했다. 팀원 누구 하나 하라보다 한가한 사람은 없었다. 그런고로 하라가 게을러 자기 관리를 못했다는 말밖에 되지 않는다. 그걸 스스로 인정하긴 싫었다. 묵묵부답으로 일관하는 하라를 내려 보던 지니가 상체를 낮춰 그녀와 시선을 맞췄다.

바로 눈앞에 머문 지니의 눈에 흠칫 놀란 하라가 눈을 부릅뜬 채 굳었다. 그가 손을 들어 뻗어왔다. 그 손을 힐끔거리며 하라가 움찔움찔 상체를 뒤로 물렀다. 하지만 지니의 손이 더 빨랐다. 하라의 어깨 너머 등을 그의 큰 손이 덮쳤다.

"헉."

본의 아니게 안는 것처럼 취해진 자세에 하라가 놀란 숨을 삼켰다. 귓속으로 그의 목소리가 스며들었다.

"젖었는데 갈아입을 옷 없어?"

"어, 없습니다."

갑자기 다가선 것처럼 그가 또 급작스레 멀어졌다. 하라를 놓고 상체를 일으킨 그가 손목시계를 확인했다. 문 연 가게는 찾기 힘든 시간이다. 아주 잠깐 고민하는 것 같던 지니가 하라의 손을 잡아 손바닥을 위로 보게 펼쳐 놓았다. 그리곤 주머니에서 볼펜을 꺼내 뚜껑을 입으로 뺐다. 그가 손바닥 위에 뭔가를 긁적이자 하라가 큭큭거렸다. 손바닥이 간지러웠다. 그러다 지니의 눈과 마주치자 웃음을 뚝 그쳤다.

"내 오피스텔 알지?"

"네."

"가서 적당한 걸로 갈아입고 와."

"……네?"

"비번."

"아, 네."

손바닥에 적힌 아라비아 숫자를 그녀의 눈앞에 보여주며 지니가 할 말 다 했다는 듯 먼저 문으로 걸어갔다. 문을 열다 말고 뭔가가 생각난 듯 멀뚱히 손바닥을 쳐다보는 하라를 그가 다시 돌아봤다.

"홍하라."

"네."

고개를 들어 그를 마주 보자 그가 턱으로 하라의 옷을 가리키며 심드렁하게 말했다.

"다음엔 그런 상태로 남자 앞에 서지 마라."

"……?"

"다 비쳐."

흘리듯 마지막 말을 남기고 그가 문을 닫고 사라졌다. 홀로 남은 하라기 눈을 깜빡이며 닫힌 문을 바라보던 시선을 내려 제 티를 내려 봤다. 젖은 옷이 형광등 불빛을 받아 시스루 버금가는 야릇함을 보여주고 있었다. 잘 보이지 않는 속옷까지 아슬아슬한 수위로 비쳐지고 있는 것을 확인한 하라가 쩝 짧게 입맛을 다셨다.

"별걸 다 유심히 보고 그러십니다."

벅벅 머리를 긁으며 손잡이를 잡던 하라가 문득 손바닥에 적힌 숫자가 떠올라 손바닥을 펼쳐 보았다. 고느님 아지트의 비밀번호를 획득했다. 거기다가 옷까지 하사받는 영광을 누리게 되었다. 비실비실. 하라의 입꼬리가 저도 모르게 자꾸만 치켜 올라갔다.

"큭큭큭."

감출 수 없는 기쁨이 입 밖으로 새어 나왔다. 그러다 혹여 누가 들을세라 입을 손바닥으로 가리고 비상구를 빠져나왔다.

가슴이 뛰었다. 손바닥에 적힌 번호를 하나하나 누를 때마다 심박 수가 증가했다. 두 번째 방문이었다. 물론 처음은 혼자가 아니었다. 그때는 정태를 따라 들어와 그가 서류를 챙기는 와중에 저 혼자 기념 셀카를 찍느라 정신이 없었다. 아주 잠깐의 입성이었지만 기분은 하늘을 날아갈 듯 좋았다. 지금은 혼자였다. 정식으로 지니의 허락까지 받았다.

설레는 마음으로 마지막 번호를 누르자 잠금이 해제되는 소리가 들렸다. 하라의 눈이 반짝 빛났다. 조심히 문을 열자 은은한 스킨 향이 먼저 그녀를 반겼다. 지니의 향기다. 첫발을 내딛는 것조차 조심스러웠다. 인류가 달에 처음 착륙할 때의 기분이 이랬을까 싶을 정도로 벅찼다.

천천히 구경하며 즐거움을 만끽하고 싶었지만 아쉽게도 시간이 별로 없었다. 곧장 드레스 룸으로 걸어가 문을 열었다. 지니의 성격을 대변해 주는 잘 정돈된 옷들이 그녀를 맞았다. 셔츠는 입을 수 없으니 티 종류로 고르기로 했다.

각이 잘 잡힌 채 개어진 티를 눈으로 훑다 맨 아래 있는 상자가 눈에 들어왔다. 잘 안 입는 헌옷을 넣어놓은 건가 싶어 상자를 꺼내 뚜껑을 열었다. 이왕이면 헌옷이 나을 듯싶었다. 부담도 덜 되고 티도 덜 나고. 일석이조다.

"아⋯⋯."

보지 말 걸 그랬다. 그냥 진열대 위 티로 아무거나 골라 입을걸. 물끄러미 상자 속을 바라보던 하라가 다시 뚜껑을 닫고 그것을 원래 위치에 놓았다. 자리에서 일어선 하라가 지니의 티들을 보며 입을 삐죽 내밀었다.

"가란다고 온 내 잘못이 크다."

상자 속에는 여자 옷이 곱게 담겨 있었다. 생각도 못했다. 그의 집에 여자 옷이 있으리라고는.

"없으란 법도 없지."

낙담한 티가 역력한 목소리로 자조적으로 말한 하라가 깊은 한숨을 내쉬며 미련 없이 드레스 룸을 나왔다. 욕실에 딸린 파우더 룸으로 들어선 하라가 주섬주섬 티를 벗었다. 그리곤 드라이어를 켜고 옷을 말리기 시작했다. 혼잣소리도 곧잘 하는 하라가 웬일로 입을 꾹 다문 채 묵묵히 드라이어를 흔들었다.

기분이 나쁘면 안 되는데. 그렇게 좋지도 않다. 지니에게 여자가 있다는 사실에 충격을 받을 줄은 몰랐다. 더군다나 집까지 드나드는 사이고, 그녀의 옷도 소중히 챙겨놓는다는 사실에 왜 제 가슴이 지끈거리는지.

"당연한 거지. 그 나이에 그 스펙에 그 바디에 여자가 없으면 그게 이상한 거지."

옷을 말리는 내내 머릿속을 떠나지 않는 은주의 모습에 속이 쓰라렸다. 다 마른 옷을 다시 껴입으며 하라가 투덜거렸다.

"사람을 들었다 났다. 정말 선수라니까. 우리 고느님은."

애써 태연한 척해보지만 이미 상처 입은 가슴은 회복이 더뎠다. 정신 차리라고 직접 보게 한 건가? 혹여 오늘 선심을 쓰는 척하며 집으로 보낸 것이 좋아하지 말라는 말의 연장 선상이 아닐까 생각했다. 여자 가슴 설레게 할 때는 언제고 거기에 또 찬물을 끼얹는 건 무슨 취미란 말인지.

"참 짓궂으십니다. 바보 아니라 한 번 말하면 알아듣는데."

현관문을 열며 고개를 갸웃한다.

"못 알아들은 건가?"

수건으로 머리를 직접 닦아주고, 옷이 비치는 것까지 신경 쓰고, 자신의 집에서 제 옷을 입는 것까지 허락했다. 이 정도면 배려심이 남다르다 할 만했다. 그래서 또 잠시 착각했나 보다. 자신에게 남다른 감정이 있는 건 아닌가 하고.

"착각은 자유라지만 이 정도면 병이다."

스스로를 책망하며 들어설 때와는 정반대의 침울한 마음으로 그의 집을 나섰다.

사무실로 들어서는 하라를 지니가 마뜩잖은 눈으로 바라보았다. 기껏 집으로 보내 옷을 갈아입으라고 했더니 제 옷을 그대로 입고 왔다. 그에게 눈인사만 건네고 자리에 앉는 하라를 지니가 삐딱하게 쳐다봤다.

"뭐야?"

"이 시간엔 커피 파는 데가 없어서 못 구했습니다. 죄송합니다."

시큰둥하게 답하며 저를 쳐다보지도 않는 하라의 태도에 지니의 눈이 가늘어졌다. 그가 가만히 턱을 쓸었다. 바쁜 척 수첩을 들척이며 뭔가를 끼적이는 모습이 무척 어색했다. 무슨 일이 있었나 싶었지만 대놓고 물어볼 수가 없었다.

"팀장님, 회의실로 가시죠."

"아, 네."

나 PD의 말에 고개를 끄덕이며 지니가 자리에서 일어섰다. 회의실이라고 해봐야 복층 구조의 개방된 이층 공간으로 이동하는 것이 전부였다. 계단을 올라 회의실로 들어선 지니가 자리에 앉아 팀원들이 착석하기를 기다렸다.

그러는 내내 그의 신경은 하라에게 쏠려 있었다. 마지막으로 들어선 하라가 음료를 각자의 자리에 하나씩 놓고 제일 끝자리에 앉았다. 사무실 내에선 지니의 옆자리가 지정석이었지만, 회의실에 선 그러라고 한 적이 없다.

"자, 그럼 각자 구상한 아이템들부터 들어보도록 하죠."

프로그램 하나를 종영하기 무섭게 바로 다음 프로 아이템 구상 이 이어진다. 조금 빠르다 싶은 감이 있지만 이렇게 하지 않으면 금방 도태되고 만다. 모두 익숙한 듯 자신의 노트를 펼쳐 준비한 아이템을 내놓기 시작했다.

"우리도 이번에 방청객과 함께 소통하는 프로그램을 만들어보 면 어떨까요?"

"어떤?"

"요즘 트렌드가 건강과 힐링이니까. 거기에 초점을 맞춘 것으 로 하면 좋을 것 같은데요."

"그건 너무 넘쳐 나는 아이템이잖습니까. 채널만 돌리면 나오 는 게 그런 건데. 좀 식상하지 않을까요?"

"그런 거 말고 조금 더 획기적인 건 없을까? 사람들 감성을 자 극할 수 있는 리얼리즘한 것으로."

회의가 계속될수록 분위기는 점점 과열 양상으로 치달았다. 선 뜻 어떤 것 하나를 선택하지 못할 만큼 팀원들의 열정은 대단했 다. 그 와중에 노트만 뚫어져라 바라보며 한숨만 푹푹 내쉬는 하 라가 지니의 신경을 자꾸만 자극했다. 그가 혼전 양상을 보이는 회의 석상 너머 하라를 뚫어져라 응시하며 탁탁 테이블을 두드렸 다. 일순 회의실이 조용해졌다.

"홍하라."

지니가 하라를 지목했다. 그에 모두의 시선이 하라에게 집중됐다. 턱을 괴고 혼자만의 생각에 잠겨 있던 하라가 뭔가 이상함을 느끼고 슬쩍 고개를 돌렸다. 그리곤 저를 바라보는 32개의 눈에 놀라 흠칫거렸다.

이게 무슨 일이지? 평소엔 하라가 회의에 참석했는지조차 모르던 사람들이었다. 그런데 이 강렬한 눈빛은 대체 뭐란 말인가. 하라가 의문스럽게 팀원들을 바라보는 사이 지니가 입을 열었다.

"넌 뭐 없어?"

"네?"

지니의 질문에 하라가 멀뚱히 그를 보며 되물었다. 뭘 내놓으라는 건지 모르겠단 눈치다. 지니가 가늘게 눈을 빛내며 테이블 위에 손을 올려 그 위에 턱을 괴는 모습을 모두가 주의 깊게 살폈다. 다른 사람이 이런 식으로 안일하게 회의에 침석했다면 그 즉시 시린 질책을 받았을 것이다. 아무 말 없이 지니가 하라를 직시하는 가운데 그녀의 옆자리에 앉아 있던 정태가 그녀의 옆구리를 쿡 찔렀다.

"왜?"

"너 회의 준비 안 했어?"

눈을 부라리며 작은 목소리로 질책하는 정태를 멍하니 돌아보다 하라가 낮은 탄식을 터트렸다.

"아. 아이템."

그제야 정신이 번뜩 든 하라가 서둘러 노트를 뒤적였다. 나름 열심히 준비를 한다고 하긴 했는데 매번 그녀의 아이템은 입으로 내뱉을 기회조차 주어지지 않았다. 그래서 기대조차 않고 체념하고 있었다. 그런 와중에 갑작스레 아이템을 내놓으라는 말을 들으니 당황스러워 적어놓은 것을 제대로 찾지 못했다.

"넌 팀원 아닌가? 홍하라, 정신 제대로 안 차리지."

예상대로 지니의 서늘한 질책이 이어졌다. 우뚝 손을 멈춘 하라가 그를 돌아봤다. 그가 신경질적으로 노트를 접어 테이블을 탁 내려치며 일어섰다.

"아직 다들 정신이 해이한 것 같은데. 이런 상태에서 회의가 무슨 소용 있습니까. 내일 다시 합시다."

냉정하게 자리를 뜨는 지니로 인해 일순 회의실 분위기가 침울해졌다. 그 원흉이 된 하라가 깊은 한숨을 내쉬며 죄인처럼 고개를 푹 숙였다. 아무리 지목을 당하지 않는다 해도 나태해지면 안 되는 거였다. 평소엔 그렇게 준비를 철저히 하고 지니랑 눈이라도 한 번 마주칠까 촉각을 곤두세우고 있었는데. 오늘은 그의 시선을 피해 회의 내내 딴생각을 하고 있었다. 무슨 이유를 대든 하라의 태도는 정당화될 수 없었다.

"됐어. 기죽을 필요 없어. 괜히 아이템이 마음에 안 드니까 그러는 거야. 연배 많은 우리한테 뭐라 못하고."

나 PD가 기운 없는 하라를 토닥였다. 정태가 짧게 입맛을 다시며 머리를 긁적였다. 하라가 고지니 팀장에게 큰 실수를 했고 그것 때문에 따끔한 훈육을 받고 있다고 생각은 했지만, 이건 뭔가 이례적으로 굉장히 긴 뒤끝이었다. 눈물 쏙 빼게 혼내고 무시로 일관하던 전과는 사뭇 다른 처사였다. 고개를 갸웃한 정태가 고뇌에 빠진 하라를 쳐다봤다.

문득, 고 팀장이 하라를 여자로 보고 뭔가 다른 감정을 내보이는 건 아닌가 하는 생각을 했다가 서둘러 고개를 내저었다. 말도 안 된다. 하고많은 여자 두고 이런 꼴통에게 그런 감정을 느낄 리가 없었다.

"짜식, 너 찍혔다고 조심하라고 그렇게 일렀는데 거기서 멍을 때리냐?"

"그러게나 말입니다. 왜 하필 그때 멍을 때려서 절호의 기회를 놓쳤을까요. 참 한심한 종잡니다. 나란 놈은."

축 처져 있는 게 보기 싫어 발끈이라도 해보라고 한 말인데 더기가 죽어 자책을 하니 괜히 정태가 더 머쓱해졌다. 하나둘 다시 아이템 연구를 위해 자리를 뜨고 있었다. 하라도 제 노트를 챙겨 들고 문으로 터덜터덜 걸어갔다. 그런 하라를 미안스레 바라보다 정태도 자리를 털고 일어섰다. 지금 남 걱정할 때가 아니었다.

"에잇, 내가 진짜 뻑이 갈 만큼 언빌리버블한 놈으로다가 딱 건져 와서 다들 입 쩍 벌어지게 만들어준다."

호언장담하며 나간 정태를 끝으로 회의실엔 다시 고요가 찾아왔다.

사무실에는 지니가 없었다. 제 책상 위에 노트를 올려놓고 사무실을 나온 하라가 휴게실 자판기에서 커피를 뽑아 테라스로 나섰다. 테라스는 흡연 장소로도 이용되고 있어 시원한 바람과 더불어 매캐한 담배 냄새도 맡아야 했다. 별생각 없이 테라스 난간에 기대 커피를 홀짝이던 하라의 콧속으로 익숙한 스킨 냄새가 스며들었다. 하라가 고개를 돌려 옆으로 다가선 지니를 돌아봤다. 지니가 정면을 응시한 채 길게 담배 연기를 내뿜었다.

"어, 저는 잠깐 바람만 쐬고 들어가려고."

방금 전 혼이 나고도 한가하게 커피나 마신다 또 한소리 들을 것을 대비해 하라가 먼저 선수를 쳤다. 급하게 커피를 들이켜는 하라의 손을 지니가 붙잡았다. 하라가 입에 머금은 커피를 꿀꺽 삼켰다. 지니가 담배를 끄고 그녀를 향해 돌아섰다.

"이유가 뭐야?"

"네?"

"옷."

"아, 그게. 저…… 눈에 익은 옷들이라 입고 사무실 오면 다들 이상해할까 봐……."

지그시 바라보는 지니의 시선을 피해 하라가 슬며시 눈동자를 굴렸다. 그의 손이 하라의 턱을 잡아 고정시켰다. 움찔한 하라가 거친 숨을 삼키며 그를 돌아봤다. 어느새 코앞으로 다가온 그의 얼굴에 또 한 번 놀란 하라가 눈을 깜빡거렸다.

"정말 그게 다야?"

그의 입술이 눈앞에서 달싹였다. 그 입술을 홀린 듯 바라보며 하라가 고개를 끄덕였다. 지니의 고개가 살짝 모로 기울었다. 그의 섬세한 손끝이 하라의 턱을 매만졌다. 하라가 저도 모르게 주춤 뒤로 한 발 물러섰다.

"그거 말고 또 뭐가 있겠습니까."

시치미를 떼는 하라의 곁으로 그가 성큼 다가섰다. 반사적으로 뒤로 물러서던 하라의 등이 벽에 닿았다. 뒤를 돌아보는 하라의 시선에 힘줄이 선명한 지니의 팔뚝이 들어왔다. 팔뚝을 따라 고개를 돌리자 눈앞에 그의 너른 가슴이 보였다. 이런 감금은 정말 당할 때마다 가슴 떨린다. 그의 두 팔에 갇힌 채 얼굴을 붉힌 하라가 눈동자만 올려 그의 얼굴을 바라보았다.

"말 안 할 거야?"

"다 했습니다만."

"너 거짓말할 때마다 호흡 가빠지는 거 알아?"

"진짭니까?"

하라가 몰랐다는 듯 눈을 동그랗게 뜨고 물었다. 지니가 비스듬히 시선을 내리고 그녀의 가는 목선을 응시했다. 그 눈빛이 너무 뜨거워 하라가 마른침을 꿀꺽 삼켰다. 어색한 분위기를 무마시키고자 하라가 하하 웃었다.

"에이, 그런 거에 속아 넘어갈 나이는 아닙니다."

"지금도 그래."

"네?"

"여기가 뛰잖아."

하라의 목으로 지니가 입술을 내렸다. 흠칫 놀라 하라가 몸을 굳혔다. 그의 입술이 뜨거운 피가 흐르는 하라의 핏줄 위를 지그시 눌렀다. 말도 안 돼. 그게 보여?

두근두근. 하라의 심장이 온몸으로 벅찬 떨림을 전했다.

충동적으로 한 일이었다. 하라의 목에 입술을 누른 건. 그녀의 목에 닿은 입술이 떨렸다. 거짓말에 대한 벌이라고 변명을 한다해도 이건 그냥 할 수 있는 단순한 행동은 아니었다. 그녀의 거짓말에 화가 났다. 그 거짓말의 이유가 자신 때문인 것 같아서 더 그랬다. 화를 내고 싶은데 그럴 수가 없었다.

무엇 때문이냐고, 왜 허락까지 했는데 자신의 옷을 입지 않은 거냐고 따져 묻고 싶었다.

이런 일들에 화가 나고, 그녀의 작은 행동 하나하나에 반응을 보이는 건…… 관심 이상의 어떤 감정이 작용했기 때문이다. 홍하라. 그녀가 자꾸만 가슴을 파고들어 자신의 자리를 만들려 한다. 아니, 이미 만들어 버렸는지도 모르겠다.

안고 싶고, 만지고 싶고, 가지고 싶고. 그래서 가슴이 뛴다면…… 이건 사랑이다.

4. 말로 하지 않아도 알 수 있는 것들

　종일 멍한 채로 좀비처럼 흐느적거리는 하라를 정태가 안쓰러운 눈으로 쳐다봤다. 아무래도 회의실에서의 쇼크가 좀 과했던 모양이다. 목을 잡고 연신 혼잣소리를 중얼거리는 거로 봐선 오늘 내에 제정신으로 돌아올 가능성이 희박해 보였다.

　"이럴 땐 코 삐뚤어지게 꺾어주는 게 딱이지."

　나 PD도 하라의 상태가 걱정되었던지 손으로 잔을 기울이는 시늉을 하며 끼어들었다. 지니는 국장 회의에 불려가 자리에 없었다. 아마도 그는 사무실로 돌아오지 않고 국장들과 술자리까지 동석하게 될 것이다.

　"가자, 가. 알고 보면 모든 획기적인 아이템들이 다 술자리 잡담에서 나온 거야. 우리도 오늘 눈 뒤집힐 만큼 획기적인 걸로 다 줄줄 뽑아보자."

김 작가까지 동참해 분위기를 돋웠다. 정태가 하라의 등짝을 소리 나게 철썩 때렸다.

"아야!"

"넌 인마, 선배들이 이렇게까지 하면 알아서 따라나서야지 어디서 분위기 잡고 계속 버티고 앉아 있어."

"뭔 분위기?"

대체 영문을 모르겠단 눈으로 정태와 주변을 두리번거리며 하라가 아픈 등짝을 만졌다. 니 PD가 눈을 씽긋거리며 정태를 부추겼다. 그에 정태가 하라의 팔을 잡아 일으켰다.

어쩌다 보니 저도 모르게 사람들에게 둘러싸여 회사 앞 포장마차까지 오게 됐다. 정태가 다른 잔을 채우고 마지막으로 하라의 잔에 소주를 따랐다. 잔을 물끄러미 바라보고 있는 하라의 뒤통수를 정태가 가볍게 후려쳤다.

"에이!"

"그러게 누가 술잔 앞에 두고 제사 지내래?"

"그렇다고 여자 머리를 그렇게 막 치고 그럽니까?"

"와아! 나 PD님, 방금 이놈이 한 말 들었습니까?"

정태가 어이없단 듯 나 PD를 돌아보며 과장된 목소리로 물었다. 나 PD가 키득거리며 술잔을 비웠다. 벌써 두 번째 잔을 채우며 김 작가가 중재에 나섰다.

"그만 좀 놀려. 안 그래도 기분이 바닥일 텐데."

"놀리는 게 아니라 이놈이 지금 말이 안 되는 소릴 하잖습니까."

"말이 안 되긴. 여자가 여자라고 하는 게 왜 말이 안 됩니까?"

"너 정체성에 혼란이 오는 모양인데. 넌 그냥 신입이다. 여자가 아니라."

"신입도 성별은 있습니다."

"그렇지. 있긴 있지. 그런데 넌 아니야."

정태가 하라의 몸을 검지로 쭉 훑어 내리며 고개를 절레절레 흔들었다. 그에 발끈한 하라가 하나로 묶어 등 뒤에서 출랑거리는 머리카락을 잡아 정태의 얼굴에 대고 마구 흔들었다.

"이거, 이거 안 보이십니까? 여성스러운 이 긴 머리카락이?"

"내세울 게 고작 그것뿐이더냐? 볼륨 빵빵한 가슴도 아니고 S라인도 아닌 긴 머리카락? 그건 남자들도 기를 수 있거든? 그리고 야, 묶이기만 하면 그게 다 긴 머리냐? 그건 그냥 꽁지머리야. 꽁지. 그게 애기를 빡빡머리에 니 여자예요, 꽃 모양 머리띠 한 거랑 뭐가 달라?"

"에잇! 진짜! 내가 여기서 벗어서 보여주면 믿겠습니까?"

의자를 밟고 올라간 하라가 정태를 노려보며 티 끝자락을 붙잡았다. 김 작가와 나 PD가 말리지 않았다면 오늘 못 볼 꼴을 보고 말았을 것이다. 늘 이런 식이었다. 정태와 말싸움을 하면 성질 급한 하라가 결국 제 분에 못 이겨 일을 치기 직전까지 치닫는다. 그걸 동행한 팀원들이 말리고 정태가 킥킥거리며 기분 좋게 구경하곤 했다. 화르륵 화가 치민 하라가 앞에 놓은 소주를 한입에 털어넣고 냉장고로 걸어가 직접 맥주를 꺼내왔다.

"이모, 나 맥주 한 병!"

맥주를 따며 주방을 향해 소리친 하라가 거침없이 맥주를 들이켰다. 속이 탔다. 정태와의 말장난 때문이 아니었다. 아침나절부터 줄곧 그랬다. 지니가 목에 입술을 댄 그 순간부터.

'그러니까, 거짓말은 안 통해.'

그의 입술이 목을 간질이던 느낌에 오소소 일어서던 솜털의 느낌이 아직도 생생했다. 크게 숨을 내쉬며 하라가 목을 매만졌다. 거짓말을 한 것에 대한 처우치고는 좀 과한 감이 있었다. 이런 행동은 아무에게나 하는 게 아니라고 생각했다. 깊은 관계가 아니면 하기 힘든 과감한 애정 행각이었다. 그걸 왜……

혼란스럽다. 얽히고설킨 실타래처럼 머릿속이 엉망이었다. 타는 속을 달래려 하라가 또 맥주를 벌컥거렸다. 그를 유심히 지켜보던 정태가 병을 잡아 내리며 만류했다.

"야야, 좀 천천히 마셔. 체한다."

"술에 체한단 소린 또 첨 들어보네."

하라가 입을 손등으로 닦으며 투덜거렸다. 3분의 1가량밖에 남지 않은 맥주를 보며 정태가 쯧쯧 혀를 찼다.

"뭐든 급하게 먹으면 체하는 거야."

"겨우 소주 한 잔에 맥주 반병입니다."

"반병 넘거든요."

"에잇. 왜 자꾸 말꼬리 잡고 늘어져. 고래 심줄 잡쉈어?"

"네가 버릇없이 기어오르는 거거든요?"

투닥거리는 둘을 보며 김 작가는 나 PD에게 물었다.

"둘이 사겨?"

"김 작가님!"

"무슨 그런 저주를!"

나 PD가 뭐라 대꾸하기 전에 둘이 발끈해 동시에 소리쳤다. 나

PD가 안주로 나온 닭발을 씹으며 별스럽지 않게 말했다.

"그렇다는데?"

"염병. 그러면 그렇지 어디서 소리를 질러. 귀청 떨어질 뻔했네."

씩씩거리며 쏘아보는 둘의 시선을 회피하며 김 작가가 귀를 휘적거렸다. 시선을 옮겨 불쾌하게 서로를 쳐다보다 각자 술병과 술잔을 들어 비워냈다. 이후 티격태격하던 것이 줄고 언제 그랬냐는 듯 평상시처럼 조용히 잡담을 하며 술잔을 기울이게 되었다.

김 작가가 나 PD를 보며 한쪽 눈을 찡긋거렸다. 나 PD가 의미심장한 웃음을 띠며 젓가락을 놀렸다. 하루 이틀 지낸 사이가 아니었다. 어떻게 하면 분위기를 반전시킬 수 있는지 잘 알고 있는 사람들이었다.

"에고, 어린것이 어째 암에 걸려 저 고생을 하는지. 하느님도 무심하시지."

우동 그릇을 테이블 위에 내려놓으며 포장마차 이모가 한숨을 푹 내쉬었다. 무슨 말인가 싶어 고개를 들어보니 텔레비전을 보고 하는 소리였다. 소아암 아동들을 소개하고 돕는 모금 방송이 나오고 있었다.

"돈도 돈이지만 세상 나와 즐겁게 한번 제대로 살아보지도 못했다는 게 참 그러네."

나 PD가 쓰게 혀를 차며 술잔을 기울였다. 모두의 시선이 텔레비전 화면에 집중됐다. 이제 12살인 환아는 꿈이 농구선수였다고 했다. 자신이 제일 좋아하는 선수는 이은수라며 언젠가 그를 만나 신나게 농구를 해보는 게 소원이라고 했다.

마지막 소원. 아이의 마지막이 될지 모르는. 다른 이에게는 사소하게 느껴질지도 모를 그 소원이라는 한마디에 하라의 가슴이 뭉클해졌다. 오늘이 위태로운 삶. 내일이 올지 장담할 수 없는 그런 아슬아슬한 삶 속에서도 아이는 꿈을 꾼다. 그 작은 소망을 말하며 환하게 웃는 아이의 얼굴에 하라의 눈시울이 붉어지고 그녀의 입가에 엷은 미소가 머물렀다. 사람들은 아이의 아픈 현실을 안타까워하지만 아이는 매일매일 자신의 꿈을 위해 삶을 붙잡는다. 하라는 그게 너무 고맙고 미안했다.

"언젠가 인터넷에서 봤는데 말이야. 말기 암 환자가 자기의 마지막 소원을 SNS에 올렸는데 사람들이 거기에 호응을 하고 응원을 하면서 자신의 소원을 이루게 됐대."

"어, 그거 나도 본 적 있는데."

"들어봐. 그게 거기서 그치지 않고 이 사람이 거기서 희망을 본 거야. 그래서 아, 나는 아직 죽을 때가 아니구나. 할 수 있는 것이 아직 많고 많은데 여기서 멈출 수 없다라고 마음을 먹었지. 그 순간 기적이 일어난 거야. 3개월 뒤 남자는 나는 아직 살아 있다. 나는 이루어야 할 일들이 아직 많이 남아 있다. 그래서 살기로 했다. 암이 더 이상 진행되지 않은 거지."

"정말 신기하다."

"그래서 기적이라는 거지."

이런저런 이야기를 나누며 술잔을 비우는 사이 시간은 소리 없이 흘러갔다. 테이블 위 술병의 수가 두 배로 늘어날 때쯤 하라의 주머니 속 휴대폰이 울렸다. 술잔을 기울이며 무심히 휴대폰을 꺼내 발신인을 확인하던 하라가 컥 하고 머금었던 술을 뱉었다.

"에잇, 더럽게."

정태가 저리 떨어져라 손을 내저었다. 그를 흘기며 턱을 타고 흐른 술을 소매로 닦은 하라가 계속 울려대는 휴대폰의 통화 버튼을 옆으로 밀었다.

"네."

[어디야?]

잔잔한 지니의 목소리가 전화기를 타고 하라의 귓속으로 스며들었다. 하라가 꿀꺽 마른침을 삼키며 자리에서 일어섰다. 포장마차를 나와 가로수 옆에 멈춰 섰다.

"회사 앞 포장마찹니다."

[일수 찍어?]

"네?"

[하루도 빠짐없이 술 마시니까 하는 소리야.]

"아, 그게 그러니까. 오늘은."

[언제 끝나?]

"글쎄요? 그게 저도 잘."

하라가 아직 분위기가 한창인 포장마차 안을 돌아보며 중얼거렸다. 시계를 확인하니 밤 10시 조금 넘어 있었다. 평소보단 아직 이른 시간이었다.

[적당히 핑계대고 나와.]

"예? 어디로요?"

[건너편 버거집.]

하라의 눈이 자동으로 '뭐 먹어 버거 먹어'로 향했다. 눈에 익은 차 한 대가 그 앞에 멈춰 서며 비상등을 켰다. 두근두근. 지니의 차를 보는 것만으로도 하라의 심장이 뛰어댔다.

[5분.]

뚜— 냉정하게 끊긴 전화에도 마음이 상하지 않았다. 무슨 이유에서인지는 모르지만 지니가 하라를 기다리고 있었다. 직접 그녀가 있는 곳으로 오기까지 하면서. 이러면 안 되는데 또 심장이 설렘으로 두방망이질 치기 시작했다.

급하게 돌아선 하라가 포장마차 안으로 뛰어들어 가 제 가방을 챙겼다. 그 모습을 셋이 멀뚱히 쳐다봤다.

"뭐 하냐?"

가방을 메고 나서며 하라가 배를 움켜잡았다.

"설사 만났습니다. 더 이상 자제가 안 되는 관계로 저는 이만 하직인사를 드리옵니다. 그럼."

허리를 굽혀 인사를 하고 쌩하니 사라지는 하라를 보며 정태가 들고 있던 젓가락을 놓았다. 먹장어의 양념이 설사라는 단어와 겹쳐 눈에 거슬렸다.

"자식이 더럽게 꼭 그런 멘트를 날려. 쯧."

허둥지둥 가방을 메고 밖으로 나온 하라가 뒤쪽 포장마차의 눈치를 살피며 조금 떨어진 도로 앞까지 뛰어갔다. 차들이 질주하는 도로를 사이에 두고 지니의 차를 바라보며 건널목 앞에 멈춰 섰다. 신호가 바뀌길 기다리는 시간이 무척 길게 느껴졌다. 그가 차밖으로 나와 담배를 꺼내 무는 모습이 보였다. 초록에서 주황으로 주황에서 다시 빨강으로 바뀌는 신호등을 보며 초조하게 발을 굴렸다. 곧 빨강으로 신호등이 바뀌고 차들이 멈춰 섰다. 건널목 신호등이 초록으로 변함과 동시에 하라가 뛰기 시작했다.

빠르게 뛰는 심장박동만큼 지니에게로 가는 발걸음도 빨라졌다. 5분이라고 해놓고 느긋하게 담배를 피워 문 지니가 저를 향해 저돌적으로 달려오는 하라를 보며 눈을 동그랗게 떴다.

"헉헉. 4분 57초. 5분 카운트 안 넘었습니다. 헉헉."

손목시계를 확인한 하라가 허리를 굽혀 거친 숨을 몰아쉬었다. 시야로 지니의 신발이 들어왔다. 지니의 손이 다정하게 머리를 쓰다듬었다. 천천히 고개를 들어 올리자 담배를 입에 문 채 부드럽게 입꼬리를 끌어 올린 그의 입술이 보였다.

"잘했다, 하라."

강아지 취급을 받는 느낌이었지만 이상하게 기분이 좋았다. 하라가 싱긋이 웃으며 눈을 반달 모양으로 휘었다.

"땡큐. 캡틴."

그의 손이 머리 위를 떠날 때 약간 서운한 기분이 들었다. 그건 지니도 마찬가지였다. 아무런 내색도 하지 않고 웃고 있는 하라를 가만히 바라보다 지니가 담배를 끄며 보조석을 가리켰다.

"타."

"네."

그의 말에 아무 생각 없이 보조석 문을 열고 앉았다. 지니가 운전석에 올라 시동을 거는 것을 멀뚱히 쳐다보다 문득 생각난 듯 그를 돌아보며 물었다.

"그런데 어디 가십니까?"

지니가 하라를 돌아봤다. 하라가 눈을 말똥거리며 그의 답을 기다렸다.

"벨트."

"아, 네."

그의 말에 자동으로 벨트를 당겨 매곤 이게 아닌데 하며 고개를 갸웃했다. 그런 하라의 모습에 지니가 엷은 미소를 머금었다. 하라의 시선을 받으며 차를 출발시킨 지니는 운전하는 내내 정면만 주시한 채 말이 없었다. 궁금해 미칠 것 같아 근질거리는 입을 삐죽 내밀며 지니를 응시하던 하라가 답을 들을 수 없겠다 체념하며 밖으로 시선을 돌렸다.

"어라?"

창밖을 무심히 바라보던 하라가 눈을 동그랗게 뜨며 고개를 갸웃했다. 눈에 익은 길이다. 자신의 집으로 가는 길. 지니와는 딱 한 번 택시를 타고 온 것이 다였다. 밤이었고, 자다 일어난 터라 제대로 보지 못했을 텐데 여길 어떻게 알고 찾아가는지 신기했다.

"여긴 저희 집 앞입니다만?"

파란 대문 앞에 정확히 차를 멈춘 지니를 빤히 쳐다보며 하라가 말했다. 지니가 말없이 시동을 끄고 먼저 차에서 내렸다. 차를 돌아 보조석으로 걸어오는 그를 하라가 눈으로 좇았다. 보조석 문이 열렸다. 지니가 허리를 굽혀 안으로 쏙 들어왔다. 놀란 하라가 흠칫거리며 의자로 바짝 몸을 붙였다. 닿을 듯 가까운 거리에 그가 있었다. 입 앞으로 다가온 그의 목덜미에 저도 모르게 꿀꺽 침을 삼켰다.

찰칵. 안전벨트가 풀리는 소리가 들리고 그가 하라 쪽으로 고개를 돌렸다.

"내리지."

그가 물러서자 스킨의 잔향이 남아 하라의 코끝을 물들였다. 서

걱거리는 심장을 애써 진정시키며 하라가 꽉 잠긴 목소리로 한 박자 늦게 답했다.

"……네."

주섬주섬 차에서 내리자 지니가 하라의 손을 잡고 대문 앞으로 이끌었다. 뭘 하려고 그러나 의아해 바라보던 하라의 눈이 커졌다. 그가 망설임 없이 벨을 눌렀다.

―뉘여.

예외 없이 들리는 인간미 없는 엄마의 멘트에 하라가 끙 소리를 냈다. 지니가 인터폰에 대고 정중히 말했다.

"안녕하십니까, 어머님. 저는 홍하라 직장 상사인 고지니라고 합니다."

―…….

정적이 흘렀다. 아마도 비디오 폰에 비친 지니의 잘생긴 낯짝과 어머님이라는 멘트에 할 말을 잃고 잠시 넋을 놓았을 것이다. 모전여전이라고 말하기 부끄럽지만 하라의 모친도 그녀처럼 미남자에 약했다. 설마설마하며 가슴을 졸이는 하라의 귀에 믿을 수 없을 정도로 나긋한 목소리가 들렸다.

―어머나! 우리 하라 직장 상사께서 어떻게 집까지 오셨을까?

제발 남이 들으면 경기할 수 있으니 콧소리는 자제하라고 그렇게 수없이 말했건만 귓등으로 흘려들었는지 아니면 코에 갑자기 없던 비염이 생겼는지 말마다 콧소리가 섞여 나왔다. 맙소사! 하라가 잡히지 않는 손으로 이마를 철썩 두드렸다.

"직접 찾아뵙고 드릴……."

지니가 말을 끝맺기도 전에 요란한 소리를 내며 현관문을 열고 한달음에 대문 앞까지 내려온 하라의 모친이 숨을 몰아쉬며 문을 열고 나왔다. 천하의 지니도 그 신속함에 말문이 막힌 듯 동작을 멈춘 채 눈만 깜빡거렸다.

"하세요. 말씀."

흐트러진 옷매무새를 가다듬으며 환하게 웃는 모친을 하라가 뜨악해 바라보았다. 저 어색한 서울말을 어쩌면 좋단 말인가. 퍼뜩 정신을 차린 지니가 부드럽게 미소를 지어 보이며 허리를 굽혀 인사를 건넸다.

"고지니입니다."

"우리 팀장님이셔."

하라가 고개를 절레절레 흔들며 지니를 소개했다. 그제야 하라의 존재를 인식한 모친이 힐끔 그녀를 돌아보곤 지나는 투로 말했다.

"너도 왔니?"

기가 막혀 입이 쩍 벌어졌다. 딸내미가 집에 오는 게 당연한 거지 너도 왔니라니. 이게 지금 제대로 된 멘트인가? 딸이 기막혀 하든 말든 상관없이 이내 시선을 지니에게 고정시킨 모친이 생글생글 접대용 미소를 남발하며 물었다.

"그래 어쩐 일로 저를 보자고 하셨는지?"

"하라가 그동안 집에 못 들어온 건 순전히 저 때문입니다. 제가 야근을 좀 많이 시켰습니다. 죄송합니다, 어머님."

"아이고, 회사를 다니다 보면 야근도 할 수 있고 뭐 그런 거지요. 그게 무슨 죄송할 일이라고."

"어제 집에 들여보냈는데 쫓겨나서 숙직실에서 잤다고 해서 제가 직접 해명하고 사죄드리러 왔습니다."

"어머머, 쫓겨나긴. 그냥 뒷산 절에 가서 바람도 쐬고 들어오랬더니 얘가 오해를 했나 보네."

기절하시겠다. 어쩜 저렇게 능청스럽게 거짓말을 잘하는지. 저는 거짓말하면 티가 팍팍 난다는데 그녀의 모친은 전혀 그렇지 않았다. 뻔뻔함이 천연덕스러움과 결합해 그게 진정 진실인 것마냥 생각될 지경이었다.

"와아, 쩐다."

저도 모르게 나온 말에 지니가 하라를 돌아봤다. 하라가 머쓱해 어깨를 으쓱이며 슬쩍 시선을 피하자 그가 피식 엷게 웃었다. 그의 커다란 손이 부스스 하라의 머리를 헝클어트렸다.

"방송인이 그런 말을 쓰면 안 되지."

"죄송합니다."

"와아, 기막힌다. 이래야지."

지니식 바른 말 고운 말에 하라와 그녀의 모친이 물끄러미 그를 응시했다. 어쩜 저렇게 담담한 얼굴로 그런 말을 아무렇지 않게 할 수 있을까. 하라의 입이 씰룩거렸다. 모친이 무안했던지 머리카락을 슬쩍 귀 뒤로 넘겼다.

"큭큭큭. 푸하하하."

참지 못하고 시원스레 웃음을 터트리는 하라의 머리를 지니가 부드럽게 쓰다듬었다.

"그럼, 오늘은 집에서 편하게 쉬고 내일 산뜻한 기분과 옷차림으로 출근할 수 있도록 어머님께서 보살펴 주십시오."

"아, 예. 물론이죠."

"다음에 뵙겠습니다."

지니가 정중하게 인사를 하고 하라를 돌아봤다. 하라가 눈물이 맺힌 눈가를 손등으로 닦으며 마주 보자 그가 싱긋이 입가를 끌어올려 웃었다.

"배 아파. 그만 웃어."

톡. 가볍게 이마를 손끝으로 두드리며 그가 돌아섰다. 자신의 차로 걸어가 운전석에 오르기 전 지니가 다시 한 번 하라를 돌아봤다.

"내일 보자."

"옛썰!"

하라가 기분 좋게 거수경례를 하며 그를 마중했다. 오늘은 아주 편안하게 숙면을 취할 수 있을 것 같다. 굳이 이럴 필요까진 없었는데 직접 집까지 바래다준 것도 모자라 모친에게 자초지종을 설명하며 그녀를 부탁했다. 그의 배려에 마음이 따뜻해졌다.

"뭐여?"

"뭐가?"

대문 안으로 들어서는 하라를 쫓아 바짝 곁에 붙어서며 모친이 심문하듯 물었다. 시치미를 뚝 떼며 모른 척하는 하라를 모친이 가늘게 쏘아보았다.

"뭐 있지?"

"있긴 뭐가 있어. 몇 날 며칠 똑같은 옷 입고 냄새 폴폴 풍기니까 못 참고 데려다 준 거지. 옷 좀 갈아입으라고."

"그런 겨?"

"어. 그런 겨."

심드렁한 말투와는 달리 현관문을 여는 하라의 표정은 무척 밝았다.

핸들을 잡은 지니의 손가락이 리듬을 타고 움직였다. 라디오를 통해 흘러나오는 음악이 더없이 즐거웠다. 콧노래를 흥얼거리며 운전을 하던 지니의 귀에 휴대폰 벨소리가 들렸다. 블루투스를 켜자 은주의 목소리가 흘러나왔다. 지니의 손동작이 멈추고 그의 얼굴에서 미소가 사라졌다.

[어디야?]

"무슨 일이야?"

묻는 말에 동문서답으로 묻는다. 은주가 한숨을 내쉬며 말을 이었다.

[술 한 모금 안 마시고 사라졌다고 국장님이 단단히 벼르고 계셔.]

"내가 알아서 해."

운전을 위해 권하는 술을 마시지 않은 것에 대해 국장이 투덜거린 모양이다. 급한 볼일이 있다고 둘러대고 나온 길이었다. 다른 사람도 뛸까 싶어 으름장을 놓은 것을 두고 은주가 쓸데없이 전화를 했다. 중요하지 않은 용건을 더 끌 이유가 없었다. 지니가 전화를 끊으려는 순간 은주가 다급하게 말했다.

[잠깐 봐. 할 말 있어.]

"미안한데. 지금 좀 바빠."

귀갓길이었다. 그리 바쁠 것도 없었지만 늦은 밤 은주를 따로 만나고 싶지 않았다. 이젠 이유 없이 그래선 안 되는 사이였다.

[나 너희 집 앞이야.]

지니의 눈이 가늘어졌다. 그가 차를 도로가로 몰아세웠다. 피곤한 듯 눈가를 손으로 쓸어낸 지니가 차갑게 말했다.

"돌아가. 거긴 이제 네가 올 데가 아니야."

[지니.]

"더 미안해지고 싶지 않은데."

시린 말로 상처를 주고 싶지 않다는 말을 돌려 했다. 자신의 여자에겐 한없이 부드럽지만 그 외의 사람에겐 참 냉정한 사람이었다. 그를 알기에 은주는 더 이상 말을 잇지 못했다. 그는 지금 은주에게 선을 긋고 있었다. 넘어오면 다칠 거라는 서늘한 경고와 함께.

[그래, 내일 얘기하자. 쉬어.]

굳이 그의 신경을 자극해 일을 어렵게 만들 필요는 없었다. 순순히 물러선 은주가 먼저 전화를 끊었다. 피곤함을 느낀 지니가 의자를 뒤로 눕혀 몸을 뉘었다. 마른손으로 얼굴을 쓸며 그가 짙은 한숨을 내쉬었다. 끊어진 인연의 끈은 다시 이을 수가 없다. 그것도 심장을 에이는 날카로운 생채기를 내며 잘린 끈은 더더욱 잇기 어렵다. 더군다나 그 상처를 낸 당사자가 그것을 이으려는 건 잔인하고 이기적인 짓이다.

한참을 그 자리에 머물러 있다 집으로 돌아왔다.

누군가 방문했던 미미한 흔적이 느껴졌다. 익숙한 체취다. 다시 엷은 미소를 머금은 지니가 하라의 흔적을 따라 느긋이 발걸음을 옮겼다. 드레스 룸으로 가는 길목에서 파우더 룸의 문을 슬쩍 밀어 안을 확인했다. 원래 자리에 얌전히 놓여 있는 드라이어를 바라보다 히죽 웃음을 터트렸다.

"고집은."

드레스 룸으로 들어서 티가 놓여 있는 곳으로 다가갔다. 자신의 티를 입고 나타나면 남들이 이상하게 생각할 거라던 하라의 어설픈 변명이 떠올랐다. 티를 쭉 훑어 내리던 지니의 손이 우뚝 멈췄다. 맨 아래 잊고 있었던 물건 하나가 그의 시야에 들어왔다.

"하아."

입가에 머물렀던 미소가 사라지고 짙은 한숨이 터져 나왔다. 그가 한쪽 무릎을 꿇고 바닥에 내려앉았다. 무거운 얼굴로 상자를 꺼낸 지니가 뚜껑을 열어 내용물을 확인했다. 은주가 놓고 간 물건이다. 돌려줄 기회를 잡지 못해 할 수 없이 가지고 있었던 옷가지들이 들어 있었다.

"자기 집이 방송국 근처잖아. 가끔씩 급할 때 갈아입으려고. 괜찮지?"

가볍게 와인 한잔을 하자며 집으로 들이닥친 은주가 직접 두고 간 것이었다. 그게 3년 전이었다. 목적이 무엇이었든 은주는 그후 단 한 번도 두고 간 옷을 입으러 오지 않았다. 옷을 가져가라 말하기도 뭣해 알아 챙겨가길 바랐다. 그게 얼마나 부질없는 짓이었는지 지니는 오늘 확실히 깨달았다.

은주는 오늘 같은 경우를 대비해 옷을 두고 간 것이다. 그의 집에 다른 여자가 들어오는 것을 방지하기 위해. 지독한 집착. 연인이라 믿었던 2년 동안에도 은주는 다른 남자들을 만나고 다녔다. 자유연애를 지향한다는 말도 안 되는 이유를 들먹이며 지니의 질투심을 자극했다. 은주는 즐기고 있었던 것이다. 숱한 남성들의 시선과 그에 바짝바짝 타들어가 예민하게 반응하는 지니의 모습을. 은주에겐 남성 편력이 있었다. 한 남자에 정착하지도 못하지만 하나에 만족하지도 못한다. 그걸 알고 지니가 느꼈던 배신감은 이루 말할 수 없이 처절했다.

거미줄에 걸린 먹잇감을 놓치지 않으려 바쁘게 오가며 관리하는 암거미를 닮았다. 은주는.

"이걸 본 거야. 그렇지?"

하라를 떠올리며 지니가 쓰게 웃었다. 바보처럼 말도 못하고 오해로 속을 끙끙 끓였을 하라를 생각하니 심장이 아렸다. 지니가 손으로 이마를 받치며 짙은 신음을 토해냈다.

"홍하라."

그가 나직이 하라의 이름을 되뇌었다. 지그시 눈을 감았다 뜬 지니가 하라의 흔적을 좇아 드레스 룸 안을 천천히 훑었다. 옷을 보고 낙심해 돌아서는 하라의 모습이 눈에 선했다. 그가 상자를 덮고 자리에서 일어섰다. 상자를 들고 밖으로 걸어나온 그가 망설임 없이 그것을 쓰레기통에 쑤셔 넣었다.

"이따위 것보다 네 아픔이 더 신경 쓰이고 걱정되는 이유. 그거 딱 하나밖에 없지? 홍하라?"

이제 확실히 알겠다. 하라를 향한 자신의 감정이 무엇인지. 냉장고로 걸어가 맥주를 꺼내 든 지니가 발코니로 나가 난간에 기대섰다. 시원한 바람이 기분 좋게 불었다. 맥주를 한 모금 머금은 그의 입가에 희미한 미소가 머물렀다.

"보고 싶다. 하라."

그녀의 눈동자 가득 사랑이란 이름으로 새겨진 사람. 그 단 한 사람이 자신인 것처럼. 지금, 지니의 가슴에도 그녀가 들어와 깊게 자리했다. 어느새 조금씩 스며들 듯 그렇게 다가와 가득 채워졌다.

"그런 사랑이 더 무서운 법이지."

개운한 기분으로 방송국 로비로 들어선 하라가 크게 하품을 했다.

"그래 가지고 입이 찢어지겠냐?"

기척도 없이 다가선 정태가 하라의 어깨에 손을 척하니 올리며 거드름을 피웠다. 게슴츠레하게 그를 돌아본 하라가 입을 삐죽이며 몸을 옆으로 뺐다.

"입 찢어진 후배한테 한번 물려보시겠습니까?"

하라가 입을 쩍 벌리며 냉큼 정태의 팔을 잡아 무는 시늉을 했다. 정태가 기겁을 하며 팔을 뺐다. 하라는 한다면 하는 악바리였다. 정말 물면 팔이 떨어져 나가라 물고 늘어질 게 분명했다. 정태가 과민 반응을 보이며 하라의 두 팔을 잡아 등 뒤로 결박했다.

"아아! 비겁하게 이러깁니까?"

"네 사악한 입을 피하려면 이 수밖에 없다. 이대로 얌전히 사무실까지 가자."

"와아, 먼저 태클 건 게 누군데 이러십니까?"

"그래, 그래. 네가 미친 양인 걸 내가 깜빡 잊었다."

"아셨으면 이거 그만 놓죠? 크레이지 레벨 급상승하기 전에?"

하라의 으름장에도 정태는 눈 하나 깜빡하지 않았다. 그 말만 믿고 순진하게 놓았다가는 팔 하나 희생하는 것만으로는 어림도 없었다. 하라가 몸부림을 치며 강하게 반항했다. 아차! 하는 순간 정태가 팔을 놓쳤다. 화르륵 불타오른 하라가 눈을 희번덕거리며 목을 이리저리 움직여 푸는 모습이 정태의 눈동자에 박혔다. 주춤주춤 뒤로 물러서는 정태의 시야를 가로막으며 누군가가 나타났다.

"홍하라는 내가 데려간다."

갑작스레 나타난 지니에 놀란 하라가 눈을 동그랗게 뜬 채 동작을 멈췄다. 엉거주춤한 자세로 서 있는 하라를 지니가 망설임 없이 들어 옆구리에 끼고 성큼성큼 엘리베이터로 향했다. 대롱대롱 매달려 가는 하라를 멀거니 쳐다보다 정태가 늦은 대답을 했다.

"……네. 뭐."

엘리베이터 문이 열리고 안으로 들어선 지니가 그제야 하라를 똑바로 일으켜 세웠다. 급한 숨을 삼킨 하라가 다리에 힘이 풀린 듯 비틀거렸다. 지니가 반사적으로 하라의 몸을 받아 안았다.

"괜찮아?"

"아. 네. 죄송합니다."

"뭐가?"

"네?"

습관처럼 죄송하다 말했는데 지니가 그 말을 걸고 넘어졌다. 의아해하며 하라가 고개를 들어 그를 올려봤다. 지니가 굳은 얼굴로 자신을 내려 보고 있었다. 순간 자신이 뭘 또 잘못했나? 하는 생각이 들었다. 슬그머니 시선을 내린 하라가 빠르게 머리를 굴렸다. 아침부터 로비에서 장난쳤다고 그러나?

"아니야."

머리 위에서 지니의 나직한 목소리가 들렸다. 힐끔 곁눈질로 바라보자 한결 부드러워진 눈으로 지니가 지그시 응시하고 있었다. 부스스 그의 큰 손이 머리를 헝클었다. 그의 입가에 엷은 미소가 떠올랐다. 커다란 눈망울로 자신을 올려 보는 하라의 얼굴이 너무 사랑스러웠다.

"뭐가 말입니까?"

뜬금없이 아니라니 이건 대체 무슨 뜻일까? 알쏭달쏭한 지니의 말에 하라가 고개를 갸웃했다. 머리 위에서 자연스레 미끄러지듯 내려온 지니의 손이 하라의 어깨 위에 머물렀다. 그와 동시에 엘리베이터 문이 열리고 사람들이 올라탔다. 하라의 어깨를 감싼 채 지니가 뒤로 물러섰다. 멀뚱히 정면을 쳐다보고 섰던 하라가 슬ㅡ머니 고개를 돌려 그의 손을 쳐다봤다.

"네가 죄송할 일 아니라고."

반대편 귀로 지니의 숨결과 함께 나긋한 목소리가 스며들었다. 반사적으로 고개를 돌리던 하라의 귀에 그의 입술이 닿았다. 흠칫하며 그대로 동작을 멈춘 하라의 귀에 조금 더 머물던 지니의 입술이 더 깊이 눌러진다 싶더니 이내 멀어졌다.

나 방금 쪽 소리를 들은 것 같은데…….

묻고 싶은 말은 많으나 차마 고개를 뻣뻣이 들고 당당하게 물어볼 수가 없었다. 고느님, 지금 당신이 내 귀에 입을 맞춘 것이 맞느냐고 대놓고 묻지를 못하겠다. 얼굴이 너무 화끈거려서.

"내리자."

지니가 하라의 손을 잡아끌었다. 손목이 아니라 손을 잡았다.

따뜻한 온기가 느껴지는 제 손을 하라가 물끄러미 바라봤다. 사무실로 들어서 하라를 자리에 앉힐 때까지 지니는 잡은 손을 놓지 않았다. 이렇게 대범할 수가! 이게 도대체 무슨 뜻이지?

"회의 준비해. 오늘은 아이템 꼭 들어볼 거니까."

지니가 컴퓨터 전원을 켜며 말했다. 하라가 그를 돌아보며 고개를 모로 기울였다. 사무적인 어투에 다정함이 묻어났다. 뭔가 확연히 달라졌는데 그 이유를 모르겠다. 어리둥절하게 자신을 바라보는 하라를 지그시 마주 응시하며 지니가 엷은 미소를 지어 보였다.

"공과 사는 확실하게 구분하는 걸 좋아해, 난. 너도 그렇지?"

"네. 물론입니다."

고개를 끄덕여 놓고도 뭔가 이상했다. 뭐가 공이고 뭐가 사란 말이지? 눈을 깜빡거리며 고개를 갸우뚱 기울이는 하라를 지니가 사랑스럽게 쳐다봤다.

"좋은…… 아침입니다."

사무실로 들어서며 힘차게 인사를 하던 정태가 어제와 별반 다를 것 없는 출근 모습에 말끝을 흘렸다. 전날 과음의 폐해로 나 PD와 김 작가의 출근이 늦어지는 모양이었다. 정태가 속으로 꿍얼거리며 자신의 자리로 가 앉았다. 그들을 제외한 나머지 인원도 동분서주하며 자료를 수집하고 아이템을 구상하느라 무척 바빴나 보다. 밤을 꼬박 새운 듯 팀원들이 하나둘 다크를 달고 정태의 뒤를 이어 줄줄이 사무실로 힘없이 들어섰다.

"8시 10분에 회의 시작하겠습니다."

회의 시간을 알리며 다시 모니터로 시선을 옮긴 지니를 하라가 여전히 어리둥절한 얼굴로 쳐다봤다. 한참을 모니터를 보며 마우스를 클릭하던 지니가 휴대폰을 꺼내 화면을 두드렸다. 멀뚱히 그 모습까지 지켜보고 있던 하라의 휴대폰이 톡이 왔음을 알렸다.

깨어 톡—

주섬주섬 가방에서 휴대폰을 꺼내 든 하라가 멍하니 화면을 쳐다봤다. 그리곤 시선을 들어 지니를 쳐다봤다. 그가 보낸 것이었다. 아무 내색 없이 여전히 작업에 열중인 그를 바라보다 다시 화면으로 시선을 옮겼다.

「집중해. 회의 때 제대로 말 못하면 혼난다.」

"아, 네."

저도 모르게 휴대폰을 향해 대답한 하라가 아차 하며 머리를 긁적였다. 큭. 낮은 웃음소리가 들렸다. 고개를 들자 지니가 입을 손으로 가리고 있었다. 하라의 눈썹이 꿈틀거렸다.

그게 그렇게 재미났다니 저도 무척 기쁩니다, 고느님.

작정이나 한 듯 지니는 회의 내내 팀원들을 몰아붙였다. 어제와 같은 허술한 아이템 회의는 절대 용납하지 않겠다는 뜻이 내포되어 있었다. 진땀을 흘리며 준비해 온 아이템을 열성적으로 내놓는 팀원들을 지니가 날카롭게 직시했다. 진중한 분위기 속에 회의가 길게 이어졌다.

"홍하라."

"예!"

자신을 부르는 지니의 목소리에 하라가 다소 큰 목소리로 답했다. 바짝 긴장하고 있었던 티가 역력했다. 그가 고갯짓으로 말해보라는 신호를 보냈다. 하라가 숨을 깊게 들이쉬며 노트에 적힌 내용들을 훑어 내렸다. 꿀꺽 마른침을 삼킨 하라가 어렵게 입을 뗐다.

"제가 준비한 아이템은 지니의 램프입니다."

"뭐?"

"고지니 램프?"

엉뚱하다 싶은 하라의 말에 정태가 허 하고 입을 벌렸고, 음향 감독이 엄지로 지니를 가리키며 저 인간을 말하느냐 물었다. 물론 지니란 이름에는 팀장의 이름도 한몫을 차지했다. 시사교양 2팀을 대표하는 프로이니 은근슬쩍 그의 이름을 넣어도 괜찮지 않을까 싶었다.

지니가 말없이 고개를 끄덕였다. 계속 말해보란 의미였다. 그의 미간이 좁혀진 것으로 봐선 썩 마음에 드는 아이템은 아닌 것 같았다. 그럼에도 불구하고 그는 하라에게 기회를 주고 있었다.

"지니의 램프는 소아암 환아들을 위한 소원 프로젝트입니다."

"소원 프로젝트?"

"사람은 누구나 죽습니다. 다만 그 시기의 차이만 있을 뿐. 저마다 죽기 전까지의 시간을 보내는 방식도 다릅니다. 그건 환아들도 마찬가지입니다. 삶이 길던 짧던 사람에게는 소원이란 것이 존재합니다. 하지만 보통의 사람들은 환아들의 죽음에만 초점을 맞추지 그들이 바라는 소원을 이뤄주는 것에는 무관심합니다."

"그래서?"

지니가 턱을 괴고 지그시 하라를 응시하며 물었다.

"우린 그 소원을 이뤄주는 것에 초점을 맞추자는 겁니다."

"소원이 사는 거라면?"

"네?"

"누구나 죽을병에 걸리면 하루라도 더 사는 걸 간절히 바라지."

"그렇긴 하지만 그게 전부는 아닙니다."

"진부해."

시선을 거두고 다음으로 넘어가려는 지니를 하라가 다급하게 불렀다.

"팀장님! 모든 환아들이 다 그걸 바라는 건 아닙니다."

지니의 시선이 자신을 향하자 하라가 눈을 빛내며 열정적으로 말을 이었다.

"사는 것보다 아픈 것보다 더 간절히 이루고픈 소망이 그들에게도 있습니다. 단 한 번만. 딱 한 번만 죽기 전에 해보고 싶은 버킷리스트가 어린 그들에게도 있단 말입니다. 아무도 귀 기울여 듣지 않는 소원이 말입니다."

회의실 안에 정적이 흘렀다. 묵묵히 듣고만 있던 나 PD가 고개를 끄덕였다. 김 작가도 짙은 한숨을 내쉬며 쓴 입맛을 다셨다. 어제 방송에서 봤던 소아암 환아의 모습이 떠올랐던 모양이다. 정태의 진지한 눈빛을 받으며 하라가 다시 입을 열었다.

"팀장님이 그들의 소원을 들어주십시오. 작지만 소중한 환아들의 버킷리스트를 램프의 지니가 이뤄주십시오."

"모자라."

지니가 고개를 흔들며 말했다. 그에 하라가 심각한 얼굴로 그를 직시했다. 역시 어렵다는 말인가? 체념의 한숨을 내쉬는 하라의 귀에 지니의 담담한 목소리가 들렸다.

"세밀한 구상 시놉 짜봐. 그거 보고 다시 결정하지."

"……네."

멍하니 답하는 하라를 지그시 한번 응시하고 지니가 자리에서 일어섰다.

"정태랑 김 작가님이 자료 좀 같이 수집해 주십시오."

"오케이."

"네. 알겠습니다."

김 작가가 기분 좋게 손가락을 모아 오케이 사인을 보냈다. 정태도 흔쾌히 답하며 하라의 등을 두드렸다.

"너 한 건 했다."

"진짜?"

돌아보는 하라를 향해 정태가 한쪽 손을 들어 보였다. 그 손에 손바닥을 마주치며 하라가 하이파이브를 했다. 하라의 얼굴에 감출 수 없는 기쁨이 드러났다. 그를 흐뭇하게 바라보며 지니가 회의실을 나섰다.

"자식이 쓸데없이 손 많이 가는 아이템을 내놔서는. 에잇. 귀찮게 됐네."

전혀 귀찮지 않은 얼굴로 자리를 털고 일어서며 나 PD가 투덜거렸다. 그 뒤를 따라 김 작가와 팀원들이 하나둘 회의실을 빠져나갔다. 정태를 마지막으로 홀로 회의실에 남은 하라가 두근거리는 가슴을 지그시 누르며 터져 나오는 웃음을 꾹 눌러 참았다. 정말 하고 싶었던 아이템이었다. 준비는 했지만 그걸 지니가 채택할 가능성은 그다지 없다고 생각했다. 그랬던 것이 절반의 허락을 얻어냈다.

"야호!"

작게 환호성을 지르며 자리에서 일어선 하라가 회의실 난간에 기대 아래를 내려 봤다. 지니가 전화를 받으며 사무실을 나서고 있었다. 후다닥 회의실을 나와 계단을 뛰어 내려간 하라가 복도를 걸어가는 지니를 뒤쫓았다.

"팀장님!"

엘리베이터에 오르는 지니를 따라 하라가 안으로 들어섰다. 가쁜 호흡을 가다듬은 하라가 그를 향해 환하게 웃었다. 엘리베이터가 아래로 내려가는 동안 지니가 말없이 하라를 바라보았다. 칭찬을 바라는 고양이처럼 큰 눈망울 가득 자신을 담고 있는 하라를 보며 그가 손을 들어 하라의 머리를 쓰다듬었다.

"아직 결정된 거 아니다."

"네. 알고 있습니다."

"그런데 뭐가 좋아서 실실거려?"

"그냥. 그냥 좋습니다."

"그냥?"

"네. 그냥 다 좋습니다."

거짓 없이 솔직한 대답이다. 이래서 좋은 건가 보다. 홍하라를 사랑하게 된 이유가 바로 이런 꾸밈없는 솔직함 때문인 것 같다.

"그런데 어디 가시는 길입니까?"

"주차장."

"주차장이요?"

"누가 접촉 사고를 냈다고 해서."

"아."

지니가 휴대폰을 흔들며 말했다. 아까 통화했던 게 그거였나 보다. 엘리베이터가 주차장이 있는 층에 멈췄다. 지니가 먼저 내리고 그 뒤를 하라가 따랐다. 자신의 차로 걸어가던 지니의 걸음이 느려졌다. 차 앞에 서서 자신을 기다리고 있는 인물이 은주라는 사실에 지니의 미간이 찌푸려졌다.

"어, 차 감독님이시네요?"

은주를 확인한 하라가 작은 목소리로 지니에게 물었다. 지니도 예상 못한 일이었다. 분명 전화를 건 사람은 남자였다. 또 무슨 수작을 부리려고 이런 꼼수를 부리는지 은주의 말을 듣기 전부터 짜증이 났다.

"뭐야?"

"할 말이 있어서. 내가 부르면 안 올 거잖아."

"난 할 말 없는데."

"난⋯⋯."

이러지도 못하고 저러지도 못한 채 엉거주춤 지니의 뒤에 서 있는 하라를 발견한 은주가 미간을 구기며 인상을 썼다. 은주의 사나운 눈과 시선이 마주치자 하라가 어색하게 웃으며 고개를 숙여 보였다.

"누구라고 했지?"

"아, 홍하라라고 합니다."

"잠깐 자리 좀 비켜주겠어? 나, 지니 팀장이랑 할 말 있는데."

"네."

살짝 주눅이 든 투로 말하며 하라가 고개를 숙이고 몸을 돌리려

했다. 그런 하라의 손을 지니가 붙잡았다.

"있어."

"지니야."

힘껏 잡은 지니의 손이 부담스러울 만큼 그를 부르는 은주의 목소리가 달콤했다. 하라가 어색하게 웃으며 그의 손에서 제 손을 빼내려 했다.

"말씀 나누십시오. 저 먼저 올라가겠습니다."

"홍하라, 그냥 있어."

"고지니. 너 정말."

둘 사이에 끼어 있는 게 가시방석에 앉아 있는 것마냥 불편했다. 하라가 그의 귀에 바짝 붙어 소곤거렸다.

"이러시면 감독님이 오해하십니다. 전 괜찮으니까. 천천히 말씀 나누고 오십시오."

지니가 돌아보자 하라가 빙긋이 웃으며 고개를 끄덕였다. 그의 시선이 하라의 목으로 내려갔다. 시선을 느낀 하라가 급히 목을 다른 손으로 감쌌다. 거짓말한 게 들통날까 싶어서였다.

"그럼 전."

빠지지 않는 손을 당기며 하라가 조금씩 물러섰다. 그런 하라를 지그시 바라보던 지니가 손에 힘을 주자 하라가 자동으로 딸려왔다. 하라를 품 안에 가둔 지니가 놀란 토끼 눈으로 바라보는 하라의 허리와 뒷머리를 감싸 바짝 끌어당겼다.

"내가 안 괜찮아."

지니의 입술이 하라의 입술을 머금었다. 격정적이고 진한 키스를 퍼부으며 그가 더 깊이 하라를 품었다.

'때로는 굳이 입으로 말하지 않아도 알 수 있는 것들이 있다. 어떤 사람을 볼 때마다 붉어지는 얼굴이 그렇고, 시시때때로 문득 고개를 돌릴 때마다 마주치는 시선이 그렇고, 지금처럼 진심을 담은 키스를 받을 때가 그렇다. 그 모두가 지금 사랑이 시작되고 있음을 말해준다. 그도 너를 사랑하고 있다고. 그렇게 끊임없이 속삭인다.'

하라의 얼굴이 붉게 물든 만큼 지니의 호흡도 흐트러져 있었다. 어떻게 해야 할지 갈피를 잡지 못하는 하라의 머리를 지니가 큰 손으로 감싸 제 가슴에 지그시 기대게 했다. 그가 머리 위에 입을 맞추는 것이 느껴졌다. 이러다 심장이 터지는 게 아닐까 걱정될 만큼 하라의 심장이 거칠게 뛰어댔다.

"내가 오해받을까 봐 겁나는 사람. 너야, 홍하라."

잔잔하게 귓가를 물들이는 그의 목소리에 하라가 눈을 깜빡거렸다. 차은주가 아니라 하라가 오해할까 겁이 난다는 그의 말에 가슴이 설레었다. 그의 가슴과 맞닿은 귀에 빠르게 뛰는 지니의 심장 소리가 들렸다. 그도 지금 많이 긴장하고 있다는 걸 느낄 수 있었다.

"갈까?"

지니가 하라의 머리를 부드럽게 쓸어내리며 다정하게 말했다. 시선을 맞춘 하라가 수줍게 웃으며 고개를 끄덕였다. 그가 손을 내밀었다. 그 손을 하라가 망설임 없이 잡았다.

"고지니, 나 아직 할 말 안 끝났어."

등 뒤에서 들린 은주의 날 선 목소리에 지니의 표정이 굳었다. 하라가 뒤를 돌아보려 하자 그가 하라의 시선을 제게 고정시켰다.

"잠깐만 이대로 있어."

"네."

그가 돌아서며 하라를 제 등 뒤로 감췄다. 지니의 너른 등이 하라의 눈동자 가득 들어왔다.

"착각하나 본데, '아직'이란 말은 시작한 걸 끝맺지 못했을 때 하는 말이야. 넌 시작도 안 했어. 그러니까 이젠 혼자 북 치고 장구 치는 짓 그만해. 사람들이 너 미쳤다고 오해하기 전에."

처음이다. 지니에게서 이토록 시리게 차가운 말을 듣는 건. 은주가 잘근 아랫입술을 깨물었다. 주먹 쥔 손이 부들거렸다. 자신은 지니에게 더 이상 여자가 아니었다. 그 사실을 은주는 도저히 받아들일 수가 없었다. 그는 자신을 진심으로 사랑했었다. 그래서 이별을 통보했을 때 아주 많이 힘들어했다. 자신했었다. 그랬던 만큼 언제든 손만 내밀면 지니가 그 손을 잡으리라고. 자신을 향한 깊은 사랑 때문에 여태 그 누구에게도 마음 한 자락 내비치지 않았던 거라 그리 생각하며 속으로 흐뭇해했었다.

그런데 저 보잘것없는 신입 하나 때문에 그 믿음이 깨어져 버렸다. 받아들일 수 없는 현실에 충격을 받은 은주의 몸이 부들부들 떨렸다.

"충고 하나 더 하지."

지니가 날카롭게 은주를 직시했다. 그 서슬 퍼런 눈빛을 담담한 척 도도하게 턱을 치켜 든 은주가 마주 쏘아보았다.

"거기가 네 자리야. 더 이상 다가오지 마. 내 사람 건드리면 너도 다쳐."

은주의 눈동자가 흔들리는 걸 무심히 바라보다 냉정히 몸을 돌린 지니가 하라의 손을 꼭 움켜쥔 채 걸음을 옮겼다. 어리둥절한 얼굴로 그를 따라 걷던 하라가 힐끔 곁눈질로 지니의 안색을 살폈다. 알 수 없는 표정이다. 지독하게 건조한 지니의 얼굴이 낯설어 하라는 그 어떤 말도 꺼내지 못했다. 묵묵히 엘리베이터 앞에 멈춘 지니가 버튼을 누르고 곁에선 하라에게로 시선을 옮겼다.

"홍하라."

"예."

지니의 부름에 하라가 한 톤 높아진 목소리로 답했다. 그를 돌아본 하라가 그대로 몸을 굳혔다. 그의 직설적인 눈빛에 얼굴이 화르륵 불타올랐다. 귀까지 붉게 물든 하라를 세심한 눈길로 바라보던 지니의 입가에 엷은 미소가 떠올랐다. 그가 갑자기 고개를 숙여 하라의 입술에 가볍게 입을 맞췄다. 그리곤 하라의 눈이 동그랗게 커지는 걸 기분 좋게 바라보다 열리는 엘리베이터로 고개를 돌렸다.

엘리베이터에 올라 시치미를 뚝 떼고 서 있는 지니를 빤히 쳐다보며 하라가 고개를 갸웃했다. 갑작스런 고느님의 애정 행각을 어떻게 받아들여야 할지 아직도 혼란스러웠다.

"이번엔 사과 안 해."

"네?"

"진심이니까."

"진심이라시면……?"

"키스."

바라보는 것만으로도 가슴 떨리는 사람이었다. 동경하는 사람에게서 듣는 진심을 담은 키스라는 단어는 온몸의 세포가 하나하나 반응할 만큼 격한 감정의 변화를 가져왔다. 이건 동경이 아닌 사랑이다. 그래서 지금 눈앞에서 달싹이는 그의 입술에 이토록 가슴이 설레는 것이다.

"뭐라고 하셨습니까?"

빙긋이 올라간 입매로 장난스럽게 묻는 하라를 가만히 내려 보며 지니도 부드러운 미소를 머금었다. 살며시 기운 하라의 머리를 손끝으로 제자리에 돌려놓으며 지니가 피식 웃음을 터트렸다.

"너 오늘 야근해야겠다."

"에? 또 야근입니까?"

"공과 사는 확실히 구분하랬지. 정신 차려. 구상 시놉 내일까지야."

"와아, 팀장님은 진정 몰아치기의 달인이십니다. 내일이라니. 그게 가능한 일입니까?"

"섭외해 오란 것도 아닌데 뭐가 불가능이야."

일에 있어서는 냉철한 지니였다. 가타부타 이유를 달 필요도 없었다. 하라면 하는 게 시사교양 2팀의 룰이었다. 아무렴 전지전능하신 고느님의 명령인데 곧 죽어도 해야지.

"예. 제가 쌍코피 터트리는 한이 있어도 열심히 내일 아침까지 준비해 놓겠습니다."

하라가 과장된 손짓으로 쌍코피가 터지는 시늉을 했다. 그가 쿡 하고 낮은 웃음을 터트렸다. 덩달아 딸려 올라간 지니의 손이 하라의 시야에 들어왔다. 제 손을 다 감싸고도 남는 큼지막한 손. 그의 손이 너무 좋았다.

"팀장님."

"응."

"뭐 하나 부탁드려도 됩니까?"

"응."

한 치의 망설임도 없이 답한다. 뭘 부탁할 줄 알고? 환한 미소를 머금은 하라가 그를 빤히 쳐다보며 맞잡은 손을 흔들었다. 지니의 고개가 살짝 모로 기울었다.

"이 손, 제가 가져도 됩니까?"

이번엔 답 없이 그가 한쪽 입매를 사르르 끌어 올렸다. 지니가 역으로 잡은 손을 끌어당겼다. 그리곤 하라의 허리를 휘감아 안았다. 의아해 바라보는 하라의 눈을 지그시 응시하며 지니가 입술을 달싹였다.

"손만?"

"네?"

"마음에 드는 게 이 손뿐이야?"

"아, 그건 아닙니다만."

"그럼?"

"음, 이마, 눈썹, 눈⋯⋯."

그의 물음에 그의 얼굴을 하나하나 더듬어 내리던 하라의 시선이 지니의 뜨거운 시선에 묶여 더 이상 움직이지 못했다. 지니의 그윽한 눈동자 가득 자신의 모습이 담겨 있었다.

"그리고 또?"

야릇하게 말려 올라간 지니의 입술로 시선을 내린 하라가 꿀꺽 마른침을 삼켰다.

"또……."

"입술도. 그렇지?"

"네."

끌리듯 저도 모르게 답하며 발을 돋웠다. 쪽. 가벼운 입맞춤이었다. 그렇지만 입술이 떨어짐과 동시에 다시 이어진 키스는 진하고 깊었다. 이번엔 하라가 한 것이 아니었다. 도발 후 멀어지는 하라의 입술을 취한 건 지니였다.

"할 땐 확실히 해야지."

"아, 네."

멍한 상태의 하라를 두고 지니가 먼저 엘리베이터에서 내렸다. 주머니에 손을 넣고 느긋이 복도를 걷는 그의 입가에 만족스런 미소가 머물렀다. 닫히기 직전의 엘리베이터에서 급하게 내린 하라가 손부채로 얼굴의 열기를 식히며 멀찍이 그의 뒤를 따랐다.

"야, 꼴통. 너 어디서 농땡이 부리다가 이제 오는 거야!"

사무실로 들어서기가 무섭게 정태가 달려와 하라의 목을 팔에 끼고 밖으로 끌고 나갔다. 그 뒤로 김 작가가 뒷짐을 지고 느긋이 나섰다. 자신의 자리에 앉으려다 말고 지니가 요란하게 복도를 걸어가는 하라 일행을 돌아보았다. 하라의 목을 팔에 낀 채 그녀의 머리에 꿀밤을 먹이며 잔소리를 늘어놓는 정태를 지니가 가늘게 쏘아보았다.

"스킨십이 너무 과한단 말이지."

팔짱을 끼고 책상에 걸터앉아 대놓고 그들을 쳐다봤다. 정태의 행동 하나하나가 자꾸만 신경이 쓰였다. 학교 선배에 직속 사수라격 없이 지내는 건 어찌 보면 당연한 일이었다. 그런데 그 친숙함이 지니의 신경을 거슬리고 있었다. 엘리베이터 안으로 일행들이 사라지는 것을 보며 지니가 쓰게 웃었다.

"질튼가?"

아마도 그게 답인 듯하다. 사수에게 어시 노릇을 하라고 지시한 건 지니였다. 군소리 없이 따라주는 것만으로도 감사히 여겨야 할 판이었다. 그런데 둘이 다정하게 나서는 모습을 보니 기분이 별로 좋지 못하다. 티격태격 싸우긴 해도 정태는 하라를 아끼고 잘 보살펴 주는 좋은 선배였다.

"점점 유치해지는구나, 고지니."

절레절레 고개를 저은 지니가 의자를 빼 자리에 앉았다. 하라의 아이템을 구체화시키려면 많은 준비가 필요했다. 하라의 성공적인 입봉을 위해 그도 최선을 다해 도울 생각이다.

"그런데 어디로 가는 길입니까?"

강제 압송을 당해 차에 오른 하라가 목을 매만지며 운전 중인 정태에게 물었다. 운전석과 보조석 사이로 빠끔히 고개를 내민 하라의 이마를 손끝으로 툭 치며 정태가 이죽거렸다.

"봐라 봐. 취재의 기본도 안 된 이 어리바리 신입 좀 봐라."

"취재 갑니까?"

"팀장님이 지시하신 거 벌써 까먹었어?"

"구상 시놉 만들라고 했잖습니까."

"뭘 만들려면 그 가장 기본이 되는 걸 먼저 찾아야지, 이 멍청아."

"기본이……. 아, 병원 가십니까?"

"그래, 인마."

한심하다는 듯 정태가 고개를 절레절레 흔들며 혀를 찼다. 보조석에 앉은 김 작가는 차에 올라타자마자 취침 모드로 돌입했다. 그러다 차가 병원 주차장으로 들어서 멈추자 귀신같이 번쩍 눈을 뜨고 찌뿌둥한 몸을 이리저리 움직이며 기지개를 켰다.

"아이고, 비가 오려나 몸이 아주 간다 가."

"와아, 진짜 신통한 몸입니다. 하늘이 어둑해지는 게 정말 비가 올 것 같습니다."

차에서 내려 하늘을 올려 보며 하라가 고개를 끄덕였다. 비식한쪽 입가를 끌어 올린 김 작가가 어깨를 으쓱하며 난 체를 했다.

"내가 살아 있는 기상센터잖냐? 봐라, 병원 나올 때쯤엔 비가아주 줄기차게 쏟아질 거다."

"에휴. 우리가 언제 날씨 보고 움직였습니까? 비 오면 비 맞고 눈 오면 눈 맞고, 천둥번개도 조명 삼아 일하는 사람들 아닙니까."

트렁크에서 카메라를 꺼내 점검하며 정태가 심드렁하게 말했다. 그런 정태의 머리를 김 작가가 툭 치고 지나갔다. 무방비하게 서 있던 정태의 머리가 앞으로 혹 쏠렸다.

"아이고, 날씨가 궂으니까 날벌레들이 꼬인다. 꼬여."

기지개를 켜는 척 능청스레 팔을 뻗은 김 작가가 느긋하게 병원 입구로 들어섰다. 고개 숙인 정태에게서 뿌득 이빨 가는 소리가 들렸다. 벌떡 고개를 치켜든 그가 김 작가의 뒤통수를 향해 버럭 고함을 내질렀다.

"에이! 카메라 들고 있을 땐 건드리지 말라니까 진짜! 떨어트릴 뻔했잖아요!"

회전문으로 들어서며 김 작가가 손을 흔들었다. 왠지 뒷모습이 무척 즐거워 보였다.

"선배."

"왜."

카메라 렌즈를 살피는 정태를 하라가 불렀다. 돌아보지 않고 답하는 정태를 물끄러미 바라보던 하라가 그의 등짝을 사정없이 후려쳤다. 빈틈을 포착했을 땐 일단 지르고 봬야 한다는 게 김 작가의 지론이었고 하라도 거기에 동의했다. 평소에 하지 못했던 밉상 선배에 대한 응징은 이럴 때 하는 것이다.

"벌레 앉았다고."

"이씨! 야!"

발걸음도 가볍게 성큼성큼 김 작가의 뒤를 쫓아 하라가 회전문으로 걸어갔다. 등 뒤로 들리는 정태의 발소리에 하라가 다급히 회전문을 돌려 로비로 들어섰다.

"김 작가님!"

빠른 걸음으로 김 작가를 따라잡는 하라의 모습을 회전문 밖에서 노려보며 정태가 코를 씰룩거렸다. 그러다 피식 헛웃음을 터트리며 머리를 긁적였다.

"어휴. 하여튼 저 꼴통."

배우라는 건 안 배우고 꼭 나쁜 것부터 먼저 배운다더니. 하라도 딱 그 꼴이다. 그래도 밉지 않은 건 깍듯이 선배들을 모시고 부지런히 뭐든 배우려고 노력한다는 점이다. 그 뭐든에 저런 쓸데없는 것까지 포함된다는 게 문제긴 하지만 말이다.

병원의 동의를 구한 터라 소아암 병동의 출입은 순조로웠다. 침울하고 어두울 거라 예상했던 것과 달리 병동의 분위기는 무척 밝았다. 병색이 완연한 가운데서도 인사를 건네면 해맑은 웃음으로 반겨주는 것이 내부분이었다.

"애들은 애들인 거야. 그때그때의 감정에 솔직하게 반응하니까. 저렇게 웃을 수도 있는 거지."

휠체어에 앉아서도 환하게 웃으며 놀이에 참여하는 아이의 모습에 김 작가가 혼잣소리처럼 중얼거렸다. 그가 휠체어를 타고 있는 한 아이에게 다가가 한쪽 무릎을 꿇고 마주 앉았다. 아이가 눈을 빛내며 그를 바라봤다.

"모자가 참 예쁘네?"

"엄마가 떠준 거예요."

아이가 스스럼없이 말했다.

"오! 어머니 솜씨가 아주 좋으시구나."

"이것 말고 다른 것도 여러 개 떠줬어요. 우리 엄마 뜨개질 정말 잘해요."

신이 나서 말하는 모습이 보기 좋았다. 하라가 허리를 굽혀 모자를 자세히 들여다보며 감탄사를 터트렸다.

"와아, 진짜 무늬도 엄청 잘 넣었네? 이렇게 예쁜 무늬는 처음 봐."

"언니 하나 줄까요?"

"정말? 에이, 아니다. 그럼 엄마가 섭섭해할 거야."

"아니에요. 엄마가 또 떠줄 거예요. 매일매일 뜨개질만 하니까. 괜찮아요."

"매일매일?"

"하루 하나씩. 나 3차 항암 들어가고 그때부터 내내 그랬어요."

갑자기 하라의 말문이 막혔다. 왜 그 말에 가슴이 먹먹해지는 걸까? 꼭 하루에 하나씩 모자를 뜨는 엄마의 심정이 가슴에 와 닿아 그런 건가 보다. 그 간절한 마음이 하라의 가슴에 고스란히 전해져 심장을 아리게 했다.

"모자가 많이 쌓였니?"

"음. 오늘 셋까시 얼어싯 개요."

김 작가의 질문에 아이가 골똘히 생각하는 듯하다가 답을 내놓았다. 정확히 열여섯 날을 아이의 엄마는 마음을 졸이며 보냈을 것이다. 무사히 치료가 끝나 또 한 고비를 넘을 수 있기를 바라며.

"아저씨가 우리 꼬마 숙녀 이름 물어보면 실롄가?"

"이은솔이요. 열한 살."

"이름도 예쁘구나. 우리 은솔인 혹시 뭐 바라는 거 있어? 꼭 하고 싶은 일이라든지, 되고 싶은 거라든지."

은솔이 가만히 김 작가의 얼굴을 응시했다. 그렇게 한참을 바라보던 은솔이 검지를 까닥였다. 가까이 오란 말이었다. 김 작가가 은솔에게로 상체를 기울였다. 은솔이 양손을 입 옆에 모으고 김 작가의 귀에 작게 속삭였다.

"엄마가 모자 뜨면서 더 이상 울지 않는 거요."

"……."

"엄마가 예전처럼 환하게 웃었으면 좋겠어요. 우리 엄마도 웃는 얼굴 진짜 예쁜데. 나 엄마 닮았거든요."

"그래, 꼭 그렇게 될 거다."

김 작가의 목소리가 잠긴 채 나왔다. 울컥한 심경을 애써 억누른 탓에 그리 목소리가 나온 것이다. 아이는 자신의 꿈이나 바람보다는 엄마의 행복을 바랐다. 노련하다곤 해도 김 작가는 감성이 풍부한 사람이었다. 그의 눈시울이 붉어지는 것을 보며 하라도 콧잔등이 찡해졌다.

"진짜 비 오네."

인터뷰를 마치고 로비로 나오자 비 오는 소리가 들렸다. 문을 지나 밖으로 나오자 후두둑 시원스레 쏟아지는 빗줄기가 보였다. 차가 서 있는 주차장까지 할 수 없이 비를 맞고 뛰어가야 했다. 하라가 한숨을 푹 내쉬며 앞으로 걸어가자 그를 정태가 만류했다.

"여기 있어. 뭘 또 다 비를 맞으려고 그래. 한 사람만 희생하면 됐지. 김 작가님, 여기서 잠시 기다리세요. 차 가지고 오겠습니다."

김 작가가 말없이 손을 휘저었다. 정태가 카메라를 하라에게 건네고 빗속으로 뛰어드는 모습을 보며 김 작가가 주머니를 뒤적였다. 습관처럼 담배를 꺼내 입에 무는 김 작가를 돌아보며 하라가 고개를 저었다.

"금연입니다."

"아, 그렇지 참."

쓴 입맛을 다시며 다시 담배를 챙겨 넣은 김 작가가 시커면 하늘로 시선을 옮겼다.

"비 한번 오지게 내린다."

"그러게 말입니다. 장마도 아닌데 엄청 내립니다."

차를 기다리는 짧은 시간 동안 그들은 많은 생각을 했다. 빗소리와 더불어 마음도 착잡하게 식어갔다. 다시 이곳을 찾았을 때 은솔이를 볼 수 있을지. 은솔이의 엄마가 예전처럼 환하게 웃을 수 있는 날이 오게 될지. 그 무엇도 장담할 수 없다는 사실이 모두의 마음을 무겁게 했다.

정태와 김 작가는 그대로 집으로 들어가기 뭣하다며 포장마차로 직행했다. 하라는 카메라 메모리칩을 들고 사무실로 돌아왔다. 지니의 지시대로 야근을 하기 위해서였다. 사무실은 이미 텅 비어 있었다. 시계를 보니 9시가 조금 넘어 있었다.

꼬르륵. 배에서 그제야 허기가 졌음을 알려왔다. 그러고 보니 저녁도 제대로 챙겨먹지 못했다. 먹은 거라곤 병원 휴게실에서 뽑은 자판기 커피가 전부였다. 쓰린 속을 달래며 탕비실로 들어선 하라가 정수기 물을 컵에 받아 마셨다.

"후우. 이제야 좀 살 것 같네."

혼잣소리를 중얼거리며 탕비실을 나온 하라가 사무실 안을 훑었다. 정적이 흐르는 사무실 안은 왠지 모르게 낯설었다. 늘 북적대고 활기가 넘쳐흐르던 사무실이었다. 한 프로그램이 끝나고 다른 프로그램을 구상할 때의 잠깐의 틈이 가끔 이런 어색한 분위기를 만들어낸다. 자신의 자리로 가다 말고 하라가 방향을 틀어 지니의 자리로 다가갔다. 그의 깔끔한 성격처럼 책상 위는 한 치의 흐트러짐도 없이 잘 정돈되어 있었다.

모니터 위에 붙어 있는 포스트잇을 찬찬히 훑다 한쪽에 놓인 노트를 들척였다. 눈에 익은 그의 손 글씨에 하라가 빙긋이 미소를 머금었다.

"어쩜 이렇게 잘났을까. 까칠한 성격이 그대로 나온다니까."

"누가 까칠한데?"

"엄마야!"

갑직스레 등 뒤에서 들린 목소리에 하라가 화들짝 놀라 버둥거렸다. 휘청거리는 하라의 허리를 지니가 반사적으로 휘감았다. 엉거주춤 지니의 책상에 걸터앉은 하라 위로 지니의 상체가 기울었다. 하라가 눈을 동그랗게 뜨고 지니를 쳐다봤다.

"퇴근하신 거 아닙니까?"

지니가 대답 대신 손에 든 봉투를 흔들었다. '뭐 먹어 버거 먹어'의 로고가 찍힌 봉투가 눈앞에서 그녀를 유혹했다. 먹이를 낚아채는 독수리처럼 하라가 딥석 봉투를 붙잡았다. 그러다 맘처럼 딸려오지 않는 봉투에 멍한 시선을 올려 여전히 그것을 잡고 있는 지니의 손을 쳐다봤다. 말똥말똥 저를 올려다보는 고양이 눈에 지니가 엷은 미소를 머금었다.

"어떻게 사셨습니까? 여기 문 일찍 닫아서 이 시간에 못 사는데 말입니다."

지니가 하라를 의자에 앉히고 자신이 그 자리에 걸터앉으며 봉투를 책상 위에 내려놓았다. 지니가 봉투 안에서 밥버거를 꺼내는 모습을 뚫어져라 쳐다보며 하라가 군침을 삼켰다. 잠깐 잊고 있던 허기가 다시 몰려왔다.

"배짱 장사하다 망한다고 저주를 좀 퍼부었더니 곱게 해주던 데?"

"아 참, 그분 팀장님 입사 동기라고 들었는데 맞습니까?"

"퇴사 동기 안 된 게 천만다행이지. 먹어."

먹기 좋게 포장을 벗겨 하나를 먼저 하라에게 건넸다. 냉큼 받아 들어 한 입 크게 먹으려다 말고 하라가 힐끔 그를 쳐다봤다.

"먼저 안 드십니까?"

"배는 네가 더 고파 보이는데?"

"그래도."

"알았어."

하라의 입 바로 앞에 있던 버거를 지니가 다가와 한입 베어 먹었다. 갑작스런 다가섬에 심장이 먼저 닐킹기렸다. 아슬아슬하게 입술 앞을 왔다간 지니의 입술을 하라가 멍하게 바라봤다. 그가 싱긋이 웃으며 입술을 달싹였다.

"됐지?"

"아, 네. 그럼 잘 먹겠습니다."

배가 고팠던 만큼 하라가 맛깔스럽게 버거를 먹는 모습을 지니가 흐뭇하게 지켜봤다. 미리 정태에서 전화를 해 동선을 파악하고 있던 지니가 하라가 사무실로 오기 전 버거집으로 향했다. 보나마나 저녁을 제대로 챙겨먹지 못했을 게 뻔했다. 일을 하다 보면 끼니때를 놓치는 건 부지기수였다. 대충 먹더라도 밥으로 챙겨 먹이고 싶어 급한 마음에 채준의 가게로 갔다. 9시도 안 된 시간에 벌써 불을 끄고 있는 채준을 급습해 버거를 만들게 재촉했다.

다음 생애 절대 만나고 싶지 않은 원수 놈이란 독설을 마구 퍼부으며 채준이 주문한 대로 버거를 만들었다. 왜 두 개냐는 질문에 군소리 말고 빨리 만들기나 하라며 손이 너무 느리다 핀잔을 주는 것도 잊지 않았다. 즉시 채준의 걸쭉한 욕지기가 날아들었다. 그렇게 받아온 버거를 맛있게 먹는 하라를 보니 마음이 흐뭇해졌다.

"다 먹었으면 먹은 값을 해야지?"

티슈로 입을 닦으며 만족스런 얼굴로 자신을 바라보는 하라를 향해 지니가 사악한 미소를 지어 보였다. 순간 등골을 타고 섬뜩한 한기가 느껴졌다. 하라가 눈을 말똥거리며 조심히 물었다.

"먹은 값이라 하심은?"

"야근."

"아. 물론입니다."

싱긋이 웃으며 일어서려는 하라를 다시 의자에 앉히고 그가 손잡이 양쪽을 잡아 상체를 기울였다. 가까이 다가오는 지니의 얼굴에 하라가 침을 꼴깍 삼켰다. 이건 또 색다른 가두기 신공이었다.

"여기서 하란 말은 안 했는데."

"예? 그럼……."

그의 입매가 위험스럽게 말려 올라갔다. 지니가 적나라한 시선으로 하라의 머리부터 쭉 훑어 내렸다. 묘하게 긴장되는 순간이었다. 그가 내렸던 시선을 올려 지그시 눈을 맞췄다.

"우리 집."

"방금. 어디라고 하셨습니까?"

"야근. 우리 집에서 해야겠다."

"거긴 왜."

그가 손을 천천히 하라의 상체로 뻗었다. 바짝 긴장한 하라가 의자에 등을 딱 붙였다. 그의 손끝이 하라의 가슴 언저리 티를 가리켰다. 하라가 손끝을 따라 시선을 내렸다.

"남자 앞에서 젖은 채로 있지 말라고 내가 분명히 경고했을 텐데."

"어, 이건. 비 맞아서 그런 겁니다."

변명을 늘어놓으며 고개를 든 하라의 바로 코앞으로 그의 얼굴이 다가와 있었다. 하라가 거친 숨을 삼켰다. 어깨 위로 내려앉은 지니의 손이 뜨겁게 느껴졌다. 그가 유혹하듯 나직하게 속삭였다.

"가자. 우리 집."

오! 이런. 고느님, 순진한 어린양을 시험에 들게 하지 마소서.

지니의 시선을 정면으로 받고 있는 하라의 눈이 빠르게 깜빡거렸다. 페이스를 잃고 빠르게 뛰어대는 그녀의 심장처럼.

"들어와."

문을 열고 한쪽으로 비켜선 지니가 하라를 돌아보며 말했다. 활짝 열린 문과 자신을 바라보는 지니를 번갈아 보며 하라가 머뭇거렸다. 혼자 올 때와 지니와 함께일 때는 확실히 기분이 달랐다.

"왜? 내가 못 미더워?"

"아, 아닙니다. 지금 들어갑니다."

지그시 자신을 응시하는 지니의 눈빛에 하라가 고개를 저으며 급히 안으로 들어섰다. 설마하니 고느님같이 고매하신 분이 자신을 두고 엉뚱한 생각을 하지는 않을 것이다. 자기가 참지 못하고 어떻게 하면 했지.

"그럼, 잠시 실례하겠습니다."

실내로 들어서는 입구에서 신발을 벗기 전 하라가 허리를 숙여 정중하게 인사를 했다. 그 모습을 부드럽게 지켜보던 지니가 문을 닫고 안으로 들어섰다. 신발을 벗고 실내화를 신은 그가 하라 앞에 실내화를 가지런히 놓았다.

"감사합니다."

엷은 미소를 띠며 일어선 지니가 거실로 걸어가며 무심히 지나는 투로 말했다.

"먼저 씻을래?"

실내화를 꿰신던 하라가 비틀거리며 눈을 동그랗게 뜨고 지니의 등을 쳐다봤다. 자기가 뭘 잘못 들은 건 아닌가 싶었다.

"네? 방금 뭐라고……."

재킷을 벗어 소파에 걸쳐 놓던 지니가 뒤를 돌아보며 아무렇지 않게 턱으로 욕실을 가리켰다.

"비 맞았잖아. 추울 것 같은데."

"아닙니다. 괜찮습니다."

손까지 저어가며 거절하는 하라를 물끄러미 바라보다 그가 몸을 돌려 성큼성큼 그녀에게 다가섰다. 그 저돌적인 다가섬에 하라가 움찔해 저도 모르게 뒷걸음질을 쳤다. 하지만 지니가 더 빨랐다. 코앞으로 바짝 다가와 멈춘 지니를 하라가 숨죽인 채 응시했다. 그가 손을 뻗어오자 하라가 꿀꺽 마른침을 삼키며 그의 손끝을 따라 시선을 옮겼다. 그가 우아한 손동작으로 하라의 젖은 옷깃을 살짝 들어 올렸다. 힐끔 떠올린 시선이 그의 눈과 마주쳤다.

"입고 있으면 감기 걸려."

눈앞에서 달싹이는 지니의 입술이 몽환적인 영상을 만들어내며 환상적인 분위기를 연출했다. 이대로 그의 입술에 빨려 들어갈 것만 같았다. 입술에 시선을 빼앗긴 채 넋을 놓고 있는 하라를 의미심장하게 바라보다 지니가 장난스럽게 입가를 끌어 올렸다.

"혹시, 다른 생각 한 건가?"

"······?"

"샤워."

"그······ 게 아니라."

"······라는 단어에 뭔가 다른 의미를 부여했다면."

"아닙니다. 씻어야죠. 감기 걸려서 민폐 끼치는 것보다 얼른 씻는 게 낫죠. 팀장님 말씀이 맞습니다."

하라가 어색하게 웃으며 지니를 비켜나 허둥지둥 욕실 문을 열었다. 문을 닫아 기댄 하라가 양손으로 볼을 감쌌다. 볼이 화끈 달아올랐다. 정말 지니의 말처럼 샤워라는 말을 듣는 순간 조금 야한 상상을 했었다. 그게 들킨 것 같아 부끄러워 죽을 것 같았다.

"홍하라, 너 너무 굶어서 이상해진 거 아니야? 상대는 고느님이라고. 어떻게 그런 불순한 상상을 할 수가 있어. 어휴."

푹 고개를 떨군 하라의 입에서 연신 깊은 한숨이 새어 나왔다. 다시 생각해도 낯부끄러워지는 일이었다. 감기 걸릴까 싶어 샤워하고 나오란 말을 음흉하게 받아들이다니. 고느님의 키스와 몰아붙이기에 결국 위험한 상상의 나래를 펼치고 말았다. 가도 너무 갔지 말입니다.

닫힌 문을 바라보고 선 지니의 입가에 야릇한 미소가 번졌다. 툭 건드리기만 해도 화르륵 달아오르는 하라의 얼굴이 귀여워 자꾸만 짓궂은 장난을 치게 된다. 쿡쿡 낮은 웃음을 터트리며 주방으로 걸어간 지니가 커피포트에 물을 붓고 전원 스위치를 눌렀다.

싱크대를 열어 차가 담긴 병을 쭉 눈으로 훑던 지니가 페퍼민트를 집어 들었다. 피로 회복과 감기 기운에는 페퍼민트가 좋았다. 찻주전자를 내려 거름망 안에 페퍼민트를 두 숟갈 넣었다. 물이 끓자 커피포트를 들어 천천히 거름망 위에 부어 차를 우렸다. 하라가 씻고 나오면 적당히 먹게 좋게 식어 있을 것이다. 그를 생각하는 지니의 입가에 부드러운 미소가 머물렀다.

달칵. 30분 정도 지난 후 또 다른 홍조를 띤 하라가 젖은 머리를 수건으로 닦으며 욕실에서 나왔다. 조심스럽게 거실 쪽으로 나오며 하라가 주변을 두리번거렸다. 지니의 모습이 보이지 않아서였다.

"옷부터 갈아입지."

주방 쪽에서 지니의 목소리가 들렸다. 가까이 다가가자 싱크대 위에서 뭔가를 하고 있는 지니의 뒷모습이 보였다. 수건을 목에 걸고 주방을 기웃거리며 하라가 내키지 않는 목소리로 물었다.

"옷 말입니까?"

"여긴 볼 사람 없으니까 편한 옷으로 갈아입어."

"……그래도."

아래를 내려 보며 발로 툭툭 바닥을 차는 하라를 지니가 돌아봤다. 무엇 때문에 드레스 룸에 가기 싫어하는지 뻔히 알면서 지니가 조금 더 근엄하게 하라를 재촉했다.

"홍하라, 오늘따라 말이 길다. 내 말 안 들을 건가?"

"아닙니다."

한풀 꺾인 목소리로 답하며 하라가 몸을 돌렸다. 터덜터덜 힘없이 드레스 룸으로 향하는 하라의 모습을 지켜보며 지니가 싱크대에 기대 가만히 팔짱을 꼈다. 드레스 룸 입구에서 주춤하던 하라가 크게 숨을 들이쉬고 안으로 들어섰다. 빙긋이 입가를 끌어 올린 지니가 준비된 차와 다과를 쟁반에 올려 거실로 나왔다. 테이블 위에 쟁반을 내려놓고 그도 드레스 룸으로 느긋이 걸음을 옮겼다.

티가 있는 곳 앞에 선 하라의 시선이 맨 아래 공간에 머물렀다. 그러려고 한 건 아닌데 절로 시선이 그곳에 닿았다. 하라의 고개가 갸웃 기울었다. 상자가 보이지 않았다. 분명히 옷가지가 들어 있던 상자가 곱게 놓여 있었는데 지금은 공간이 텅 비어 있었다. 어디 갔지?

입구 기둥에 비스듬히 기대 팔짱을 끼고 그 모습을 보고 있던 지니의 눈이 가늘어졌다. 역시. 그 상자가 문제였던 게 맞는 모양이다. 작게 한숨을 내뱉은 그가 성큼성큼 안으로 들어섰다. 골똘히 생각에 잠겨 있던 하라는 그가 다가서는 걸 눈치채지 못했다.

"거기서 뭐 해?"

갑자기 등 뒤에서 들린 지니의 목소리에 하라가 깜짝 놀라 엉덩방아를 찧었다. 고개를 돌려 바라보는 하라의 눈이 한껏 커져 있었다. 그가 무심한 얼굴로 자신을 내려 보고 있었다. 꼭 나쁜 짓하다 들킨 아이처럼 심장이 덜컹 내려앉았다. 머쓱해진 하라가 머리를 긁적이며 주섬주섬 자리에서 일어섰다.

"옷은?"

"지금 보고 있었습니다."

냉큼 돌아서 티를 이리저리 살피는 척하는 하라를 지니가 지그시 응시했다. 너무 당황해 티가 제대로 눈에 들어오지 않았다. 뭘 입어야 할지 몰라 괜스레 손가락만 분주하게 움직이며 티를 고르는 척했다.

"난 이게 제일 편하던데."

지니의 튼튼하고 긴 팔이 하라의 옆얼굴을 스치고 앞으로 뻗어 갔다. 등 뒤로 바짝 다가선 그의 가슴이 느껴졌다. 이러다 정말 심장 마비 걸리지 않을까 걱정이다. 두근두근. 심장이 미친 듯 뛰어 댔다. 그의 목소리가 귓속을 파고들었다.

"이걸로 입을래?"

파스텔 톤 민트 티가 눈앞에 펼쳐졌다. 다정하게 등 뒤에서 저를 감싸고 어깨 위에 살포시 턱을 받친 지니의 볼이 제 볼에 닿았다. 제 심장 소리가 북소리처럼 크게 들렸다. 티가 눈에 들어올 리가 없었다. 화끈거리는 볼을 손으로 감출 수도 없었다. 멍하니 은은한 향기를 흘려내는 민트 티를 바라보며 고개만 끄덕였다.

"그래, 입고 나와. 나도 좀 씻을게."

하라의 손을 잡고 그 손에 티를 쥐어주며 지니가 물러섰다. 자박자박 멀어지는 발소리를 들으며 하라가 열기 가득한 터질 것같이 달아오른 얼굴을 푹 숙였다. 그거로도 모자라 손에 들린 지니의 티로 얼굴을 가렸다.

그의 향기가 하라의 몸속 깊이 스며들었다.

"어떡해. 너무 좋아."

심장이 떨려 사람이 죽을 수도 있음을 여러 번 경험했다. 한참을 들뜬 마음을 진정시키기 위해 애쓰다 얌전히 지니의 티를 선반에 내려놓았다. 힐끔 뒤를 돌아보며 지니가 없음을 확인하고서야 물기가 남아 있는 티를 벗었다. 그의 티를 머리 위로 덮어쓰자 배시시 웃음이 묻어났다. 사방이 온통 그의 향기로 가득했다. 쏙 머리를 빼고 소매에 팔을 끼웠다. 덜렁덜렁 긴 소매가 손을 감춰 버렸다. 무릎 위로 내려온 티를 내려 보며 또 웃음을 참지 못해 해죽거렸다. 손끝만 겨우 나온 소매를 들어 볼을 감싸며 즐거운 마음으로 드레스 룸을 나섰다.

거실 소파로 다가가자 그제야 향긋한 허브 향이 맡아졌다. 테이블 위에 올려져 있는 찻주전자와 잔 두 개, 다과를 보며 하라가 낮게 휘파람을 불었다. 정갈하고 예쁘게 접시에 담긴 다과는 먹기 아까울 정도였다.

달깍. 하라가 준비된 차와 다과에 감탄하고 있는 사이 욕실 문이 열리고 희뿌연 연기를 배경 삼아 지니가 그림처럼 걸어나왔다. 무심히 그를 돌아보던 하라의 눈이 동그랗게 커졌다. 꿀꺽. 마른 침이 절로 넘어갔다. 목에 건 수건을 제외하고 그의 상체를 가리는 건 아무것도 없었다. 젖은 머리를 손으로 털며 그가 태연히 드레스 룸으로 걸어갔다. 하라가 보고 있다는 건 전혀 개의치 않는 눈치였다.

털썩. 다리에 힘이 풀린 하라가 그대로 소파에 주저앉았다. 복근이 예술이다. 전에 파스를 붙여줄 때 등 근육은 본 적이 있지만 복근을 본 건 처음이었다.

"와우."

한번 만져 봤으면 좋겠다. 솔직한 속마음에 화들짝 놀란 하라가 쩝 입맛을 다시며 흐르지도 않는 식은땀을 손등으로 쓸어냈다. 닭아야 할 건 입인 것 같았지만 하라는 그것도 인식하지 못하는 것 같았다.

"차 마시고 있지. 지금쯤 적당히 식었을 텐데."

티를 입으며 지니가 드레스 룸에서 나왔다. 그의 목소리에 고개를 돌렸던 하라의 동작이 그대로 멈췄다. 손에 들고 있던 수건을 바구니에 던져 넣고 곁으로 다가오는 지니에게서 한시도 눈을 뗄 수가 없었다. 방금 전 가슴 위에 선명히 보이던 그건 대체 뭐란 말인가. 자신이 제대로 본 것이 맞다면 그건 분명 유두였다. 그가 옆에 앉아 차를 따라 내밀 때까지 하라는 멍한 채로 그만 응시하고 있었다.

"마셔봐."

"⋯⋯네."

촉촉이 젖은 머리와 편안한 옷차림. 은은하게 퍼지는 스킨 향기. 샤워 후 남자의 모습을 본 건 아빠가 다였다. 그것과는 천지 차이였다. 신세계를 본 것 같은 놀라움과 경이로움을 하라는 지금 동시에 느끼는 중이었다. 여전히 자신만 보고 있는 하라에게 지니가 고개를 살짝 기울이며 다정한 미소를 지어 보였다. 그제야 자신이 너무 대놓고 지니를 뚫어지게 쳐다본 걸 깨닫고 하라가 차를 급히 한 모금 머금었다.

"맛, 맛있습니다."

"그래?"

"네."

속마음이 들킬까 차마 눈도 못 돌리고 차만 홀짝거렸다. 그런 하라를 지그시 내려 보다 지니가 비스킷 하나를 집어 내밀었다.

"이것도 먹어봐. 차와 곁들이면 좋은 비스킷이야."

입 앞까지 배달된 비스킷과 그걸 들고 있는 지니의 손을 가만히 바라보다 냉큼 받아먹었다. 입술 끝에 지니의 손가락이 닿았지만 모른 척 시치미를 떼고 아작아작 비스킷을 씹어 삼켰다. 빙긋이 웃으며 잔을 들어 차를 머금은 지니가 무심히 물었다.

"틀은 좀 잡혔나?"

입가를 손으로 털어내던 하라가 무슨 말이냐 지니를 돌아보다 그 의미를 알아채고 금세 고개를 끄덕였다.

"예. 모티브는 그대로 지니의 램프를 따고, 환아들을 대상으로 소원을 접수해서 그중에 실현 가능한 것들로 추려서 구성을 잡아볼 생각입니다."

"방송이야. 필요요소가 뭔지는 잘 알지?"

"진심이면 되지 않겠습니까? 환아들의 진심이 담긴 간절한 소망과 그것을 이뤄주고픈 마음이면 충분히 감동을 줄 수 있다고 생각합니다."

"각박한 세상이야. 자칫 진부해 보일 수도 있어."

"그렇게 되지 않도록 열심히 노력하겠습니다."

불끈. 결의를 다지며 주먹을 움켜쥐는 하라의 머리를 지니가 부드럽게 쓰다듬었다.

"그래."

딱 한마디였지만 거기에 모든 것이 담겨 있었다. 믿음. 넌 해낼 수 있다는 믿음이 가장 큰 힘이 되어주었다. 반달 모양으로 휘는 하라의 눈을 마주 보며 지니도 입가를 끌어 올렸다. 그가 손끝으로 세심하게 하라의 머리카락을 매만졌다. 조금 나긋해진 말투로 그가 말했다.

"사람에게는 누구나 흘러간 과거라는 게 있어. 그 과거를 깨끗이 지워내는 게 생각보다 쉽지 않은 일이라 미처 정리하지 못한 해묵은 것들이 가끔씩 뜻하지 않게 드러나는 경우도 있고. 알면서 치우지 못한 경우도 있어. 다시 사랑이란 걸 할 수 없을 거라 생각해서 미련스러운 짓을 한 거지."

무슨 말인지 알아듣지 못해 하라가 고개를 갸웃거렸다. 그런 하라의 머리를 가만가만 쓰다듬으며 그가 말을 이었다.

"차은주가 그런 경우야. 지나간 과거. 미안. 미련하게 끝나 버린 과거를 깨끗이 지워내지 못해서 네 마음을 아프게 했어."

"아닙니다. 전 그냥."

"맞아. 그 옷 차은주가 두고 간 거야."

"아."

"어쩌면 버린 거라고 해야 옳은 건지도 모르지. 단 한 번도 찾지 않았으니까."

"그렇…… 습니까?"

"남의 거라 쉽게 처분하지 못했어. 아니, 그것도 변명이라면 변명이겠지. 나도 잊고 있었던 물건이니까."

뭐라 답을 해야 할지 몰랐다. 입을 닫고 가만히 자신을 응시하고 있는 하라를 마주 바라보며 지니가 그녀의 머리를 부드럽게 끌어당겼다. 그리곤 하라의 머리 위에 입을 맞추며 나직이 속삭였다.

"하지만 이젠 깨끗이 지웠어."

그가 지웠다고 하는 말의 의미를 어렴풋이 알 것 같았다. 주차장에서 은주를 앞에 두고 거침없이 행동했던 것과 오늘 하라를 집으로 데려와 상자가 없어진 것을 확인시켜 준 것. 그 모두가 말이 아닌 행동으로 자신의 진심을 알린 것이었다.

"홍하라."

"네."

그가 하라의 턱을 손끝으로 들어 올려 시선을 맞췄다. 그의 눈동자 가득 하라의 모습이 담겼다.

"내가 지금 가장 사랑받고 싶은 사람은 바로 너야."

하라의 눈동자가 흔들렸다. 살며시 기울어 다가온 지니의 입술이 하라의 입술을 취했다. 마음을 담은 키스가 전해주는 감미로움과 더불어 그의 고백이 하라의 모든 것을 잠식해 버렸다. 사랑한다는 말보다 사랑받고 싶다는 말이 이토록 가슴 떨리는 고백이 될 줄은 미처 몰랐다.

'당신은 지금 내가 가장 사랑받고픈 사람입니다.'

어떻게 집으로 돌아와 잠이 들었는지 기억도 나지 않았다. 귀를 따갑게 자극하는 알람 소리에 눈을 감은 채 손을 더듬어 휴대폰을 만졌다. 손으로 아무리 밀어도 알람이 꺼지지 않아 힘겹게 실눈을 뜨고 액정을 봤다. 7시 30분. 멍한 눈으로 한참 반짝거리고 있는 시간을 보다 부릅 눈을 치떴다.

"미쳤어! 미쳤어!"

화들짝 놀라 이불을 젖히고 일어나 허둥지둥 옷을 벗고 눈에 보이는 대로 티와 바지를 걸쳤다. 전날 던져 놓았던 가방을 그대로 들고 방을 나서다 하라가 헉 하고 거친 숨을 삼켰다. 다시 문을 닫으려다 실패했다. 모친이 더 빨랐다. 저승사자처럼 검은색 홈드레스를 입고 팔짱을 끼고 서 있던 모친의 모습에 급히 몸을 뒤로 빼고 문을 닫으려 했지만 모친의 발이 문이 닫히는 걸 가로막았다.

"그 몸으로 어떻게 그렇게 날렵할 수 있지. 난 항상 그게 아이러니야."

"그려? 내는 니가 팀장 품에 안겨 들어온 것이 더 요상한디? 새벽에 남정네 옷 입고 기어들어 오는 년은 대체 어떤 년인가 했더만 우리 집에도 하나 있던디?"

"비 왔잖여. 옷 젖어 빌려 입은 겨. 오해 말어."

별스럽지 않은 일로 신경 쓴다 능청스레 대꾸하며 하라가 은근슬쩍 모친의 옆으로 빠져나오려 했다. 그런 하라의 목을 모친이 거칠게 낚아채 휘감았다.

"아야야! 나 지금 늦었다고. 나중에 얘기해."

"과년한 딸년이 쉰새벽에 남정네랑 남정네 옷을 입고 나타났는디. 나중?"

"목 아파! 좀 놓고 얘기해."

하라의 목을 끌고 욕실 앞으로 걸어온 모친이 손처럼 사용이 가능한 발로 욕실 문을 열었다. 그리곤 세면대로 곧장 걸어가 물을 틀고 무작정 하라의 머리를 가져다 댔다.

"앗 차거! 뭐, 뭐야!"

"이것아, 씻고 나가야지. 냄새 폴폴 풍기는 여자를 누가 좋아혀."

"알았어. 내가 씻을게. 좀 놔봐."

그제야 모친이 하라의 목을 놓고 순순히 옆으로 물러섰다. 물에 흠뻑 젖은 머리를 옆으로 돌려 얼굴에 묻은 물기를 손으로 훔치며 하라가 모친을 흘겼다.

"왜 엄만 항상 목만 공격해."

"허리도 혀."

"그러니까. 왜 말로 안 하고 항상 팔로 조여서 끌고 다니냐고."

투덜거리며 샴푸를 짜 머리를 감는 하라를 물끄러미 쳐다보며 모친이 뚱한 목소리로 시큰둥하게 말했다.

"난테 없는 거라 기억이 안 나서 그려."

"무슨 소리야?"

"목이랑 허리가 어떻게 생겼나 확인해 본 거여. 잊어버릴까 봐."

머리를 헹구며 하라가 모친을 힐끔거렸다. 자세히 보니 전달보다 살이 더 찐 것 같았다. 살 뺀다고 벨리댄스 배우러 다닌다더니 어째 목이랑 허리는 날로 존재감이 더 없어지는 것 같았다. 집 나간 목과 허리를 찾는다고 실종 신고라도 내야 할 판이었다.

"니 나가 요즘 젤로 좋아하는 노래가 뭔 줄 아냐?"

"뭔데?"

하라에게 수건을 건넨 모친이 자세를 바로잡고 바로 율동 모드로 돌입했다.

"머리 어깨 무릎 발 무릎 발. 머리 어깨 무릎 발 무릎 발."

흥이 없는 단조로운 선율로 노래를 마치고 쌩하니 돌아서는 모친을 하라가 물끄러미 응시했다. 모친표 난센스 퀴즈의 답을 찾은 하라가 쩝 아쉬운 입맛을 다셨다.

"확실히 없네. 목이랑 허리."

머리를 대충 말리고 나온 하라가 현관으로 나가자 그녀 앞으로 우유 한 잔과 쇼핑백 하나를 모친이 내밀었다. 우유를 원샷으로 들이켜고 쇼핑백을 받아 이리저리 살피는 하라의 귀로 모친의 목소리가 들렸다.

"세탁했어. 잘 입었다 허고 돌려줘."

"응?"

안을 보니 지니의 옷이 들어 있었다. 손등으로 입술을 훔치며 하라가 고개를 끄덕였다.

"그럼, 소녀는 이만 돈 벌러 댕겨오겠습니다."

곱게 허리를 굽혀 인사를 하고 돌아서는 하라의 등 뒤에 대고 모친이 은밀하게 물었다.

"뭐 있제?"

피식. 절로 웃음이 터져 나왔다. 대문을 열고 나서며 하라가 손을 흔들며 명쾌하게 답했다.

"어, 뭐 있어."

지하철에서 내려 지상으로 올라가 회사 맞은편 횡단보도에 멈춰 섰다. 신호를 기다리면서 길게 하품을 했다. 그런 하라의 입으로 손가락 하나가 침범했다.

"에잇, 퉤퉤. 더럽게."

"그러게 무슨 계집애가 하품을 그렇게 크게 하냐?"

물린 손가락을 슥슥 하라의 옷에 문질러 닦으며 정태가 히죽 웃었다. 그런 정태를 가늘게 흘기며 하라가 투덜거렸다.

"뭐, 언제는 여자도 아니라더니. 그리고 여자는 하품도 마음대로 못한답니까?"

"너 은근히 뒤끝 길다."

정태가 툭 하라의 팔을 팔꿈치로 치며 눈을 찡긋거렸다. 그에 하라가 허 하고 입을 쩍 벌리며 고개를 절레절레 저었다. 신호가 바뀌자 하라가 먼저 횡단보도로 내려섰다. 그와 보조를 맞춰 정태가 곁에 바짝 붙어 서서 걸었다.

"어이, 꼴통."

"또, 무슨 시비를 붙이시려고 이러십니까?"

"시비는 무슨. 내가 쌈닭이냐?"

길을 건너 회사 앞으로 걸어가며 하라가 정태를 아래위로 쭉 훑었다. 정태기 이깨를 으쓱하며 왜 그러냐? 눈으로 물었다. 하라가 느닷없이 박수를 짝짝 쳤다. 정태의 고개가 갸우뚱 기울었다. 그런 정태를 향해 하라가 썩소를 날렸다.

"축하드립니다. 이제야 선배님의 정체성을 깨달으셨다니. 좀 오래 걸리긴 했지만 경축할 일입니다."

세상에 이런 일이 다 있다니! 능청스레 너스레를 떨며 걸어가는 하라를 정태가 게슴츠레하게 쏘아보았다. 후우. 정태가 입바람을 불어 앞머리를 날린 후 가늘게 눈을 빛내며 성큼성큼 하라의 뒤를 쫓았다.

"꼴통, 너!"

짝. 하라의 뒤통수를 겨냥해 손을 날리던 정태가 정작 나야 하는 퍽 소리가 아닌 짝 소리에 고개를 갸웃거렸다. 시원스레 앞으로 쏠려야 할 하라의 머리가 그대로 있었다. 대신 제 손을 막고 있는 낯선 손이 정태의 시야에 들어왔다.

"어라?"

머리 뒤에서 들린 소리에 하라가 돌아봤다. 익숙한 커다란 손바닥이 눈앞에 있었다. 그 손을 따라 시선을 옮긴 하라가 환한 미소

를 띠며 고개를 숙이자 지니의 손바닥에 이마가 맞닿았다. 그의
손이 순간 부드럽게 하라의 머리를 스치고 지나갔다.

"안녕하십니까, 팀장님."

정태가 얼떨떨한 얼굴로 인사를 건넸다. 그가 정태를 향해 살짝
고개를 숙여 보였다.

"아침부터 후배 훈육인가?"

"아, 그게 그러니까. 애정 표현입니다."

"애정 표현?"

"저희식 모닝 인사라고나 할까. 뭐 그런 겁니다."

말없이 고개를 끄덕이며 돌아선 지니의 표정이 썩 밝지 못했다.

"들어가지."

하라의 곁을 스치며 지니가 무심히 말했다. 자동으로 끄덕여진
고개를 얼른 바로 하고 하라가 들뜬 목소리로 냉큼 답했다.

"네, 팀장님!"

졸래졸래 팀장의 뒤를 뭐 마려운 강아지마냥 뒤따르는 하라의
모습을 물끄러미 바라보다 정태가 입을 삐죽 내밀었다. 요즘 하라
의 레이더가 계속 고지니 팀장에게만 머물러 있는 게 여간 계속
신경이 쓰였다. 살벌할 것 같았던 분위기도 요즘 한층 부드러워지
고 뭔가 둘 사이에 일이 있었던 게 분명했다.

"냄새가 나. 냄새가."

주머니에 손을 찔러 넣은 정태가 하이에나처럼 코를 킁킁거리
며 둘이 함께 들어선 정문으로 향했다. 로비를 가로질러 엘리베이
터 앞으로 걸어갔다. 엘리베이터를 기다리는 사람들 사이로 하라
와 지니의 모습도 보였다. 사람들 뒤로 합류해 같이 엘리베이터가

오기를 기다리며 정태가 둘의 모습을 주의 깊게 살폈다. 평소처럼 나란히 적당한 거리를 두고 서 있는 모습에선 뭔가 다른 점을 찾을 수 없었다.

엘리베이터가 도착해 열린 문을 통해 우르르 사람들이 올라탔다. 안쪽에 지니와 하라가 타고 정태는 문 가까이 섰다. 불투명 문을 통해 이리저리 탐색을 해보지만 별다른 것은 없었다. 괜히 오해한 건 아닌가 싶을 만큼 지니의 표정은 평소와 하나 다르지 않게 시크했다.

'에이, 내가 이거 무슨 짓이야. 망할 놈의 촉. 이젠 이것도 다 됐나 보다.'

감이 죽었다. 촉이 갔다. 혼자 자책하며 쓴 입맛을 다시는 정태를 무덤덤하게 바라보며 지니가 곁에 선 하라의 손을 잡아 제 뒤로 감췄다. 생각 없이 서 있다가 은밀하게 잡아오는 지니의 손에 하라의 입꼬리가 슬며시 위로 치켜 올라갔다. 그녀가 들고 있던 쇼핑백을 그의 손에 쥐어주었다. 지니의 고개가 갸웃 기울었다.

"그때 빌렸던 옷입니다."

지니의 귀에 나직하게 속삭이자 그가 엷게 웃으며 고개를 끄덕였다. 그러면서도 잡은 손은 놓지 않았다. 자꾸만 웃음이 났다. 표를 안 내려야 안 낼 수가 없었다. 좋은 걸 어떡해. 숨길 수가 없는데 어쩌면 좋아.

엘리베이터에서 내려 사무실로 걸어가며 지니가 정태에게 말했다.

"8시 30분. 회의실."

"네."

이젠 척하면 척이다. 아이템이 정해졌으니 이제 본격적으로 프로그램을 짜는 일이 남았다. 시놉시스를 만들고 그걸 구체화한 다음 국장 결재를 받으면 바로 준비 작업에 들어간다. 구성작가와 섭외 담당이 정해지면 각 병원에 공문을 띄울 예정이다. 신청인에 한해 대상 선정을 하게 될 것이다. 이번엔 강제성이 배제된 순수한 의도를 가지고 접근해 볼 요량이다.

"구상 시놉은?"

회의실에 팀원들이 다 모이자 지니가 하라를 보고 직설적으로 물었다. 하라가 미리 준비한 시놉을 들고 지니에게 갔다. 하라가 건네는 시놉을 받으며 지니가 짧은 순간 하라의 눈을 지그시 응시했다. 그의 손이 시놉을 가져가며 하라의 손을 쓸었다.

"일단 홈페이지에 공고 올리는 것부터 시작하지."

"국장님 결재서류는 어떻게 할까요?"

나 PD가 묻자 지니가 시놉을 들척이며 말했다.

"제가 합니다. 여러분은 각자 맡은 분야에서 성실히 임해주시면 됩니다. 발에 불이 나고, 손에 모터를 단 것처럼."

"네. 알겠습니다."

일의 진행은 순조로웠다. 하라가 아이템과 구상 시놉을 던지고 그에 살을 붙여 지니가 시놉시스를 완성했다. 물론 많은 살을 첨가해야 했지만 하나도 번거롭지 않았다. 작업에 열중한 나머지 시간이 어떻게 흘러가는 줄도 몰랐다. 하라는 하라대로 정태와 자료를 수집하고 소아암 환아들이 있는 병원을 찾느라 정신없이 바빴다.

짧은 휴식 시간이 찾아오자 하라가 찌뿌둥한 몸을 이리저리 움직여 풀며 휴게실로 향했다. 카페인이 절실히 필요했다. 자판기 앞에 서서 주머니를 뒤적였다. 백 원짜리 동전 두 개가 나왔다. 하라의 시선이 300원이라 적힌 자판기 커피 가격표에 머물렀다. 쩝. 아쉬운 입맛을 다시며 돌아서던 하라의 눈앞에 느닷없이 넓은 남자 가슴 하나가 다가왔다.

"헉. 놀래라."

시선을 올리자 자신을 내려 보고 있는 지니의 얼굴과 마주쳤다. 지니가 그녀의 손에서 200원을 집어 그대로 자판기 코인 구멍에 넣었다. 자신이 가지고 있던 것까지 합쳐 300원을 넣고 하라가 좋아하는 밀크커피를 눌렀다.

자판기를 등진 채 지니와 마주하고 선 하라가 이러지도 저러지도 못한 채 엉거주춤 서 있었다. 커피가 다 나온 것을 확인한 지니가 상체를 숙였다. 그에 하라의 몸과 그의 몸이 저절로 맞닿았다. 지그시 기대 오는 지니의 상체에 하라가 조금 뒤로 밀렸다. 그가 커피를 꺼내 상체를 다시 세울 때까지 하라는 숨을 죽인 채 가만히 서 있었다.

"마셔."

"감사합니다."

커피를 받아 들어 홀짝이며 힐끔 그를 올려봤다. 지니는 여전히 앞에 서서 하라가 하는 양을 가만히 지켜보고 있었다. 그의 입술이 작게 달싹였다.

"나도."

"네?"

"조금만 마실게."

지니가 뒷짐을 지고 상체를 살짝 기울여 종이컵의 반대편에 입술을 댔다. 하라와 이마가 맞닿았다. 컵이 지니 쪽으로 기울었다가 다시 원래 자리로 돌아왔다. 눈을 말똥거리며 자신을 바라보고 있는 하라의 입술에 짧게 입을 맞추고 뒤로 물러서며 그가 빙긋이 웃었다.

"점심 같이 먹자."

지니의 말에 하라가 습관처럼 손목시계를 확인했다. 2시 37분. 점심을 먹기엔 늦은 시간이었다. 하지만 이 시간에 먹지 말란 법은 없었다. 늘 밥때가 정확하지 않은 곳이었다. 시간 날 때 대충이라도 끼니를 때워주는 게 유동적인 면에서 좋았다.

"뭐, 드시겠습니까. 제가 사오겠습니다."

"넌?"

"전 뭐든 상관없습니다."

"시간 괜찮아?"

"아, 30분 정도는 뺄 수 있을 것 같습니다."

종로에 위치한 30년 된 순대국밥 집만 아니면 뭐든 흡입 가능했다. 엷은 미소를 지으며 고개를 끄덕인 지니가 하라의 손을 잡아 제 재킷 주머니에 찔러 넣었다.

"어어."

공과 사는 분명히 구분을 하신다던 고느님이 자꾸만 사적인 스킨십을 아무렇지 않게 참 과감히도 시도하신다. 물론 철두철미한 성격에 미리 사람이 없음을 확인했겠지만 모르고 당하는 하라의 입장에서는 심장이 두근 반 세근 반 하는 긴장의 연속이었다.

그가 휴게실 옆에 있는 비상구 문을 열고 나섰다. 그는 평소 엘리베이터보다 비상구의 계단을 이용하는 걸 즐겼다. 기계의 힘을 빌려 고속 상승하는 것보단 하나하나 제 발로 밟아 오르는 계단이 훨씬 좋았다.

계단을 나란히 내려가 주차장에 도착하자 지니가 자신의 차가 있는 곳으로 걸어갔다. 보조석 문을 열고 먼저 하라를 앉혔다. 그런 다음 지니가 안으로 상체를 쑥 밀어 넣어 안전벨트까지 확실히 채운 후 차를 돌아 운전석에 올랐다.

"멀리 가십니까?"

"아니."

"그럼 왜 차로 움직이십니까?"

"너 편하게 좀 앉아 있으라고."

"아. 감사합니다."

시동을 걸어 차를 출발시키며 지니가 궁금한 듯 물었다.

"그 말투 언제부터 그런 거야?"

"제 말투 말입니까?"

"간혹 군대식으로 다나까 쓰는 애들이 있긴 한데 여자는 좀 드문 경우라서. 험한 남자들 사이에서 부대껴서 그런 건가. 여자들이 잘 안 쓰는 말투잖아."

지니의 지적에 조금 민망했던지 하라가 손끝으로 관자놀이를 긁적였다. 머뭇거리며 쉽게 말을 하지 못하는 하라를 잠깐 돌아보다 그녀의 손을 잡아 제 손 아래 가둬 기어 위에 올려놓았다.

"말하기 싫으면 안 해도 돼. 그냥 궁금해서 물어본 거야."

"그게. 말하기 싫은 게 아니라 민망해서."

"민망?"

하라가 어깨를 가볍게 으쓱이며 입을 열었다.

"선배 중에 막 제대하고 복학한 선배가 있었습니다. 하필이면 그 선배한테 콕 찍혀서 선배 졸업할 때까지 2년 내내 특별 관리 받았잖습니까. 군대 물이 덜 빠져서 정말 장난 아니었습니다. 그 덕에 말투가 이렇게 굳어버렸습니다."

"특별 관리?"

"제가 술 마시고 정신을 살짝 놓고 그만 그 선배 멱살을 잡고 흔들었습니다."

"속이 좁네. 그 선배."

선배가 속이 좁았다 은근히 하라의 편을 드는 지니를 빤히 쳐다보다 쿡 하고 웃음을 터트렸다. 하긴 먹은 거 게워낸 입으로 입 맞춘 것에 비하면 그리 엽기적인 일은 아니있다. 뒤끝 긴 긴 지니도 마찬가지였다. 특별 관리를 해주겠다고 으름장을 놓던 지니의 모습이 새삼 떠올라 하라가 터져 나오려는 웃음을 꾹 참으려 애썼다.

"뭐 그냥 잡은 건 아니고 바닥에 깔고 앉긴 했습니다만."

그가 말없이 차를 세웠다. 시동을 끄고 기어를 고정했다.

"음."

뜸을 들인 후 모호한 답을 하는 거로 봐선 그 장면을 상상한 것이 틀림없었다. 운전석에서 내린 지니가 보조석으로 다가오는 것을 보고 하라가 먼저 문을 열고 내렸다. 자꾸만 그가 문을 열어주면 습관이 될 것 같았다.

"점심 메뉴는 밥버거입니까?"

"왜, 싫어? 다른 데 갈까?"

"아닙니다. 좋습니다. 저도 밥버거 좋아합니다."

"들어가자."

회사 근처인데다가 사장이 방송국 직원이었던 터라 방송국 사람들이 많이 드나드는 곳이었다. 나란히 걷되 손을 잡거나 어깨를 안지는 않았다. 안으로 들어선 지니가 손을 들어 가볍게 흔들어 주문대로 걸어갔다.

"손님이 너무 없는 거 아니냐?"

다가오는 지니를 보고 채준이 심드렁하게 콧방귀를 뀌었다.

"점심시간 지난 지 한참이다. 손님이 뜸한 게 당연하지."

"방송국에 점심시간이 따로 있어? 시도 때도 없이 손님이 찾아와야 정상인 거야."

"너같이 시간 개념 없는 손님 별로 안 반갑다. 나도 휴식 시간이란 게 필요하거든."

"돈 주잖아. 귀하고 감사하게 여겨야지. 난 대접받을 자격이 있는 분이야."

"새끼. 입만 살아서. 쯧. 늘 먹던 거?"

"아니. 거기에 하나 더 추가."

조리실로 가다 말고 채준이 지니를 쳐다봤다.

"왜, 뱃속에 거지새끼 입양했냐?"

"안녕하십니까? 처음 뵙겠습니다. 홍하라입니다."

이죽거리며 지니를 놀리던 채준의 눈이 하라의 등장에 묘한 빛을 띠었다. 지니의 뒤에 감쪽같이 숨어 있다 갑자기 모습을 드러내며 인사를 건네는 하라를 채준이 스캔하듯 재빨리 훑어 내렸다. 채준이 비식이 웃으며 고개를 까닥였다.

"예. 아주 반갑습니다."

하라를 보던 시선을 옮겨 지니를 직시하며 채준이 의미심장하게 눈썹을 꿈틀거렸다. 그 눈빛을 냉정하게 쳐내며 지니가 하라를 부드럽게 내려 봤다.

"뭐 먹을래. 메뉴에 없는 거라도 괜찮아. 먹고 싶은 거 말하면 다 만들어줄 거야."

"정말요?"

"그럼. 아주 특별한 손님인데. 만들어줘야지. 안 그러냐?"

지니가 채준을 돌아보며 건방지게 입가를 끌어 올렸다. 그를 게 슴츠레하게 쏘아보며 채준이 데스크에 손을 올려 둘 쪽으로 몸을 기울였다. 채준이 관심 없는 투로 시큰둥하게 물었다.

"뭐가 특별한데?"

지니가 하라의 허리를 휘감아 제 쪽으로 끌어당겼다. 멀뚱히 돌아보는 하라의 이마에 지그시 입술을 누르며 곁눈으로 채준을 직시했다.

"새끼, 어디서 염장질이야."

말과 달리 입가에 미소를 머금은 채준에게 의미심장한 눈빛을 보내며 지니가 놀리듯 말했다.

"너한테 없는 아주 특별한 존재니까 잘 모셔."

"하아. 염장도 모자라서 자랑질까지?"

"세상에서 가장 맛있는 버거로 콜?"

하라와 지니의 다정한 모습을 흘기듯 바라본 채준이 짧게 혀를 차며 조리대로 걸어갔다. 채준에게서 기분 좋은 목소리가 터져 나왔다.

"콜!"

점심을 빙자한 짧고 달콤한 데이트가 끝나고 다시 바쁜 업무로 복귀했다. '지니의 램프' 기획안을 마무리 지은 지니가 그것을 들고 국장실로 향했다. 유리벽 안쪽 통화 중인 최 국장의 모습이 보였다. 지니가 유리벽을 톡톡 두드리자 최 국장이 돌아보며 들어오라 손을 까닥였다. 문을 열고 들어서자 최 국장의 다소 격양된 목소리가 들렸다.

"그러니까. 그게 왜 방통위 심의에 걸리냐고! 상체 노출이잖아! 엉덩이 까고 흔든 것도 아닌데 왜 걸고넘어져!"

피식 싱겁게 웃은 지니가 조용히 다가서 소파 팔걸이에 걸터앉아 최 국장의 통화가 끝나기를 기다렸다. 상대편에 벽창호가 있는지 갑갑증을 느낀 최 국장이 넥타이를 풀며 버럭 소리를 질렀다.

"야이 씨! 그럼 짱구는 왜 19금 안 때려! 걘 앞뒤 다 벗고 흔드는데!"

팔짱을 끼고 느긋이 듣고 있던 지니의 한쪽 입꼬리와 눈썹이 비스듬히 치켜 올라갔다. 하긴 틀린 말은 아니다. 상반신 노출과 하반신 노출은 확연히 느낌이 다르다. 짱구라고 되고 사람은 안 되고 그건 너무 불공평하다. 신경질적으로 전화를 끊은 국장이 화가 사그라지지 않는 듯 거친 숨을 내뱉으며 씩씩거렸다.

"코에 붙이면 코걸이고 귀에 달면 귀걸이고 하여튼 뭐든 지들 맘대로지!"

"또 한 방 먹었습니까?"

엷게 웃으며 묻는 지니의 낯짝을 최 국장이 빤히 쳐다봤다. 최 국장의 눈썹이 위아래로 마뜩잖게 휘었다.

"한 방만 먹었게? 배불러 터지게 먹었다. 너도 몇 번 먹여줬잖아."

"제 건 입김이 작용해서 그런 거고요. 고위층 건드릴 때는 그 정도는 각오하고 지르는 거잖습니까. 이번엔 좀 다른 분야 같은데 뭡니까?"

"습격 퇴폐업소."

"종석이 거요? 애매한 건 다 모자이크 처리했다던데 그게 걸렸단 말입니까?"

"벗은 등짝 찍었다고 난리다. 그럼 수영장 찍고 해변 찍은 뉴스도 먹여야지. 그건 왜 그냥 둬. 젠장, 뒤태에도 초상권이 있단다. 상반신 누드에 짐민 보고도 사람 알아보는 시대라고 사과문 날리고 사실과 전혀 다른 사진이라고 정정하란다. 니미."

짜증 섞인 목소리로 투덜거리며 국장이 손을 내밀었다. 기획안을 건네며 지니가 의미심장하게 웃었다.

"누구 아들이랍니까?"

보나마나였다. 숨기고 싶은 현장을 들킨 누군가의 모습이 찍힌 게 틀림없었다. 입을 씰룩거리며 불편한 속내를 숨김없이 드러낸 최 국장이 기획안을 눈으로 훑으며 툭 내뱉듯 말했다.

"모르지. 등짝만 보고도 알 정도면 경력이 화려한 놈이겠지."

"이번엔 업소 레벨이 좀 높았나 봅니다?"

"정재계는 물론이고 연예계도 주 고객층이라더만."

"와우. 걸릴 만하네."

"소재가 너무 흔한 거 아니야?"

기획안을 살피던 최 국장이 시답잖은 표정으로 물었다. 지니가 이마를 긁적이며 싱긋이 웃었다. 그에 짧게 입맛을 다신 최 국장이 다시 기획안을 마저 읽어 내리며 톡톡 손끝으로 책상을 두드렸다.

"못 살리면 죽어."

"제 이름 걸고 하는 일에 허술하게 하는 거 보셨습니까."

"잘났다. 얼마나 자신 있기에 지 이름을 떡하니 타이틀로 내놔."

"제대로 능력자가 되어볼 기횐데 마다할 이유 있습니까. 무려, 램프의 지닌데."

"거기다 주체도 바꿨지. 지니의 램프라며."

"그러게 말입니다. 그 램프가 또 제 거랍니다."

낮게 웃는 지니의 얼굴에 자신감이 가득했다. 최 국장이 게슴츠레하게 눈을 뜨고 팔짱을 꼈다. 마주한 시선에 믿음이 담겼다. 잠깐 고민하는 듯싶던 최 국장이 팔짱을 풀고 손가락을 튕기며 지니를 손끝으로 가리켰다.

"제대로 못하면 그 램프 내가 확 밟아버린다."

"옛썰."

기획안에 사인을 하는 최 국장을 향해 지니가 엄지를 들어 보였다. 기획안을 넘겨주며 최 국장이 으름장을 놓았다.

"확실히 못하면 알지?"

그에 기획안을 받아 든 지니가 말없이 웃었다. 확신이 없으면 시작도 하지 않는 지니였다. 그를 알기에 최 국장도 별말 없이 편성을 내어준 것이다. 그것도 금요일 저녁 골든타임에.

국장실을 나와 사무실로 향하던 지니의 걸음이 느릿해졌다. 몇 미터 앞에서 티격태격하며 걷고 있는 정태와 하라를 발견하고 절로 느려진 걸음이었다.

"아, 진짜. 하지 마십시오."

"내가 몇 번을 말해. 꽁지머리 했다고 다 여자가 아니라고."

하나로 올려 묶은 하라의 머리카락을 정태가 계속 장난스럽게 잡아당기고 있었다. 하라가 피하며 만류해도 자꾸만 달라붙어 장난을 쳤다. 그 모습을 지켜보던 지니의 걸음이 갑자기 빨라졌다. 정태의 손이 또 하라의 머리카락을 만지려는 순간 그가 하라를 불렀다.

"홍하라."

"예!"

지니의 목소리에 반사적으로 답하며 돌아선 하라의 얼굴에 미소가 번졌다. 덩달아 돌아본 정태를 서늘하게 외면하고 그가 둘 사이로 끼어들어 하라의 손목을 잡고 그대로 걸어갔다.

"결재 떨어졌어. 여기서 노닥거릴 시간 없다. 따라와."

정태에게는 가타부타 설명도 없이 지니가 하라를 그대로 낚아채 갔다. 멍한 얼굴로 저만치 멀어지는 둘을 바라보며 정태가 목을 긁적였다. 뭔가 버림받은 것 같은 기분이 들었다. 그와 동시에 싸한 한기가 등줄기를 타고 올라왔다.

"뭐지? 이 느낌? 왠지 낯설지가 않은데 말이야."

뒤통수를 관통하는 날카로운 눈초리. 꼭 남의 여자와 노닥거리다 걸렸을 때의 그 싸함과 동일한 기분이 드는 건 왜일까.

"으으."

한차례 몸을 떤 정태가 팔로 몸을 감싸며 서둘러 자리를 벗어났다.

"터가 안 좋은 거야. 터가."

하라의 손을 잡은 채 사무실로 들어온 지니가 자신의 자리에 기획안을 던져 놓고 재킷을 집어 들었다. 그러더니 말도 없이 하라의 짐까지 챙겨 쏜살같이 사무실을 나섰다. 때마침 사무실로 들어서던 정태와 부딪칠 뻔했다. 정태가 놀라 한쪽으로 물러섰다. 그런 정태를 돌아보지도 않고 지니가 건조하게 말했다.

"인터뷰 간다. 소아암 병동 있는 병원 조사해서 문자 넣어."

"아, 예."

정태가 얼떨결에 답하며 둘을 배웅했다. 엘리베이터로 걸어가는 하라의 꽁지머리가 발랄하게 흔들렸다. 그 머리카락을 가지고 장난을 치고 싶어 정태의 손이 간질거렸다. 엘리베이터 문이 열리고 안으로 들어서며 지니가 손목을 놓고 하라의 손을 맞잡았다. 평소 같았으면 별스럽지 않게 여겼을 그 장면이 유독 정태의 시선을 붙잡았다. 정태가 턱을 가만히 쓸며 낮은 신음을 흘렸다.

"흐음."

또 촉이 어떻다 입방정을 떨면 안 될 것 같아 그저 속으로만 의문을 제시했다. 뭔가 둘 분위기가 반전스럽단 말이지. 게슴츠레해진 눈으로 엘리베이터를 노려보며 골똘히 생각에 잠겨 있는 정태의 어깨로 쓰윽 팔 하나가 올라와 어깨를 감쌌다. 흠칫 놀란 정태가 팔의 주인을 조심히 돌아봤다. 나 PD가 다른 손으로 이를 쑤시며 정태를 심드렁하게 쳐다보고 있었다.

"뭡니까?"

"식사는 잘하셨고?"

"지금 시간이 몇 신데 식사 타령이에요?"

"내 말이. 날도 좋은데 왜 생뚱맞게 실내에서 우산을 찾고 난리 냔 말이지."

"뭔 말이에요? 뭐 잘못 잡수셨어요?"

"그렇지! 역시 요점 집어내는 건 네놈이 참 탁월하단 말이지."

"아, 진짜. 알아듣게 말해요. 꽈배기를 잡쉈나. 왜 이렇게 꼬아요."

나 PD가 검지로 귀를 휘적거리며 싱긋이 웃었다. 그에 정태의 미간이 좁혀졌다. 대체 무슨 말이 하고 싶어 이러나 싶었다. 정태의 눈썹이 물결치며 위아래로 나뉘는 순간 나 PD가 정태의 뒤통수를 시원스레 후려쳤다.

퍽. 아래로 푹 숙여진 정태의 머리를 만족스레 쳐다보며 나 PD가 그제야 하고 싶은 말을 꺼냈다.

"똥 누러 간다고 나간 놈이 왜 하라 꽁무니만 졸졸 따라다니면서 괴롭혀. 하라가 네 심심풀이 오징어 땅콩이냐?"

"와아. 미치고 팔짝 뛰겠네 정말. 잊으신 모양인데. 제가요, 홍하라 직속 사수거든요? 원래는 그놈이 절 졸졸 따라다녀야 한단 말입니다. 옆에서 지극 정성으로 보필해도 모자랄 판에 이놈이 땡땡이를 치고 저 혼자 밥을 먹고 왔다니까요? 이게 용서가 될 일입니까?"

뒷머리를 잡고 벌떡 고개를 쳐든 정태가 봇물 터지듯 말을 늘어놓았다. 그런 정태를 물끄러미 바라보던 나 PD가 절레절레 고개를 저으며 다시 사무실로 들어섰다.

"어디 가요. 내 말 다 듣고 가야지."

정태가 나 PD의 뒤를 쫓으며 계속 주저리주저리 불만을 토로했다. 요즘 들어 부쩍 하라에게 장난질이 심해졌다 생각해 한마디 툭 건네본 건데 오히려 제가 더 할 말이 많다고 달려드니 괜히 건드렸다 싶은 생각까지 들었다.

사수 노릇도 잘하고 학교 후배라고 잘 챙기기에 아무 간섭도 안 했었다. 장난의 도가 지나친 게 혹시나 이성으로 관심이 있어서 그런 게 아닌가 하는 생각도 했었지만 그냥 유치한 장난 그 이상도 그 이하도 아닌 것 같았다.

"딱 초딩이지, 초딩."

정태의 상태에 대해 정의를 내린 나 PD가 자신의 자리까지 쫓아와 계속 조잘거리는 정태의 입을 책상 위의 집게로 콕 집었다.

"음음음."

"가서 얌전히 팀장이 시킨 일이나 해라. 너 수다 떠느라 벌써 10분이나 소비했다."

"으아아. 큰일 났다."

입에서 집게를 뺀 정태가 아픈 입술을 매만지며 서둘러 자신의 자리로 돌아갔다. 이동 중엔 최대한 빠르게 위치 정보를 줘야 신속하게 움직일 수가 있었다. 앉는 둥 마는 둥 마우스를 잡아 검색창을 켜고 자판부터 두드려 댔다. 눈이 돌아갈 만큼 초집중해 모니터를 보는 정태를 돌아보며 나 PD가 낮게 휘파람을 불었다.

'고놈. 그래도 사수를 잘 만나서 제대로 배웠단 말이지.'

정태가 신입 시절 그의 직속 사수는 나 PD였다.

정확한 목적지도 없이 나온 길이었다. 정태로부터 연락이 오기를 기다리지 않고 지니가 도심이 아닌 한적한 공원으로 차를 몰았다. 병원이 아닌 나무가 즐비한 공원을 보며 하라가 의아해 물었다.

"인터뷰 가시는 거 아니었습니까?"

공원 주차장에 차를 세운 지니가 시동을 끄고 의자를 뒤로 젖혀 그대로 팔을 머리 뒤로 깍지 껴 누웠다. 자신의 질문엔 답도 하지 않고 눈을 감는 지니를 하라가 멀뚱히 응시했다.

상황이 어떻게 돌아가고 있는지 도무지 감을 잡을 수가 없었다. 어찌해야 할지 몰라 머쓱해 머리를 긁적이고 있는데 갑자기 지니의 손이 다가왔다. 눈을 감고도 어떻게 하라의 위치를 그렇게 잘도 잡아내는지 한 치의 망설임도 없이 다가선 지니의 손이 하라의 꽁지머리를 만지며 올라와 머리끈에 머물렀다. 그리고 다음 순간 그가 머리끈을 풀었다. 하라의 머리카락이 찰랑이며 어깨 위로 흘러내렸다.

"어?"

지니의 뜻밖의 행동에 어리둥절해진 하라가 뭐라 말을 잇지 못했다. 그런 하라의 머리카락 몇 올을 지니가 손가락에 휘감아 부드럽게 매만졌다. 그의 눈꺼풀이 사르르 올라가고 하라를 담은 깊은 눈동자가 드러났다. 그가 보일 듯 말 듯 작게 입술을 달싹였다.

"싫다."

"네?"

지니의 손이 자연스럽게 하라의 뒷목을 감싸 앞으로 당겼다. 지니의 얼굴 가까이 상체를 기울인 하라가 눈을 말똥거렸다. 흘러내린 그녀의 머리카락이 지니의 볼을 간질거렸다. 그윽하게 자신을 바라보는 지니의 눈에 시선을 빼앗긴 하라가 저도 모르게 긴장해 꿀꺽 마른침을 삼켰다.

"누가 너 만지는 거 너무 싫어."

"아, 그게 장난으로 그런 겁니다."

"그게 더 싫어."

"예?"

"니한테 소중한 사람을 함부로 다루는 거. 두고 보기 힘들어."

"저기. 그게 저만 그런 게 아니고 말입니다. 보통 친하다 싶은 사이에선 으레 다 그렇게 합니다만."

"흥하라."

조금 더 가까워진 거리만큼 그의 입술이 더 선명하게 눈에 들어왔다. 심장이 바스락거렸다.

"네."

"갑갑하다. 밖에 나가자."

"……네."

뭔가 잔뜩 기대했다가 실망한 기분이다. 들떠 심하게 두근거리던 심장이 푸시시 김빠진 풍선처럼 느릿해졌다. 지니가 손을 거두며 상체를 일으켰다. 하라가 자동으로 멀어지며 제자리로 돌아갔다. 그가 문을 열고 차에서 내리는 모습을 물끄러미 바라보다 하라도 차에서 내렸다. 남이 하라를 만지는 것이 싫다고 하더니 그것 때문인지 기분이 상당히 많이 상한 것 같았다. 뭘 어떻게 해야 좋을지 몰라 주뼛주뼛 거리를 두고 그를 따랐다.

그가 강 길을 따라 길게 이어진 가로수 길을 천천히 거닐었다.

뒷짐을 지고 하늘을 향해 고개를 젖히고 걷는 모습이 무척 고혹적으로 보였다. 하라는 그가 아마도 눈을 감고 걷고 있을 거라고 생각했다. 고독을 씹으며 홀로 거니는 아름다운 가로수 길. 딱 지니와 어울리는 이미지였다.

그의 손이 리듬을 타고 유연하게 움직였다. 작은 까닥거림일 뿐인데 이상하게 그게 눈에 선명하게 들어왔다. 마치 그것이 자신을 가까이 오라 부르는 지니의 마음 같았다. 끌리듯 그 손길에 이끌려 지니의 곁으로 바짝 다가선 하라가 그의 손에 제 손을 올려놓았다. 무표정하던 지니의 얼굴에 사르르 엷은 미소가 번졌다. 그가 하라의 손을 꽉 붙잡고 그녀와 보조를 맞춰 걸었다.

작은 정원에서 걸음을 멈춘 지니가 하라를 나무 그네에 앉혔다. 그리곤 자신은 그녀 앞에 한쪽 무릎을 세워 앉았다. 따스한 눈길로 하라를 그윽하게 올려다본 지니가 그녀의 두 손을 제 손에 가둬 제 가슴 앞으로 가져갔다. 평온한 그와 달리 계속 초조하게 그의 안색을 살피던 하라의 속은 지금 새까맣게 타들어가고 있는 중이었다. 그런 하라의 속마음을 아는지 모르는지 지니는 한참을 말없이 그녀를 바라보기만 했다.

"팀장님, 혹시 저 때문에 기분이 상하신 거라면."

힐끔힐끔 지니의 눈치를 보며 하라가 조심히 입을 열었다. 하라가 잠시 뜸을 들이며 아랫입술을 잘근거렸다. 평소 늘 하던 투덜거림이었다. 스킨십이라고 이름 붙이기도 민망한 짓궂은 장난 수준이었다. 이런 일에 전혀 신경을 쓰지 않은 터라 어떻게 말을 꺼내야 할지 몰랐다.

머뭇거리며 어쩔 줄 몰라 하는 하라의 모습이 사랑스러워 지니가 참지 못하고 그녀의 손등에 키스를 했다.

"나, 지금 질투하는 거야."

지그시 눈을 맞추며 그가 말했다. 하라의 눈이 믿을 수 없다는 듯 동그래졌다.

"정말입니까?"

"응. 정태가 장난처럼 네 몸에 손댈 때마다 질투 나서 미칠 것 같았어."

솔직한 그의 고백에 또 가슴이 두근거렸다. 그의 입술이 손등을 간질일 때마다 오소소 솜털이 일어나며 짜릿하게 전율이 일었다. 그가 그대로 상체를 올려 하라의 입술에 입을 맞췄다. 그 우아하고 아름다운 몸놀림에 하라의 눈이 황홀하게 물들었다. 그가 진지하게 그녀를 마주 보며 그녀만 들을 수 있는 작은 목소리로 고백 같은 말을 흘려냈다.

"나는 오늘, 단 하루만 너를 사랑할 거야."

갑작스런 통보였다. 키스 후에 이런 말을 듣는 건 꽤 충격적인 일이었다. 오늘 자정이 지나면 자신을 사랑했던 모든 감정이 물거품이 되어 깨끗이 사라지고 만다는 것일까? 불안으로 흔들리는 하라의 눈동자를 제 안에 가두고 지니가 조용히 감미로운 목소리로 속삭였다.

"내겐 매일매일이 오늘일 테니까. 난 죽을 때까지 오늘만 살 거야. 너와 함께. 지금 당장 죽는다 해도 후회하지 않을 만큼 너를 열렬히 사랑할 거야."

"오늘만 있는 겁니까? 죽을 때까지?"

얼떨떨해 묻는 하라를 강렬하게 응시하며 지니가 고개를 끄덕였다. 그렁그렁. 지니의 거짓 없이 맑은 눈과 마주치자 울컥 눈물이 앞섰다. 아, 이 남자. 고느님은 정녕 사람이 아니었다. 사람이면 심장 떨리는 이런 말들을 아무렇지 않게 쉽게 내놓을 수는 없었다.

그의 입술이 다시 진심을 다해 하라의 입술을 머금었다.

'오늘, 단 하루만 당신을 사랑하겠습니다.'

"어디?"

"세양병원이랍니다."

정태가 보내온 병원 중 가장 큰 소아암 병동을 가지고 있는 곳은 세양병원이었다. 사전 조사 차원에서 한 차례 다녀온 적이 있던 하라가 한층 들뜬 목소리로 말했다. 그곳에 가면 은솔이를 또 만날 수 있다는 생각에 기분이 좋아 그런 것이다. 반면, 세양병원이란 말을 들을 지니는 알 수 없는 표정을 지었다.

"전에 말씀드린 은솔이란 아이가 있는 곳입니다. 꼭 다시 한 번 보고 싶었는데 마침 잘됐습니다."

"거기 말고 다른 곳은?"

"아, 영산암센터도 있습니다만 소아암 센터가 따로 있지는 않답니다."

"흐음."

"대상자 선정이 전국구이긴 합니다만 오늘 다 돌 순 없으니 일단 신청받고 지역은 대상 선정 후에 가면 될 것 같습니다."

당연한 수순이었다. 오늘의 인터뷰도 굳이 할 필요는 없었다. 방송국 홈피에 공문을 올리고 접수를 받은 후에 대상을 선정하고 움직여도 충분히 될 일이었다. 하지만 이왕 인터뷰를 한다고 나온 길이니 소아암 병동의 분위기를 파악하고 지니가 직접 환아들을 만나보는 것도 좋을 듯싶었다.

"무슨 문제 있으십니까?"

이상하게 굳어 있는 듯한 지니의 표정에 하라가 눈치를 살피며 넌지시 물었다. 잠시 딴생각에 잠겨 있던 지니가 고개를 저으며 아무것도 아니라는 제스처를 취했나. 분위기로 보아 뭔가 있는 것 같았지만 지니가 아니라니 더 이상 물어볼 수는 없었다. 말없이 지니가 세양병원으로 차를 몰았다. 주차장에 차를 주차시키고 내린 지니가 보조석 문을 열어 하라가 내리는 것을 도왔다.

"혼자 내려도 되는데 말입니다."

그가 내민 손을 잡고 차에서 내리면서 하라가 쑥스러운지 얼굴을 살짝 붉혔다. 하라에게 이렇게 매너 있게 행동하는 사람은 지니 딱 한 사람뿐이었다. 나머지 팀원들은 정태의 말대로 그냥 신입 그 이상도 그 이하도 아니게 대했다. 물론 귀여운 막내 취급도 두루 해주면서 많이 부려먹는 편이었다.

"나 없을 땐 꼭 혼자 내려."

하라와 보조를 맞춰 나란히 걸으며 지니가 농담처럼 건넨 말에 하라가 고개를 갸웃했다. 그러다 그 말뜻을 깨닫곤 배시시 웃었다. 다른 놈 손잡고 내리면 안 된다는 말을 저렇게 부드럽게 돌려 말한다. 아무래도 고느님을 질투의 화신이라 불러야 할까 보다. 혼자 흐뭇해 웃고 있는 하라 앞으로 지니의 팔이 들어왔다. 하라가 들어갈 수 있도록 그가 회전문을 잡아주었다.

"레이디 퍼스트."

"쿡. 감사합니다."

회전문을 지나 로비를 가로지른 지니가 곧장 에스컬레이터 앞으로 걸어갔다. 나란히 에스컬레이터에 오른 하라가 지니를 올려다봤다.

"혹시 여기 와보신 적 있습니까?"

막힘없이 자연스럽게 척척 소아암 병동을 찾아가는 지니의 모습에 하라가 별생각 없이 물었다. 우뚝 걸음을 멈춘 지니가 하라를 가만히 내려다봤다. 그러다 엷은 미소를 띠며 말했다.

"종합병원 중에 가장 큰 곳인데. 한 번 안 와봤겠어?"

"그렇긴 한데. 너무 척척 잘 찾아가서서."

"내가 눈썰미가 좀 좋거든."

"아, 눈썰미."

자화자찬에 가까운 말이었지만 왠지 지니가 하니까 그 말이 절대 과장이 아닌 것처럼 들렸다. 그 말 그대로 수긍하며 고개를 끄덕이는 하라의 머리를 그가 스치듯 가볍게 쓰다듬었다.

3층 정형외과를 지나 소아암 병동과 연결된 통로로 이동하는 중이었다. 누군가 지니의 이름을 부르며 반갑게 다가왔다.

"고지니. 야아, 이게 몇 년 만이야?"

남자는 의사 가운을 입고 있었다. 악수를 청하며 내민 남자의 손을 빤히 쳐다보다 짙은 한숨과 함께 지니가 손을 맞잡았다. 마지못해 악수에 응하는 것이 겉으로도 드러날 정도로 지니의 표정은 썩 좋지 않았다. 평소와 다른 지니의 태도에 하라가 남자와 지니를 궁금증 가득한 눈으로 번갈아 쳐다보았다.

"한 5년 넘었지?"

"그런가?"

"너 방송국 들어갔단 소린 동기들한테 들었다. 네가 그 길로 갈 줄 누가 알았겠냐? 제대로 졸업했으면……."

"미안한데 내가 지금 좀 바빠서."

"아, 일행이 있었네?"

남자가 하라를 눈으로 쭉 훑어 내렸다. 순식간에 하라에 대한 스캔을 마친 남자가 시선을 거두고 지니의 어깨를 툭툭 두드렸다.

"그래, 일하는 중인가 보네. 다음에 보자. 동창회도 좀 나오고 그래. 다들 너 궁금해한다."

말이 길어지는 게 귀찮은 듯 지니가 하라의 손을 잡고 먼저 걸음을 옮겼다. 빠르게 통로를 벗어난 지니의 표정이 조금 굳어 있었다. 뭔가 지니가 밝히고 싶지 않은 그의 과거와 일면했다는 생각이 들었다. 하라는 아무것도 묻지 않고 조용히 그를 따랐다. 그가 말하지 않는 것을 굳이 캐묻고 싶지 않았다. 하라가 알아도 무관한 일이었다면 그가 편하게 말해줬을 테니까.

"어, 은솔이다."

모자를 보고 은솔을 알아본 하라가 반갑게 휠체어에 앉아 있는 은솔에게로 달려갔다. 하라가 인사를 하기 위해 자세를 낮춰 은솔과 눈높이를 맞췄다. 환하게 웃고 있던 하라의 눈동자가 순간 흔들렸다. 분명 은솔이 맞는데 불과 며칠 사이 많이 달라져 있었다. 온몸이 붓고 혈색이 창백했으며 황달도 있어 보였다. 잠시 멈칫거렸던 하라가 이내 미소 띤 얼굴로 인사를 했다.

"안녕, 은솔아."

마스크를 낀 은솔이 하라를 알아보고 힘없이 눈을 감았다 떴다. 아는 체를 하는 것이었다.

"누구…… 세요?"

휠체어를 잡고 있던 은솔의 엄마가 하라를 의아하게 바라보며 물었다. 고개를 들어 은솔의 엄마를 바라본 하라가 벌떡 일어나 정중히 인사를 했다.

"안녕하십니까. 홍하라라고 합니다."

"네."

이름을 듣긴 했지만 알지 못하는 사람이라 적개심을 쉽게 풀지 않았다. 곁으로 다가온 지니가 품에서 명함을 꺼내 내밀었다.

"MYU 방송국의 시사교양 2팀 팀장 고지니입니다."

얼떨결에 명함을 받아 들여다보던 은솔의 엄마가 무표정한 얼굴로 지니를 쳐다보았다. 삶에 지친 얼굴이었다. 피곤함이 묻어나는 한숨을 내쉬며 은솔 엄마가 명함을 도로 지니에게 돌려주었다.

"방송국하고는 아무 할 말이 없는데요."

받아 든 명함을 도로 주머니에 넣으며 지니가 고개를 끄덕였다. 명함이 왔다 갔다 하는 것을 말없이 지켜보는 하라의 마음이 무거워졌다. 사람들은 방송국이라고 하면 일단 거부감부터 갖는다. 특히나 오랜 시간을 힘들고 버거운 삶 속에서 지내온 사람들은 더했다.

그들에겐 자신들을 그저 흥미 유발이나 동정거리로 만들려 한다는 선입견이 있었다. 방송도 상업적인 일면을 가지고 있다 보니 간혹 정말 의도치 않게 그렇게 되어버리는 경우도 있었다. 그렇다고 모든 방송이 그런 건 아니었다. 더더욱 지니가 만드는 프로그램은 더 그렇다. 그의 프로그램에는 진심이 담겨 있었다. 그래서 지금 이 상황을 편하게 받아들일 수가 없었다.

"그럼 방송국이랑 말고 사람이랑 대화 나누는 건 어떻습니까?"

부드럽게 은솔의 엄마를 응시하며 지니가 차분한 목소리로 물었다. 뭐라 대꾸하지 못하고 가만히 바라보고 서 있는 은솔 엄마의 손을 하라가 다정하게 감쌌다.

"그냥 이야기만 나누면 안 되겠습니까. 소소한 일상 이야기도 좋고, 마음에 담아두었던 이야기도 좋고. 어머니가 하고 싶은 이야기들 말입니다. 들어드리겠습니다."

"그런 거 없어요."

하라의 손을 떨쳐 내며 은솔 엄마가 휠체어를 몰고 황급히 자리를 벗어났다. 그 뒷모습을 지니와 하라가 안쓰럽게 쳐다보았다. 은솔이 힘없이 고개를 돌려 그들을 바라봤다. 그 해맑은 눈동자에 하라의 마음이 뭉클해졌다.

"며칠 전보다 많이 안 좋아진 것 같습니다. 항암치료 중이라고 했는데."

"항암치료 부작용인가 보다."

"부작용이라 하시면."

"기본적으로 구토, 설사, 탈모, 황달. 통증도 심할 테고. 아이나 엄마나 감당하기 힘들 거다. 몇 차지?"

은솔이 받고 있을 고통을 생각하자 가슴이 답답하고 심장이 아려왔다. 그를 지켜보고 있어야만 하는 엄마의 마음이 얼마나 힘들고 아플지 보지 않아도 알 것 같았다. 눈물이 그렁그렁 맺힌 눈으로 하라가 목메인 목소리를 냈다.

"이제 3차 들어갔다고 했습니다."

"3차에 저 정도면……."

뒷말을 잇지 못하고 입을 다문 지니가 곁에서 눈물을 글썽이는 하라를 안쓰럽게 돌아봤다. 그가 팔을 뻗어 하라의 머리를 감싸 제 가슴으로 끌어당겼다. 부드럽게 머리를 쓰다듬는 지니의 손길에 하라가 눈을 감고 그의 품에 기댔다. 또르르 맑은 눈물방울이 볼을 타고 흘러내렸다.

하라를 데리고 휴게실로 간 지니가 커피를 뽑아 건네며 다정하게 물었다.

"괜찮아?"

쑥스러운 듯 눈물을 몰래 손등으로 훔치며 하라가 고개를 끄덕였다. 하라의 얼굴에 번지는 엷은 미소를 지그시 바라보며 지니가 옆에 앉아 등을 토닥였다.

"지나친 감정이입은 본질을 훼손할 수도 있어."

"알고 있습니다. 있는데 그게 잘 안 됩니다."

솔직하게 자신의 마음을 인정하는 하라를 지니가 부드럽게 담아냈다. 일부러 강한 척 냉정한 척하는 것보단 오히려 이쪽이 하라에게 더 어울렸다. 그가 부스스 하라의 머리를 헝클였다.

"감정이입을 전혀 하지 말라는 건 아니었어. 적당히 당사자들의 마음이 다치지 않게만 하면 돼. 그건 할 수 있지?"

"네. 물론입니다."

그들 앞에서 측은지심을 드러내는 건 옳지 않다. 긍정적인 에너지를 전달해 주는 게 이번 프로젝트의 핵심이었다. 그들에게 웃음을 찾아줘야지 같이 슬퍼하는 것에 그쳐서는 안 된다.

"잠깐 커피 좀 마시고 있어. 은솔이 주치의 좀 만나고 올 테니까."

"아, 저도."

"못 만날 수도 있으니까. 기다려. 응?"

"네. 알겠습니다."

지니가 계속 만류하는 데에는 이유가 있을 것이라 판단한 하라가 즉시 수긍하며 고개를 끄덕였다. 그에 매끄럽게 입가를 끌어올린 지니가 자리에서 일어나기 전 가볍게 하라의 볼에 입을 맞췄다.

"어디 가면 안 된다."

"네."

수줍게 답하며 커피를 홀짝이는 하라를 그윽하게 응시하다 몸을 돌려 휴게실을 나섰다. 그는 병원 안 구조에 꽤 익숙했다. 그가 한 번의 망설임도 없이 곧장 목적지를 향해 걸어갔다.

"702호 이은솔 환자 담당 주치의 좀 알 수 있겠습니까?"

간호사 스테이션으로 다가간 지니가 묻자 뭔가를 기록하고 있던 간호사가 지니를 보지도 않고 사무적으로 물었다.

"환자와는 어떤 관계시죠?"

"삼촌입니다."

삼촌이라는 말에 간호사가 고개를 들어 지니를 힐끔 쳐다봤다.

그러다 그의 매력적인 얼굴에 혹해 시선을 고정시키고 환한 미소를 띠었다.

"환자 이름이 뭐라고 하셨죠?"

"702호 이은솔입니다."

"아, 은솔이 삼촌이시구나. 처음 오셨나 봐요. 한 번도 못 봤는데."

처음과는 상당히 대조적인 나긋한 말투로 눈웃음까지 치는 간호사를 지니가 건조하게 내봤다. 말없이 자신의 손만 쳐다보는 지니의 무심함에 살짝 머쓱해진 간호사가 자판을 두드려 담당 주치의의 이름을 검색했다.

"안병훈 선생님이시네요. 저쪽 3진료실로 가시면 돼요."

"감사합니다."

간단한 목례와 함께 미련 없이 자리를 뜨는 지니를 간호사가 아쉬움 가득한 눈으로 바라보았다. 등 뒤 뜨거운 시선을 무시하며 3진료실로 걸어가는 지니의 입에서 짙은 한숨이 터져 나왔다. 제대로 된 신분 확인도 없이 사람 얼굴만 보고 담당의를 가르쳐 주는 허술한 시스템에 입안이 씁쓸했다. 그리고 또 하나 은솔의 주치의가 안병훈이라는 것이 조금 신경 쓰였다.

지니가 진료실 앞으로 다가가자 담당 간호사가 미소 띤 얼굴로 그를 맞았다.

"무슨 일로 오셨습니까?"

보통 소아암 병동 진료실에 성인이 오는 경우는 보호자일 경우가 대부분이었다. 간호사의 나긋한 물음에 지니가 무미건조하게 답했다.

"안병훈 선생님 좀 만나러 왔습니다."

"환자분 성함이?"

"이은솔."

"잠시만 기다리세요."

조심스럽게 노크를 하고 문을 열자 안쪽에 앉아 있는 병훈의 모습이 보였다. 병훈이 열린 문틈으로 밖을 내다봤다. 지니를 발견한 병훈이 입가를 끌어 올리며 그를 향해 손을 흔들었다.

"들어오시랍니다."

문을 열고 한쪽으로 비켜서는 간호사를 스쳐 안으로 들어선 지니가 병훈의 맞은편 자리에 앉았다. 병훈이 책상 위에 손을 올려 깍지를 꼈다. 아까 소아암 통로에서 마주쳤던 의사가 바로 병훈이었다.

"이거 이렇게 곧바로 또 보게 될 줄 몰랐다. 그것도 지니 네가 직접 찾아올 줄은."

"물어볼 게 있다."

"급하긴. 차 한잔할래?"

병훈이 인터폰을 누르려는 것을 지니가 저지시켰다.

"됐어. 기다리는 사람 있어서 빨리 가봐야 돼."

"아, 아까 그 여자? 부하직원이야?"

말이 점점 길어질 것 같아 지니가 본론부터 꺼냈다.

"702호 이은솔 지금 상태가 어떤 거야?"

"이은솔? 걔 왜?"

"도울 일이 있을까 하고."

"그거 개인 정보야. 의료기록 유출하면 큰일 난다. 의사면허 날아가."

"보호자 상담이야."

"무슨 보호자. 네가 은솔이 보호자라고? 아까 삼촌 어쩌고 하더니 진심이야?"

"삼촌이라면 삼촌인 거야."

"자식. 뭔 호적을 그렇게 눈 하나 깜짝 안 하고 순식간에 조작해? 이거 방송국 가더니 순 구라만 늘었어."

"말 안 해줄 거야? 그럼 그냥 가고."

자리에서 일어서려는 지니를 병훈이 만류했다.

"성질 급하긴. 말한다 해. 차트는 봐야지."

자판을 두드려 은솔의 차트를 화면에 띄운 병훈이 턱을 괴고 한 손으로 책상을 톡톡 두드렸다. 병훈이 힐끔 지니의 눈치를 살폈다. 지니가 괜찮으니 말하라 고개를 끄덕였다.

"이은솔. 만 10세. 소아 NHL. 알다시피 소아악성림프종이야. 4기. 흐음. 벌써 중추신경계와 골수에 다 전이된 상태고. 현재 자가 골수 이식을 위해 골수를 동결보관 중이야."

"항암 부작용 보이는 것 같던데."

"으레 있는 일이잖아. 잘 참고 견디면 골수 이식도 가능하고."

"호전 가능성은 몇 프로야?"

"두고 봐야지. 환자 의지에 달린 거니까."

"흐음."

생각보다 상태가 그렇게 좋은 건 아니었다. 4기면 자가 골수 이식을 해도 50~60% 정도의 성공 확률이다. 반반. 소아암의 경우 완치율이 높은 편이다. 병훈의 말대로 환자의 의지가 중요하다.

소아암 환아의 경우 그 보호자와의 친밀도가 매우 높다. 보호자가 흔들리면 환아도 흔들리는 경우가 많다. 그래서 보호자의 역할이 중요한 것이다.

"잘 좀 부탁한다."

"진짜 삼촌 노릇이라도 할 셈이야?"

자리에서 일어선 지니를 병훈이 의미심장하게 바라보았다. 지니가 말없이 한쪽 입꼬리를 씁쓸하게 끌어 올렸다. 의대본과 3년, 그 중요한 시기에 지니는 한 치의 망설임도 없이 자퇴서를 던졌다. 두 번 다시는 이쪽으로 눈길도 주지 않을 기세로 매몰차게 연을 끊었다. 그 이유가 무엇인지 잘 알고 있는 병훈이었다. 병훈의 긱정스런 눈빛을 못 본 척 지니가 냉정히 작별을 고했다.

"간다."

"다시 볼 수 있는 거지?"

답 없이 문을 열고 나서는 지니의 뒤통수에 병훈이 다급히 외쳤다.

"연락 좀 해. 살았는지 죽었는지는 알아야 할 거 아냐."

끝까지 그렇게 하겠단 말이 없다. 닫힌 문을 쓰게 바라보며 병훈이 깊은 한숨을 내쉬었다.

"불쌍한 놈."

빈 종이컵을 물고 발을 통통 바닥에 구르고 있던 하라의 시야로 긴 그림자가 드리웠다. 하라가 고개를 들자 그의 손이 다가왔다. 창으로 스며든 해가 지니의 뒤를 환하게 비췄다. 그가 하라의 입에서 종이컵을 빼 들었다.

"참아, 이건 먹는 게 아니야."

매끄럽게 올라가는 그의 입술을 가만히 올려 보던 하라의 손을 지니가 잡아 부드럽게 리드했다. 그의 손길을 따라 자리에서 일어난 하라의 허리를 지니가 팔로 휘감았다. 지니가 우아하게 손을 움직여 흘러내린 하라의 머리카락을 귀 뒤로 넘겨주었다. 자신에게서 눈을 떼지 못하는 하라를 마주 지그시 바라보며 그가 감미롭게 속삭였다.

"더 맛있는 거 먹여줄 수 있는데."

지니를 기다리는 동안 왠지 모를 초조함과 불안에 마음을 한껏 졸이고 있었다. 자신이 알지 못하는 과거의 한 조각이 그를 힘들게 할지도 모른다는 생각이 들자 불안이 점점 가중됐다. 주치의를 만나 안 좋은 소식을 듣고 맘이 상해 있지는 않을지. 아니면 아까 그 의사를 다시 만나 혹시 곤란한 상황에 빠져 있지는 않는지. 무척 걱정됐다.

"밥 말입니까?"

아무 일 없이 돌아온 그의 모습에 안도가 되면서 이상하게 목소리가 떨려 나왔다.

"글쎄?"

"난센스입니까?"

떨림을 감추려 하라가 일부러 장난스럽게 말했다. 지니의 눈이 사르르 감겼다 떠졌다. 그의 눈빛이 한층 깊어졌다. 하라의 눈에 야릇하게 말려 올라가는 지니의 입매가 잡혔다. 의아해 하라의 머리가 갸웃 기우는 것을 기점으로 그가 짧고 강렬한 키스를 했다.

"이런 거. 혹은……."

하라의 입술 위에서 달싹이던 지니의 입술이 목으로 내려왔다.

맥박이 뛰고 있는 목 위를 지그시 누른 입술이 그녀의 목을 간질였다.

"이런 거?"

꿀꺽. 하라의 목으로 마른침이 삼켜졌다. 그가 고개를 들어 그녀와 시선을 맞췄다. 그의 붉은 입술이 다음에 무슨 말을 내놓을지 바짝 긴장한 채로 하라가 그만 직시했다. 그의 진지하고 섬세한 눈빛이 하라를 꼼짝 못하게 옭아맸다. 마치, 마법에 걸린 것처럼 주변 모든 것들이 사라지고 지니 단 한 사람만 보였다.

"네가 필요해."

"제가……."

왜 필요한가 대놓고 묻지 못했다. 목이 막혔다. 타는 듯한 갈증은 그녀의 속에서부터 번져 나온 것이었나. 무엇에 대한 갈증인지는 미처 깨닫지 못했다.

"오늘, 내 곁에 함께 있어줄 수 있겠어?"

"오늘이라…… 하시면……."

"응. 오늘."

매력적인 미소를 만들어내는 지니의 입술을 보며 하라는 숨을 쉬는 것을 잠시 잊었다. 그에겐 오늘도 오늘이었고, 내일도 오늘이었다.

고느님의 매혹적인 입술이 유혹하듯 속삭였다.

"가자. 우리 집."

아, 어쩌지? 나 지금 기절할 것 같아. 너무 떨리고 벅차서. 숨을 못 쉬겠어.

자신이 어떻게 지니의 오피스텔 엘리베이터까지 오게 된 것인지 하라는 알지 못했다. 정신을 차렸을 때는 이미 엘리베이터에 오른 뒤였다. 손에서 전해지는 따스한 온기는 제 손을 감싼 지니의 손 때문이었다. 꼭 잡은 손에서 찌릿한 전류가 온몸을 감전시키는 것 같았다. 나란히 선 지니의 얼굴을 똑바로 쳐다보지 못하고 고개를 푹 숙인 하라의 얼굴이 붉게 물들어 있었다.

지니의 옅은 숨소리 하나까지 다 선명하게 들렸다. 그의 모든 것에 촉각이 곤두서 있었다. 하라답지 않게 무척 긴장하고 있는 모습이 눈에 선하게 보였다. 보지 않는 척 엘리베이터 문을 통해 하라를 주시하고 있던 지니의 입가에 엷은 미소가 서렸다.

띵— 엘리베이터 도착음이 울리자 하라가 흠칫 놀랐다. 그런 하라의 귓가로 입술을 내린 지니가 감미롭게 속삭였다.

"내릴까?"

움찔하며 고개를 돌린 하라의 볼에 그의 입술이 스쳤다. 짙어진 미소를 머금고 그가 조금 물러섰다. 그녀를 마주 바라보고 서서 지니가 부드럽게 리드했다. 뒷걸음으로 천천히 그녀의 눈을 응시한 채 엘리베이터를 빠져나왔다.

하라가 고양이 같은 눈망울로 그를 빤히 올려다보았다. 불안, 긴장, 기대, 들뜸. 모든 감정이 뒤섞인 하라의 눈을 지니가 지그시 응시했다. 그리곤 손을 놓고 그녀의 볼을 두 손으로 감싸 짧게 입을 맞췄다.

"이 문을 열고 들어서면 난 너를 안을 거야."

"……!"

"물론 문 안으로 들어서고 말고는 네 결정에 달렸어. 난 그 결정에 따를 거고."

뭐라 답을 하기 곤란한 질문을 너무 직설적으로 던졌다. 입이 떨어지지 않았다. 싫다고 말할 일은 없겠지만, 좋다고 말하기도 망설여졌다. 어떻게 대놓고 '좋아요' 라고 말할 수가 있겠어. 말똥 말똥 어쩌지 못해 눈만 깜빡거리는 하라를 뜨겁게 바라보던 지니가 팔을 뻗어 손잡이를 붙잡았다.

그가 눈으로 물었다. '허락하시겠습니까?' 홀린 듯 하라가 고개를 끄덕였다. 사르르. 그의 입매가 매혹적으로 말려 올라갔다. 달깍. 문이 열리는 소리가 들렸다. 그와 동시에 지니가 하라의 허리를 휘감아 품에 안았다. 순식간에 입술을 머금은 그가 문 안으로 미끄러지듯 하라를 안고 들어섰다.

"으음."

손을 놓자 문이 저절로 닫혔다. 하라의 허리와 뒷목을 받친 채로 지니가 그녀를 벽으로 몰았다. 딱딱하고 차가운 벽의 감촉과 따스하고 단단한 지니 가운데 갇힌 하라의 맥박이 거칠게 뛰어댔다. 지니의 격정적인 키스에 벅찬 숨을 참지 못한 하라의 입이 벌어졌다. 그 입술 사이를 비집고 지니가 부드러운 혀를 밀어 넣었다. 황홀함에 흠뻑 젖어든 하라의 눈이 천천히 감겼다.

그의 손이 허리와 목을 벗어나 하라의 얼굴 옆 벽을 짚었다. 지니의 입술이 멀어지자 하라가 그의 입술을 따라 움직였다. 행여나 놓칠세라 지니의 입술을 찾아 머금으며 그의 목에 팔을 휘감았다. 그의 입술이 흡족한 미소를 띠었다. 벽을 짚었던 손이 하라의 등을 따라 미끄러져 내려 그녀의 엉덩이를 받쳐 위로 번쩍 들어 올렸다.

"아……."

짧은 탄성 같은 신음이 그의 입에서 흘러나왔다. 자신보다 더 높은 위치에 있는 하라가 키스에 취해 잘근 그의 아랫입술을 깨문 탓이었다.

지니의 신음에 살며시 눈을 뜬 하라의 시야에 살짝 찌푸려진 지니의 한쪽 눈이 들어왔다. 의아해 눈을 깜빡이다 여전히 움직이고 있는 제 입술에 깜짝 놀라 입을 벌렸다. 한껏 부풀어 오른 지니의 입술을 내려 보다 꿀꺽 침을 삼켰다. 이게 정말 자신이 한 것이 맞는지 믿을 수 없다는 눈빛이었다.

그가 웃음이 묻어나는 눈으로 윙크를 했다. 제 행동에 대한 낯 뜨거움으로 얼굴을 붉힌 채 쭈뼛거리고 있는 하라의 이마에 제 이마를 맞대며 지니가 부드럽게 미소를 띠었다.

하라의 코끝에 가벼운 입맞춤을 하고 다음으로 그녀의 입술을 머금었다. 그리곤 그녀를 달래듯 윗입술과 아랫입술을 천천히 부드럽게 빨았다. 하라를 안은 채로 걸음을 옮기면서도 그의 키스는 멈추지 않았다. 살짝 굳어 있던 하라의 몸도 이내 풀려 그가 리드하는 대로 키스에 반응했다.

그의 집에서 유일하게 들어가 보지 못했던 비밀의 공간인 침실로 걸어가며 하라가 정신을 차리지 못할 만큼 정신없이 키스를 퍼부었다. 그가 거짓말을 할 때면 빠르게 뛰던 목 위 맥박을 지분거릴 때는 너무 간지러워 웃음이 새어 나왔다.

"쿡쿡쿡."

낮은 웃음을 터트리는 하라의 입술을 그가 다시 머금었다. 길게 이어진 딥키스에 하라의 정신이 혼미해질 때쯤 등 뒤로 문이 열리는 소리가 들리고 어느 순간 그녀의 몸이 침대 위로 얌전히 눕혀졌다. 지니가 지그시 하라의 몸을 누르며 겹쳐 누웠다.

그가 손을 뻗어 하라의 머리를 가만가만 쓸어 넘겨주었다. 마주한 시선에 하라의 심장이 두근거렸다. 부드럽고 온화한 눈빛으로 사랑스럽게 하라를 바라보던 그가 천천히 고개를 내려 그녀의 입술을 머금었다. 달콤하고 감미로운 키스에 빠져들어 혹여 그가 달아날까 하라가 팔로 그의 목에 족쇄를 채웠다.

하라의 티 속으로 스며든 지니의 손이 매끈한 살결을 조심스레 어루만졌다. 그의 손길에 반응해 하라가 낮은 신음을 흘려냈다. 맞물린 그의 입술 안으로.

브래지어 위로 매끄럽게 올라온 지니의 손이 그녀의 마음을 두드리듯 감미롭게 움직였다. 파르르 떨리는 눈꺼풀을 떠 올리자 자신을 사랑스럽게 내려 보고 있는 지니의 그윽한 눈동자가 그녀를 마주했다. 따스하게 진심을 담아 자신을 담아내고 있는 그의 눈동자를 보자 절로 미소가 번졌다.

지니의 입술이 다가오는 것을 반기며 하라가 환하게 웃었다.

'당신이 곁에 있어서 행복합니다.'

지니의 옷을 입은 채로 그의 집 소파에 앉아 있었던 것이 처음은 아니었지만 지금은 그때와 달랐다. 섹스 후에 그의 보살핌을 받으며 그가 타주는 커피를 기다리는 이 순간을 하라는 상상조차 하지 못했다. 좋다. 너무 좋다. 그 말 말고는 다른 말을 찾을 수 없을 만큼 하라는 지금 이 순간이 너무 좋았다.

길게 손을 덮는 옷의 길이도 좋았다. 보들보들한 감촉이 좋아

볼에 옷을 대자 그의 향기가 맡아졌다. 배시시 행복한 미소를 지으며 슬며시 주방으로 시선을 돌리자 커피를 내리고 있는 지니의 뒷모습이 보였다. 소파 등받이에 팔을 올려 턱을 괴고 가만히 그의 뒷모습을 바라보았다. 보고 있는 것만으로도 절로 미소가 머금어졌다.

지니가 커피를 잔에 따라 쟁반에 올려 돌아섰다. 자신을 보고 있는 하라를 발견하고 그가 미소를 지어 보였다. 거실로 내려와 테이블 위에 커피잔 두 개를 나란히 내려놓고 그가 하라의 옆자리에 앉았다. 앞으로 몸을 돌린 하라의 어깨를 지니가 감싸 안았다.

"뜨거우니까 조금 식으면 마셔."

"네."

하라의 머리를 제 어깨에 기대게 하고 그가 그녀의 머리 위에 가만히 입술을 내려놓았다. 소중한 사람을 다루듯 다정한 입맞춤이었다. 하라가 고개를 들어 빤히 지니를 올려다봤다. 그 눈을 지그시 마주 보며 지니가 부드러운 미소를 지어 보였다. 그의 입술이 하라의 이마에 닿았다.

"내 얘기 들어줄래?"

속삭이듯 나직한 목소리가 조금 떨렸다. 그가 무슨 이야기를 하려는진 몰라도 그것이 쉽게 꺼낼 수 없는 이야기임은 느낌으로 알 수 있었다. 하라가 그의 품을 파고들며 꼭 껴안았다.

"네. 뭐든 다 들어드리겠습니다. 팀장님 이야기라면 뭐든."

지니의 입가에 엷은 미소가 번졌다.

"소원은 램프의 지니가 들어주고, 지니의 가슴속 이야기는 하라가 들어주는 거군."

부스스 하라의 머리를 부드럽게 헝클이며 지니가 그녀의 머리 위에 가만히 머리를 기댔다.

그의 눈꺼풀이 나붓이 감겼다. 차분히 마음을 다스리는 듯 잠시 그렇게 눈을 감고 있던 그가 눈을 뜨며 자신의 이야기를 들려주기 시작했다.

"내 부모님은 내가 11살 때 사고로 돌아가셨어. 내게 남은 유일한 가족은 형이었어."

지니가 편하게 말을 할 수 있도록 하라는 가만히 듣기만 했다.

"형은 내가 방황하지 않고 꿈을 향해 곧게 나아갈 수 있도록 곁에서 항상 지켜주고 용기를 준 사람이었어. 의대에 갈 수 있었던 것도 모두 헌신적인 형의 뒷바라지 때문이었지. 그런 형이 결혼을 해 가정을 갖고 조카를 낳았을 때 나는 그 누구보다 기쁘고 행복했어. 그땐 정말 그 행복이 영원할 줄 알았어. 내가 본과 3학년이 되던 해에 있어서도 안 되고, 있을 수도 없는 정말 믿고 싶지 않은 일이 일어났어."

지니의 목소리가 살짝 떨렸다. 아직도 그때의 아픔이 가시지 않은 것 같았다. 듣고 있던 하라의 심장도 함께 아려왔다.

"조카 이름은 다솜이였어. 사랑이라는 뜻이지. 모두의 사랑 속에 아무 걱정 없이 행복하게 커야 할 다솜이에게 병이 찾아왔어. 급성림프구성 백혈병. 처음 병명을 듣고 많이 충격을 받긴 했지만 치료 완치율이 높다는 점에 위안을 삼고 열심히 치료에 전념했지. 그런데……."

걱정 가득한 눈으로 하라가 지니를 바라보았다. 많이 아프겠다.

말을 하는 것 자체가 힘이 들 텐데 그는 그 아픈 이야기를 하라에게 털어놓고 있었다.

"그 일이 터진 거야. 명백한 병원 측 실수였어. 골수이식 과정에서 감염이 일어난 거야. 그 일로 다솜이는 천사가 되어 우리 곁을 떠나게 되었지. 하아."

짙은 한숨을 흘려내며 지니가 잠시 말을 잇지 못했다. 그 아픔이 고스란히 하라의 심장으로 스며들었다. 그를 더 힘껏 껴안아 위로의 말을 대신했다. 그녀의 마음을 아는지 아프게 미간을 찌푸린 지니가 엷은 미소를 띠었다. 슬픔과 위로가 공존하는 아련함이 지니의 얼굴에 머물렀다.

"형과 형수는 아이를 잃은 슬픔에 그 무엇도 할 수가 없었어. 내가 대신 병원 측을 대상으로 소송을 감행했고 알다시피 의료사고는 매우 긴 시간 치열한 싸움을 해야만 해. 환자 측 승소 확률도 낮고. 그런데 이번 경우는 좀 달랐지. 의대생이 소송을 건 거니까. 의료 지식이 해박했고 증거도 확실했지."

"그래서 어떻게 됐습니까?"

처음으로 하라가 물었다. 정말 궁금했다. 승소를 떠나 지니는 진심 어린 병원 측의 사죄와 인정을 받고 싶었을 것이다. 자존심 강한 그들이 과연 실수를 인정했을지. 아니면 법이 그들을 단죄했을지 그것이 알고 싶었다.

"딜을 해왔어. 병원 측에서 형에게."

"딜 말입니까?"

"나를 두고 거래를 제안한 거지."

"……."

"소송을 취하하지 않으면 계속 의대를 다닐 수 없다는 말과 함께 의대를 졸업 후 진로까지 모두 책임지겠다는 말로 형을 회유하려고 했지. 그날 밤 형이 날 찾아왔어. 통곡을 하며 부탁을 하더군. 이제 그만 다솜이 보내주자고. 더 아프지 않고 하늘나라에서 행복하게 지낼 수 있게 놓아주자고. 내 고통만 생각해 형을 힘들게 했구나. 그때는 그렇게 생각했어. 형에게 무슨 일이 있었는지 알지 못했으니까."

"많이 힘들었겠습니다. 모두."

하라를 안은 팔에 힘이 들어갔다. 심장을 에이는 듯한 아픔이 아직도 그의 가슴 깊은 곳에 남아 있었다. 다음 말을 꺼내기가 무척 힘겨워 보였다. 얼굴 가득 고통이 서렸다. 아프게 깨문 입술이 고통으로 신음했다. 억눌린 한숨을 천천히 흘려낸 지니의 입술이 작게 달싹거렸다.

"소송은 취하됐고 나는 다시 일상으로 돌아왔어. 마음은 아팠지만 형을 위해 내색하지 않기로 했지. 그런데 형이…… 사라졌어. 아무 말도 없이. 연기처럼."

"무슨 일이……."

"2달 후에 저수지에서 차와 함께 발견됐어. 이 세상 사람이 아닌 채로. 형수와 함께."

"……어떡해……."

"견딜 수가 없었던 거야. 다솜이가 없는 세상에서 살 수가 없었던 거야. 후에 모든 사실을 알게 되었고 난 더 이상 의대를 다닐 수가 없었어. 사랑하는 사람들의 목숨을 제물로 얻은 미래 따위는 필요 없었어. 이 세상은 사회적 약자들을 비호할 아무런 준비가 되어 있지 않아. 아니, 애초에 그럴 생각조차 없었다는 게 맞는 말이지. 그런 세상을 향해 외치고 싶었어. 당신들의 발아래에도, 등 뒤에도 사람은 있다고."

그래서 저널리스트가 되었나 보다. 세상이 외면한 사회적 약자들의 편에 서서 그들을 대변해 주고 대신 싸워주기 위해서. 마주한 시선 속에서 그의 아픔을 읽었다. 하라의 두 눈동자에 그렁그렁 이슬이 맺혔다. 울컥. 차오르는 슬픔을 그에게 내비치면 그가 또 아파할까 봐 서둘러 그의 목을 그러안았다.

"감사합니다."

울먹임을 최대한 감추며 하라가 그의 귀에 나직이 속삭였다.

"제 곁에 계셔주셔서."

그가 그렇게 열정적으로 일할 수밖에 없었던 이유. 모든 저널리스트의 선망의 대상이 될 수밖에 없었던 그의 끈기와 노력이 그저 나온 것이 아님을 이제야 알겠다. 그는. 고지니는 정말 존경할 만한 사람이었다. 선배로서는 물론이고 사랑하는 사람으로서도 하나 손색이 없는 그런 사람이다.

"나는 네게 이것이 옳다 그르다 말해줄 수는 없어. 모든 생각과 판단은 본인 스스로가 하는 거니까. 확신이 있으면 그대로 밀고 나가. 네가 가는 길이 힘들어 지쳐 쓰러질 것 같을 때는 뒤를 돌아봐. 네 뒤에 항상 내가 있을 테니까. 잠시 쉬어갈 수 있는 버팀목이 되어줄게. 그 모든 것에도 절대 무너지지 않는."

그의 믿음직한 두 팔이 하라의 몸을 굳건히 감싸 안았다. 맞닿은 가슴으로 전해지는 그의 진심에 또 한 번 하라의 심장이 뭉클해졌다.

당신이 어떤 결정을 하고 무엇을 하든 나는 당신의 뒤에서 항상 당신을 응원하겠습니다. 힘이 들면 쉬어가세요. 당신의 편안한 휴식처가 되어드리겠습니다. 그리고 다시 힘을 내 일어서 걸어가십시오. 나도 당신을 따라 걷겠습니다. 언제까지나.

'힘든 당신의 뒤엔 항상 내가 있습니다.'

8. 아픔 속에서 피어나는 꽃은
그 존재만으로도 아름답다

　방송국 공지를 통해 '지니의 램프' 참여 희망자를 모집하는 일은 순조롭게 진행되었다. 하나 마음에 걸리는 것은 은솔의 소원을 들어주지 못한다는 것이다. 처음 만나 인연을 맺게 된 아이라 꼭 들어주고 싶었는데 그러지 못해 안타까웠다. 환아를 만나려면 부모의 동의가 필요하다. 하지만 은솔의 어머니는 쉽게 마음을 열지 못했다.

　휴게실 자판기 앞에 선 하라가 깊은 한숨을 내쉬며 동전을 넣었다. 밀크커피 버튼을 누르는데도 한숨이 섞였다. 컵이 떨어지고 커피가 담기는 것을 우두커니 바라보다 커피를 꺼내 후후 입바람을 불었다. 달콤 쌉싸름한 커피를 한 모금 마시며 또 한숨을 내쉬었다.

　"야, 꼴통. 취재 간다. 빨리 와."

정태가 휴게실 앞을 지나며 소리쳤다. 하라는 채 다 마시지 못한 커피를 그대로 내려놓고 휴게실을 나와 일행에 합류했다. 엘리베이터에 올라 무심히 정태의 뒤통수를 바라보며 땅이 꺼져라 한숨을 내쉬었다. 즉시 정태의 게슴츠레한 시선이 뒤따랐다.

"너 지금 선배를 한심한 눈으로 쳐다봤냐?"

"무슨 말씀이십니까?"

못마땅한 투로 묻는 정태를 멀뚱히 바라보며 하라가 고개를 갸웃했다. 그런 하라를 얄게 노려보며 정태가 입을 이죽거렸다.

"방금 내 뒤통수에 대고 한숨 내쉰 거 내가 다 들었다."

"아, 별거 아닙니다."

정말 별거 아니다 고개를 내젓는 하라의 머리에 정태가 알밤을 먹였다.

"아야!"

"이거, 이거 요즘 정신이 가끔 가출을 한다니까. 제대로 딱 안 박아놔?"

"제 정신은 항상 여기 그대로 있습니다만."

삐죽이 입을 내민 하라가 제 머리를 손끝으로 가리키며 투덜거렸다. 정태가 팔짱을 끼고 거만한 포스로 하라를 정면으로 직시했다. 그리곤 허리를 굽혀 이마로 이마를 콩 찧었다. 하라의 미간이 단번에 찌푸려졌다. 마주한 시선 속에서 정태가 눈을 부라렸다.

"이렇게 기어오르는데 정식이 제대로 박혔다? 군기가 빠진 거지. 이건."

엘리베이터 문이 열렸다. 외근을 다녀오던 지니가 열린 문 밖에 서 있었다. 이마를 맞댄 채 으르렁거리는 둘을 가만히 직시하다 지니가 정태를 차게 쏘아보았다.

"어디 가나?"

열림 버튼을 누르고 지니가 물었다. 지니를 발견하고 상체를 바로 세운 정태가 환하게 웃으며 인사를 건넸다.

"아 예, 취재 나갑니다. 팀장님은 외근 다녀오시는 길입니까?"

"음."

엘리베이터를 빠져나온 정태가 이마를 문지르며 불툴거리는 하라를 흘겼다. 빠릿빠릿하게 안 움직인다 작은 목소리로 은근히 타박하는 정태를 지니가 시리게 돌아봤다. 그 시선을 느꼈는지 정태가 약간 의아한 얼굴로 지니를 봤다.

"김정태."

"네."

"군기는 군대에서 잡는 거다."

정태가 스톱버튼을 누른 것처럼 잠시 멍해 있는 것을 무심히 쳐다보며 지니가 다음 말을 이었다.

"일도 힘든데 동료끼리 서로 격려해 주고 위해줘야지. 구박해서 되겠어? 내가 알기론 자네 신입 때는 이보다 더한 것 같은데. 훈계를 넘어선 비난과 폭력은 선배의 횡포야."

"네? 저, 그게 아니라."

신입을 교육시키는 건 대대로 직속 사수에게 전임되어 왔다. 잘못을 하면 함께 혼나고 잘하면 사수가 칭찬을 받는다. 교육을 제대로 잘 시켰다는 뜻으로. 더욱이 신입에 대해 아무런 터치를 하지 않던 지니였기에 지금 그가 하는 발언은 무척 생소했다. 게다가, 비난과 폭력이라니. 그건 정말 제대로 오버였다. 얼떨떨한 상태로 뭐라 말을 잇지 못하는 정태를 스쳐 지니가 하라의 앞에 섰다.

닫힌 엘리베이터가 그를 태우지 않고 올라가는 것은 전혀 개의치 않는 눈치였다. 고개를 숙여 붉게 물든 하라의 이마를 자세히 바라보며 그가 다정히 말했다.

"아프겠다."

갑작스런 그의 친근한 행동에 놀란 건 비단 정태만은 아니었다. 하라가 곁에 서서 묘하게 둘을 바라보는 정태를 의식해 눈동자를 불안하게 굴리며 어색하게 웃었다.

"아, 아닙니다. 괜찮습니다."

"아니야. 빨갛게 부었어. 아파 보여."

지니가 손을 뻗었다. 다가오는 손을 뚫어져라 비라보며 하라가 꿀꺽 마른침을 삼켰다. 이마로 내려앉는 손에 움찔하긴 했지만 피하지는 않았다. 나긋이 내려앉은 지니의 손이 부드럽게 하라의 이마를 매만졌다. 그것을 지켜보는 정태의 눈이 경악으로 크게 부릅떠졌다. 하지만 정태는 알지 못했다. 그 뒤에 일어날 더 경악스러운 일이 남아 있음을.

지니가 하라의 이마에 지그시 입술을 누르는 것을 보며 정태가 뒷목을 잡았다. 그렇게 하지 않으면 졸도해서 뒤로 넘어갈 것 같았다. 충격에 휩싸여 정신이 혼미해진 정태를 두고 지니가 하라의 이마에 입술을 댄 채로 감미롭게 속삭였다.

"조심해서 다녀와."

"……네."

수줍게 답하는 하라의 모습도 정태에겐 무척 낯설었다. 꼴통이 수줍어한다. 그것도 볼까지 붉히면서. 꼬르륵 숨넘어가기 일보 직전인 정태에게로 돌아선 지니가 그의 어깨를 툭툭 가볍게 두드리며 차게 말했다. 하라를 대할 때와는 사뭇 다른 반전 있는 태도였다.

"내 여자 잘 부탁해. 조심히 다녀와."

입만 벙긋거리며 아무 말도 못하는 정태에게 시니컬한 미소를 지어 보인 지니가 여유롭게 엘리베이터 버튼을 눌렀다. 자연스레 하라의 손을 잡고 있던 지니가 엘리베이터의 도착과 함께 손을 놓고 엘리베이터에 올랐다. 그가 매끄럽게 입꼬리를 끌어 올렸다. 물론 하라를 향한 미소였다.

"기다릴게."

"네."

문이 닫히고 엘리베이터가 올라가기 시작했다. 그리고 남은 둘 사이엔 어색한 침묵이 흘렀다. 또르르 하라의 눈동자가 굴러가는 소리가 들릴 만큼 무척 고요했다. 하라가 낮게 기침을 하며 뒷머리를 긁적였다. 지금 상황이 당황스럽기는 하라도 마찬가지였다. '내 여자'라는 지니의 거침없는 발언에 지하 주차장 엘리베이터 앞은 지금 때 아닌 멘탈 붕괴 상태에 빠져 버렸다.

"흐음."

신음 같은 억눌린 숨을 콧김과 함께 뿜어내며 정태가 주먹을 불끈 쥐었다. 그가 눈을 가늘게 떠 하라를 흘겼다. 슬그머니 시선을 피한 하라가 괜히 엘리베이터의 층수를 세며 딴청을 피웠다. 정태가 입술을 씰룩거리며 뭐라고 입을 열려는 찰나 하라의 휴대폰이 울렸다. 황급히 휴대폰을 꺼내 받은 하라가 반색하며 꾸뻑 인사를 했다.

"김 작가님! 이렇게 반가울 수가 없습니다! 정말 반갑습니다!"

[오호! 이런 격한 반가움은 정말 오랜만이구만. 그리 반가우면 얼른 튀어와. 차에서 혼자 기다린 지 10분도 넘었다.]

"옙! 지금 주차장입니다. 바로 튀어가겠습니다."

전화를 끊고 정태를 돌아보지도 않은 채 그의 팔을 잡고 냅다 뛰었다. 방심하고 있던 차라 반항 한번 못해보고 정태가 그대로 끌려갔다. 그가 정신을 차리고 팔을 뺐을 때는 이미 차 앞에 도착한 뒤였다. 재빨리 뒷좌석에 올라타 문을 닫는 하라를 정태가 매섭게 쏘아보았다.

"뭐 해. 안 타?"

창문을 내리고 김 작가가 씩씩거리며 서 있는 정태를 재촉했다. 정태가 빠득 이를 갈며 시치미를 뚝 떼고 앉아 먼 산만 바라보고 있는 하라를 흘기고 운전석 문을 열고 차에 올랐다.

시동을 걸고 목적지로 가는 내내 정태는 뿔이 잔뜩 난 채로 가끔 룸미러를 통해 하라를 노려보았다. 배신도 이런 배신이 없었다.

학교 2년, 그 후로 줄곧 만나 결국은 회사 후배로 들어오기까지 했다. 투닥거리며 지내온 세월이 얼마인데 감쪽같이 속고 사내 연애를 할 수가 있단 말인지. 그것도 헉 소리가 나오는 도저히 매치가 안 되는 상대와 말이다.

"그럼 그렇지. 내 촉이 죽었을 리가 없단 말이지."

"뭔 촉?"

혼자 중얼거리는 소리를 옆자리에 앉은 김 작가가 듣고 물었다.

정태가 짧게 혀를 차며 도리질 쳤다.

"아닙니다. 그냥 혼잣소립니다."

그러면서 힐끔 룸미러로 하라를 가늘게 흘기는 것도 잊지 않았다. 왠지 지금 지니와 하라의 관계를 털어놓는 건 자신이 손해 보는 것 같은 기분이 들었다. 특종도 이런 특종이 없는데 쉽게 가르쳐 줄 수는 없었다. 어디 한번 나중에 이 사실을 알고 단체 공황상태에 빠져 봐야 지금 자신의 기분을 이해할 수 있을 것이다.

"세양병원이지? 첫 번째 신청자가 있는 병원이."

"네."

"아쉽네. 은솔이도 같이 됐으면 좋았을걸."

"그러게 말입니다."

뒷좌석의 하라가 공감하며 고개를 끄덕였다. 은솔의 사연이 안타까운 건 비단 하라만은 아니었다. 은솔을 만나본 모든 이들이 그렇게 느끼고 있었다.

"어머니가 반대한다지?"

"아무래도 방송은 공개적인 것이다 보니까 좀 기피하는 경향이 있는 것 같습니다."

"그래도 은솔이 마음을 알게 되면 새로 용기를 얻고 서로에 대한 사랑도 다시 확인하고 이래저래 힘이 될 텐데 말이야."

"두려운 거겠죠. 사람들의 시선을 받는다는 게. 어디를 가나 알아볼 테고. 그럼 또 힘겨워질 거다 지레 겁을 먹고 숨는 거죠."

세양병원 주차장으로 들어서며 정태가 안타까움을 담아 말했다. 모두 그에 공감하며 고개를 끄덕였다. 무거운 분위기 속에 차에서 내려 병원 로비로 향했다. 은솔의 일은 아쉽게 되었지만 은솔 말고도 그들이 도와야 할 환아는 또 있었다. 그렇다고 단념하고 모른 척하지는 않을 것이다. 볼 때마다 은솔의 안부를 물을 것이고 어머니의 마음을 열기 위해 노력할 것이다.

첫 번째 취재 대상은 9살 정민이었다. 정민이의 소원은 친구들과 축구를 하며 신나게 놀아보는 것이었다. 장래희망이 축구선수인 정민이는 초등학교에 막 입학했던 작년 초에 백혈병 판정을 받았다. 단순한 감기 증상이라 믿고 온 병원에서 청천벽력 같은 진단을 받은 것이다. 그 후로 정민이는 친구들과 단 한 번도 운동장을 뛰어본 적이 없었다. 단 한 번이라도, 딱 하루만이라도 친구들과 신나게 놀아봤으면 좋겠다는 그 소박한 소원조차 쉽게 들어줄 수 없음을 부모는 무척 미안해했다.

지니의 램프라는 타이틀이 주는 기대감은 엄청났다. 소원을 들어주는 요정 지니는 못하는 것이 없는 대단한 존재였다. 그런 지니가 자신들의 소원을 들어주는 것이다. 아이들은 이미 소원이 이뤄진 것처럼 꿈에 부풀어 있었다. 하지만 아이들의 소원을 들어주기 위한 준비 과정은 무척 어려웠다. 대상은 소아암 환아였다. 조심 또 조심하지 않으면 안 되는 유리 같은 존재였다.

정민은 카메라 촬영 내내 해맑은 미소를 띠고 즐거운 듯 한껏 들뜬 목소리로 종알종알 말했다. 그 모습을 뒤에서 지켜보고 있던 부모님은 서로를 안아 위로하며 눈물을 삼켰다.

장비를 챙겨 들고 병동을 나서는 길에 은솔을 만났다. 전보다는 조금 나아 보이는 상태였지만 여전히 혈색은 좋지 못했다. 은솔을 발견하고 반갑게 손을 흔들던 하라의 얼굴에서 차츰 웃음기가 가셨다. 슬픔이 가득 묻어난 은솔의 얼굴을 마주하고 있자니 밝게 웃을 수가 없었다.

"은솔아……."

하라가 다가서려 하자 은솔이 휠체어를 밀고 등을 돌린 채 멀어져 갔다. 그 모습을 하라가 먹먹하게 바라보았다. 긴 한숨을 내쉬며 앞서 걷기 시작한 김 작가와 정태를 따라 걸음을 옮기려던 하라의 눈에 모퉁이 뒤에 숨어 은솔과 자신을 바라보고 있던 은솔의 어머니가 보였다.

걸음을 멈춘 하라가 은솔의 어머니를 따스한 시선으로 마주 보았다. 황급히 시선을 회피하며 다른 곳으로 피해가는 은솔 어머니의 뒷모습이 애잔했다.

"어, 이게 누구야."

누군가 자신을 향해 다가서며 반갑게 아는 체를 했다. 고개를 갸웃하던 하라의 눈이 상대를 알아보고 반짝 빛났다. 안면이 있는 의사였다. 안병훈. 그의 네임카드를 확인한 하라가 꾸뻑 허리를 굽혀 정중히 인사를 건넸다.

"또 뵙습니다, 안병훈 선생님."

밝은 미소를 띠며 고개를 든 하라를 병훈이 흡족하게 바라봤다. 저만치 앞서 가던 김 작가와 정태가 멈춰 서서 따라오지 않는 하라를 찾아 뒤를 돌아봤다. 하라가 그들을 향해 먼저 가서 기다리라는 제스처를 취했다. 고개를 끄덕인 김 작가가 먼저 돌아섰고, 석연찮은 눈빛으로 하라와 병훈을 번갈아 보던 정태가 오래 있지 말고 빨리 오라 눈치를 주며 김 작가의 뒤를 따랐다. 왠지 자신이 하라를 남자로부터 단속시켜야겠다는 묘한 사명감이 들어서였다. 그녀의 남자는 다름 아닌 자신들의 캡틴 고지니였다. 캡틴이 자신에게 엄청난 비밀을 알려준 건 아마도 이런 뜻도 내포되어 있어 그런 게 아닐까 혼자 생각하고 행동했다. 이래 봬도 의리의 김정태였다.

멀어지는 일행을 확인한 하라가 다시 병훈을 돌아보며 미소를 지어 보였다. 그저 그런 단순한 직장동료로 하라를 보던 눈빛과는 사뭇 다른 눈빛으로 병훈이 하라를 마주 보았다.

"지니를 변화시킨 게 바로 당신?"

"변화라시면……?"

"냉혈인간에서 드디어 사람이 됐단 말이죠."

"에, 또."

"놈에게 심장을 만들어주셨습니다. 따뜻한 피가 흐르는."

"제가 말입니까?"

믿을 수 없다는 듯 저를 손끝으로 가리키며 하라가 눈을 깜빡거렸다. 가운 주머니에 손을 찔러 넣고 느긋이 고개를 끄덕이던 병훈이 불쑥 다가서 하라의 귀에 소곤거렸다.

"나중에 비결 좀 공유합시다. 나도 놈한테 사랑 좀 받고 싶으니까."

의미심장한 미소를 띠며 한 걸음 물러선 병훈이 멍하니 쳐다보는 하라를 향해 한쪽 눈을 찡긋거렸다. 그에 하라의 미간이 살짝 찌푸려졌다. 무슨 상상을 하는지 얼굴에 그대로 나타나는 솔직 담백한 유형의 사람이라는 걸 단번에 알 수 있었다.

"일 때문에 온 겁니까?"

대화의 방향을 틀며 병훈이 물었다. 하라가 고개를 끄덕이며 소아암 병동을 가리켰다.

"들으셨죠? 소아암 환아들을 대상으로 프로그램을 만들고 있습니다."

"이은솔 환자는 아직입니까?"

"네? 은솔이 말입니까?"

병훈이 은솔이 섭외하고 싶은 1순위 대상임을 알고 있다는 것이 하라는 놀라웠다. 그리 세세한 것에 신경을 쓰는 사람 같지 않아서였다. 하라가 본 병훈은 조금 이기적이지만 자신의 일에 충실한 전형적인 의사 타입이었다. 그런 사람이 은솔의 출연 여부에 관심을 가지고 물어본다는 게 의외였다.

"지니가 각별하게 신경 쓰고 있던데. 그거 알아요?"

은밀함이 묻어나는 병훈의 목소리에 하라가 귀를 쫑긋 세우고 경청할 자세를 취하며 병훈을 똑바로 직시했다. 그를 지켜보는 병훈의 한쪽 입가가 장난스럽게 말려 올라갔다.

"지니가 매일 관심 갖고 있는 여자 만나러 여기 온다는 거."

"……?"

하라의 눈이 크게 떠지며 말똥거리는 걸 흡족하게 바라보며 병훈이 속으로 쾌재를 불렀다. 낚였다!

"고느님이 정말 은솔이 만나러 매일 여길 오시는 겁니까?"

기뻐 올라가던 병훈의 입꼬리가 금세 제자리를 찾았다. 뭐지? 허술한 것 같은 모습으로 허를 찌르는 이건? 쉽게 속을 거라 생각했는데 아니었다. '우리 하라가 은솔일 무척 좋아하거든.' 굳이 왜 은솔이냐는 물음에 지니가 망설임 없이 그리 말했다. 우리 하라. 그 하라가 눈앞에 있는 여자라는 걸 병훈은 확신했다.

"허어. 고느님? 그럼 난 전능하신 그분인가?"

느님이라 하면 전지전능하신 그분과 동기동창까지 맞먹는다는 뜻이네. 그럼 고지니의 동창인 자신이 그 전지전능하신 분이 되는 거 아니냐는 병훈 나름의 지능적인 농담이었다.

"네?"

뜬금없이 무슨 소린가 묻는 하라를 빤히 쳐다보며 병훈이 검지로 천장을 가리켰다. 손끝을 따라 병원의 하얀 천장을 올려 보던 하라가 고개를 내려 병훈을 보며 고개를 갸웃했다.

"혹시……."

뜸을 들이며 늘어지는 하라의 말을 느긋하게 기다리던 병훈은 이어진 말에 해머로 머리를 맞은 듯 멍한 상태가 되었다.

"스파이더맨?"

잠시 정지화면처럼 멍하니 서 있는 병훈을 하라가 말똥거리는 눈으로 해맑게 쳐다보았다. 천장을 자유자재로 다닐 수 있는 사람이면 스파이더맨밖에 없다고 하라는 생각했다. 그래서 말한 것인데 병훈의 표정을 보니 그게 아닌 모양이다.

"아아."

병훈이 이마를 긁적이며 굳은 표정을 풀고 피식 웃었다. 황당한 답에 어이가 없었던 것도 잠시 하라를 바라보는 병훈의 얼굴에 연신 웃음이 묻어났다.

"자식, 매력적인 블랙홀에 흠뻑 빠져 버렸구만."

"네?"

"아니에요. 지성이면 감천이라고 꼭 돌아설 겁니다. 은솔이 어머니 마음."

"그렇게 말씀해 주시니 감사합니다."

진심을 담아 고개를 숙이는 하라를 지그시 바라보며 병훈이 엷은 미소를 띠었다. 고놈 참 부럽네. 지니가 부러워 보긴 처음이었다. 생뚱맞긴 하지만 그래서 더 재미있고 유쾌한 여자다. 천하의 고지니가 빠져들어 정신 못 차릴 만큼 확실히 매력 있다.

"나 말고. 지니한테 충성하면 됩니다."

"그건 걱정 않으셔도 됩니다."

"그럴 거 같네요. 그럼 다음에 또."

"네. 다음에 뵙겠습니다."

하라의 인사를 뒤로 미련 없이 돌아선 병훈이 손을 들어 흔들며 작별 인사를 마무리했다. 병훈의 뒷모습을 끝까지 바라보던 하라가 기쁨을 감추지 못한 표정으로 로비를 뛰다시피 빠르게 가로질렀다. 빨리 지니를 보고 싶었다. 그를 안고 뽀뽀라도 마음껏 해주고 싶었다. 물론 아무도 보지 않는 은밀한 곳에서.

방송국 주차장에 차를 주차시키자마자 하라가 날 듯이 뛰어 먼저 엘리베이터로 향했다. 버튼을 누르고 기다리는 그 잠시조차도 너무 느린 것 같아 선 채로 발을 동동 굴렀다. 엘리베이터 문이 열리고 급히 오른 하라가 닫힘 버튼을 눌렀다.

"야, 야, 야!"

당연히 하라가 기다려 줄 거라 생각하고 느긋하게 걸어오던 정태가 닫히는 문을 향해 손을 뻗은 채로 굳었다.

"하아."

헛웃음이 절로 나왔다. 위로 올라가는 엘리베이터의 층수를 보며 정태가 가늘게 눈을 치떴다.

"저게 대체 뭘 믿고 저렇게 막 나가? 선배도 몰라보고."

짧게 혀를 차던 정태가 카메라 가방을 고쳐 메며 코를 씰룩거렸다. 가만 생각해 보니 하라에겐 믿을 구석이 있었다. 그것도 엄청 든든한 빽이 바로 뒤에 버티고 있었다. 쩝. 입맛을 다신 정태가 시무룩하게 버튼을 눌렀다. 이놈의 서포트가 앞으로도 쭉 계속될 것만 같은 불안한 예감이 드는 건 왜일까? 등골이 서늘해진 정태가 부르르 몸을 떨었다.

지하 3층 주차장에서 지상 3층으로 올라가는 시간이 무척 길게 느껴졌다. 바뀌는 숫자판만 뚫어져라 쳐다보던 하라의 입이 바짝 말라갔다. 1층에서 엘리베이터가 멈췄다. 로비가 있는 층이라 사람들의 출입이 빈번했다. 멈추는 것이 당연함에도 하라가 저도 모르게 한숨을 푹 내쉬었다. 문이 열리고 내리는 사람을 배려해 뒤로 몇 걸음 물러서던 하라의 눈이 동그랗게 커졌다. 이곳에 있으면 안 되는 사람이 너무도 당당하게 엘리베이터 문으로 들어선 탓이었다.

"어딜 댕겨오는 겨?"

자신의 옆으로 다가와 태연하게 나란히 선 모친을 하라가 뜨악하게 쳐다봤다. 잠시 지금 일어난 상황에 대해 이해를 못하고 있던 하라가 퍼뜩 정신을 차리고 모친의 위아래를 재빨리 훑었다. 평소 즐겨 입던 블랙 이브닝드레스를 대신해 나름 밝은 톤의 연그린 원피스를 입었다. 거기다가 꼭지가 달린 빵모자까지 쓰고 있었다. 뭐랄까. 모친을 딱 보고 연상되는 것은…….

"흐음. 풋사과 컨셉인가?"

퍽. 고상한 척 다소곳이 손을 모아 잡고 있던 핸드백이 그대로 하라의 머리를 강타했다. 앞으로 쏠린 머리를 바로 하고 헝클어진 머리카락을 쓸어 넘겼다. 3층에 도착한 엘리베이터가 멈추고 알림음과 함께 문이 열렸다. 아무 일도 없었던 듯 자연스럽게 열린 문을 나서던 하라가 내리려는 모친을 팔로 가로막았다.

"뭐여? 여기서 왜 내려?"

"볼일이 있응께 내리제. 팔 안 치우냐? 확 분질러 버리기 전에 치워라이."

"와아, 우리 모친 말 한번 엄청 살벌하시네."

"알았으믄 치워."

매정하게 하라의 팔을 쳐낸 모친이 제집을 활보하듯 여유롭게 복도를 걸어갔다. 휘청거리며 뒤틀린 몸을 똑바로 세운 하라가 눈썹을 들썩였다. 뭔가 의도가 불순해 보이는 모친의 뒤태를 의심 가득한 눈으로 쏘아보며 조심스럽게 그 뒤를 따랐다.

"안녕하세요?"

아, 저 콧소리는 제발 좀 자진 삭제해 줬으면 좋겠다. 부끄러워 얼굴을 손으로 가린 하라가 깊은 한숨을 내쉬며 고개를 절레절레 저었다. 사무실은 대체 무슨 목적을 가지고 찾아온 것인지 모친의 행보가 불안하고 또 불안했다.

"어? 누구?"

탕비실에서 나오던 나 PD가 사무실 입구에 선 모친을 발견하고 조심스레 물었다. 안면이 전혀 없는 사람이 반갑게 콧소리를 내며 들어서니 누군지 궁금할 수밖에. 하라가 뒤따라 들어서며 어색한 미소를 띠었다. 모친의 급습으로 때 아닌 '내 어머니를 소개합니다' 시간을 가져야 할 판이었다.

"저희 어머니 되십니다."

"응? 하라 네 친어머니?"

손끝으로 하라와 모친을 번갈아 조심스레 가리키며 나 PD가 믿을 수 없다는 듯 물었다. 하긴 풍만한 모친의 몸과 하라의 날렵한 몸을 비교했을 때 전혀 연상이 되질 않을 것이다. 뭐 소싯적에는 날씬한 미인이었다는 말을 달고 살긴 하지만 그 시절 사진이 없는 관계로 그걸 증명할 길은 없었다. 살던 집이 전소되었다나 뭐라나.

"어머님, 오셨습니까."

회의실에서 내려오던 지니가 하라와 모친을 발견하고 빠른 걸음으로 내려와 모친을 반겼다. 모친이 앞으로 다가온 지니를 향해 우아하게 손을 들었다. 단번에 하라의 표정이 암울해졌다. 대체 그 족발 같은 손으로 무엇을 하시려고 이러십니까? 제발 무모한 일은 하지 마소서. 마음속으로 자신이 지금 생각하고 있는 그 일이 일어나지 않기를 간절히 바라며 하라가 모친의 손을 향해 팔을 뻗었다. 하지만 그보다 지니가 빨랐다.

"또 뵙습니다."

"보니 반갑죠?"

모친의 손을 잡고 상체를 숙이려는 지니를 본 순간 하라가 날렵하게 몸을 던졌다. 덮치듯 맞잡은 둘의 손을 겹쳐 잡으며 하라가 미친 듯 위아래로 흔들었다.

"아하하하. 엄청 반갑습니다. 무지."

지니를 향해 어색하게 웃고는 곧장 고개를 돌려 모친을 향해 울상을 지었다. 제발 이런 추태는 아버지 하나로 만족하라고 눈으로

간절히 말했다. 그를 본 척 만 척 모친이 손이 겹쳐진 채로 둘을
이끌고 안으로 걸어 들어갔다.

"어어어."

무소가 밀고 들어가듯 가벼운 몸놀림으로 중앙 자리로 간 모친
이 주변을 둘러보며 말했다.

"어디 앉아서 얘기 좀 하고 싶은데."

"무슨 얘기를 여기서 팀장님이랑 해요."

이빨을 꽉 물고 잇소리를 내며 눈을 부릅떠 어서 가라 재촉하는
하라를 시니컬하게 외면하며 모친이 지니를 향해 방긋이 웃어 보
였다. 마주 미소를 지어 보이며 지니가 응접실로 모친을 안내했
다. 덩달아 하라도 응접실로 딸려 들어갔다.

"어떤 차로 드시겠습니까, 어머님?"

말마다 꼬박꼬박 어머니를 붙이며 다정다감하게 말하는 지니를
빤히 쳐다보며 모친이 나긋하게 말했다.

"난 코피."

코피는 때려야 나오는 거고 커피를 마시고 싶은 거겠죠. 타는
속을 다 드러내 보이진 못하고 속으로 끙끙거리며 하라가 낮은 신
음을 흘렸다.

"어라? 진짜네? 어머니 오랜만에 뵙습니다."

응접실 입구에서 고개를 빠끔히 내밀며 때마침 들어온 정태가
반갑게 모친에게 인사를 건넸다. 방긋이 웃는 얼굴로 모친이 물었
다.

"누구?"

"김정태요. 하라 대학 선뱁니다. 전에 몇 번 뵈었는데."

정태가 말끝을 흐리며 모친의 얼굴을 살폈다. 웃고는 있지만 기억 못하는 눈치다. 서운함과 함께 밀려드는 어색함에 정태가 머쓱해 뒷머리를 긁적였다. 하라의 모친은 기억력이 그리 좋지 못하다. 특히나 한밤중에 술에 곤드레만드레 취해 딸과 함께 비틀거리며 집까지 함께 왔던 놈이 한둘이 아니라 딱히 튀는 점이 없다면 모친의 기억 속에 살아남기란 여간 어려운 일이 아니었다.

"정태, 미안한데 커피 세 잔만 내려와 주겠나?"

"커피요?"

나갈 타이밍을 찾지 못해 엉거주춤 서 있는 정태에게 지니가 커피를 부탁했다. 정태의 되묻는 말에 지니가 고개를 끄덕였다. 그제야 흔쾌히 오케이 사인을 해 보이며 정태가 응접실 문에서 멀어졌다.

"무슨 일이라도 있으신 겁니까?"

"무슨 일?"

갑자기 찾아온 모친의 안중을 살폈다. 모친이 무슨 말인지 모르겠다 되묻자 지니가 친절히 다시 질문했다.

"갑자기 연락도 없이 찾아오셔서 혹시 집안에 일이 생겼나 해서 걱정스런 마음에 여쭤본 겁니다, 어머니."

모친이 호호호 웃으며 손사래를 쳤다.

"없어요, 없어. 다만."

그러면서 뭔가를 뒤에 달고 말꼬리를 늘였다. 뭔가 더 할 말이 남아 있음을 은근히 흘려내는 게 보통을 넘어선 자연스러움이 배어 있었다. 능청이 또 늘었다.

"편하게 말씀하십시오. 어머님 말씀이라면 다 경청하겠습니다."

"과년한 딸내미를 팀장님께 맡기고 정식으로 인사를 안 드린 것도 좀 마음이 쓰이고."

그런 건 걱정 마시라 말하려는 지니의 입을 막고 모친이 먼저 입을 열었다.

"그 딸내미가 허구한 날 외박을 하는 것도 신경이 쓰이고. 대체 어디서 뭘 하는지 도통 연락이 없으니 걱정될 수밖에. 안 그래요? 고지니 팀장님?"

아닌 듯 능숙하게 핵심을 찌르는 기술이 예술이다. 하라가 혀를 내두르며 고개를 절레절레 흔드는 사이 지니가 자리에서 일어나 허리 숙여 정중히 사과를 했다.

"죄송합니다. 제가 하라에게 야근을 좀 많이 시켰습니다."

"아유. 괜찮아요. 앉아요, 앉아. 일하다 보면 야근도 자주 할 수 있고 뭐 그런 거지."

"이해해 주셔서 감사합니다."

"커피 왔습니다."

커피를 내려 응접실로 들어선 정태가 세 사람 앞에 한 잔씩 커피를 내려놓고 미련 없이 물러섰다. 더 있어봤자 눈치만 보일 걸 뻔히 알고 눈치껏 행동한 것이었다. 정태의 눈에 응접실을 차지하고 앉은 세 사람은 이미 패밀리였다. 엄청 무서운 패밀리.

"차 드십시오."

"고마워요."

지니의 권유에 차를 들어 한 모금 마시던 모친이 제 잔을 들어 커피를 머금는 지니를 빤히 쳐다보며 은밀하게 물었다.

"그런데 정말 야근만 했나요?"

"푸웁!"

시선을 들어 모친을 바라보던 지니가 아니라 놀라 입에 머금은 것을 뿜은 것은 하라였다. 서둘러 입을 막고 닦을 것을 찾아 두리번거리는 하라의 손에 지니가 티슈를 한 움큼 건넸다. 턱으로 흘러내린 커피를 닦으며 하라가 모친을 날카롭게 쏘아보았다. 주책없게 별걸 다 묻는다 타박하는 눈빛이었다. 하지만 모친은 끄떡도 하지 않았다. 모른 척 시치미를 떼며 다른 곳을 주시하는 모친을 하라가 얄밉게 흘겼다.

"염려 마십시오. 제집에서 합니다. 야근."

태연하게 말하며 하라가 저질러 놓은 것을 수습하는 지니를 둘이 동시에 돌아봤다. 옅은 미소를 머금은 지니의 얼굴이 눈부시게 빛나고 있었다. 모전여전이라고 미남의 후상에 넋을 놓은 모녀기 저도 모르게 고개를 끄덕였다. 그런 모녀를 사랑스런 시선으로 바라보며 지니가 믿음직스럽게 말했다.

"하라만 특별히 제가 관리합니다, 어머님."

어머님이란 말에 설레어보기는 또 처음이었다. 왜 당사자인 모친보다 제가 더 떨리는지. 하라가 자신만만하게 모친을 바라보며 환하게 웃은 지니를 멍하니 바라보았다. 역시, 고느님은 마성의 매력남이었다. 딴 놈이 저리 말하면 멱살 잡고 죽이니 살리니 늘어질 일인데 지니가 하니 왠지 그래도 될 것처럼 납득이 갔다. 절로 고개를 끄덕이며 황홀한 표정으로 지니를 바라보고 있던 모친이 조금 더 가까이 지니에게 다가서며 말했다.

"이왕이면 평생 관리해 줬으면 싶은데."

"물론입니다."

무슨 협약이 방금 눈앞에서 이뤄진 것 같은데. 하도 눈 깜짝할 사이에 은밀히 일어난 일이라 무슨 협약인지 당최 감을 잡을 수가 없었다. 모친과 지니를 번갈아 쳐다보며 하라가 고개를 갸웃했다. 그런 하라를 사이에 두고 모친과 지니가 여유롭게 커피잔을 기울였다.

뭐지. 이 이상야릇한 분위기는?

첫 방이 있던 날 모두들 바짝 긴장한 채 모니터 앞에 모여 앉았다. 실시간으로 변하는 시청률 현황표가 대형 모니터 바로 옆에서 반짝거리며 존재감을 드러내고 있었다. 여타 방송과 달리 환아들의 병과 어려운 환경에 초점을 둔 것이 아닌 그들의 소박하고 아름다운 꿈과 소망에 포인트를 맞췄다. 절망이 아닌 희망을 이야기한다는 건 같았지만 램프의 지니가 지향하는 것은 그 꿈이 이루어진다는 것이다.

'친구야, 놀자'라는 타이틀이 올라가고 방송이 시작되었다. 9살 정민의 이야기가 드디어 방송을 탔다. 병마에 시달리며 힘겨운 나날을 보내고 있는 모든 환아들에게 희망을 전해주길 간절히 바라는 마음으로 모두 방송에 집중했다.

따스한 햇살, 시원한 바람, 잔디가 깔린 드넓은 운동장. 그리고 그토록 그리워했던 친구들. 그 모든 조건들을 가능하게 하기 위해 병원은 물론 운동장 관련 기관, 방역 단체까지 섭외해야 했다. 쉬운 건 아니었지만, 최선을 다해 뛰어다니며 사정하고 노력한 끝에 모든 것을 이뤄냈다. 그 결실이 지금 전파를 타고 전국에 나가게 된 것이다. 정민이의 꿈이 이뤄지는 행복한 순간을 모두가 함께 보게 된다. 그것만으로도 가슴이 설레고 벅찼다.

방송이 끝날 때까지 그 누구도 입을 열지 않았다. 방송이 끝나고 자막이 올라가는 것을 보고서야 모두가 환호성을 질렀다.

"시청률도 저 정도면 시작이 좋은 겁니다."

"고지니 팀장님의 이름을 걸고 나가는 거니 일단 반응이 좋은 거죠. 전작들이 다 좋았으니까. 이번 것도 기대를 하고 보게 되는 거 아니겠습니까?"

"잘해야지. 기대에 어긋나지 않게."

"물론입니다. 아이들 얼굴에 웃음꽃이 만발할 수 있도록 열심히 발로 뛰겠습니다."

주먹을 불끈 쥐고 결의를 다지는 하라의 머리를 지니가 자연스레 쓰다듬었다. 그 찰나의 순간을 놓치지 않고 정태가 게슴츠레하게 쳐다봤다. 다른 사람들은 몰라도 정태는 안다. 지니가 무슨 마음으로 하라의 머리를 쓰다듬었는지. 비밀을 공유했다는 동질감보다는 배신감이 앞서 바라보는 눈빛이 곱지 않았다. 그런 정태를 지니가 건조하게 돌아보았다. 눈이 마주치자 정태가 언제 그랬냐는 듯 환하게 미소를 띠었다. 무심히 다시 시선을 돌려 하라를 따스하게 내려 보는 지니의 모습에 정태의 얼굴이 시무룩해졌다.

"칫. 언제는 골칫덩어리라고 가만 안 두겠다고 이를 갈더니. 하여튼 남녀는 같이 붙여놓으면 안 된다니까."

"뭔 남녀?"

정태의 어깨 위로 척하니 턱을 내려놓으며 나 PD가 심드렁하게 물었다. 갑작스럽게 얼굴 옆에 나타난 나 PD의 얼굴에 정태가 화들짝 놀라 펄쩍 뛰며 후다닥 옆으로 물러섰다.

"뭘 그렇게 놀라?"

능청스레 말하는 나 PD를 가늘게 흘기며 정태가 심장을 지그시 눌렀던 손을 내렸다.

"갑자기 그렇게 얼굴을 들이미시니까 그렇죠."

"어허이, 이게 어디서 앙탈이야?"

눈을 위아래로 번뜩거리며 입을 이죽거린 나 PD가 정태를 향해 몸을 날렸다. 그리곤 가차 없이 정태의 목을 팔로 휘감아 꾹꾹 눌렀다.

"아, 진짜. 이러지 좀 마십시오."

"왜, 왜. 선배의 애정이 그리워서 그러는 거 아냐, 너 지금. 하라 부러우면 말하지 그랬어. 내가 아주 격하게 쓰다듬어 줄 수 있는데 말이야."

나 PD도 봤나 보다. 지니가 하라를 쓰다듬는 장면을 정태가 못마땅하게 쳐다보고 있는 모습을. 그렇다고 이런 식의 격한 쓰다듬을 원한 건 정말 아니었다.

"됐다고요. 목 아파. 아프다고요. 좀 풉시다."

"말하는 본새 봐라. 그게 어디 존경하는 선배한테 할 말이냐? 어?"

목을 조인 채로 정태를 끌고 탕비실로 향하는 나 PD를 전부 유쾌하게 바라봤다. 맞사수의 위엄이 바로 이런 것이란 걸 몸소 보여주는 나 PD의 솔선수범에 모두들 찬사를 아끼지 않았다.

"고롬 고롬. 바락바락 기어오르는 후배는 정신 바짝 차리도록 헤드락을 걸어줘야 제맛이지."

"잘한다. 우리 나 PD 헤드락이 또 쪼이는 맛이 일품이지."

"자자, 그럼 우리 오늘 첫 방 기념 쇠주 한잔. 쭉. 콜?"

김 작가가 술잔을 기울이는 시늉을 하며 모두를 부추겼다. 이렇다 저렇다 갖다 붙일 이유는 차고 넘쳤다. 단지 술을 먹고 싶다는 게 핵심일 뿐.

"적당히 하세요. 이제 첫 방입니다. 갈 길은 아직 멉니다."

"아이고. 우리가 뭐 하루 이틀 달립니까? 먹고도 달리고 먹으면서도 달리고. 일과 후 알코올. 그 낙 없음 어찌 삽니까. 딱 한 병씩만 깝시다."

벌써 마음은 포차를 향해 달려가고 있는 김 작가의 너스레에 지니가 고개를 절레절레 흔들었다.

"그럽시다. 그럼. 단, 10시 전까진 다들 귀가하셔야 합니다."

"옛썰!"

기분 좋게 김 작가가 거수경례를 했다. 김 작가 뒤에서 응원의 눈빛을 보내던 팀원들도 쾌재를 불렀다. 덩달아 신이 난 하라도 박수를 치며 좋아했다. 그런 하라를 지니가 다정하게 바라보았다. 좋아하는 하라를 보니 절로 미소가 머금어졌다.

"넌 반 병."

"에? 제 주량이 말입니다. 그건 넘지 말입니다."

"그것도 싫음 말고."

지니가 먼저 자리를 떴다. 입구로 걸어나가는 지니를 하라가 뒤따르며 팔을 휘저었다.

"아닙니다. 제 주량은 반 병. 딱 반 병입니다!"

앞서 걷는 지니의 얼굴에 승리의 미소가 번졌다. 삐죽이 입을 내민 하라가 혼잣소리로 중얼거렸다.

"뭔가 당한 것 같은 이 기분은 뭐지?"

"쿡."

엘리베이터 앞에 나란히 선 지니의 입에서 낮은 웃음이 새어 나왔다. 고개를 틀어 그를 빤히 올려다보던 하라의 눈이 게슴츠레해졌다.

"그 웃음으로 유추해 볼 때 이건 분명히 낚인 게 맞지 말입니다."

"잘 모르니 본데."

얄밉게 바라보는 하라를 향해 살짝 고개를 기울이며 지니가 은밀하게 말했다.

"홍하라는 홍하라일 때부터 이미 낚였었어."

"……."

우르르 뒤로 몰려온 팀원들이 엘리베이터가 열리자마자 안으로 바쁘게 들어섰다. 그에 떠밀려 함께 안으로 들어선 하라와 지니가 맨 뒤 벽 쪽에 나란히 섰다. 왁자지껄 떠드는 소리가 엘리베이터 안을 가득 메웠다. 하라의 시선은 줄곧 정면을 주시하고 태연하게 서 있는 지니에게 닿아 있었다. 팔짱을 끼고 있는 그의 팔꿈치 옷을 하라가 살짝 잡아당겼다. 지니가 돌아보자 손을 까닥여 가까이 오라는 신호를 보냈다. 지니가 자세를 낮추자 하라가 그의 귀에 작게 속삭였다.

"정말 그때부텁니까?"

"뭐가?"

"그러니까. 저한테……."

슬쩍 팀원들의 눈치를 살피며 말을 머뭇거리는 하라를 지니가 부드럽게 바라봤다. 그리곤 팔을 풀어 제 옷깃을 잡은 하라의 손을 내려 맞잡았다. 하라의 눈이 동그랗게 커졌다. 전엔 정태 혼자만 있었지만, 지금은 팀원 전체가 있는 자리였다. 지니의 취향이 이런 쪽인 줄은 미처 몰랐다. 아슬아슬하게 심장을 쪼이는 묘한 긴장감이 확실히 전염성이 있었다.

"아니."

"아, 아닙니까?"

지니의 단칼에 자르는 말에 하라가 아쉬운 듯 입맛을 쩝 다셨다. 1층에 도착해 문이 열리자 모두가 또 한꺼번에 쏟아지듯 엘리베이터를 빠져나갔다. 마지막으로 나서던 하라의 손을 살짝 당겼다 놓으며 지니가 그녀에게만 들리게 작게 속삭였다.

"처음 내 입술 취했을 때부터. 시작이었어."

"지, 진짭니까?"

폭탄을 던지고 엘리베이터에서 내린 지니가 사람들 사이를 마치 모델처럼 걸어 앞서 나갔다. 그런 지니를 멍한 시선으로 바라보며 하라가 혼잣소리를 중얼거렸다.

"정말…… 우리 고느님은 취향이 참 독특하십니다."

하긴 뇌리에 팍 박힐 만큼 강렬한 첫 키스이기는 했다. 그래서 인연이 묘하게 엮여 여기까지 왔지만 그 시작이 그 키스였다니, 이건 하라에게도 꽤 신선한 충격이었다. 뒷머리를 벅벅 긁으며 팀원들의 뒤를 따르던 하라를 먼발치에서 차게 바라보는 시선 하나가 있었다.

지니의 여자가 제가 아니라는 것에 한 번 충격을 받았고, 그의 새로운 여자가 하찮은 신입이라는 것에 또 한 번 자존심을 상한 인물. 차은주였다.

자신의 스태프 중 하나인 종석과 같이 술을 한잔하러 가려는 길이었다. 하라를 시리게 노려보고 선 은주의 안색을 살피며 종석이 물었다.

"감독님, 무슨 일 있으십니까?"

"어, 아니야. 우리 바 말고 오늘은 좀 더 편한 곳에서 먹는 거 어때?"

고개를 살짝 흔들며 입술을 매끄럽게 끌어 올린 은주가 나긋이 물었다.

"전 좋습니다. 감독님 편하신 곳으로 가죠."

"우리 종석인 내가 이래서 좋아한다니까."

눈꼬리를 살짝 올려 눈웃음을 치며 은주가 종석의 볼을 아프지 않게 살짝 꼬집었다. 훗. 종석이 엷게 웃으며 은주를 뜨겁게 바라봤다. 은주가 야릇하게 미소를 띠며 종석의 팔에 팔짱을 꼈다.

"가자, 오늘은 이 누나가 화끈하게 한잔 쏠게."

방금 전 지니 일행이 빠져나갔던 로비를 지나 입구로 걸어가며 은주가 은밀하게 입꼬리를 치켜 올렸다. 가늘게 빛나는 눈빛에선 선함을 찾아볼 수가 없었다.

"이모! 우리 쇠주 인당 1병이랑 맛있는 어묵 국물 포함 종류별로 안주 골고루 하나씩이요!"

자리에 착석해 앉으며 하라가 주방을 향해 신난 목소리로 외쳤다. 잠시 통화를 위해 밖에 서 있던 지니가 뒤늦게 안으로 들어왔다. 그리곤 빈자리를 두고 곧장 하라의 곁으로 와 옆에 앉은 정태를 말없이 쏘아보았다. 그 날카로운 눈총에 뒤통수가 따가워진 정태가 슬그머니 뒤를 돌아보곤 벌떡 자리에서 일어섰다.

"아, 팀장님. 여기 앉으시겠습니까?"

"어, 고마워."

노려보던 것과는 사뭇 다른 부드러운 목소리로 말하며 지니가 냉큼 자리에 앉았다. 자리를 가리키고 있던 손이 머쓱할 만큼 너무도 당연하게 자리를 차지하고 앉은 지니를 멍하니 바라보다 머리를 긁적이며 정태가 나 PD 옆자리로 걸어갔다.

"통화는 다 하셨습니까?"

"음."

나무젓가락을 미리 뜯어 두 개로 쪼갠 하라가 그것을 입에 물고 주방 쪽을 쳐다봤다. 반짝반짝 빛나는 눈동자에 얼른 빨리 음식이 나왔으면 좋겠다는 기대감으로 가득했다. 그녀의 입에 물려 있던 나무젓가락을 지니가 빼냈다. 그에 하라가 시선을 옮겨 지니를 돌아봤다.

"그러다 입 다쳐. 조심해야지."

다정한 지니의 말에 하라가 고분하게 고개를 끄덕였다. 때마침 나온 소주와 안줏거리에 순식간에 분위기가 업됐다. 부어라 마셔라 잔을 부딪치는 소리가 사방에서 들렸다. 소주 뚜껑을 딴 하라가 지니의 잔에 술을 부으려 병을 기울이자 지니가 잔을 들어 올렸다. 너무도 자연스런 그 행도에 하라가 감탄사를 터트렸다. 술을 따르기 쉽게 하기 위해 잔을 들어 보조를 맞춰준다는 건 전에는 상상도 할 수 없었던 일이었다. 물론 고지니 팀장 잔에 술을 따라줄 일도 없었지만. 배시시 웃고 있는 하라의 손에서 병을 받아

든 지니가 그녀의 잔에도 술을 따랐다. 하라가 급하게 잔을 두 손으로 받쳐 들었다.

"적당히. 알지?"

"네. 네. 압니다."

술을 향한 사랑으로 눈을 빛내며 하라가 영혼 없이 고개를 끄덕였다. 그 모습을 사랑스럽게 바라보며 지니가 잔을 살짝 부딪쳤다. 잔이 부딪히며 내는 소리가 이렇게 청량할 수가 없었다. 하라가 기분 좋게 잔을 기울여 소주를 목 뒤로 넘겼다.

"캬아. 이게, 이게 진리지."

"인생 뭐 별거 있나? 이렇게 기분 좋은 사람들과 술 한잔 기울이는 게 사는 낙이지."

"그러게요. 이 기분 말로 다 어떻게 표현하겠습니까. 낮에 일할 때는 원수 같다가도 이렇게 한 잔 두 잔 기울이다 보면 완전 죽고 못 사는 사이가 되는 이 아이러니를 표현할 말이 없습니다."

정태가 너스레를 떨며 잔을 여기저기 부딪쳤다.

"자, 그런 의미로 우리 모두 기분 좋게. 털자!"

"털자!"

한목소리가 되어 건배를 대신해 시사교양 2팀의 술자리 구호를 외쳤다. 시원스레 입에 술을 털어 넣고는 또 와자지껄 떠들며 안주를 집어삼켰다. 그 어느 때보다 이번 프로젝트는 결속력도 좋았고 분위기도 좋았다. 무엇보다 희망이라는 긍정적 메시지가 바탕에 깔리다 보니 하나하나 소원을 이뤄줄 때마다 팀원들의 기분도 덩달아 상승했다.

"팀장님."

"응?"

"전에 세양병원에서 안병훈 선생님을 또 마주쳤습니다."

"그놈을 왜?"

별로 달가워하지 않는 지니의 목소리에 살짝 눈치를 살피며 하라가 말을 이었다.

"우연히 마주쳤는데. 은솔이 어머니 얘기를 하셨습니다. 팀장님께서 매일매일 찾아와 설득 중이라고 곧 좋은 소식이 있을 거라는 말도 하셨습니다."

"자식 오지랖은."

지니가 피식 웃으며 술을 따라 잔을 기울었다. 귓불이 조금 발갛게 달아오른 것이 부끄러운 모양이다. 병훈을 만났으면 그놈 가벼운 입에 있는 날 없는 말 다 늘어놓았을 게 틀림없다. 그냥 은솔이 안타까워 한 일인데 그걸 하라가 알게 되었다고 하니 왠지 낯이 붉어졌다.

"고맙습니다."

"뭐가?"

시선을 마주해 돌아본 하라의 눈이 반달 모양으로 휘었다. 그 눈을 지그시 응시하며 지니가 부드럽게 하라의 머리를 헝클었다.

"포기하지 않아 주셔서. 정말 감사합니다."

"그건 네가 할 말이 아니지."

"그래도……."

"내가 더 고마워해야 해야지. 네가 은솔이를 만나게 해줬으니까."

"아, 그건 그냥 우연히."

"그래도 고맙고 감사해. 이런 인연 만들어줘서. 조카에게 못했던 걸 할 수 있게 해줬잖아. 그것만으로도 넌 내게 충분히 많은 것을 해준 거야."

진심이 묻어나는 지니의 말에 하라의 가슴이 따뜻해졌다. 둘의 잔에 똑같이 술을 따라 지니가 잔을 들어 올렸다. 가볍게 잔을 부딪치고 입술로 가져간 하라가 잔을 기울이다 다시 원래대로 내려놓았다. 지니와의 약속을 지키기 위해선 최대한 술을 아껴 먹어야 했다. 그래도 기분이 좋았다. 술은 맘껏 마시지 못하시지만 이미 그녀는 취해 있었다. 고지니라는 남자에게.

시사교양 2팀이 자리 잡고 앉은 바로 옆에 은주와 종석이 앉았다. 간단한 안주와 술을 주문해 마시며 이런저런 일상적인 대화를 나눴다. 하지만 대화 내내 은주의 신경은 온통 지니와 하라에게 쏠려 있었다. 집착이 심하면 병이 된다고 했다. 포기해야 하는 걸 알지만 이상하게 눈에 보일 때마다 신경이 쓰였다. 이대로 쉽게 포기할 수는 없었다. 그러기엔 차은주의 자존심이 너무 상했다. 이럴 바엔 저 맹랑한 신입도 지니의 곁에서 떼어내 버려야 속이 시원할 것 같았다.

"그 소문 들었어?"

붉은 입술에서 잔을 떼 손안에서 빙글빙글 돌리며 은주가 다소 큰 목소리로 물었다.

"무슨 소문 말입니까?"

"요즘 시사교양 팀에 말하기 좀 낯 뜨거운 일이 벌어지고 있다던데. 못 들었어?"

"글쎄요. 전 못 들은 것 같은데."

시사교양 팀은 1팀과 2팀으로 나뉜다. 주로 교양 분야를 맡고 있는 서판돌 팀장의 1팀과 시사 분야에 주력했던 고지니 팀장의 2팀이었다. 은주는 그 둘의 경계를 모호하게 만들며 어디라고 딱히 지적해 말하지 않았다. 하지만 그곳이 어디를 말하는지는 종석도 알 것 같았다. 자신들의 옆자리엔 시사교양 2팀이 자리하고 있었다. 그들과 관련된 말이 아니었다면 은주가 괜스레 생뚱맞게 이야기를 꺼내지는 않았을 것이다.

"그럴 거야. 워낙 은밀해서 아는 사람만 아는 소문이니까."

"뭔데요?"

지금 상황에 걸맞은 가십은 아니었지만, 은주가 작정하고 꺼낸 말인 것 같아 어디 읊어봐라 종석이 보조를 맞췄다. 지금은 그녀의 기분을 맞춰줄 필요가 있었다. 다음 인사이동에 그녀의 입김이 크게 작용하리라는 것은 이미 드라마국 사람이면 모두 다 알고 있는 사실이었다. 물론 그 밑바탕에는 차은주가 드라마국 국장의 오피스 걸이란 추문이 깔려 있었다.

"신입 VJ 하나가 팀장을 구워삶아서 프로젝트 하나를 따냈다던데?"

"구워삶아요? 대체 어떻게 구워삶았기에 프로젝트를 다 따내요?"

"그러게. 나도 그게 궁금하네. 칼로 찔러도 꿈쩍도 않을 사람을 대체 무슨 수로 홀렸을까? 자긴 어떻게 생각해?"

"신입이면 글쎄요. 흐음."

은주가 하고 싶은 말을 알고 있었지만 제 입으로 내뱉지는 않았다. 옆에서 다 듣고 있을 시사교양 2팀들을 생각해서였다. 하지만 은주는 거침없이 제가 하고 싶은 말을 다 할 작정인 것 같았다. 비릿하게 입꼬리를 말아 올린 은주가 천박한 말을 입에 담았다.

"젊은 애가 가진 게 뭐가 있겠어. 몸뚱이밖에."

순간 분위기가 싸해졌다. 왁자지껄하게 떠들던 것이 거짓말이었던 것처럼 지니의 일행이 일순 조용해졌다. 그들의 시선이 종석과 은주에게 몰렸다. 은주가 말하는 신입 VJ는 누가 뭐래도 하라가 분명했다. 시사교양 2팀의 귀여운 막내를 추악한 가십거리로 입에 올리는 은주가 전과 달리 천박해 보였다.

"사람은 참 알 수가 없어. 생긴 것 같지 않게 입이 걸레 같은 것들이 참 많거든."

김 작가가 뚫어져라 은주를 직시하며 시니컬하게 말했다. 그에 은주의 미간이 팍 일그러졌다.

"아휴. 말해 뭐해. 꼭 지가 그러면 남도 그렇다고 생각해서 싸잡아 말하는 천박한 것들이 천지에 널렸지. 찾아보면 가까운 곳에도 있을 거야. 안 그래?"

나 PD가 정태의 옆구리를 툭 치며 말했다. 눈에 불을 켜고 날카롭게 은주와 종석을 노려보던 의리의 정태가 콧김을 내뿜으며 맞장구를 쳤다.

"그럼요! 꼭 실력 없는 것들이 자기보다 뛰어난 사람을 모함할 때 그런 말도 안 되는 추문을 퍼트리죠. 저는 고상한 것처럼 가면을 쓰고 말이죠."

저마다 은주의 말을 불쾌하게 맞받아치며 하라를 감싸고돌았다. 정작 그 당사자인 하라는 어안이 벙벙해 아무 말도 못하고 충격받은 얼굴로 은주를 바라볼 뿐이었다. 지니가 잔에 술을 따라 하라에게 건넸다.

"받아. 감사주야."

"아. 네."

"가르침에는 나이가 많고 적음도 성별도 아무런 상관이 없어. 그것이 옳다고 생각되면 따르고 함께 배우며 크는 거지. 세월이 흐르고 나이를 먹어도 깨우침이 없으면 어른이 되었다고 할 수 없는 거야. 사람을 보는 진실하고 따스한 마음 하나면 그 뜻은 반드시 통하게 되어 있어. 우리가 지금 너의 말에 귀를 기울이고 모두 합심해 프로젝트를 만들어가는 것처럼."

"아."

시니의 말에 모두 공감하며 고개를 끄덕였다. 단 한 사람. 저속하고 천박한 인간으로 낙인찍힌 차은주만 빼고. 그녀의 얼굴이 일그러지고 분노에 치를 떨며 이를 악무는 모습을 마주 앉은 종석이 시큰둥하게 쳐다봤다. 몰랐나 보다. 자신을 제외하고 이미 드라마국에선 은주의 행실을 다 알고 있었다. 대단하다 싶을 정도의 남성 편력은 이미 남자들의 잡담 소재로 쓰여진 지 오래였다. 고상을 떨며 도도한 척 구는 차은주 앞에선 비위를 맞추며 굽실거리고 속으로는 그녀를 욕했다. 결국은 드라마국의 담장까지 넘어서고 말았다. 천박하기 그지없는 입을 함부로 놀린 대가로.

분노를 참지 못한 은주가 콧방귀를 뀌며 자리에서 벌떡 일어섰다. 그녀가 도도하게 턱을 치켜세우곤 종석을 향해 말했다.

"안 되겠다. 여긴 우리 격에 안 맞는 곳이라서 술맛이 안 나네. 역시 사람은 자기 분수에 맞는 곳에서 살아야 돼. 가자. 룸 잡아 마시자."

잔을 비우고 일어선 종석이 바지 주머니에 건방지게 손을 찔러 넣으며 고개를 저었다.

"전 됐습니다. 마실 만큼 마셨으니 이만 가겠습니다."

"뭐?"

종석의 거절에 당황한 은주가 미간을 구기며 그를 매섭게 쏘아보았다. 종석이 어깨를 으쓱거리며 시니컬하게 말했다.

"룸까지 따라갔다가 무슨 일 당하게 될지 솔직히 좀 겁나서 말입니다."

"무슨 뜻이야?"

종석이 은주 가까이 상체를 숙여 은밀한 목소리로 말했다.

"감독님한테 따먹힌 놈이 우리 팀만 해도 한둘이 아니던데요? 죄송한데 전 저보다 젊은 애를 더 선호합니다."

상체를 다시 세운 종석이 한쪽 눈을 찡긋거렸다. 그의 입술이 비릿하게 치켜 올라갔다. 은주에게 보내는 조소였다. 잘근. 은주가 입술을 독하게 깨물며 차게 돌아섰다. 그 모습을 시큰둥하게 쳐다보던 종석이 지니 일행을 향해 돌아서 허리를 깊이 숙였다.

"죄송합니다. 저희 감독님이 오늘 좀 안 좋은 일이 있으셔서 실언을 했습니다. 너그럽게 이해하시고 부디 좋은 시간 보내시길 바랍니다."

종석의 정중한 인사에 마지못해 일행들이 고개를 끄덕였다. 동행한 사람까지 죄 없이 싸잡아 욕할 필요는 없었다. 종석이 포장마차를 벗어나자 김 작가가 다시 분위기를 돋웠다.

"자자, 우리 저런 헛소리에 신경 쓰지 말고 기분 좋게 알코올 드링크?"

"이모! 여기 한 병 더 추가요!"

정태가 기회를 포착해 재빨리 소주를 가지러 냉장고로 뛰어가며 소리쳤다. 소주 한 병만 먹고 헤어지기엔 오늘 분위기가 좀 그랬다. 기본 두 병은 마셔야 비몽이가 사몽이가 되어 업이 되어 날아가지 싶었다.

"우리가 지금 하고 있는 일은 힘들게 바위를 뚫고 나온 꽃에게 따스한 햇살을 비춰주는 일과 같습니다. 잘했다. 잘했다. 진심을 담은 칭찬과 함께 아직은 더 자라야 할 꽃에게 넌 무엇이든 충분히 할 수 있다는 자신감을 심어주는 일입니다."

담담히 흘려낸 지니의 말에 모두가 경청하며 고개를 끄덕였다. 乙가 하라의 머리를 부드럽게 쓸어 넘기며 따스하게 그녀를 바라보았다.

"고맙다. 이 모두를 가능하게 해줘서."

감미롭게 속삭이며 지니가 하라의 이마에 가만히 입술을 내려 놓았다.

쩅그랑. 정적을 깨고 여기저기서 뭔가가 깨어지고 떨어지는 소리가 들렸다. 감동은 감동이고 충격은 충격이었다. 고지니가 홍하라의 이마에 입맞춤을 하다니! 그 믿을 수 없는 장면에 모두들 동작을 멈춘 채 멍한 눈으로 둘을 바라보았다.

"어쩌지? 홍하라. 너 이제 아무 데도 못 간다. 다 들켰어."

그 들킴의 중심엔 지니의 고도의 책략이 있었다. 하라의 마음도 얻고 모든 동료들을 멘탈 붕괴에 빠트리며 은주라는 존재는 말끔히 거둬내 버린.

빙긋이 웃으며 소주를 입안에 머금은 지니가 하라의 뒷머리를 받치고 그대로 입술을 겹쳤다. 입안에서 느껴지는 알싸한 알코올 맛에 하라가 눈을 동그랗게 떴다. 모두가 보는 앞에서 지니가 과감하게 키스를 한 것이다. 멍하니 입을 벌린 채 자신을 바라보고 있는 하라의 입술에 묻은 술까지 혀로 깔끔히 핥아낸 지니가 한쪽 눈을 찡긋거렸다.

'아픔 속에서 피어나는 꽃은 그 존재만으로도 아름답다.'

9. 지니, 내 소원을 들어주세요

평범한 일상이었다. 분명히 전과 다름없이 열심히 뛰어다니고 정신없이 움직였다. 그런데 사무실 내 분위기는 묘하게 달라져 있었다. 틈만 나면 군기가 빠졌네 어쩌네 알밤을 먹이던 정태가 적당한 거리를 두기 시작했고, 알게 모르게 하라의 주변을 맴돌며 그녀의 편의를 봐주는 손길이 늘었다.

"우리 사무실에 우렁각시가 사나 봅니다."

철퍼덕 책상에 엎드리며 하라가 힘없이 중얼거렸다. 모니터링을 하던 지니가 마우스를 클릭하던 것을 멈추고 하라를 돌아봤다. 완전히 녹다운되어 일어날 힘조차 없어 보였다. 그런데 우렁각시 타령이라니 넋이 나가도 너무 나간 건 아닌가 은근히 걱정되었다.

"무슨 말이야?"

엎드린 채로 지니 쪽으로 고개를 돌린 하라가 푸념처럼 한숨을 섞어 말했다.

"가는 곳마다 이상하게 일이 척척 다 잘되어 있으니 하는 말입니다."

"다 되어 있어?"

"분명히 제가 해야 하는 일인데. 누군가 먼저 하고 간 겁니다. 이건 뛰어다닌 보람도 없이 허무함만 남습니다."

장래의 사모님이 될지도 모를 하라에게 잘 보이고자 그녀의 일을 서로 도와주고 있었나 보다. 그러나 취지가 어떻든 이건 하라에게 결코 도움이 되는 일이 아니었다.

지니가 시선을 옮겨 먼저 와 자리에 앉아 있던 정태를 쏘아보았다. 자료 조사를 하러 나간다고 하더니 1시간도 안 돼서 돌아온 것이 뭔가 석연찮았다. 그 뒤로 조금 전에 음향 작업 모니터링을 하겠다고 뛰어나간 하라가 10분도 안 돼서 터덜거리며 힘없이 사무실에 들어섰다.

지니가 전화기를 들어 번호를 눌렀다. 상대가 나오자 그가 뚫어져라 정태를 직시하며 입을 열었다.

"네. 조 감독님. 접니다. 오늘 음향 작업 누구랑 하셨습니까?"

정태가 어깨를 움찔 떠는 게 보였다.

"아, 그렇군요. 전 다른 사람 보냈는데. 그렇게 됐군요. 네. 알겠습니다."

지니가 전화를 끊기 전 정태가 슬그머니 자리에서 일어섰다. 수화기를 내려놓으며 지니가 건조하게 말했다.

"김정태, 싯 다운."

"넵."

얌전히 다시 의자에 엉덩이를 내려놓는 정태를 하라가 일어나 앉으며 멀뚱히 쳐다봤다. 안절부절 어쩔 줄 몰라 하는 정태의 모습이 꼭 뭐 마려운 강아지 같았다. 왜 저러지? 자리에서 일어선 지니가 곧장 정태의 곁으로 걸어갔다. 그가 다가갈수록 정태의 고개가 점점 아래로 푹 숙여졌다.

"김정태."

"네."

"정말 우렁각시가 되고 싶어?"

"아니, 그게 아니고. 하라가 너무 일을 많이 하는 것 같아서 좀 도와주려고 그런 겁니다."

지니가 어깨에 손을 올려놓자 정태가 마른침을 꿀꺽 삼켰다. 그가 손에 지그시 힘을 주며 나직하게 말했다.

"우렁각시는 항아리에 사는데. 어디 맞는 항아리라도 구해줄까?"

"아닙니다."

정태가 번쩍 고개를 들고 지니를 쳐다보며 절레절레 도리질을 쳤다. 어쩐지 지니가 하는 말은 다 진실 같아서 곧장 그렇게 된 자신의 모습을 상상하게 된다. 정태가 진저리를 치며 손까지 내저었다. 그 모습을 마치 저승사자처럼 서늘하게 내려 보던 지니가 툭툭 정태의 어깨를 치며 말했다.

"각자 할 일은 각자가 해야지. 신입이 농땡이 부리게 돼서야 쓰나. 그것도 직속 사수가."

"네. 잘못했습니다."

즉시 인정하는 바람직한 모습이 보이는 정태를 가늘게 쏘아보며 지니가 토독토독 손끝으로 그의 어깨를 두드렸다.

"하라가 빨리 제 일을 습득하지 못하면 그건 전부 직속 사수인 정태 네 잘못이다. 그렇지?"

"흐음. 네."

"일의 진행 상황을 제대로 간파 못해 실수를 해도 네 탓이야. 그렇지."

"무, 물론입니다."

"완벽하게 일 처리할 수 있도록 가르쳐. 공과 사는 확실해야지. 안 그래?"

"그렇습니다."

"대신."

지니의 손이 정태의 목을 가볍게 쓸었다. 바짝 긴장해 몸을 굳히는 정태의 모습에 하라가 살짝 미간을 좁혔다.

"남들보다 조금 부드럽게. 될 수 있으면 빨리 퇴근할 수 있도록. 오케이?"

이건 공과 사의 구분이 확실하다고 볼 수 없는 발언이었다. 그럼에도 그렇다고 수긍하며 고개를 끄덕일 수밖에 없는 건 그가 전지전능하신 그분과 동기동창 급인 고느님이기 때문이다.

거의 협박과 경고의 경계를 모호하게 오가는 훈계를 하고 돌아서던 지니가 지나는 투로 말하며 제자리로 돌아갔다.

"거리는 적당히 유지하는 게 좋다. 딱 지금처럼."

정태가 한껏 풀 죽은 모습으로 지니를 돌아보며 입을 삐죽 내밀었다. 하라의 말투를 빌리자면 이건 해도 해도 너무하지 말입니다. 억울한 심경이 뚝뚝 묻어나는 정태의 얼굴을 물끄러미 바라보다 하라가 한숨을 푹 내쉬었다. 이러니 사람들이 갈피를 못 잡고 어정쩡하게 하라를 대하는 것이다. 그래서 막 굴리란 말이야? 귀하게 대하란 말이야? 하라조차도 종잡을 수가 없는 말이었다.

눈물 없이 훌쩍이며 정태가 책상 위를 뒤적거렸다. 그 모습을 가만히 지켜보다 하라가 지니에게로 시선을 돌렸다. 다시 모니터링에 열중인 그의 옆모습을 바라보다 턱을 괴고 아예 감상 모드로 대놓고 쳐다봤다.

누가 그랬지. 일하는 남자의 모습은 엄청 섹시하다고. 그 말에 심히 공감한다. 걷어 올린 소매 밖으로 보이는 긴 팔과 도드라진 핏줄. 게다가 섬세하고 긴 손까지. 넋 놓고 보고 있으면 침을 흘릴 만큼 지니는 완벽하게 섹시했다.

"침 흐른다 닦아."

모니터를 보면서 어떻게 그렇게 하라의 속마음을 쏙 꿰뚫어 보는지. 나쁜 짓 하다가 들킨 것마냥 하라의 볼이 화끈 달아올랐다. 손등으로 입가를 훔치며 하라가 쩝쩝 아쉬운 입맛을 다셨다.

"참아. 일 끝나면 질리도록 보게 해줄 테니까."

지니의 입꼬리가 살며시 올라가는 것을 보며 하라가 배시시 웃었다. 책상 위에 올려놓았던 지니의 휴대폰이 몸을 떨었다. 업무에 방해가 될까 진동으로 돌려놓은 것이다. 불빛까지 반짝거리는 휴대폰을 곁눈으로 바라보던 지니가 급히 통화 버튼을 누르며 받았다. 지켜보던 하라가 발신인이 궁금해할 만큼 지니의 태도는 평소와 달랐다.

"네. 시사교양 2팀 고지니입니다."

다소 긴장한 목소리로 전화를 받던 지니의 표정이 점차 밝아졌다.

"네. 네. 그렇게 하겠습니다."

지니가 통화를 하는 사이 카메라와 짐을 챙겨 하라의 곁으로 다가온 정태가 책상을 톡톡 두드렸다. 하라가 돌아보자 정태가 고갯짓으로 입구를 가리켰다.

"조사 나가자."

전에 '돈 터치 하라' 경고를 받은 정태는 그 후로 줄곧 이런 식으로 하라와 대화를 했다. 물론 하라는 그 내막을 모르는지라 정태가 아직 삐쳐서 그러는 거라고 생각했다. 처음엔 무척 어색하고 껄끄러웠는데 나름 적응하고 나니 이것도 괜찮았다.

"네."

자리에서 일어나 정태를 따라나서려는 하라를 지니가 저지시켰다.

"홍하라, 스톱. 너 나랑 갈 데가 있어."

"예?"

하라가 엉거주춤하게 서서 지니를 돌아보았다. 앞서 걷던 정태가 멈춰 서 멀뚱히 돌아보며 눈을 깜빡거렸다.

"저희 조사 가려고 하는데요?"

"이게 더 급해."

재킷을 걸치며 하라의 손목을 잡아끌며 지니가 정태의 곁을 스쳐 지났다. 할 수 없이 끌려가는 시늉을 하며 나도 어쩔 수 없다 하라가 어깨를 으쓱했다. 그를 바라보는 정태의 시선이 곱지 않았다. 게슴츠레하게 내려 떠진 눈을 음울하게 빛내며 정태가 코를 씰룩거렸다.

"언제는 제대로 일 가르치라며! 뭔 남자가 줏대가 없어, 줏대가!"

엘리베이터가 열리는 소리를 들으며 정태가 버럭 소리를 질렀다. 물론 사무실 안에서만 들릴 정도로 정도가 한정되어진 버럭이었다. 때마침 들어서던 나 PD가 정태의 삿대질에 움찔 멈춰 서며 눈을 부릅떴다.

"그거 지금 나한테 하는 소리냐?"

쭉 뻗은 손가락을 슬쩍 굽히며 정태가 고개를 저었다. 성큼성큼 나 PD가 정태 가까이 다가서며 눈을 가늘게 흘겼다. 그에 주춤주춤 뒤로 물러서던 정태가 책상에 막혀 멈춰 섰다. 바짝 코앞으로 다가선 나 PD는 눈을 부라리며 음산하게 말했다.

"그렇게 배알이 꼬이면 연애를 해, 연애를. 엄한 데 삿대질이나 하면서 스트레스 풀지 말고."

"할 수 있는 시간이 있어야 하죠."

곧 죽어도 입은 산 정태가 또 말대꾸를 했다. 나 PD가 손을 뻗어 정태의 귓불을 붙잡아 비틀었다.

"아야!"

"이게, 이게. 일 배우랬더니 바락바락 기어오르는 것만 배워서 입만 나불거리지. 너 오늘 선배 대하는 것부터 제대로 좀 배워보자."

"진짜. 왜 전부 만날 나만 구박해요."

바락 버전에서 징징 버전으로 바꾼 정태가 울상을 지으며 암울하게 말했다. 풀이 한껏 죽은 모습으로 코를 훌쩍거리는 정태를 물끄러미 바라보던 나 PD가 잡았던 귀를 놓았다. 정태가 빨갛게 변한 귀를 손으로 문지르며 투덜투덜 불만스레 중얼거렸다.

"내가 심심풀이 오징어 땅콩인가? 자기는 신입 때 더했다더만 만날 나만 꼬투리 잡고 늘어져. 쳇."

"정태야."

나 PD가 어울리지 않게 근엄한 목소리로 정태를 불렀다. 정태가 눈을 동그랗게 뜨며 나 PD를 멀뚱히 쳐다봤다. 나 PD가 다정하게 정태의 어깨를 감싸 어깨동무를 했다. 정태가 나 PD보다 머리 하나 큰 관계로 자세가 좀 엉거주춤했다.

"내가 널 잘못 키웠구나."

갑자기 사아 비판도 아니고 이건 또 무슨 말인가 싶어 정태가 의구심 가득한 눈으로 나 PD를 빤히 쳐다봤다. 나 PD의 손이 정태의 목덜미를 덥석 붙잡았다. 현장에서 잔뼈가 굵은 사람이었다. 키는 정태보다 작을진 모르지만 손의 악력은 엄청났다.

"헉!"

"오늘 좀 맞자. 조금 있다 비 온다더라. 옥상 가서 먼지 나게 좀 맞아보자, 응? 그럼 인간이 될지도 몰라."

"전 지금도 충분히 인간답게 살고 있습니다. 맹세코!"

"아니야. 아니야. 뭔가 살짝 모자라. 그러니 자꾸 헛소리를 하지. 잡귀는 때려서 쫓는 게 최고라더라. 이 선배가 옛정을 생각해서 흠씬 패주마. 기대해."

나 PD에게 질질 끌려 나가며 정태가 강력하게 항의했다.

"폭력 근절! 정말 패시면 신고할 겁니다."

"못할 거야. 다시 뜨는 태양을 볼 수 없을지도 모르니까."

"아아, 진짜. 저 안 그래도 힘들다고요."

"죽고 나면 그런 것도 깔끔히 없어져 편히 쉴 수 있지."

"나 PD님!"

즐겁게 콧노래를 부르며 엘리베이터 버튼을 누른 나 PD의 눈이 의미심장하게 빛났다. 외로운 노총각의 심신을 위로해 줄 아주 화끈한 19금 예술영화가 조금 전에 나 PD의 손에 들어왔다. 원래 그런 건 혼자 봐야 제맛이지만. 고독한 영혼 하나 더 구제해 주는 셈 치고 같이 봐주기로 했다. 스트레스는 이렇게도 풀 수 있다는 걸 알려줄 요량이다. 옛 직속 사수의 은혜로움으로다가.

"무슨 급한 일이라도 생기신 겁니까?"

말없이 운전에만 열중하고 있는 지니를 걱정스레 바라보며 하라가 조심히 물었다. 다른 생각에 잠시 빠져 있던 지니가 하라를 돌아보며 빙긋이 웃었다.

"세양병원."

"거긴 다 마무리됐잖습니까. 정민이도 무척 좋아했고……."

말을 하다 보니 떠오르는 얼굴이 하나 있었다. 하라가 말끝을 흐리며 지니의 눈을 응시했다. 하라의 눈에 깃든 질문을 알아챈 듯 지니가 엷은 미소를 띠며 고개를 끄덕였다. 하라의 표정이 단번에 환해졌다.

"정말이십니까?"

"조금 전 전화. 은솔이 어머니야."

"와아, 정말 해내신 겁니까? 팀장님! 사랑합니다!"

하라가 와락 지니를 끌어안았다. 신호를 받아 정지해 있기를 천만다행이었다. 격한 포옹과 함께 지니의 얼굴에 입맞춤을 퍼붓는 하라 때문에 운전에 집중할 수가 없었다. 지니가 웃음기 가득한 얼굴로 하라를 진정시켰다.

"지금 여기서 이러면 은솔이 만나러 가지도 못하고 응급실로 곧장 직행하는 수가 있어."

"아, 죄송합니다."

얼른 자세를 바로잡아 앉은 하라가 기쁨을 숨기지 못하고 입술 끝을 한껏 끌어 올렸다. 그런 하라가 사랑스러워 지니가 부스스 부드럽게 머리를 헝클었다. 배시시 지니를 돌아보는 하라의 눈이 반달 모양으로 휘었다.

"나도 좋아. 네가 좋아하니까. 더."

수줍게 웃으며 지니의 한쪽 손을 잡은 하라가 그의 손등에 쪽 하고 입을 맞췄다. 지니가 돌아보자 앙큼하게 웃는다.

"지금은 이것밖에 못해 드리지만 나중에는 더 화끈하게 해드리 겠습니다."

"화끈?"

"상입니다. '참 잘했어요' 상."

"아, 그 상 빨리 받고 싶다."

솔직한 마음을 표현하며 아쉬운 듯 말하는 지니를 하라가 흐뭇 하게 바라보았다. 고느님 당신은 정말 존경받을 만한 분이십니다. 당신이 나의 남자여서 저는 또 한없이 행복합니다.

세상에서 자신의 연인에게 존경을 받는 사람이 몇이나 될까? 사랑은 받을 수 있지만 존경을 받기란 매우 힘든 일이었다. 그 소 수의 사람 중에 지니가 속한다는 게 하라는 당연하다고 생각했다. 동경이 사랑으로 바뀌고, 그 사랑이 존경을 이끌었다. 참 바람직 한 사랑이었다.

세양병원에 도착해 은솔이 기다리고 있는 소아암 병동으로 이동하는 시간이 꽤 길게 느껴졌다. 두근거리는 가슴을 애서 진정시키며 501호로 다가갔다. 입구에 있는 소독제로 소독을 하고 이은솔이란 이름을 확인한 후 조심스레 문을 열었다.

원래는 6인실인 702호에 있었던 것을 지니가 2인실인 501호로 옮겨놓았다. 몸과 마음이 지쳐 있는 상태에서 많은 사람이 북적거리는 곳에 있는 것보다는 안정을 위해 2인실에 있는 것이 낫다는 판단에서였다. 물론 지니의 지원이 있었다는 말은 거부감이 들 수 있어 하지 않았다. 병원 측의 소아암 환아 특별지원 시스템이라고만 했다.

"안녕, 은솔아!"

창가 자리에 앉아 있던 은솔이 해맑은 하라의 목소리에 고개를 돌렸다. 처음 어리둥절해 있던 은솔이 임미를 쳐다보자 엄마가 엷게 웃으며 고개를 끄덕였다. 그제야 은솔의 얼굴에 밝은 미소가 떠올랐다.

"언니!"

반갑게 하라를 부르며 휠체어를 밀고 다가오는 은솔을 향해 두 팔을 활짝 벌리고 하라가 달려갔다. 격하게 껴안고 싶었지만 최대한 감정을 조절해 부드럽게 은솔을 안았다. 자칫, 반가움에 와락 껴안았다가 탈이라도 나면 어쩌나 걱정이 앞서 몸이 먼저 조심스럽게 반응했다.

"잘 지냈어?"

"응. 항암도 잘 견디고 이젠 많이 좋아졌어요."

"진짜. 얼굴이 더 예뻐진 것 같다. 이젠 완전 아가씨 같은걸?"

"에이, 그건 좀 오버다."

"어, 너 그런 말도 할 줄 알아?"

"왜요? 나도 애들 하는 말 다 할 줄 알아요."

"오, 이런 몰라봐서 미안."

"쿡."

하라의 너스레에 은솔이 낮게 웃었다. 둘의 다정한 모습을 흐뭇하게 바라보고 선 은솔 어머니의 곁으로 지니가 다가서 정중히 인사를 건넸다. 마주 고개를 숙여 보인 은솔 어머니가 살짝 미안한 기색을 내비쳤다.

"갑자기 이런 연락 드려서 정말 죄송해요."

"아닙니다. 연락받고 너무 기뻐서 이렇게 한달음에 달려왔습니다. 연락 주셔서 저희가 오히려 감사합니다."

지니의 진심 어린 말에 은솔 어머니가 울컥 눈물을 터트렸다. 주머니 속에서 손수건을 꺼내 은솔 어머니에게 건네며 지니가 따스한 미소를 지어 보였다. 그 미소에 은솔 어머니의 얼굴에도 엷은 미소가 머금어졌다. 말하지 않아도 알 수 있는 감정의 교류를 느끼며 서로가 서로를 보듬었다.

"은솔이의 가슴에 있는 작은 소망의 불꽃. 그 불꽃이 더 잘 타오르도록 도와주는 것이 바로 우리가 하고자 하는 일입니다."

"네. 저도 정민이 방송 봤어요."

"정민이도 정말 행복해했습니다. 은솔이도 그럴 겁니다."

"부탁드려요. 우리 은솔이."

"은솔이 점점 나아지고 있으니까 너무 걱정하지 마십시오. 방송이 나갈 때쯤이면 퇴원해서 집에서 편안하게 보고 있을지도 모릅니다."

지니의 말에 은솔의 어머니가 고개를 끄덕였다.

"꼭 그렇게 되었으면 좋겠네요."

"꿈은 꾸는 대로 이뤄진다고 합니다. 그러니 건강하게 행복하게 사는 모습만 생각하십시오."

"네."

울먹임이 섞인 목소리를 꾹 눌러 삼키며 눈물 가득한 눈으로 웃음을 띠었다. 이제 더는 울지 않을 거라 맹세했건만 아직도 연약한 마음이 남아 눈물이 흐르고 만다. 그래도 웃어야지. 이제는 기쁜 일만 있을 테니까. 은솔 어머니의 간절한 마음이 고스란히 얼굴에 드러났다.

"은솔이가 누굴 닮아서 이렇게 예쁜가 했더니 엄마를 닮았구나. 어머니, 정말 미인이십니다. 아가씨 때는 인기 정말 많으셨을 것 같습니다."

"어머. 아니에요."

하라의 너스레에 그제야 은솔 어머니가 편안하게 웃었다. 그를 바라보는 은솔의 얼굴에도 환한 미소가 머금어졌다. 하라가 은솔을 등 뒤에서 끌어안으며 쪽 하고 볼에 입을 맞췄다. 은솔이 부끄러운 듯 배시시 웃으며 얼굴을 붉혔다.

"너 엄마한테 정말 감사해야 한다. 이런 미모와 몸매를 물려주셨는데 말이야. 투덜거리면 절대 안 돼."

"피. 나도 다 알거든요?"

"역시. 우리 똑똑이 박사님을 이 우둔한 내가 어찌 이기겠습니까?"

"크크크."

은솔이 연신 해맑게 웃는 모습을 흐뭇하게 바라보며 은솔 엄마도 함께 웃었다. 항암치료에 들어간 뒤로 이렇게 즐거워하는 모습은 처음 보았다.

그저 불순한 의도를 가지고 접근하는 걸로만 알았다. 방송이라는 것 자체가 영리를 목적으로 하는 곳이니까. 온갖 마음을 헤집는 아픔을 다 드러내게 하고 몇 푼 쥐어주는 것으로 끝내고 말겠지 싶었다. 그러면 방송 후엔 가는 곳마다 얼굴을 알아보는 사람들이 즐비할 것이고, 모두가 측은지심으로 바라볼 것이 뻔했기 때문이다.

하지만 지니의 말처럼 그들의 프로그램은 뭔가 달랐다. 동정심 유발이 아닌 행복을 말하며 긍정적인 삶을 유도했다. 같은 병동에 입원해 있는 정민이의 방송을 보며 참 많은 것을 느꼈다. 방송 후 해맑아진 정민은 병세가 호전되어 곧 퇴원을 할 수도 있다고 했다.

냉정하게 지니의 제의를 거절한 것이 못내 후회가 되었다. 은솔이 그렇게 바라는데 모른 척 차갑게 외면했던 것도 그렇고, 그냥 한번 만나나 보게 할 걸 하고 많이 후회했었다. 지금 은솔의 기뻐하는 모습을 보니 용기 내 연락하기를 참 잘했다는 생각이 들었다.

"간절히 바라는 소원 하나를 이루고 나면 그다음엔 희망이 자라나게 됩니다. 꿈을 꾸고 그것을 하나하나 이뤄 나가다 보면 마침내 절망은 사라지고 환한 햇살이 내리비치는 넓은 들판에 자신이 서 있다는 것을 느끼게 될 겁니다. 아이들은 그렇게 자라나야 합니다. 희망과 꿈으로 가득 찬 곳에서 행복하게."

가만가만 속삭이듯 말하는 지니의 목소리가 은솔 엄마의 가슴속 깊이 울림으로 다가왔다. 은솔이 아프다는 것만 생각했다. 더이상 아프거나 상처받지 않게 만들어야 한다고만 생각해 철저하게 벽을 세웠다. 하지만 그 벽 속에 갇힌 건 은솔과 엄마였다. 세상은 아무 변화 없이 거기 그대로인데.

용기를 내 조금 허물고 나온 벽 밖의 세상에서 누군가 손을 내밀었다. 이제 그 손을 잡고 세상 속으로 천천히 발을 내딛어보려 한다. 아직 세상을 제대로 살아보지 못한 은솔을 위해서.

"잘 부탁드립니다."

"같이 행복해지셔야 합니다. 은솔이, 은솔 어머니 모두. 그래야 진정한 행복이 찾아옵니다."

마주한 시선 속에 따스함이 깃들었다. 이슬이 맺힌 눈으로 애써 밝게 웃으며 은솔 엄마가 고개를 끄덕였다. 이제 눈물은 더 이상 흘리지 않을 것이다. 기쁨의 눈물을 제외하고는.

한결 가벼워진 마음으로 입원실을 나선 지니와 하라가 다정히 이야기를 나누며 복도를 걷고 있었다. 간호사 스테이션 앞에 서 있던 병훈이 둘을 발견하고 입가를 빙긋이 끌어 올렸다.

"그림 좋다."

살짝 놀리는 투로 말했는데 그를 듣지 못한 듯 지니와 하라가 그대로 병훈을 스쳐 지나갔다. 병훈의 눈썹이 휘었다.

"허어, 사랑에 눈먼 자. 다른 건 아무것도 안 보이고 안 들린다 이거지?"

팔짱을 끼고 가늘게 둘의 뒷모습을 노려본 병훈이 악동 같은 표정으로 슬금슬금 그들의 뒤를 따랐다. 그리곤 환하게 웃으며 지니에게 시선을 고정시킨 채 조잘조잘거리고 있는 하라를 의미심장하게 쳐다봤다. 눈에 하트가 동동 떠다니고 있었다.

그런 하라를 사랑스럽게 내려 보고 있는 지니에게로 시선을 옮긴 병훈이 그들과는 조금 다른 음흉한 미소를 띠었다. 눈썹을 아래위로 들썩이며 뒤로 바짝 다가선 병훈이 갑자기 둘 사이로 끼어들며 하라의 팔에 팔짱을 꼈다. 놀란 둘이 동시에 병훈을 돌아봤다.

"날씨가 신짜 죽여주게 좋지 않냐? 딱 산책하기 좋은 날이지. 안 그래요?"

빙긋이 입가를 끌어 올리며 병훈이 하라를 돌아봤다. 하라가 주변을 돌아보며 고개를 끄덕였다. 창으로 보이는 하늘이 병훈의 말처럼 무척 맑고 화사했다. 건물 밖 정원을 산책 중인 사람들의 표정도 밝았다. 하라가 맞장구를 치려 고개를 돌렸다. 그런데 방금 전까지 옆에 있던 병훈의 모습이 보이지 않았다. 팔짱만 뺀 거라 생각했는데 병훈이 온데간데없이 사라져 버렸다.

"에? 방금 여기 계셨는데 어디로 가셨지?"

"바빠서 먼저 갔어."

심드렁하게 말하며 걸음을 재촉하는 지니를 하라가 빤히 쳐다봤다. 날씨 얘기하다가 갑자기 말도 없이 사라질 수도 있는 건가? 참 희한한 분이시네?

"야! 고지니!"

에스컬레이터로 막 들어섰을 때였다. 다다닥거리는 발소리와 함께 병훈의 고함 소리가 들렸다. 무슨 일인가 싶어 돌아보려는 하라의 얼굴을 제게 고정시키고 지니가 엄하게 말했다.

"아무하고나 팔짱 끼고 그러지 마. 세상엔 좋은 사람만 있는 건 아니야."

"네?"

"특히 저놈은 절대 안 돼. 말 걸어도 무시해."

"하지만 친구분……."

"사람 염장 지르고 약 올리는 게 취미인 놈이야. 상대할 필요 없어."

"흐음."

지니의 말을 듣고 보니 정말 두 사람이 친구란 생각이 들었다. 지니도 염장과 약 올림에는 일가견이 있는 사람이었다. 특히나, 친구 놀려먹기라면 이미 하라도 눈으로 목도한 바가 있었다. 성격 좋은 버거 사장님. 투덜거리면서도 맛난 밤버거를 정성스레 만들어주시던 그 아름다우신 사장님. 그분은 지니의 희생양이셨고, 병훈은 지니를 희생양으로 삼고 싶어 안달난 장난꾸러기였다.

입에는 절대 거미줄을 칠 수 없는 말 많은 스파이더 닥터 병훈이 오늘따라 참 불쌍하게 느껴졌다. 병원 안에서 저렇게 소리를 지를 정도면 지니가 뭔가 열받는 응징을 감행했다는 말인데. 정작 우리의 고느님은 너무도 태연하시다. 당신의 까칠함과 시니컬함에 존경을 표합니다.

"아우, 저걸 그냥!"

에스컬레이터에서 내려 로비를 걸어가는 지니를 사납게 쏘아보며 병훈이 씩씩거렸다. 하라가 시선을 돌려 다른 곳을 보는 그 짧은 순간 하라의 팔에서 병훈의 팔을 빼낸 지니가 그의 팔을 등 뒤로 꺾으며 멀찍이 집어 던져 버렸다. 그것도 쓰레기를 수거하며 이동하던 청소원에게로.

우당탕 소리가 날 만큼 거칠게 부딪혔음에도 지니는 마치 아무 일도 없었던 듯 하라의 손을 잡고 곧장 걸어갔다. 수거함이 플라스틱이었기에 망정이지 쇠였으면 어쩔 뻔했느냔 말이다. 매정한 놈.

저를 덮은 쓰레기 더미를 헤치고 벌떡 일어서던 병훈이 다시 주저앉았다. 부딪히면서 다리를 삐끗한 모양이었다. 순간적인 통증에 놀라 엉덩방아를 찧으며 도로 쓰레기 너미 위로 떨어졌다.

"아이고, 이를 어쩐데. 선생님, 괜찮으세요?"

청소원이 놀라 병훈을 부축했다.

"아, 예. 이거 죄송합니다."

"아니에요. 일부러 그러신 것도 아닌데. 그런데 어쩌다가 그렇게 던져지셨는지……."

남의 여자한테 팔짱 꼈다가 그렇게 됐다고는 말하지 못하고 병훈이 어설프게 웃으며 거듭 죄송하다 고개를 숙여 보였다. 쓰레기 수거함을 똑바로 세우고 줍는 것을 도우려는 병훈을 청소원이 만류했다.

"아이고, 환자 보는 손으로 이런 거 만지면 안 돼요. 이건 제 일이니까 신경 쓰지 마세요. 금방 해요."

"그럼."

정중히 고개를 숙이고 홱 몸을 돌린 병훈이 저만치 멀어져 가는 지니를 향해 버럭 고함을 질렀다. 삿대질까지 해가며 열심히 뛰었지만, 발목이 아려 끝까지 쫓아가지는 못했다. 의대 시절부터였다. 뭐든 못하는 게 없는 지니에게 질투가 나 가끔 이렇게 그를 놀려먹으려고 기회를 틈타 실행에 옮겼다. 하지만 번번이 병훈이 도로 당하고 말았다.

지니는 상당히 지능적인 나쁜 놈이었다. 뻔히 알면서 모른 척 시치미를 떼고 있다가 쉽게 판을 엎어버린다. 여자에 정신을 빼앗겨 이번엔 좀 쉬울 줄 알았더니, 역시 고지니다.

"다음엔 꼭 이긴다. 흥."

병원 건물을 나서는 둘을 얄밉게 쏘아보던 병훈의 입가에 엷은 미소가 번졌다.

"그래도 자식 간만에 웃는 얼굴 보니 좋네."

피식. 싱겁게 웃으며 돌아서던 병훈의 눈에 가운에 붙은 이물질이 눈에 들어왔다. 껌 종이였다. 병훈의 눈썹이 꿈틀거렸다. 손끝으로 그것을 집어 떼어내며 병훈이 이를 빠드득거렸다.

"아우, 이 나쁜 새끼."

스마트한 의사로 간호사들의 선망의 대상이었던 병훈의 입에서 욕이 터져 나오자 스테이션에 있던 간호사들이 뜨악해 그를 쳐다보았다. 병훈이 쓰레기통에 종이를 버리며 아무 일도 없었던 듯 태연한 표정으로 자신의 진료실을 향해 걸었다.

표정은 태연했지만 절뚝거리며 걷는 폼이 조금 불쌍해 보였다.

입소문을 탄 지니의 램프는 시청률이 날로, 날로 상승곡선을 그리며 올라갔다. 방송국 홈피는 이미 감동적이라는 시청소감과 더불어 칭찬의 글들이 쇄도했다. 다른 환아들의 신청이 늘어가면서 지니의 램프는 시즌 프로로 재편성하게 되었다.

시즌 1의 마지막은 은솔의 이야기였다.

엄마가 모자를 뜨면서 더 이상 울지 않았으면 좋겠다고 웃었으면 좋겠다고 말했던 은솔의 소망은 은솔과 함께 뜨개질을 하는 엄마의 얼굴에 환한 웃음꽃이 번지면서 시작되었다. 어머니와 은솔이 직접 뜬 모자는 세계의 모든 아이들에게로 전달되었다. 어려운 환경에서 태어나 체온저하로 죽어가는 신생아들은 물론, 은솔과 같은 처지에 있는 환아들에게도 많은 도움이 되었다.

마음이 따스해지는 모자 뜨기는 두 모녀에게 행복한 웃음을 찾아주었다. 모자를 받은 아이들의 감사 인사가 방송 말미에 나오면서 그를 지켜보던 모두의 얼굴에도 흐뭇한 미소를 떠올리게 했다. 행복 바이러스가 방송을 통해 소리 없이 번져 나갔다.

"사나이 가슴을 이렇게 뭉클하게 만들다니. 눈물이 앞을 가려서 도저히 일을 할 수가 없습니다."

"핑계도 참 가지가지다. 그래도 마무리는 확실히 해야지."

"물론이죠. 제가 일 하나는 똑소리 나게 가르쳤잖습니까."

"뭐?"

"홍하라."

뒤에 서서 눈물을 훌쩍이고 있는 하라를 정태가 불렀다. 손등으로 눈물을 닦으며 하라가 정태를 돌아봤다.

"네?"

"방송실 가서 테이프 수거해서 자료실에 예쁘게 꽂아놔. 다른 건 내가 할 테니까. 넌 딱 그것만 해. 오케이?"

"네. 다녀오겠습니다."

빨갛게 물든 코를 훌쩍이며 사무실을 나서는 모습을 모두 물끄러미 바라보았다. 하라의 모습이 보이지 않자, 모두들 시선을 주고받으며 의미심장한 미소를 떠올렸다. 김 작가가 눈을 가늘게 내려뜨며 음산하게 말했다.

"준비는 다 철저하게 해놨겠지?"

정태가 똑같은 표정으로 고개를 끄덕이며 손으로 오케이 사인을 해 보였다. 그런 정태의 뒤통수를 나 PD가 시원하게 후려쳤다.

"아 씨! 또 왜요!"

앞으로 훅 기운 머리를 들어 뒤통수를 문지르며 정태가 나 PD를 째려보았다.

"눈빛 봐라. 저게 아직도 선배랑 맞먹으려고 하지. 어디서 건방지게 수신호야. 입 뒀다 뭐 하냐? 여자한테 쓰지도 못할 거 아껴서 뭐 하려고."

"거기서 여자가 왜 나와요? 누군 뭐 여자 안 만나고 싶어 못 만나나?"

"그러니까. 선배들한테 아낌없이 쓰라고. 정중하게."

"알았다고요. 자기는 말로 안 하고 꼭 폭력 쓰면서."

수긍하는 척하면서 구시렁거리며 불만을 토로하는 정태를 나 PD가 귀여워 죽겠다는 눈으로 쳐다봤다. 정태는 이상하게 놀려먹는 재미가 남달랐다. 반응이 아주 제대로라 자꾸만 자꾸만 약을 올리고 싶어진다. 그것도 다 네 잘못이야. 고분고분 네네거리면 심심해서 안 건드리잖아.

"자자, 행동 개시. 팀장님이 30분 붙잡아둔다고 했으니까. 그 안에 다 준비해야 된다."

김 작가가 박수를 치며 빨리 움직이라 독촉했다. 그런 김 작가를 빤히 쳐다보며 정태가 의미심장하게 물었다.

"정말 30분이면 된답니까?"

정태를 돌아본 김 작가가 씨익 입가를 끌어 올려 웃었다. 따라 정태도 입꼬리를 음흉하게 치켜올렸다. 그런 정태의 머리로 나 PD의 통쾌한 한 방이 날아왔다. 정태의 웃는 얼굴이 순식간에 사라졌다.

"방송국이야, 방송국. 이건 때와 장소 구분도 못해. 그러니까 네가 연애를 못하는 거야, 인마."

"뭐, 뭐. 사랑하는 데 장소가 무슨 상관이야. 내가 좋아 죽겠다는데."

"그래, 그래. 너 연애하면 꼭 방송국 내에서 끝내주는 섹스해라. 내가 필히 구경 가줄 테니까."

가늘게 빛나는 나 PD의 눈을 보고서야 정태가 입을 다물었다. 생각해 보니 그건 좀 아닌 것 같았다. 비밀 유지가 힘든 곳이었다. 방송국이란 곳은. 스릴만점 섹스도 좋지만 그러다 들키면 망신도 이런 망신이 없었다.

"준비하죠? 시간도 얼마 없는데."

담담하게 회의실로 향하는 정태를 김 작가와 나 PD가 즐겁게 바라보았다.

"어디서 좀 참한 신입 하나 땡겨와 봐. 저놈 혹 갈 만한 이쁜이로다가."

"그런 이쁜이 있으면 나 먼저 소개 좀 시켜줘. 나도 외로워."

나 PD의 뻔뻔한 얼굴을 쳐다보다 쌩하니 고개를 돌린 김 작가가 정태의 뒤를 쫓아 회의실로 향했다.

"야야, 주문한 것들은 다 도착했다냐?"

김 작가의 뒷모습을 멀뚱히 쳐다보던 나 PD가 싱겁게 웃으며 걸음을 옮겼다.

지하 자료실에 들어서 시사교양 2팀 코너로 걸어간 하라가 지니의 램프라고 표식이 된 테이프들을 흐뭇하게 바라보았다. 15회로 마감된 시즌 1의 마지막 테이프를 꽂으며 울컥 치민 감동으로 코끝이 시큰해졌다. 손가락으로 코를 쓱쓱 문지르며 입 끝을 매끄럽게 끌어 올렸다.

"장하다, 홍하라."

가슴에 손을 올려 토닥토닥 스스로를 대견하다 다독였다. 기획자 이름에 자신의 이름 석 자가 찍혀 있다는 게 너무 벅차고 기뻤나. 뿌듯하게 테이프를 올려 보던 하라가 숨을 깊게 들이쉬며 뒤로 돌아서던 순간이었다. 하라의 시야로 갑자기 너른 가슴이 들어왔다.

"헉. 놀래라."

시선을 올리자 낯익은 얼굴이 보였다. 감미로운 미소를 짓고 있는 지니의 얼굴을 보자 하라의 얼굴에도 미소가 번졌다. 지니가 손을 뻗어 그녀의 머리를 부드럽게 쓰다듬었다.

"놀랐어?"

"갑자기 나타나셔서 조금 놀랐습니다."

"아까부터 서 있었는데. 몰랐다니 섭섭하네."

"아, 그게 제가 잠시 저기에 정신이 팔려서."

하라가 등 뒤 테이프를 가리키며 변명을 하려 했다. 테이프로 시선을 옮겼다가 다시 지니를 돌아보는 그 짧은 순간 그의 입술이 하라의 입술을 덮쳤다. 부드럽게 시작한 키스는 하라를 진열대로 몰아붙일 만큼 강렬해졌다. 등에 닿는 딱딱한 진열대의 감촉과 지니의 몸이 전해주는 열정 사이에서 하라는 뜨겁게 달아올랐다. 이곳이 사람들의 출입이 빈번한 자료실임을 잊을 만큼.

"하아."

놓지 않을 것처럼 강렬하게 하라의 입술을 탐하던 지니가 거친 숨을 내쉬며 살짝 입술을 뗐다. 파르르 떨리는 하라의 속눈썹을 지그시 내려 보던 지니의 입기가 야릇하게 말려 올라갔다. 가늘게 내려뜬 하라의 시선은 줄곧 그의 입술에 머물러 있었다. 흐트러진 호흡을 흘려내는 하라의 입술이 매혹적인 빛깔로 물들어 있었다.

고개를 비틀어 내린 그가 맥박이 뛰고 있는 하라의 목에 지그시 입술을 눌렀다. 하라의 호흡이 더 가빠졌다. 크게 부풀어 올랐다가 내려앉는 하라의 가슴이 지니의 가슴에 닿았다가 멀어졌다. 그의 입술이 쇄골을 따라 아래로 내려와 움푹 파인 우물을 머금었다. 말캉하고 따스한 혀가 여린 살을 핥을 때마다 하라의 입에서 신음이 새어 나왔다.

하라의 손이 지니의 머리를 감쌌다. 그의 부드러운 머리카락이 손가락을 스칠 때마다 하라의 입가에 미소가 떠올랐다.

"아쉽다."

신음처럼 흘려낸 그의 말이 하라의 예민한 살결을 간지럽혔다. 그가 다시 하라의 입술을 가볍게 취한 후 그녀의 눈을 응시했다. 하라의 눈동자 가득 그녀를 바라보는 지니의 모습이 비쳤다.

"회사만 아니면 더 좋았을걸."

"······응?"

"시간도 너무 짧고."

"아아?"

그가 무슨 말을 하고 있는지 감을 잡지 못하던 하라의 눈이 순간 번쩍 뜨였다. 그를 안고 더듬던 손을 활짝 펼치며 사방을 두리번거렸다. 다행히 자료실 안에는 둘 말고는 아무도 없는 것 같았다. 안도의 한숨을 내쉬며 하라가 지니를 뾰루퉁하게 올려봤다.

"알고 있으셨으면서 도발을 하시면 어쩝니까. 까딱했으면 여기서 19금 찍을 뻔했지 않습니까."

"정말?"

"일단 시작하면 그게 스톱이 잘 안 되지 않습니까?"

"뭐, 하라만 괜찮다면 난 상관없긴 한데."

"상관없긴 뭐가 없습니까? 들키면 팀장님도 같이 훅 가는 거잖습니까."

"간 김에 결혼까지 쭉 가면 되지."

"뭘 또 결혼······. 네?"

동그랗게 놀란 눈으로 자신을 바라보는 하라의 머리 양쪽 진열대를 손으로 짚고 상체를 숙여 가까이 다가왔다. 하라가 눈을 말똥거리며 그의 얼굴을 빤히 쳐다봤다. 방금 자신이 들은 말이 정말인지 믿을 수 없으니 재차 해달라 조르는 듯한 눈빛이었다.

"정말인가?"

"뭐, 뭐가 말입니까?"

눈을 지그시 맞추며 의미심장하게 묻는 지니의 물음에 하라의 심장이 두근거렸다.

"여기서 19금도 찍을 수 있을 만큼 나한테 푹 빠졌나?"

"회사가 아니었으면 저도 팀장님과 같은 마음이었다, 뭐 그런 의미입니다."

수줍어하면서도 솔직하게 답한다. 이래서 좋다. 말을 돌리지도, 남의 감정을 이용하지도 않는다. 지루한 감정놀음 따위는 둘 사이에 필요치 않았다. 서로를 사랑한다는 그 단 하나의 진심이면 족했다.

"내 마음이 어떤데?"

매끄럽게 말려 올라가는 지니의 입술을 뚫어져라 바라보며 하라가 홀린 듯 멍하니 입을 열었다.

"고 홈?"

"쿡쿡쿡."

하라의 대답에 지니의 웃음이 터졌다. 맞는 말이다. 지금 당장 하라를 데리고 자신의 집 침실로 가고 싶었다. 이렇게 사랑스러운 여자를 앞에 두고 참는다는 건 정말 곤혹이었다.

"그래, 가자. 일단 사무실만 들렀다가."

"……네."

살짝 아랫입술을 깨물며 눈을 내려까는 하라의 모습이 더없이 사랑스러웠다. 그가 손을 뻗어 부스스 하라의 머리를 헝클이다 와락 껴안았다. 몸이 부서질 것처럼 힘껏 껴안는 그의 마음이 고스란히 하라의 심장으로 스며들었다.

사무실로 들어서던 하라가 멈칫 멈춰 섰다. 아직 퇴근 시간도 아닌데 불이 다 꺼져 있었다.

"어라? 불이 왜 꺼져 있지?"

벽을 더듬어 스위치를 찾던 하라의 눈에 어둠 속에서 반짝반짝 빛나는 불빛 하나가 보였다. 고개를 갸웃하며 그것을 향해 걸어 들어가는 하라를 뒤에 선 지니가 부드럽게 바라봤다. 회의실로 향하는 계단에 한 발을 올려놓던 하라의 눈이 동그래졌다. 불빛이 하나둘 늘어나기 시작했다. 계단 끝머리에 닿았을 때 불은 여러 개로 늘어나 있었다. 그 불빛이 일정한 리듬을 타며 움직였다.

하라가 회의실 문을 열고 들어서자 스크린에 램프의 지니의 메이킹 영상이 플레이되었다. 모두 동분서주하며 뛰어다니는 하라의 모습을 담고 있었다. 웃고 떠들고 감동해 또 우는 모습까지. 스크린에서 눈을 떼지 못하는 사이 그녀 주변으로 모여든 불빛이 그녀를 에워쌌다.

"당신의 미소엔 모두를 행복하게 만드는 마법이 있어요."

누군가 선창을 하자 일제히 노래를 부르기 시작했다. 그녀 앞으로 촛불을 밝힌 케이크를 들고 지니가 다가왔다. 축 입봉이라고 적힌 축하 멘트를 보자 하라의 눈시울이 붉어졌다. 울컥하고 눈물이 쏟아졌다.

"축하해."

지니의 감미로운 목소리에 하라가 울먹이며 고개를 끄덕였다.

"불 꺼야지."

"네."

하라가 입술을 쭉 내밀어 바람을 불려는 찰나 정태가 슬금슬금 그녀의 뒤로 다가왔다. 그런 정태를 지니가 날카롭게 쏘아보았다.

무슨 짓을 하려는지 뻔했다. 정태가 막 손을 뻗어 불을 끄고 좋아하는 하라의 머리를 누르려는 순간 그의 머리를 밀치며 나 PD가 그 자리를 대신 차지했다. 박수갈채를 보내며 같이 기뻐하는 나 PD를 지니가 의미심장하게 바라보았다.

대대로 입봉한 후배에 대한 축하로 이런 이벤트를 벌였다. 그리고 그 직속 사수가 몰래 다가가 케이크에 후배의 머리를 박아 넣는 것이 이벤트의 피날레였다. 하지만 상대는 여자였고, 지니의 애인이었다. 사람도 가려가면서 행동해야 한다는 것을 정태는 아직도 잘 모르는 것 같았다.

하긴 정태가 갈팡질팡하는 건 지니의 공과 사 구분이 모호한 태도 때문이기도 했다. 어떤 때는 막 굴려서 가르치라고 했다가 어떤 때는 그래도 여잔데 그렇게 다뤄서 되겠냐고 넌지시 눈치를 주기도 했으니 헷갈리는 게 당연한지도 몰랐다.

불이 켜지고 모두들 하라를 축하하며 환호했다. 지니가 하라의 머리를 습관처럼 쓰다듬는 걸 보고 있던 김 작가가 모두에게 눈짓을 해 보이며 선동을 하고 나섰다.

"키. 스. 해. 키스해."

이미 쇼킹할 만큼 강렬한 키스를 보긴 했지만 지니가 누군가를 사랑하고 주변에 개의치 않고 키스를 하는 장면은 언제 봐도 신기했다. 그도 뜨거운 심장을 가진 사람이고 연인에게는 사랑하는 감정을 숨김없이 드러내는 열정을 가진 남자임을 실감케 하는 명장면이었다.

"정 원하신다면."

"에? 진짜요?"

손끝으로 찍어 케이크를 맛보던 하라가 눈을 깜빡이며 지니를 응시했다. 지니의 입매가 매끄럽게 올라갔다. 그가 들고 있던 케이크를 옆 사람에게 건네고 하라에게 바짝 다가섰다. 하라가 저도 모르게 마른침을 꿀꺽 삼켰다.

"이리 와."

지니가 하라의 허리와 뒷머리를 감싸 끌어당겨 안았다. 하라의 눈이 토끼 눈처럼 커졌다. 모두들 숨을 죽인 채 둘의 모습을 지켜보았다. 지니의 고개가 모로 기울며 감미롭게 하라의 입술에 키스를 했다.

"휘우우."

김 작가가 작게 휘파람을 불었다. 상대를 소중하게 여기는 마음이 지켜보는 사람에게도 고스란히 느껴질 만큼 부드러운 키스였다. 입술을 거둔 지니가 그녀의 머리를 감싸 제 품에 기대게 하며 귓가에 나직하게 속삭였다.

"사랑합니다. 나의 아름다운 사람."

하라의 얼굴 가득 행복한 미소가 번졌다.

"자자, 아직 파티는 끝나지 않았다. 코 삐뚤어지게 마시진 못해도 입 축일 만큼은 마실 수 있으니까. 즐겁게 놀아보자고."

"시즌 1의 성공을 축하하고, 시즌 2의 감동을 기약하며. 털자!"

"털자!"

소주가 아닌 샴페인이었지만 모두 기분 좋게 잔을 비워냈다. 러브 샷 모드로 술잔을 비운 지니와 하라가 서로를 마주 보고 환하게 웃었다. 지니가 하라의 귓가에 입술을 내려 은밀하게 속삭였다.

"끝나고 집에 같이 가."

배시시 웃으며 고개를 끄덕이는 하라를 보며 그가 물었다.

"당신의 소원은 무엇입니까?"

"네?"

"당신의 지니가 그 소원을 들어드리겠습니다."

"와아, 정말입니까?"

정말 램프의 지니가 된 듯 말하는 그를 사랑스럽게 올려 보며 하라가 기대로 들뜬 목소리로 불었다. 그가 고개를 끄덕이며 그녀의 이마에 입술을 눌렀다. 그리곤 그대로 입술을 작게 달싹였다.

"단, 램프의 지니가 나오게 하려면 아주 많이 만져 줘야 합니다."

"아, 기억납니다. 그런 조건이 있었습니다."

알라딘의 요술 램프를 떠올리며 하라가 고개를 주억거렸다. 그런 하라의 입술을 손끝으로 어루만지며 지니가 매혹적인 미소를 지어 보였다.

"당신의 지니는 조금 까칠해서 이 입술로 만져 주지 않으면 잘 나오지 않을 겁니다. 아마도."

"……에, 또. 그런 겁니까? 쿡."

터져 나오는 웃음을 참을 수 없었다. 샴페인으로도 충분히 즐겁게 부어라 마셔라 흥을 돋우고 있는 팀원들 사이에서 둘만의 은밀한 대화를 나눈다는 것도 가슴 설레었고, 그의 말이 주는 자극 또한 하라를 기대로 들뜨게 하기에 충분했다.

"지니, 제 소원을 들어주세요."

그의 목을 두 팔로 휘감으며 하라가 그의 입술을 취했다. 겹쳐진 지니의 입술이 만족스럽게 사르르 말려 올라갔다. 오늘은 아마도 긴긴 밤이 될 것 같다. 지니가 단 하나뿐인 자신의 사랑스런 연인을 만나는 날이니까.

'내 소원은 영원히 사랑하는 당신과 함께하는 것입니다.'

　　지니의 램프 시즌 1의 성공적인 마무리로 시사교양 2팀에게 포
상 유급휴가가 떨어졌다. 비록 4박 5일, 일주일도 채 안 되는 휴가
였지만 그게 어디냐 감지덕지했다. 저마다 그동안 하지 못했던 일
들을 하거나 소홀했던 가족들과 함께 소중한 시간을 보내기로 했
다. 더러는 지니와 하라처럼 여행을 떠나는 이도 있었다.

　　이른 아침, 잠도 제대로 못 자 부스스한 얼굴로 하라가 이것저
것 짐을 챙기느라 부산을 떨었다. 어제부터 계속 챙긴 짐이었다.
더 가져갈 것도 없으면서 집 안을 휘젓고 다니는 딸을 모친이 못
마땅하게 쳐다봤다.

　　"아예 집을 싸그리 싸가지 그러냐?"

　　"어? 정말 그럴까?"

　　"딸년은 죄다 도둑이라더만 이건 시집도 안 간 게 어디서 싹쓸

이여."

　헤벌쭉 벌어진 입으로 반짝 눈을 빛내며 집 안을 두리번거리는 하라의 머리를 인정사정없이 때렸다. 퍽 소리와 함께 앞으로 꼬꾸라진 하라가 뒷머리를 잡은 채로 고개를 번쩍 들어 올렸다. 자신을 흘기며 콧김을 뿜어내는 하라를 향해 모친이 근엄하게 말했다.

　"눈 깔어라이."

　"옙!"

　반항이란 단어는 모친 앞에선 무용지물이었다. 저 거대한 몸에 깔려 허우적대지 않으려면 모친의 눈이 희번덕거릴 때 알아 고분고분 머리를 숙여야 한다. 방 안에 떡실신으로 누워 계신 부친의 모습을 보았다면 더더욱.

　"어디로 간댜?"

　"지리산."

　"산 가서 뭐 할라꼬?"

　"별 보여준다던데?"

　"……."

　별이라는 말에 모친이 잠시 입을 다물고 뭔가를 생각했다. 과년한 처자와 산에 가서 별을 보겠다는 말을 순진하게 받아들여야 할지, 불순하게 받아들여야 할지 잠시 고민하는 눈치였다. 그 별이 하늘에 떠 있는 별이냐, 아니면 땅에서도 볼 수 있는 다른 별이냐가 문제였다.

　"뭐. 그거나 저거나 상관은 읍나?"

　"응?"

　"아니여. 별 많이 보고 와야. 이 별이고, 저 별이고."

이왕이면 네 눈앞에 반짝반짝 빛나는 별을 더 많이 보고 오길 바란다. 못 알아듣는 건지 못 알아듣는 척하는 건지. 맹한 눈으로 자신을 바라보며 눈을 깜빡이고 있는 하라를 멀뚱히 쳐다보며 모친이 그녀의 배낭을 발로 툭툭 찼다.

"아, 왜."

"딸내미, 내 말 명심혀."

"뭐요."

"별은 젊었을 때 많이 봐야 혀. 늙으면 보고 잡아도 볼 기회가 그닥 없어야."

"뭔 말이여?"

"하긴 젊은 니가 어찌 알 것냐? 늙으면 순식간에 지나가는 별똥별이 되는디. 어데 볼 새나 있간?"

늙은 별? 순식간? 당최 무슨 말인지 알아듣질 못하고 연신 고개만 갸웃거리는 하라를 한심하게 쳐다보다 살짝 열린 안방 문 사이로 보이는 바닥에 납작 엎드려 자는 남편을 차게 쏘아보았다.

"봐야. 이젠 엎어져도 하나 걸리는 게 읍나벼. 편안하게 잘도 잔다. 이러니 나가 자매님이라고 부르제."

"자매님?"

모친이 부친에게 붙인 닉네임은 자매님. 그 의미가 무엇인지 알고 있는 하라가 그제야 코까지 골며 숙면을 취하고 있는 부친을 돌아보고 고개를 끄덕였다. 그 별이 그 별이구만. 모친에게로 다시 고개를 돌린 하라가 주먹을 불끈 쥐어 보이며 의지를 다졌다.

"기필코 있는 힘 다해 별을 따오리다."

"혹 가게 따오느라."

"옙!"

진지하게 주고받는 모녀의 대화라고는 볼 수 없는 불순한 말이었다. 고지니를 따먹고 오라는 모친의 특명이나, 그것을 실행에 옮겨 많이 따먹겠다는 하라나 지극히 정상적인 일상 대화를 나누고 있다고 볼 수는 없었다.

"그렇다고 너무 무리하진 말아야. 겁나 도망치면 안 된게."

"그건 염려허덜 말어."

의미심장한 눈빛으로 서로를 바라보며 결의를 다지는 사이 하라의 휴대폰이 울렸다. 서둘러 휴대폰을 꺼내 통화 버튼을 누른 하라가 환한 미소를 지으며 반갑게 전화를 받았다.

"넵! 딤장님."

[준비 다 됐어?]

"예. 단단히 준비했습니다."

집을 통째로 집어넣을 거냐는 말을 들을 만큼.

[집 앞인데. 들어갈까?]

"아닙니다. 제가 나가겠습니다."

[부모님 깨셨으면 인사라도 드리고 가야지.]

하라가 엄마를 돌아보며 손가락을 입술에 세워 보였다. 조용히 해달라는 신호였다. 눈치 백단 모친이 팔짱을 끼며 게슴츠레하게 눈을 내리떴다. 마음 같아서는 우리 딸 잘 부탁한다 얼굴 한번 보고 말하고 싶지만 늘어져 자고 있는 남편을 보자니 그런 말을 도저히 할 수가 없었다. 아침부터 못 볼 꼴 보이고 싶진 않았다. 깔끔한 모습으로 첫 대면을 해야지 저건 도저히 보일 수가 없다. 잘생긴 장래의 사위 얼굴 보고 상쾌하게 아침을 시작할 수도 있었는데. 아쉽다. 이 원수는 저 못난 남편이 일어나면 꼭 갚아주리라.

"다 주무십니다. 깨우기 그러니까 제가 나가겠습니다."

모친에게 거수경례로 인사를 대신하고 서늘한 고갯짓 퇴출명령을 받으며 집을 나섰다. 현관문을 나서자 저만치 집 앞에 차를 세우고 운전석에서 내리는 지니의 모습이 보였다. 그를 보자 절로 미소가 사르르 번졌다. 한달음에 대문으로 달려가 문을 연 하라가 배낭을 달랑거리며 그의 앞에 가서 섰다. 얼마나 열심히 달려왔으면 호흡이 다 흐트러졌을까?

"굿 모닝?"

부스스 하라의 머리로 손을 뻗어 그녀의 머리카락을 부드럽게 헝클었다. 언제부턴가 이 행동이 지니의 애정 표현이 되어버렸다. 배시시 웃으며 하라가 아침 인사를 했다.

"안녕히 주무셨습니까?"

"난 잘 잤는데. 하란 못 잤나 봐?"

"아, 너무 들떠서 잠이 안 와 못 잤습니다."

"얼굴 부었다."

"에. 그렇습니까?"

얼굴을 두 손으로 감싸며 하라가 토끼 눈을 하고 지니를 올려봤다. 부끄러운 모양이었다. 지니가 자세를 낮춰 하라와 시선을 맞췄다. 그윽하게 바라보는 그의 눈빛에 하라의 볼이 더 붉어졌다. 하라의 손을 볼에서 떼어내며 그가 나직이 속삭였다.

"그래도 예뻐."

"헤헤. 그렇습니까?"

"자고 일어나서 새집 지은 머리도 예뻤어."

"그건……."

지니의 집에서 하룻밤을 보내고 아침에 알람 소리에 깼을 때 하라는 그곳이 제 방인 줄 알았다. 부스스한 머리와 얼굴을 긁적이고 하품까지 크게 했었다. 그 모습을 팔로 머리를 받치고 모로 누워 있던 지니가 고스란히 보고 있었다. 뭔가 방 안이 너무 깔끔하고 낯설다 싶어 주변을 두리번거리다 지니를 봤을 때의 충격이란. 정말 그대로 먼지가 되어 날아가거나, 투명인간이 되었으면 싶었다. 그때를 떠올리자 하라의 미소가 어색해졌다. 울지도 웃지도 못할 말에 하라가 안절부절못하는 모습을 기분 좋게 바라보다 지니가 고개를 틀어 그녀의 입술에 입을 맞췄다.

"언제 어떤 모습으로 있어도 내 눈엔 다 예뻐 보여."

"팀장님도 그러십니다."

"나도 예쁘다고?"

"네. 엄청나게 예쁘십니다."

"흐음. 남자가 예쁘다라. 썩 기분 좋은 말은 아닌데?"

"아, 그럼. 잘생기셨다고 수정하겠습니다."

"훗. 하라한테만 예뻐 보인다면 괜찮아."

"그, 그렇습니까?"

"이러다 볼이 익어 없어지겠다. 그러기 전에 차에 태워야지."

지니가 하라를 백낮째 번쩍 들어 올렸다. 그리곤 성큼성큼 조수석으로가 문을 열고 하라를 조심히 내려놓았다. 안전벨트까지 매어주고 물러나며 그녀의 입술을 훔치는 것을 잊지 않았다. 매혹적인 미소를 머금고 멀어지는 지니의 입술을 하라가 황홀하게 바라보았다. 차를 돌아 운전석으로 걸어오는 그를 보며 하라가 혼잣말을 중얼거렸다.

"정말 불타 없어지고 말지 말입니다. 심장까지 완전 그냥 녹아 내립니다."

"응?"

운전석 문을 열고 올라타며 지니가 고개를 갸웃했다. 하라의 혼 잣말을 들은 모양이었다. 하라가 어설프게 웃으며 도리질 쳤다.

"아닙니다. 아무것도 아닙니다."

"흐음."

뭔가 석연치 않았지만 심장 어쩌고 하는 말로 미뤄보아 지니 자 신과 관련된 이야긴 거 같았다. 심장이 바운스 바운스 한다는 말 이겠지. 척하면 척이다. 하라의 표정에서 숨길 수 없는 사랑의 향 기가 났다. 흐뭇한 미소를 지으며 지니가 차를 출발시켰다.

"그럼 별 보러 가볼까?"

"그런데 왜 지리산입니까? 여기 북한산도 있고 가까운 산이 많 은데."

문득 떠오른 생각을 하라가 묻자 지니가 한쪽 입가를 야릇하게 말아 올렸다. 그가 가늘게 눈을 빛내며 의미심장하게 말했다.

"멀리 가야 쉽게 돌아오지 못하니까."

"네?"

"휴가 내내 거기 있을 거거든. 나만 아는 장소라 인적도 드물어. 별 보기 딱 좋은 곳이지."

"……네에."

천천히 고개를 끄덕이며 하라는 왠지 모친이 말한 별과 지니가 말하는 별이 혹시 똑같은 의미를 가진 건 아닌지 생각했다. 또 화끈 얼굴이 달아오른다. 볼에 손을 대자 따뜻한 기운이 느껴졌다.
나 엉큼한 생각 하면 진짜 열나나 봐.

"창문 열까?"

"네?"

갑자기 창문을 열어주겠다고 말하는 지니를 하라가 멀뚱히 쳐
다봤다. 아직 새벽녘이라 창문을 열면 찬 기운이 스며든다. 등산
복을 입긴 했지만 찬바람에 감기가 들 수도 있었다. 그걸 모를 리
없는 지니가 생뚱맞게 창문을 열어줄까 물으니 의아했다.

"너무 더워 보여서."

"안 덥습니다만."

"얼굴. 홍당무 같은데."

"흐음."

왠지 달아오른 자신을 놀리는 말인 것 같다. 인적 드문 곳에서
의 별 구경이란 말도 어쩌면 의도적으로 한 말일 수도 있다는 생
각이 들었다. 하라의 야한 상상을 유도하기 위해서. 생각하면 다
드러나는 하라의 얼굴이 보고 싶어 그랬으리라. 뭔가 혼자만 당하
고 있는 것 같아 괘씸했다.

"별 생각하니 막 달아오릅니다."

싱긋이 미소를 띠며 하라가 말했다. 움찔. 지니의 미간이 살짝
찌푸려졌다. 그가 조금 뜨끔한 눈으로 돌아봤다. 그에게선 좀처럼
볼 수 없는 표정이었다. 그에 장난기가 발동한 하라가 태연한 얼
굴로 그의 허벅지에 손을 올려놓았다. 그의 시선이 제 허벅지를
어루만지는 하라의 손에 머물렀다.

"우리 모친 왈, 별은 젊을 때 많이 봐야 한답니다. 늙으면 별똥

별밖에 못 본답니다. 순식간에 슝 지나가는."

"쿡."

웃음이 터져 나왔다. 매번 생각하는 거지만 하라의 모친은 입담이 보통 사람의 그것을 넘어서는 신선함을 가지고 있다. 언제 한 번 섭외해 강연이라도 들어야겠다. 팀원들의 유머감각 향상을 위해서.

"그래도 전 그 말에 완전히 동의하진 않습니다."

"왜?"

지니가 제 허벅지 위에 놓인 하라의 손을 감싸며 다정히 물었다. 하라가 그를 빤히 바라보며 발랄한 목소리로 말했다.

"원래 램프의 지니는 요정이라 절대 늙지 않는답니다. 몸이 안 늙는데 거기라고 늙겠습니까? 언제나 팔팔하게 살아 있는 별이지 싶습니다."

"쿡. 푸하하하."

웃음을 참을 수가 없었다. 별별하며 은근히 지니의 다리 가운데를 힐끔거리는 하라의 음흉한 시선도 재밌고, 절대 늙지 않을 거라 생각하며 기대감에 가득 차 있는 하라의 엉뚱함이 귀여웠다.

"직접 확인해 봐. 진짜 늙지 않을지 어떨지."

"낮에 뜨는 별이 더 맛난지도 꼭 확인해 보겠습니다."

고속도로로 차를 올리며 지니가 기분 좋게 말했다.

"Of course."

지리산은 산세가 깊기도 하지만 전라도와 경상도의 경계가 되는 드넓은 산이기도 했다. 지니가 말하는 인적이 드문 장소까지 오르는 데는 장장 3시간이 넘는 산행을 감행해야만 했다. 날이 선선하다고는 하지만 쉬지 않고 산을 오르다 보니 숨이 금방 벅차올랐다.

"조금 쉬었다 갈까?"

"많이 남았습니까?"

하라의 등에서 배낭을 거둬가며 지니가 주변을 살폈다.

"한 10분?"

"그럼 도착해서 쉬겠습니다."

"괜찮겠어?"

"만날 평지만 뛰어다니다 보니 산행이 익숙지 않아 그렇습니다. 아직 체력은 괜찮습니다."

걱정 말라 엷게 웃는 하라를 따뜻하게 바라보며 지니가 손을 내밀었다. 그 손을 잡고 비탈길을 오른 하라가 후우 낮은 한숨을 내쉬며 걸음을 재촉했다. 하라와 보조를 맞춰 산을 오르며 지니가 대견한 눈으로 하라를 바라봤다.

첫 산행이라 힘들 만도 한데 연신 웃음을 잃지 않으며 괜찮다고 말했다. 지니의 마음을 편하게 해주고 그에게 짐이 되지 않으려는 고운 마음이 느껴졌다. 산새의 울음소리가 청명하게 들렸다. 간간이 부는 바람이 피부를 스칠 때면 절로 미소가 머금어졌다. 힘들어도 둘이 함께여서 좋았다.

"다 왔다."

풀숲 사이로 난 오솔길을 따라 걸어 들어가자 제법 너른 풀밭이 나왔다. 그 풀밭 안쪽에 아담한 오두막이 있었다. 마치 백설공주에 나오는 난쟁이들의 오두막처럼 보였다. 물 흐르는 소리가 들리는 걸로 봐선 근처에 계곡도 있는 것 같았다. 아름드리나무로 둘러싸여 신비로운 분위기를 자아내는 장소에 하라는 첫눈에 반했다.

"와아, 정말 아름답습니다."

"밤 되면 더 좋아."

지니가 하라의 손을 잡고 오두막으로 걸어갔다. 무척 오래된 오두막인 것 같은데 관리가 제법 잘되어 있었다. 문에 걸린 자물쇠를 주머니 속 열쇠를 꺼내 여는 지니를 바라보던 하라가 다시 한번 주변을 두리번거리며 감탄사를 터트렸다.

"정말 하나 버릴 것이 없는 장소인 것 같습니다."

문을 열고 하라의 어깨를 감싸 안으로 인도하며 지니가 그녀의 귀에 속삭였다.

"앞으로는 하라에게도 아주 특별한 장소로 기억될 거야."

"아."

창이 많아 햇살이 잘 비치는 구조로 되어 있는 오두막은 밖에서 보던 것과는 또 다른 느낌을 안겨주었다. 복층구조로 되어 1층은 주방과 거실을 겸하고 있었고, 아래층이 훤히 내려다보이는 2층은 침실로 되어 있었다.

"들어가자."

"이런 곳에 오두막이 있다는 것도 신기하지만, 안의 구조도 좀 특별한 것 같습니다."

나무 테이블 위에 짐을 올려놓은 지니가 하라를 흔들의자에 앉혔다. 그리곤 따스한 미소를 머금은 채 짐 속에서 물을 꺼내 뚜껑을 열고 하라에게 건넸다. 밤새 얼려 얼음물이었던 것이 이제는

다 녹아 조금 시원한 상태가 되어버렸다. 지금 상황에선 마시기가 편해 오히려 좋았다. 물병에 입을 대려다 말고 하라가 지니를 올려다보았다. 하라의 짐까지 짊어지고 오느라 그의 등이 흠뻑 젖어 있었다.

"먼저 마시고 주십시오."

"난 괜찮아."

"그래도 제 마음이 편하지 않습니다."

"알았어."

땀으로 젖은 지니의 옷을 안쓰럽게 바라보는 하라의 시선을 느낀 듯 이번엔 선선히 물병을 받아 한 모금 들이켜고 다시 하라에게 건넸다. 그제야 하라가 시원하게 목을 축였다.

"날이 그다지 덥지 않은데 나도 오랜만에 오는 길이라 땀이 좀 났나 봐."

"바람이 좋긴 합니다만, 젖은 옷을 그대로 입고 있으면 감기 걸리지 않을까 걱정입니다."

"그런가?"

하라의 말에 지니가 주저 없이 웃옷을 벗기 시작했다. 기능성 점퍼와 등산용 티를 벗어 테이블 위에 올리곤 헐벗은 상체로 성큼성큼 하라 쪽으로 걸어왔다. 하라의 눈이 화등잔만 하게 커졌다가 깜빡거렸다. 그가 하라를 스쳐 바로 뒤쪽 벽에 있는 스위치를 눌렀다.

"장작을 지피기엔 시간이 걸리니까 보일러 작동시켜서 샤워부터 하자."

꿀꺽. 바로 곁에서 자신을 내려 보며 말하는 지니를 올려 보며 하라가 저도 모르게 마른침을 삼켰다. 그런 하라를 지그시 내려 보던 지니의 입가에 야릇한 미소가 떠올랐다. 그가 상체를 굽혀 하라의 얼굴 가까이 얼굴을 내렸다. 하라의 눈이 점점 커졌다. 은 은한 스킨 향기와 섞여 그의 체취가 맡아졌다. 덩달아 하라의 심 장이 미친 듯이 뛰기 시작했다.

"마음은 알지만 아직 내가 준비가 덜 됐어. 조금만 기다려 주겠 어?"

"조금 말입니까?"

"아니면……."

"아니면?"

조금 은밀해진 눈빛으로 지니가 하라의 몸을 섬세하게 더듬어 내렸다. 그의 눈빛이 스치는 곳곳 불꽃이 일었다. 너무 뜨거워 달 아오르다 못해 다 타올라 없어질 것만 같았다. 기대감 가득한 하 라의 눈을 지그시 응시하며 지니가 달콤하게 유혹하듯 속삭였다.

"같이 샤워할까?"

푸시시. 하라의 머리 위로 화산 폭발이 일어나는 소리가 들렸 다.

"어, 어디서 말입니까?"

싫다는 말은 하지 않는다. 지니가 빙긋이 웃으며 고갯짓으로 주 방 옆에 붙어 있는 문을 가리켰다. 하라의 시선이 의문의 나무 문 으로 향했다. 신비의 세계로 통하는 마법의 문 같은 그것을 뚫어 져라 바라보고 있는 하라의 귀에 지니의 나른한 목소리가 들렸다.

"숲 속의 샤워실. 한번 가보고 싶지 않아?"

"숲 속의…… 샤워…… 실?"

"녹음이 우거진 아주 근사한 곳이야. 가보면 반할 거야."

그가 손을 내밀었다. 머뭇거리는 듯하던 하라가 조심히 그의 손에 제 손을 올렸다. 그 손을 부드럽게 감싸 잡으며 지니가 하라를 리드했다. 익숙한 듯 하라를 마주 보고 뒷걸음질로 그가 문을 향해 걸어갔다. 걸어가는 중간중간 신발을 한 짝씩 벗어 던졌다. 맨발로 나무 바닥 위를 걷는 기분도 좋았다. 시선을 맞춘 채 샤워실로 향하는 건 가슴이 터질 듯한 설레임을 가져왔다. 그가 손잡이를 잡아 천천히 당기자 소리 없이 문이 열렸다.

산새 소리와 바람에 흩날리는 나뭇잎 소리가 들렸다. 나무로 가려진 조그만 공간으로 햇살이 비쳤다. 오두막과 연결된 벽 쪽에 샤워기가 설치되어 있고 그를 제외한 삼면은 모두 빽빽이 나무가 둘러쳐져 있었다. 천혜의 요새였나. 밖에서는 절대 볼 수 없는.

색다른 샤워실의 풍경에 넋을 놓고 있는 하라의 등 뒤에서 지니가 그녀를 포근히 감싸 안았다. 해맑은 미소를 머금고 그를 돌아보던 하라의 입술에 그가 입을 맞췄다. 어깨를 감싸고 있던 팔이 사브작 사브작 움직이더니 그녀의 티를 천천히 끌어 올렸다. 하라가 벗기기 쉽게 팔을 들어 올렸다. 잠시 목에서 티를 끌어 올릴 때는 입술을 떼야만 했다.

등 뒤로 손을 돌린 하라가 그의 바지 버클을 찾아 풀렸다. 천천히 춤을 추듯 그의 바지를 잡아 내렸다. 아래로 내려가는 하라의 입술을 놓친 지니가 살짝 미간을 찌푸린 채 미소를 지어 보였다. 발목까지 내려온 바지가 거추장스러운 듯 지니가 발로 바지를 걷어냈다. 그리곤 하라를 일으켜 벽으로 몰아세웠다. 그가 살짝 내려뜬 시선으로 하라의 속옷만 남은 상체를 더듬었다. 우아하게 뻗어 내린 손가락 끝이 그녀의 탐스러운 입술을 가볍게 터치하고 아래로 미끄러져 내렸다. 턱을 지나가는 목선을 스치고 움푹 파인 쇄골에서 잠시 맴을 도는가 싶더니 조금 더 아래로 움직였다. 브래지어 라인을 따라 움직이던 손가락이 매끈한 배를 따라 흘러내려 그녀의 배꼽 아래 바지 버클을 톡톡 두드렸다.

그의 손끝이 스칠 때마다 하라는 자꾸만 숨을 들이켰다. 들이켠 숨이 머리끝까지 차오른 느낌에 참지 못하고 하라가 억눌린 숨을 토해냈다.

"하아."

채 숨을 다 내뱉지 못한 하라의 입술을 지니가 그의 입술로 덮어버렸다. 그녀의 숨까지 모조리 집어삼키며 그가 그녀의 입안 곳곳을 탐했다. 벌어진 입술 사이를 비집고 들어온 혀는 조금의 망설임도 없이 하라의 입안을 점령해 나갔다. 마침내 하라의 혀를 붙잡아 휘감은 지니의 혀가 있는 힘껏 그녀의 혀를 빨아들였다. 강하게 때론 느긋이, 야수처럼 거칠게 때론 비단처럼 부드럽게. 그의 혀가 정신을 차릴 수 없을 만큼 하라의 혀를 취하게 만들었다.

파르르 하라의 내려뜬 속눈썹이 떨렸다. 그의 손이 순식간에 하라의 바지를 벗겨 내렸다. 가는 목선을 따라 입맞춤을 남기며 아래로 내려간 입술이 쇄골 위를 짜릿하게 자극했다.

"아아."

하라의 발끝이 오그라들었다. 전신을 관통하는 찌릿한 전율에 하라의 몸이 절로 떨려왔다. 그가 하라의 허리를 잡아 올려 제 허리에 걸치게 만들었다. 샤워기가 있는 곳으로 걸어가는 동안에도 입맞춤은 끊이질 않았다. 지니의 손이 등을 타고 올라 하라의 브래지어 버클을 풀었다. 단단하게 가슴을 감싸고 있던 것이 풀리자 바람이 그 틈을 비집고 들어와 그녀의 여린 살을 스치고 지났다. 하라가 헐렁해진 브래지어를 벗어 빙글빙글 돌린 후 등 뒤로 던지는 모습을 지켜보며 지니가 엷은 웃음을 터트렸다. 그 모습이 마치 카우보이가 소를 잡기 위해 밧줄을 던지는 모습과 흡사해서였다.

"그걸로 대체 뭘 잡으려고?"

웃음이 묻어나는 지니의 목소리에 하라의 입가에도 사르르 미소가 번졌다. 그녀가 팔을 뻗어 지니의 목을 휘감았다. 그의 얼굴 가까이 제 얼굴을 기울인 하라가 고개를 틀어 그의 귓불을 잘근 깨물었다.

"아."

낮은 신음이 지니의 입에서 새어 나왔다. 살짝 찌푸려진 한쪽 눈이 매력적으로 보였다. 그의 귓불을 혀끝으로 훑으며 하라가 유혹하듯 달콤하게 속삭였다.

"지니. 램프의 지니 말고 홍하라의 지니를 잡을 겁니다."

"훗. 그럼 성공했는데?"

그가 샤워기를 틀며 하라의 입술을 머금었다. 진한 키스 뒤에 혀로 그녀의 입술을 훑으며 그녀의 입술 위에서 제 입술을 달싹였다.

"벌써 오래전에 잡혔으니까."

"후후. 그런가 봅니다. 제 눈에도 지니가 완전한 제 것으로 보입니다. 제가 그런 것처럼."

샤워기 물줄기에 흠뻑 젖은 하라의 머리를 쓸어내리며 그가 사랑스럽게 하라를 응시했다. 지니의 속눈썹에 맺힌 물방울을 가만히 바라보다 하라가 혀로 그의 속눈썹을 핥았다. 그의 눈꺼풀이 사뿐히 내려앉았다 떠올려졌다.

그의 손이 조심스럽게 하라의 팬티 라인을 쓸었다. 하라가 등을 휘며 그의 머리를 팔로 감싸자 그녀의 가슴에 그의 얼굴이 묻혔다. 향긋한 살 내음이 지니의 색욕을 가중시켰다. 그가 봉긋이 솟아오른 가슴을 한입 가득 머금었다. 그에 하라의 신음이 짙어졌다.

"하아아."

하라의 가슴 위 오롯이 솟은 앙증맞은 앵두가 딱딱하게 일어섰다. 그 앵두를 혀로 어르고 달래며 지니가 나직하게 속삭였다.

"보여줄게. 낮에 뜬 별이 얼마나 아름다운지."

팬티 속으로 미끄러져 들어오는 지니의 섬세한 손길에 하라의 몸이 반응해 가는 떨림을 만들어냈다. 그녀의 탄력 있는 엉덩이를 그의 커다란 손이 덥석 움켜쥐었을 때는 짧은 비명을 지르고 말았다.

"이 별을 보려면 우선 다 벗어야 돼."

"아아."

야릇하게 말려 올라간 지니의 입꼬리가 매우 즐거워 보였다. 그를 뜨겁게 바라보던 하라의 입술이 매혹적으로 달싹거렸다.

"기대하겠습니다."

뜨거운 샤워를 마치고 옷을 갈아입은 하라가 주방 쪽에 서서 뭔

가를 만들고 있는 지니의 등 뒤로 다가가 그를 껴안았다. 빠끔히
고개를 내밀어 그가 무엇을 하는지 살폈다. 간단하게 먹을거리를
만들어준다더니 그의 앞에는 갖가지 채소와 재료들이 즐비했다.
현란한 칼 솜씨를 선보이며 그가 채소를 다듬는 것을 보고 하라가
감탄사를 터트렸다.

"와아! 이걸 다 혼자 준비하셨습니까?"

"금방 끝나. 편히 앉아서 기다려."

하라가 그의 허리 옆에서 도리질을 쳤다.

"이대로 있겠습니다."

"왜, 나 못 믿어?"

"못 믿는 게 아니라 이렇게 안고 있고 싶어서 그런 겁니다."

장난으로 선넨 농담에 솔직한 심경을 말하는 하라를 부드럽게
돌아보며 지니가 씻어놓은 방울토마토 하나를 집어 그녀의 입에
쏙 넣어주었다. 덥석 받아 맛나게 씹어 삼키는 하라의 모습에 지
니가 흐뭇한 미소를 지었다.

"방울토마토가 아주 맛납니다."

"그럼. 누가 고른 건데."

지니의 자화자찬은 왠지 얄밉지가 않다. 하라에게 먹일 것을 생
각하며 하나하나 정성을 다해 골랐을 지니의 모습이 눈앞에 선하
게 그려져 그런 것일 것이다.

"뭐 만드시는 겁니까?"

"맞혀봐."

"음."

그의 팔 아래로 쏙 얼굴을 내밀어 재료를 눈으로 훑던 하라의

시야에 파스타 면이 들어왔다.

"파스타?"

"면만 보면 그건 당연한 거고. 무슨 파스타?"

"에, 또 그것까진 제가 잘 모르겠습니다. 파스타는 그냥 주면 주는 대로 먹는지라."

"그럼, 오늘부터 하나씩 기억해. 내가 종류별로 만들어줄 테니까."

"와아, 정말이십니까?"

"이래 봬도 혼자 산 세월만 자그마치 7년이야."

끓는 물에 면을 넣기 전 지니가 하라의 몸을 등 뒤로 조심스럽게 밀었다. 혹여나 물이 튈까 걱정스러워 한 행동이다. 그 작은 배려에 또 하라의 마음이 따스해졌다. 냄비에 면을 넣고 소스를 만드는 지니의 너른 등에 하라가 가만히 머리를 기댔다. 그의 움직임이 고스란히 하라에게 전달되었다.

통통통. 마늘을 편으로 썰고, 그 마늘을 올리브 오일에 볶는다. 적당히 면이 익었는지 면을 하나 건져 익은 정도와 맛을 본다. 불을 끄고 면을 건져 찬물에 씻어 내린다. 물기를 뺀 면을 마늘을 볶던 팬에 넣고 올리브 오일을 적당히 첨가해 소금을 넣고 다시 볶는다.

향긋한 냄새가 콧속으로 스며들자 하라의 입안에 침이 고였다.

"자, 다 됐다. 가자."

그의 말대로 10분이 안 되어 파스타 하나가 완성되었다. 그가 파스타가 예쁘게 담긴 접시 두 개를 들고 돌아서자 하라도 그의 앞쪽에 자리를 잡았다. 이번엔 하라가 뒷걸음질로 식탁까지 걸어갔다. 짧은 거리였지만 눈을 맞추고 걷는 건 역시 좋았다.

지니가 접시를 식탁 위에 얌전히 올려놓고 하라를 번쩍 들어 올려 의자에 앉혔다. 눈앞에 김이 모락모락 피어오르는 먹음직한 파스타가 보였다. 꿀꺽. 침을 삼키는 하라의 손에 그가 포크를 꼭 쥐어주었다.

"맛있게 먹어."

"감사히 먹겠습니다."

기대에 부푼 들뜬 목소리로 하라가 감사 인사를 하며 포크를 파스타 접시에 찔러 넣었다. 빙글빙글 포크를 돌리자 파스타 면이 돌돌 말렸다. 적당히 말린 파스타를 들어 올려 막 옆자리에 앉은 지니의 입안에 내밀었다.

"아, 하십시오."

"훗. 아."

그가 입을 벌리자 파스타를 쏙 밀어 넣었다. 파스타를 맛있게 씹으며 지니가 고개를 끄덕였다. 제가 만들었지만 역시 맛은 환상이었다. 그의 표정을 확인하고 다시 포크를 놀린 하라가 망설임 없이 한입 가득 파스타를 머금었다. 오물오물 행복하게 파스타를 씹는 하라를 지니가 물끄러미 바라보았다. 그가 파스타엔 손도 대지 않고 턱을 괴고 하라를 뚫어져라 응시했다. 그의 뜨거운 시선에 하라가 눈동자를 굴려 그를 마주 바라보았다.

"이거 어쩐지 내가 자꾸 기미상궁이 된 것 같은 기분이 든단 말이지."

"컥."

지니의 직설적인 표현에 하라가 먹던 파스타가 걸린 듯 컥컥거렸다. 지니가 건네는 물 잔을 받아 재빨리 물을 삼키고서야 조금 진정된 듯 깊은 숨을 내쉬었다. 그녀가 물기가 묻은 입술을 손등으로 훔치며 지니를 멀뚱히 쳐다봤다.

"정말 그렇게 생각하십니까?"

"사레까지 들리는 걸 보니 의심이 확신으로 굳으려고 하는데?"

"아닙니다. 절대 그런 거 아닙니다. 전 그저 맛있는 건 뭐든 먼저 팀장님께 드려야 한다고 생각해서 그런 겁니다."

"훗. 알아. 농담인데 뭘 그렇게 긴장해."

"흠. 긴장이 아니라 혹시 제 마음을 오해하고 계시는 건 아닌가 해서."

그가 자세를 바로 하고 포크를 들어 파스타를 말아 올렸다. 그 파스타를 하라의 입 앞에 내밀며 지니가 친절하게 설명했다.

"이건 알리오 올리오라는 파스타야. 만들기도 쉽고 맛이 담백하고 깔끔해 여자들이 선호하는 파스타지."

"알리오? 올리오?"

"알리오 올리오."

"네. 알리오 올리오. 정말 맛있습니다."

"이게 내가 네게 만들어준 첫 번째 음식이야. 꼭 기억해. 아."

"아."

마주 본 지니의 아, 라는 말에 자동반사로 하라가 입을 벌렸다. 그 입안으로 파스타를 넣고 포크를 거둔 지니가 오물거리는 하라의 입술을 급습해 쪽 빨아먹었다. 하라가 동그랗게 뜬 눈으로 바라보자 지니가 능청스레 말했다.

"입에 묻어서."

"······예."

냅킨도 있고 손도 있는데 굳이 입술로 입술을 닦는 건 뭐란 말인가. 이거 왠지 드라마나 영화에서 많이 본 듯한 장면인 것 같은데. 혹시, 그런 거 보고 따라 하는 건가? 알쏭달쏭한 지니의 기습 키스에 하라가 고개를 갸웃거렸다.

"그렇게 보지 마. 나도 부끄러우니까."

접시만 내려 보며 이마를 긁적이는 지니의 모습을 가만히 바라보던 하라가 쿡 하고 웃음을 터트렸다. 참으려고 했지만 저도 모르게 새어 나왔다. 살짝 붉어진 지니의 볼이 눈에 들어와서였다. 웬만해선 얼굴을 붉히는 일이 없는 사람이었다. 고느님은 그만큼 두껍고 고매하신 철판을 얼굴에 까셨으니까. 그래서 감정의 변화를 쉽게 드러내는 일이 없는 사람이었다.

힐끔. 그가 눈동자를 올려 하라를 쳐다보았다. 잘근 깨문 입술이 매력적으로 보였다. 하라가 싱긋이 미소를 띠며 고개를 숙여 그의 입술에 입술을 맞췄다.

"거기도 묻었습니다."

장난기 가득한 목소리였지만 그를 놀리는 투는 아니었다. 지니가 빙긋이 웃으며 고개를 들어 하라를 정면으로 마주했다. 하라도 마주 웃어주며 파스타를 입안 가득 밀어 넣었다. 입술에 살짝 잔해가 묻자 하라가 대놓고 제 입술을 손끝으로 톡톡 두드렸다. 그 모습에 지니가 참지 못하고 또 크게 웃음을 터트렸다. 그가 포크를 놓고 하라를 와락 끌어안아 뜨거운 키스를 퍼부었다.

"안 되겠다. 식사는 조금 뒤로 미루자."

"네?"

"지금은 내가 더 급해."

"어, 그. 아까 별은 벌써 봤는데."

"어머니 말씀 벌써 잊었어? 별은 자꾸자꾸 많이 봐야 좋은 거야."

하라를 덥석 안아 올린 지니가 식탁을 돌아 2층으로 올라가는 계단에 발을 올렸다. 12계단을 오르는 내내 그의 입술이 하라의 입술을 탐했다. 계단을 올라서 곧장 침대로 향한 그가 소중히 하라를 내려놓았다. 포근한 이불의 촉감이 너무 좋았다. 향긋한 섬유유연제 냄새에 마음이 포근해졌다. 오랜만에 오는 거라더니, 그가 거짓말을 하고 있었다.

오래된 오두막치고는 너무 깨끗하다고 생각했었다. 이불도 뽀송하고 향기가 좋은 게 그가 불과 얼마 전에 이곳을 찾아 모든 것을 손봤음을 깨달았다. 그 모두가 그녀를 위한 지니의 극진한 보살핌에서 비롯된 것이다. 가슴이 울컥했다.

"사랑해."

그의 목소리가 감미롭게 하라의 귓속을 물들였다. 이슬이 맺힌 눈을 지그시 감으며 하라가 입술을 달싹였다.

"사랑합니다."

어둠이 찾아온 오두막에 고요가 내려앉았다. 청명하게 울리던 산새 소리는 사라지고 풀벌레 소리가 그 자리를 대신했다. 밤의 적막을 뚫고 들려오는 풀벌레 소리가 정겨웠다.

"도시에선 잘 들을 수 없는 소립니다."

"그 숲에선 자연의 소리가 아닌 기계 소리가 들리지."

"사람은 자연과 함께 더불어 살아가야 하는데 말입니다."

"아직 이렇게 자연을 느낄 수 있는 곳이 남아 있음을 감사해야지."

지니가 곁에 누운 하라를 끌어당겨 품에 안았다. 그의 가슴에 머리를 기대며 하라가 오두막의 천장을 올려 보았다. 이렇게 침대에 누워 보면 잘 보일 위치에 유리창이 만들어져 있었다. 천장에 만든 유리창을 직접 본 건 처음이었다. 그 유리창 밖으로 밤하늘을 수놓은 아름다운 별들이 반짝반짝 빛나고 있었다.

"별이 바다를 이룬 것 같습니다."

"보석을 깔아놓은 것처럼 아름답지. 내가 처음 여기 누워 별을 본 게 초등학교 4학년 때였어."

"4학년?"

"아버지가 손수 지으신 오두막이야. 할아버지 이름으로 된 땅 위에."

"아."

어쩐지 지니의 움직임이 너무 익숙하다 했었다. 몇 번 와본 것치고는 몸에 밴 것처럼 행동이 자연스러웠다. 어디에 뭐가 있는지 다 꿰고 있는 게 신기하다 여겼더니 그런 사연이 있어서였다.

"삶에 지쳐 힘이 들 때 온 가족이 함께 와서 편히 쉬고 갈 수 있는 곳을 만들고 싶다고 하셨지. 그 꿈을 이루고 온 가족이 여길 온 건 딱 6번 정도였어. 내가 초등학교를 졸업하던 해에 두 분이 사고를 당하셨으니까. 결혼기념 여행으로 두 분이 이곳으로 오던 길이었어. 음주 운전자가 운전한 차가 역주행하는 바람에 미처 피하지 못하고 그 자리에서 즉사하셨지."

깊은 한숨을 천천히 내쉬는 그의 가슴을 하라가 부드럽게 쓰다듬었다. 지니가 그 손을 잡아 손비닥에 지그시 입을 맞췄다. 그녀의 위로가 그의 가슴에 충분히 전달되었다.

"한참을 못 왔어. 올 수가 없었지. 더 이상 온 가족이 다 올 수 없는 장소가 되어버렸으니까. 그러다 형이 결혼을 하고 형수가 다솜이를 낳으면서 다시 찾게 되었어. 아장아장 뛰어노는 다솜이의 모습을 보는 게 너무 좋았어. 행복했지."

그가 끌어안은 하라의 머리에 가만히 입술을 눌렀다. 흘려낸 여린 숨이 그녀의 머리 위로 따스하게 스며들었다.

"알다시피 그 행복도 그리 오래가지 못했어. 나는 다시 이곳을 버렸고."

"마음이 무척 아프셨겠습니다."

"괜찮아. 이젠 네가 있으니까. 영원히 내 곁을 떠나지 않고 행복하게 해줄 사람이 곁에 있으니까."

"절대 떠나지 않겠습니다. 무슨 일이 있어도 팀장님의 곁에 머무르겠습니다. 꼭."

그가 가만가만 하라의 머리를 쓰다듬었다. 그 부드러운 손길에 하라의 마음이 포근해졌다. 더 힘껏 그를 끌어안으며 하라가 그의 가슴에 입을 맞췄다. 맹세 같은 것이었다. 영원히 당신 곁을 지키겠다는.

"내 아이도 이곳을 좋아해 주면 좋겠어."

그의 말에 하라의 입술이 빙긋이 곡선을 그리며 올라갔다. 그의 가슴에 얼굴을 묻고 하라가 나직하게 속삭였다.

"꼭 그렇게 될 겁니다. 왜냐하면."

가슴을 간질이는 하라의 입술에 지니가 흐뭇한 미소를 지어 보였다. 그가 하라의 턱을 손끝으로 들어 올려 그녀의 입술을 머금었다. 감미로운 키스 뒤에 하라가 그의 입술 위에서 작게 입술을 달싹였다.

"저와 당신이 이곳을 좋아하기 때문입니다. 그래서 우리들의 아이들은 태어나기 전부터 이곳을 아주 좋아하게 될 겁니다."

"응. 그렇게 될 거야."

무수히 많은 별들이 하늘을 가득 물들인 밤. 하라와 지니의 사랑이 그 별만큼 헤아릴 수 없는 깊이로 서로의 가슴속에 각인되었다.

이른 아침 사무실로 들어선 정태가 길게 하품을 하며 기지개를 켰다. 4박 5일 동안 방콕에서 줄기차게 비디오만 섭렵한 후폭풍이 피곤함으로 밀려왔다. 연신 하품을 하며 제자리로 걸어가던 정태가 다시 뒷걸음질로 맨 앞 지니의 자리로 걸어가 그의 책상을 빤히 쳐다봤다. 못 보던 것이 떡하니 책상 위를 차지하고 있었다. 하라와 단둘이 찍은 사진이 액자에 고이 담긴 채 책상 위에 올려져 있었다. 둘이 함께 여행을 다녀온 기념사진인 것 같았다.

게슴츠레하게 떠진 정태의 눈이 들썩거렸다. 그가 팔짱을 끼고 턱을 치켜세운 채 혼잣소리를 중얼거렸다.

"부러우면 지는 거다."

"거기서 뭐 하십니까?"

갑자기 들려온 하라의 목소리에 화들짝 놀란 정태가 펄쩍 뛰며 뒤를 돌아봤다. 입구로 들어서던 하라가 멀뚱히 정태를 바라보고

서 있었다. 남의 자리 앞에서 구시렁거리는 게 오늘 컨디션이 별로 안 좋은 모양이라고 하라는 생각했다. 걱정스레 물은 말에 화들짝 놀라며 정태가 콧바람을 씩씩거렸다.

"넌 무슨 애가 그렇게 기척도 없이 나타나냐? 심장 떨어질 뻔했네."

"심장은 떨어지는 게 아니라 멈추는 거라고 저희 위대하신 고느님이 말씀하셨습니다."

"뭐야?"

가까이 다가선 하라가 그의 가슴 위에 지그시 손가락을 올려 쿡쿡 찔렀다. 정태가 힘없이 뒤로 밀렸다. 뒷걸음질로 계속 밀린 정태가 눈을 희번덕거리며 구시렁거렸다.

"그게 뭐. 심장이 떨어지나 멈추나 죽는 건 마찬가지지."

"그래도 떨어지는 것보단 멈추는 게 덜 아플 겁니다. 떨어지면 흐음. 너무 아파."

정태의 심장 부위를 손끝으로 쓸며 하라가 고개를 절레절레 흔들었다. 홍하라 이게 요즘 지니 팀장이랑 다니더니 말발만 늘었다. 말로 사람을 들었다 놨다 하는 건 여전했지만 디테일이 남달라졌다. 조금 고급스럽게 변했다고나 할까? 다른 사람이 반박 못할 정도로.

"쳇. 입만 살아서는."

자신의 자리까지 밀린 정태가 자리에 털썩 주저앉으며 입을 삐죽거렸다. 그런 정태를 즐겁게 바라보며 하라가 속으로 키득거렸다. 전엔 몰랐는데 정태 선배가 보기보다 순진해서 말장난을 치면 참 쉽게 속아 넘어간다. 그래서 다른 선배들이 정태 선배를 그렇게 줄기차게 놀려대나 보다.

"아, 이건 정말 밝히기 민망한데 말입니다."

"뭔데. 뜸 들이지 말고 빨리 말해."

"제 이 모든 이죽거림과 얄미움은 직속 사수에게 모조리 배운 겁니다."

"뭐?"

히죽 웃으며 돌아서는 하라를 정태가 손짓으로 불러 세웠다.

"야야. 너 거기 안 서. 인마, 그거 누가 들으면 딱 오해하기 쉬운 말이야. 내가 네 직속 사순 건 맞는데 진짜 직접 가르친 건 그다지 없다. 너 그 얄미움과 뭐? 이죽거림? 그거 우리 팀 최고봉이 누군 줄 아냐? 까칠함까지 겸비한 위대한 고지니 팀장이다. 그거 절대 잊으면 안 된다."

"누가 뭘 해?"

사무실로 막 들어선 누군가의 서늘한 목소리를 듣고 정태가 벌떡 자리에서 일어섰다. 사무실로 들어선 지니가 곧장 하라에게 다가가 그녀의 이마에 입을 맞췄다. 이건 뭐 내 애인이다 밝히고 나선 더더욱 조심성이 없어졌다. 특히나 만만한 정태 앞에선 더 그랬다. 만만하지만 입은 무겁다는 걸 아니까 그 앞에선 더 거침없어지고 대담해지는 것이다. 머쓱한 나머지 시선을 회피하며 머리를 긁적이던 정태가 말끔한 지니의 정장 차림을 보고 넌지시 물었다.

"어디 다녀오시는 길입니까?"

"조식 회의."

"아, 간부회의 있으셨습니까?"

일찍 온다고 했는데 지니보단 늦었던 모양이다. 조식이라면 6시쯤 회의를 하고 간단히 아침을 먹었을 것이다. 그럼 그전에 사무실에 들러 액자를 책상 위에 올려놨다는 건데 정말 잘났다고밖에는 할 말이 없다. 그게 그렇게 중요하십니까? 다녀와서 해도 될 일을 왜 굳이.

"사진 봤어?"

심드렁하게 쳐다보는 정태를 깔끔히 외면하고 지니가 하라를 사랑스럽게 바라보며 물었다. 그에 하라가 다소곳한 표정으로 고개를 끄덕였다. 아무리 봐도 이상하게 저 모습은 눈에 익지를 않았다. 말괄량이 천방지축 홍하라와 까칠하고 예리한 고지니가 연인 사이라니. 눈으로 보지 않으면 결코 믿을 수 없는 장면이었다.

"사진이요?"

"내 책상 위에 사진."

"와야, 이거 바로 어제 하산하면서 찍은 건데 어떻게 이렇게 빨리 인화해서 액자에 넣었어요?"

하라가 신기한 듯 사진을 돌아보며 물었다. 지니가 빙긋이 입가를 끌어 올려 웃었다.

"집에 인화기 있어."

"아, 맞다. 그 서재 방에 있던 그 기계가 인화되는 기계죠?"

"응. 기억력 좋다."

하라가 제대로 봤다. 볼 것도 없는 집 안이라 심심했을까. 서재 방구석에 있던 인화기를 다 기억하고 있을 정도면 하라로서는 참 대단한 기억력을 발휘한 것이었다. 하지만 하라 입장에서는 그리 특별할 것도 없었다. 스마트한 시대에 걸맞게 스마트한 최신 기계를 가지고 있던 게 신기해 눈여겨본 것이다. 그걸 보고 기억력 운운하기에는 좀 멋쩍은 구석이 있었다.

배시시 웃으며 머리를 긁적이는 하라를 사랑스럽게 바라보다 갑자기 생각난 것이 있는지 지니가 가방을 뒤적였다. 그리고 뭔가를 쥔 채 주먹을 하라 앞에 내밀었다. 하라가 주먹 쥔 지니의 손을 잡고 안을 들여다보려 안간힘을 썼다. 손가락을 간질이는 작은 자극에 지니가 키득거렸다.

"보여줄게. 진정해."

지니가 손끝으로 하라의 이마를 쓱 밀어 주먹 쥔 손에서 떼어냈다. 그리곤 손을 쫙 펼쳐 보이자 조그만 펜던트가 달린 목걸이가 나타났다. 주르륵 흘러내린 목걸이가 그의 손아래로 길게 늘어져 칠랑거렸다. 그 펜던트를 바라보는 하라의 눈이 호기심으로 반짝 빛났다.

"걸어줄게. 잠깐 돌아봐."

"네!"

씩씩하게 답하며 그의 앞에서 돌아선 하라를 지니가 사랑스럽게 내려 봤다. 목을 덮은 머리카락을 한쪽으로 몰아 앞으로 넘기고 그가 목걸이를 걸어주었다. 다시 머리카락을 뒤로 단정히 넘겨 쓸어주자 하라가 펜던트를 두 손으로 잡은 채 그에게로 돌아섰다. 설레는 마음으로 펜던트를 열어본 하라의 얼굴 가득 환한 미소가 번졌다.

둘이 밤하늘을 배경으로 진한 키스를 나누는 사진이 예쁘게 인화되어 펜던트 안에 담겨 있었다. 셀카라 잘 안 나올 수도 있다더니. 각도까지 예술이었다.

"와아, 감사합니다. 너무 마음에 듭니다."

"나도."

그가 또 다른 펜던트를 들어 흔들었다. 그가 가진 것은 회중시계였다. 뚜껑 부분에 사진을 끼울 수 있는 시계 펜던트였다. 그가 뚜껑을 열어 하라의 눈앞에 보기 좋게 세웠다. 환하게 웃고 있는 둘의 모습이 너무 행복해 보였다.

"다음엔 꼭 셋이 가자."

"에? 그럼 너무 오래 걸리잖습니까?"

"그런가? 그럼 우리 먼저 즐거운 추억 많이 쌓은 다음에 셋이나 넷이서 함께 가면 되겠지?"

"네."

눈이 급피로해졌다. 저 닭살 돋는 애정신을 대체 얼마나 더 많이 봐야 한단 말인지. 눈꼴이 시리지만 시리다고 말은 못하고 속으로 끙끙 애만 태우느라 이미 속이 시커멓게 타들어간 지 오래였다. 애써 둘을 외면하며 데스크톱을 켰다. 정태가 무슨 생각을 하며 앉아 있는지 전혀 알지 못하는 둘은 마치 정태가 투명인간이나 되는 듯 그의 존재를 까마득히 잊고 있었다.

"내가 전생에 지은 죄가 많아서 그런 거지. 암."

스스로를 다독이며 정태가 막 모니터로 시선을 옮겼을 때였다. 그의 책상 위로 누군가 팔을 뻗었다. 흠칫 놀라 고개를 돌리자 지니가 바로 곁에 서서 자신을 근엄하게 내려 보고 있었다.

"김정태."

"네."

"자꾸 딴짓할 거야?"

"딴짓이라니요. 전 그런 적 없습니다."

정태가 부인하며 고개를 내저었다. 그런 정태를 빤히 쳐다보며 지니가 눈썹을 휘었다. 못마땅함이 그대로 드러나는 표정이었다. 정태가 마른침을 꿀꺽 삼키며 고개를 살짝 숙여 이마를 긁적였다.

톡톡. 책상 위로 내려앉은 지니의 손이 테이블을 두드렸다. 정태가 그의 손끝을 무심히 쳐다봤다. 그가 손을 거두자 작은 상자 하나가 그 자리에 남았다. 원래는 없던 것이었다. 정태가 손바닥 크기만 한 상자를 뚫어져라 쳐다보다 자리로 돌아가는 지니를 돌아봤다.

"뭡니까. 이게?"

지니가 등을 돌린 채로 손만 들어 보였다.

"눈에 보이는 그대로."

"흐음."

정태의 눈엔 상자가 선물처럼 보였다. 그래도 그렇게 믿을 수는 없었다. 지니가 자신에게 선물을 줄 리가 없었기 때문이었다. 만날 구박만 하는 사람이었다. 선물이라니 기대 자체를 하지 말아야 했다.

"입봉 도와준 직속 사수에 대한 하라와 내 마음이야."

"에? 정말 선물이란 말입니까?"

"왜, 싫어?"

자리에 앉으며 지니가 건조하게 물었다. 싫다고 하면 다시 가져갈 포스였다. 정태가 급하게 도리질 치며 선물 상자를 집어 들었다. 이 작은 상자 안에 담긴 선물이 대체 뭘지 엄청 궁금했다. 두근거리는 마음으로 살며시 뚜껑을 연 정태가 숨을 쉬는 것을 잊었다. 숨을 멈춘 채로 안에 든 물건을 꺼냈다. 눈앞에서 빙글빙글 그것을 돌리며 이것이 진짜라는 확신이 들자 서서히 그의 표정이 밝아졌다.

"오호!"

감탄사와 함께 터트린 숨이 벅차올랐다. 그가 평소 그토록 갖고 싶어했던 초소형 녹음기였다. 기능은 탑이고 크기는 손가락만 한 최고가 녹음기였다. 돈 모아 꼭 사리라 굳게 마음먹었던 것인데. 이걸 받게 될 줄은 몰랐다.

"가, 감사합니다."

"좋아해 주셔서 저도 기쁩니다."

환하게 웃으며 함께 기뻐해 주는 하라를 돌아보며 정태가 울컥했다. 학교 시절부터 저를 잘 알던 하라가 직접 고른 선물일 것이다. 그걸 알기에 하라가 더없이 사랑스럽게 느껴졌다. 자리에서 벌떡 일어난 정태가 두 팔을 활짝 벌린 채 하라에게로 성큼성큼 달려갔다. 그가 와락 하라를 껴안으려는 찰나, 지니가 그를 저지시켰다.

"김정태, 스톱. 뒤로 세 발 물러서."

그의 말대로 딱 멈춘 정태는 정확히 뒷걸음으로 세 발 물러섰다. 팔을 벌린 채 엉거주춤 서 있는 그를 정태가 날카롭게 쏘아보았다.

"잊지 마. 홍하라는 내 여자야."

"옙."

"함부로 터치하면 죽는다."

"옙."

깔끔한 정태의 답변을 듣고서야 지니가 시선을 거뒀다. 너무 기뻐 그 기쁨을 함께 나누고 싶어 그런 것인데 오히려 타박만 듣고 물러서는 정태를 하라가 안쓰럽게 쳐다봤다.

"아이고, 내가 그렇게 반가워? 등장하기 전부터 두 팔 벌려 환영하게?"

등장부터 요란한 나 PD가 두 팔을 벌리고 선 정태의 품 안으로 뛰어들며 마주 그를 껴안았다.

"그래, 그래. 나도 무지 보고 싶었다. 아 놔, 이놈의 인기는 어째 나이가 들어도 줄어들 기미가 안 보이냐? 점점 피곤해질라 그래."

"저는 폭삭 늙지도 않았는데 아주 많이 피곤합니다. 나 PD님이랑 엮인 후부터 쭉."

정태가 제 능을 노닥이는 나 PD를 밀쳐 내며 두덜기렸다.

"뭐야? 자식이 격하게 반길 때는 언제고 이제 와 딴청이야?"

"나 PD님 안기라고 있는 품이 아니거든요?"

"그럼 누구. 팀장님? 아니면 그의 피앙세?"

"에잇. 몰라요."

토라져 자신의 자리로 돌아가 앉는 정태를 게슴츠레하게 바라보다 나 PD가 피식 싱겁게 웃었다.

"자식이 나날이 앙탈만 늘어."

나 PD가 자리에 가방을 던져 두고 탕비실로 발걸음을 옮길 찰나, 김 작가가 싱글벙글거리며 안으로 들어섰다. 그가 박수를 치며 팀원들의 시선을 집중시켰다.

"자자, 오늘 누가 왔는지 한번 보세요. 아주 귀한 손님이 왔습니다."

"누구?"

김 작가의 뒤로 시선을 던지며 나 PD가 심드렁하게 물었다. 하지만 김 작가의 뒤로 들어서는 인물을 확인하곤 감격해 환한 미소를 띠었다.

"야아. 이게 누구야!"

"안녕하세요."

갑자기 들려온 앳된 소녀의 목소리에 모두의 시선이 일제히 입구로 향했다. 김 작가가 한쪽으로 비켜서자 그 뒤로 예쁜 원피스를 입은 은솔이 모습을 드러냈다. 창백했던 낯빛은 분홍빛으로 화사해졌고, 가늘던 몸은 조금 통통해졌다. 모자를 눌러쓰고 있던 머리는 귀여운 뱅스타일의 컷으로 다듬어져 있었다.

"은솔아!"

하라가 자리를 박차고 달려가 은솔을 와락 껴안았다. 그 뒤로 지니가 따스한 미소를 지으며 다가왔다. 은솔이 완치 판정을 받고 퇴원했다는 소식은 병훈을 통해 들었다. 비록, 그 말을 듣기까지 우여곡절이 좀 있긴 했지만 결국에 제 입으로 실토를 했다. 병훈의 과거 암흑기 사진을 병원 홈피 게시판에 올리겠다는 지니의 담담한 협박이 있고 나서야 사실대로 순순히 털어놓았다.

"언니, 오랜만."

"몸은 괜찮고? 잘 지내는 거지?"

"봐요. 그냥 봐도 딱 잘 먹고 잘사는 거 티나잖아."

"응. 그래. 너무 보기 좋다."

"응. 나도 이렇게 내 발로 찾아와 만나니까 너무 좋아."

너도 나도 은솔의 주변에 모여들어 이야기꽃을 피웠다. 뒤늦게 출근하던 팀원들까지 은솔의 쾌유에 함께 기뻐하며 축하의 말을 아끼지 않았다. 응접실로 자리를 옮긴 은솔을 팀원들이 공주 모시듯 조심조심 대했다. 은솔이 마실 음료를 준비하기 위해 탕비실로 들어선 하라를 지니가 뒤따랐다.

"이런 걸 두고 일하는 보람을 느낀다고 하는 건가 봅니다."

"단순히 사무적으로 사람을 대하는 것보다 진심 어린 마음으로 대하는 일이라 감동이 더 배가되는 거야. 앞으로도 쭉 이렇게만 일해."

"네. 꼭 열심히 해서 팀장님처럼 되겠습니다."

"누구누구처럼이 아니라. 스스로가 길을 개척해야 하는 거야. 이미 닦아놓은 길을 따라 움직이는 건 보람을 반감시키는 일이야. 자기 자신이 직접 기획하고 이뤄낸 성과가 가장 값진 일이지. 지금 너처럼."

"저 말입니까?"

"그래."

"흐음. 저는 아직 제대로 이룬 게 없습니다."

"아니, 있어. 인생에게 가장 큰 건수 하나를 성공시켰잖아."

"어떤 건수 말씀입니까?"

고개를 갸웃하며 의아해 묻는 하라의 이마에 가만히 입술을 내려놓으며 지니가 감미롭게 속삭였다.

"너만의 지니를 곁에 뒀잖아. 평생 너만을 위해 살아갈 든든한 지니를 말이야."

"네. 그런 것 같습니다. 그러고 보니 꽤 탁월한 선택이었던 것 같습니다."

"두말하면 잔소리."

자신에게만큼은 한없이 다정하고 부드러운 지니에게 하라가 뜨거운 키스를 선사했다. 그의 눈이 지그시 감겼다. 세상 단 하나밖에 없는 소중한 사람이었다. 홍하라의 지니는.

맞닿은 입술을 통해 그의 진심이 전해졌다.

'평생, 당신만의 지니가 되어드리겠습니다. 사랑합니다. 나의 소중한 당신.'

끝나지 않은 이야기 하나. From : 김정태

시끄러운 음악 소리에 귀청이 떨어져 나갈 것 같았다. 휘황찬란한 조명 아래 몸을 흐느적거리며 위태하게 서 있는 육체들이 정태는 썩 마음에 들지 않았다. 맥주를 병째 기울이며 정태가 짧은 한숨을 내쉬었다.

"가요. 여기 너무 정신없어."

"뭐?"

"가자고요! 시끄러워서 정신없다고!"

정태가 목이 터져라 고함을 지르고서야 앞에 앉은 나 PD가 고개를 끄덕였다. 맥주병을 입에 대고 기울이면서 그의 눈은 연신 홀에서 춤을 추고 있는 사람들을 탐색하고 있었다. 사십 줄이 다 된 나이에 어울리지 않게 몸에 짝 달라붙는 스판 소재의 가죽 바지를 입고 구멍이 송송 뚫려 좀 춥게 보이는 티를 입고 몸을 흐느적거리는 모습이 그다지 좋아 보이진 않았다. 장소가 아무리 클럽이라지만 정도껏 해야지. 의상을 너무 과하게 입었다.

"하긴, 저 인간을 들여보내 준 그 삐끼 놈이 눈이 삔 거지. 저리 입는다고 앞면까지 젊어지는 건 아닌데 말이야."

미처 얼굴 상태를 못 헤아린 건 오늘따라 네온사인 불빛이 흐렸다는 것을 감안한다 해도 이건 도무지 이해 불가능한 일이었다. 강남 클럽 불가사의 중 하나로 등극할 만한 일이다.

"춤추러 가자. 저기 아주 쌈박한 걸들이 아까부터 쭉 나만 쳐다본다."

"안 가는 게 좋을걸요?"

"뭐? 혼자 가라고?"

"네네. 그러시던지요."

"진짜 나만 간다. 나중에 딴소리하기 없기다."

일어서서도 엉덩이를 씰룩거리며 흥에 겨워 리듬을 타는 나 PD를 정태가 뜨악한 눈으로 보다 얼른 시선을 돌렸다. 맥주가 왜 쓴가 했더니 안줏거리가 저 얼굴밖에 없어서인 듯했다. 나 PD가 자신만만한 얼굴로 자신이 말한 그 쌈박한 걸들을 향해 다가가는 모습을 정태가 불안하게 쳐다봤다.

"그 걸들만 나 PD님을 뚫어져라 쳐다보는 건 아닐 겁니다. 어떻게 클럽에 저런 인간이 들어왔나 신기해서 보는 걸 아주 제대로 착각했지 말입니다."

하라의 말투를 따라 하며 정태가 쓴 입맛을 다셨다. 여자들에게 다가가 추태 아닌 추태를 부리는 나 PD를 두고 보기가 민망해 정태가 자리에서 일어나 출구 옆 복도에 있는 화장실로 향했다. 그나마 그곳에는 시끄러운 소리가 덜했다. 곧장 화장실로 향하던 발걸음을 돌려 비상구 문을 열고 나섰다. 계단을 따라 올라가자 클럽의 뒷문이 나왔다. 밖으로 나서자 빗방울 소리가 들렸다. 들어올 때는 괜찮더니 그새 비가 내리기 시작했나 보다. 클럽 처마 밑으로 빗물이 떨어져 내렸다.

싸한 냉기가 정태의 몸을 스쳐 지났다. 한 차례 몸을 부르르 떤 정태가 담배를 꺼내 입에 물었다. 라이터를 찾아 주머니를 뒤적이다 테이블 위에 두고 온 것이 생각났다.

"아, 짜증."

불만스레 혀를 차며 다시 담배를 갑에 집어넣었다. 불 없이 담배를 피울 수는 없으니 그냥 바람이나 쐬다가 들어가야겠다. 적당히 시간 때우다 들어가면 이미 바람맞은 나 PD가 낯부끄럽다고 빨리 나가자 성화일 거다.

"가을장만가? 꽤 거세게 내리네."

후두둑 소리가 날 만큼 거센 빗줄기에 정태가 혀를 내둘렀다. 비가 내리는 모습을 한참 바라보고 있다 이것도 참 처량하다 싶어 잡스러운 기분을 떨치며 비상문 손잡이를 잡아 돌렸다. 너무 쉽게 문이 열린다 싶더니 열린 문에서 낯선 여자가 모습을 드러냈다. 한껏 취한 듯 여자의 눈은 반쯤 풀려 있었다.

"비켜요. 비켜."

"아, 네."

손을 휘젓는 여자의 행동이 심상찮다고 느낀 정태가 문을 잡은 채 한쪽으로 비켜섰다. 여자가 움직이기 쉽게 배려 차원에서 그런 것이다. 지니 팀장의 하라를 부리는 게 아니라 모시는 신세가 되다 보니 자연스레 몸에 밴 매너였다. 여자가 비틀거리며 힘들게 걸음을 옮겼다. 벽을 짚으려던 여자의 손이 정태의 가슴을 짚었다.

"어어."

지그시 몸무게를 실어 누르는 것 같던 여자의 손이 이상하게 그의 옷을 꽉 움켜쥐고 비틀었다. 정태의 눈이 커졌다. 여자가 정태의 멱살을 거머쥔 채로 그의 면전에 얼굴을 디밀고 있었다. 놀라고 황당해 헛웃음을 터트리자 여자의 앞머리가 날렸다. 여자가 고개를 들어 정태를 빤히 쳐다봤다. 시선이 또렷해지지 않는 듯 여자가 다른 손 손등으로 눈을 비볐다. 그리곤 다시 바짝 얼굴을 디밀고 정태를 확인했다.

"뭡니까아?"

혀 꼬인 소리와 함께 독한 알코올 냄새가 확 퍼졌다. 정태가 미간을 찌푸리며 제 멱살을 잡은 여자의 손을 붙잡았다. 떼어내려했으나 쉽게 떨어지지 않았다. 정태가 한참 여자의 손과 씨름을 하고 있는 사이 여자가 정태의 얼굴을 빤히 들여다보며 고개를 갸웃 기울였다.

"왜, 자꾸 몸을 흐느적흐느적거려요오. 따악. 가만히 멈춰봐요."

아랫입술을 살짝 깨물며 엄한 표정을 지어 보이는 게 지금 술 취해 흐느적거리는 사람이 정태라고 오해하고 있는 것 같았다. 여자가 톡톡 검지로 정태의 입술을 두드렸다. 고의성은 없어 보였지만 어쩌다 보니 손의 위치가 애매하게 자리를 잡았다.

"오, 제법 도톰하니. 예쁘네에."

"뭐……."

무슨 말도 안 되는 헛소리냐 따끔하게 한소리 하려는 찰나 여자가 발을 돋웠다. 제 입술을 머금은 입술에서 따스함이 느껴졌다. 비 때문에 조금 쌀쌀하다고 느꼈는데. 키스 한 번에 몸이 훈훈해졌다. 입이 떨어지는 것이 안타까울 만큼 여자의 키스는 달콤하고 좋았다.

"당신도 나 추카해 주러 온 거죠오."

"무슨 축하?"

여전히 횡설수설하며 히죽거리는 여자를 정태가 조금은 부드러워진 시선으로 내려 봤다. 여자가 두 팔을 뻗어 자연스레 정태의 목을 휘감았다. 정태의 머리가 조금 더 앞으로 기울었다. 가까워진 거리만큼 여자의 얼굴이 또렷하게 보였다. 눈 코 입이 제법 앙증맞은 게 꽤 귀여웠다.

"나아 취직했잖아아. 7전 8기의 정신으로다가."

"허어. 7번이나 낙방했단 소리야? 머리는 그다지 좋은 편이 아닌가 보네."

명함의 대명사 홍하라도 2번 떨어지고 바로 붙었었다. 그에 비하면 이건 참. 머리가 돌이 아닌 이상은 힘들다는 7번 낙방 8번째에 붙기 신공을 발휘한 여자의 정체가 조금 궁금해지기 시작했다. 기뻤겠지. 그래서 이렇게 인사불성이 될 정도로 마신 걸 테고. 말하는 걸로 보아 일행이 있지 싶었다. 어서 일행들에게 인수인계를 해주고 홀가분하게 클럽을 뜨는 것이 좋을 듯싶었다.

"추태는 그쪽이 잘 아는 사람한테 부리는 겁니다. 아무리 실수를 해도 그냥 다 받아줄 수 있는 그런 친밀한 사람에게 말입니다."

"응. 그렇지. 친절한 당신이 딱 내 타입이지."

이건 또 무슨 황당한 말인가. 자기 스타일이라니. 오늘 단 하루 본 걸로 그런 인연을 맺기엔 상당한 무리수가 따랐다. 그리고 정작 당해야 하는 사람의 입장에서는 이런 급작스러운 다가섬이 그리 반가운 것은 아니었다.

"자리 어딥니까. 일단 들어가서."

"우욱. 우욱."

"아, 아, 아, 안 돼!"

정태가 손을 들어 만류하며 눈앞의 여자를 밀치려는 순간 그녀의 입이 먼저 반응했다. 토사물이 주르륵 정태의 옷을 적셨다. 그 끔찍한 촉감이란 말로 표현하기 힘든 더러움이었다. 철퍼덕 여자가 확인 사살을 하듯 토사물로 더럽혀진 그의 가슴에 머리를 기댔다.

"에이, 더러워."

나 PD고 뭐고 일단은 이 더러운 옷을 처리하는 게 먼저였다. 정태가 여자를 가슴에 기대게 한 채로 비상문의 반대편 모텔이 즐비한 곳으로 향했다. 옷을 그냥 두기엔 냄새가 너무 심하게 났다. 일단은 모텔로 가서 옷을 벗어 대충 빨아 말려 입는 게 급선무였다. 잠시 여자를 두고 갈까도 생각했지만 그럼 또 어느 엄한 놈에게 걸려 나쁜 일을 당할 수도 있다는 생각이 들어 할 수 없이 동행하기로 했다.

"이봐요. 좀 일어나 봅시다. 당신 생각보다 너무 크단 말이야."

여자다운 아담함은 없는 여자였다. 뼈대도 굵어 부딪치면 아팠다. 낑낑거리며 모텔로 들어선 정태는 무인 시스템 기계에 안도의 한숨을 내쉬며 방을 선택하고 돈을 넣어 결제했다. 방 키를 받아 곧장 엘리베이터에 오른 정태가 끙끙거리며 여자를 끌고 긴 복도를 거꾸로 걸었다.

"내가 정말 전생에 무슨 잘못을 했기에 여자한테 이렇게 질질 끌려다니냐."

혼잣소리로 신세 한탄을 한 정태가 입에 키를 물고 돌려 간신히 문을 열었다. 힘겹게 안으로 들어서자 비에 흠뻑 젖은 몸에 한기가 들었다. 몇 분 걸리지 않는 거리라 괜찮을 거라 생각했는데 그게 아니었다. 젖은 옷을 거침없이 벗어 던진 정태가 그것을 들고 욕실로 걸어가다 슬쩍 뒤를 돌아봤다. 세상모르고 자고 있는 여자의 몸에서 김이 모락모락 피어오르고 있었다.

"젖은 옷 계속 입고 있으면 제온 다 뺏겨서 감기 걸릴 텐데."

잠시 갈등하다 결심을 굳힌 정태가 여자의 곁으로 걸어왔다. 그리곤 여자의 블라우스 단추를 과감하게 풀어헤치기 시작했다. 느릿하게 시간을 끌었다가는 여자가 일어나 오해를 하고 난동을 부릴 수도 있었다.

단숨에 단추를 풀어낸 정태가 여자의 팔을 조심스럽게 빼냈다. 그리곤 얌전히 상체에 이불을 덮어주었다. 차마 브래지어는 풀지 못하고 그대로 둔 채였다. 아래로 내려가 바지의 버클을 풀려 안간힘을 쓰던 정태가 여자의 뒤척거림에 짜증을 냈다.

"아, 좀 가만히 있으라니까. 안 그래도 젖어서 잘 안 벗겨지는데."

"……야, 너 지금 뭐 하냐?"

살짝 혀 꼬부라진 소리가 머리맡에서 들려왔다. 뭔가 불길한 예감에 정태가 고개를 번쩍 들어 올렸다. 항상 슬픈 예감은 틀린 적이 없다던 그 노랫말이 갑자기 가슴에 팍 와 닿았다. 하필이면 지금 여자가 정신을 차리고 정태를 죽일 듯이 노려보고 있었다. 그게 아니다 오해다, 정태가 손사래를 치며 완강히 부인했다. 그런 정태를 여자가 냉정하게 발로 걷어찼다.

"너 내 손에 오늘 죽었어!"

자초지종을 설명할 시간도 주지 않는 무차별 폭행이 이어졌다. 지지리 복도 없는 놈. 모텔까지 와서 여자한테 얻어터지는 재수 없는 놈은 세상에 저 하나뿐일 거다. 억울한 매질을 당하면서 정태는 거센 몸부림을 쳤다.

"아 씨! 진짜. 옷만 벗긴 거라고 옷만."

"그러니까! 옷은 왜 벗겨!"

"젖었으니까 벗기지! 감기 걸릴까 봐!"

"지랄한다. 그런 넌 왜 벗고 있는데!"

"이건! 네가 구토를 해서."

정태가 저만치 바닥에 나뒹구는 자신의 옷을 가리키며 손가락을 덜덜 떨었다. 분하고 억울한 마음이 앞서 마음이 진정되지 않았다. 여자가 힐끔 정태의 옷을 쳐다봤다. 그리곤 다시 제 몸 아래 깔려 있는 정태를 차갑게 노려보았다.

"저게 내 건지 네 건지 어떻게 알아. 이게 어디서 수작이야. 수작이."

"와아. 진짜 환장하겠네. 국과수 맡겨 DNA 검사해 보자고!"

정태가 처음 만난 여자와 모텔에서 때 아닌 육탄전을 벌이고 있는 사이, 아가씬 줄 알고 다가갔다가 얼굴 가득 팽팽하게 보톡스를 맞고 주름진 얼굴을 펴신 이모님들의 얼굴에 식겁해 돌아온 나 PD가 주변을 두리번거리며 조용히 정태를 찾았다.

"김정태, 정태야."

혹여나 이모님들에게 들킬까 조심조심 자세까지 낮춘 채로 정태의 이름을 나직하게 불렀다. 큰 소리로 불러도 모자랄 판에 그렇게 기어들어 가는 목소리로 부르니 정태를 찾을 수 있을 리가 없었다. 슬금슬금 오리걸음으로 클럽을 빠져나온 나 PD가 마른침을 꿀꺽 삼키며 어깨를 으쓱거렸다.

"난 너 분명히 찾았다."

나름의 정당성을 부여한 나 PD가 행여나 뒷덜미가 잡힐까 쏜살같이 그곳을 벗어났다.

다음날, 멍투성이가 되어 나타난 정태를 보고 나 PD의 심장이 덜컹 내려앉았다.

"굿모닝입니다."

영혼 없는 인사를 하고 제자리로 걸어가는 정태를 나 PD가 걱정스레 바라보았다. 저거 혹시 어제 그 이모들한테 붙잡혀서 나 찾아오라고 협박당하고 두들겨 맞은 거 아니야. 이모들의 덩치로 보아 충분히 그러고도 남음이 있었다.

"뭔 일이냐? 내가 찾을 때 너 클럽 안에 없던데. 어디 갔었어?"

은근히 자신이 정태를 찾았다는 것을 강조하며 곁으로 다가온 나 PD가 조심스럽게 물었다. 책상 칸막이에 턱을 괴고 은밀하게 자신을 바라보는 나 PD를 돌아보지도 않고 정태가 투덜거렸다.

"담배 피러 나갔다가 미친개한테 물렸어요."

"미친개?"

"완전 생 돌아이. 난 보다보다 그런 놈은 또 처음 봤네요."

"왜, 무슨 일 있었어?"

이모들의 얼굴에 놀라 줄행랑친 자신의 스토리보다 정태의 이야기가 더 흥미진진해 보여 나 PD가 반색하며 꼬치꼬치 캐물었다.

"어떤 여자가 술 취해서 내 옷에 오바이트를 했습니다."

"어디다가 뭘 해?"

"제 옷에 우웩."

리액션까지 완벽하게 구사하며 리얼리티를 더하는 정태의 모습에 나 PD가 얼굴을 살짝 찡그렸다. 다행인 건 얼굴에 하지 않고 옷에다 했다는 건데 그럼 얼굴에 난 멍은 대체 뭐란 말인가. 잘못은 여자 측에서 한 것 같은데 만신창이로 돌아온 건 정태였다.

"그래서?"

"그래서는 뭘. 냄새나지 역겹지, 그래서 옷부터 처리해야겠다 싶어서 바로 앞 모텔로 갔죠."

"오호. 혼자?"

"아, 진짜. 그러니까요. 그냥 혼자 가는 건데. 왜 그 여잔 끌고 가서는."

"여잘 끌고 갔어?"

"술이 떡이 돼서 실신 지경인데. 그냥 두고 가면 위험할 것 같더라고요."

"흐음. 내 보기엔 오래 굶은 네가 더 위험해 보이는데."

"뭐라고요?"

"아니야, 아니야. 계속해. 그래서?"

모텔로 술 취한 여자를 끌고 갔다는 건 그리 권장할 만한 행동은 아니었다. 아는 여자도 아니고 처음 보는 여자와 동의도 없이 그런 곳을 가는 건 상당히 위험했다. 자신의 생각을 혼잣소리처럼 늘어놓던 나 PD가 눈을 부라리며 버럭 짜증을 내는 정태에 날 선 목소리에 진정하라 그를 다독였다.

"춥잖아. 감기도 걸릴 것 같고. 처음엔 나만 옷 벗어서 욕실에 씻으러 들어가려고 했죠."

"그런데?"

"여자가 눈에 밟히더라고. 비 맞아서 본능적으로 몸을 부르르 떠는데 안쓰러워 보였어요."

"거참, 신기하네. 네 눈에 안쓰러워 보이는 인간이 다 있고."

"아, 듣기 싫어요? 왜 자꾸 딴지야."

"에이. 추임새라고 생각해."

"젠장. 아무튼 그래서 최대한 빨리 여자 옷을 벗겨서 말려 입혀야겠다고 생각했죠."

후우. 정태가 말을 끊고 깊은 한숨을 내쉬었다. 그런 정태를 뚫어져라 응시하며 나 PD가 어서 마저 이야기하라며 손으로 부추겼다. 정태가 머리를 신경질적으로 헝클며 투덜거렸다.

"여자가 갑자기 눈을 번쩍 뜨더니 날 막 쥐어 패더라고요. 대체 무슨 짓을 하려고 했냐면서. 이건 뭐 남의 말은 들어볼 자세도 안 되어 있어. 그냥 막 패요. 막. 내가 댁이 내 옷에 오바이트를 했다고 아주 친절하게 말해줬거든? 그러니까 글쎄 내 건지 네 건지 어떻게 아냐고. 막가는 거 있지."

얘기인즉, 여자가 눈을 떴을 때 제 옷을 벗기고 있는 정태를 봤고 그 모습에 오해를 해 그를 치한으로 몰아 무작정 두들겨 팼다는 건데. 이거 뭔가 대단한 오해를 샀다. 그러게 애초에 지 혼자 담배를 피겠다고 나간 것부터가 잘못이었다. 그냥 그대로 자신을 기다리고 있었으면 아무 일 없이 클럽을 나설 수 있었을 텐데. 꼭 잘나가다가 딴 데로 새서 이런 곤란한 일을 만든다.

"그러게 거긴 왜 나가서 일을 그 지경으로 만들어. 누가 믿겠나? 자기 옷 벗기고 있는 나체족 말을."

"내가 무슨 나체족입니까? 일이 있어 벗은 거지."

"그거나 이거나. 아무튼 뒤탈 없게 일 마무리 잘해."

"안 그래도 경찰서까지 가서 자초지종 설명하고 경위서 쓰고 난리도 그런 난리가 없었습니다. 고 계집애, 지가 잘못한 거 알고서도 인정을 안 하더라고요."

"거참, 독특하네."

"독특한 게 아니고 미친 겁니다."

정태가 진저리를 치며 어제 일을 머릿속에서 떨쳐 내는 사이 하라가 누군가를 데리고 사무실 안으로 들어섰다. 짝짝. 박수를 쳐 주변을 환기시킨 하라가 자신과 함께 안으로 들어선 인물을 모두에게 소개시켰다.

"선배님들! 주목하십시오! 오늘 우리 팀에 새로운 얼굴이 하나 들어왔습니다."

"신입?"

김 작가가 가름막 사이로 얼굴을 내밀며 새로운 팀원의 얼굴을 살폈다. 눈 코 입이 앙증맞은 게 꽤 귀염상이다.

"이번에도 여자야?"

"여자가 어때서요. 우리 팀은 특별히 여자가 부족하니까. 더 들어와도 됩니다."

"그야 그렇지만. 힘쓸 일이 많으니까 하는 소리지."

정태를 등지고 하라를 향해 돌아선 나 PD가 가름막에 몸을 기대선 채 너스레를 떨었다. 그런 나 PD를 향해 곱게 미소를 띠어 보인 하라가 옆에 선 신입에게 이제 인사를 해도 된다는 신호를 보냈다. 고개를 끄덕인 신입이 살짝 떨리는 목소리로 말했다.

"안녕하십니까? 공주인입니다. 앞으로 손이 발이 되고, 발이 닳아 없어지는 그날까지 열심히 배우고 익히겠습니다."

허리를 깍듯이 굽혀 인사를 하는 주인을 모두 흐뭇하게 바라봤다. 안 그래도 프로그램이 시즌으로 가서 일손이 많이 부족했는데 제법 똘똘해 보이는 녀석이 들어와 참 다행이다 여기던 참이었다.

"어이, 공. 주인."

어디선가 시니컬한 목소리가 들려왔다. 주인이 가장 싫어하는 성과 이름 띄어 부르기를 감행하며 나 PD 뒤의 남자가 삿대질로 자신을 가리켰다. 유난히 부들거리는 남자의 손을 꺼림칙하게 바라보며 주인이 입꼬리를 억지로 끌어 올려 보였다.

"네. 선배님."

"공에만 책임감 갖지 말고. 다른 것도 좀 책임감 있게 행동하는 게 어때?"

"무슨 말씀이신지."

굽혔던 허리를 천천히 들어 올리며 주인이 남자와 시선을 맞췄다. 어쩐지 눈빛이 낯설지가 않다. 머리 스타일이며 언젠가 마주

친 적이 있는 것처럼 낯이 익었다.

"행동 똑바로 하고 다니라고. 술 먹고 엄한 사람 괴롭히지 말고."

나 PD의 뒤로 온전히 모습을 드러낸 정태를 유심히 쳐다보던 주인의 눈이 부릅떠졌다. 처음 만나는 자린데 이상하게 낯이 익다 했더니, 그놈이었다.

"너, 이 왕변태 치한 자식!"

"히어. 이직도 그린 밀을 함부로 시껄이고 다니지? 솔직히 말해 봐. 너 필름 안 끊겼었지? 다 기억하지? 그래 놓고 나한테 죄다 덮어씌우는 거지?"

"무슨 소립니까?"

정태를 보고 분노로 화르륵 불타올라 주먹을 불끈 쥐어 흔드는 주인도 그렇고, 이를 빠득 갈며 어디 두고 보자 으름장을 놓는 정태의 모습도 그렇고 둘 사이에 심상찮은 일이 벌어졌음이 분명한데 그 이유를 명확히 알 수가 없었다. 궁금해 죽겠다는 얼굴로 하라가 둘을 번갈아 돌아봤다.

"저 변태가 절 모텔로 끌고 가 옷을 벗겼다니까요."

"진짜?"

놀라 정태 쪽으로 고개를 돌리자 그가 강렬하게 손을 내저어 부정하며 그게 아니라고 말했다.

"저 여자가 내 옷에 오바이트를 했다니까? 그래서 옷 빨러 간 거야. 비가 억수같이 내렸는데. 맞죠, 나 PD님?"

나 PD에게 동의를 구하며 정태가 그의 어깨에 팔을 올렸다. 나 PD가 고개를 끄덕이며 맞장구를 쳤다.

"고롬 고롬. 온 옷이 흠뻑 젖도록 비가 죽죽 내렸지. 아주 죽여 주게 겁나게 내리더만."

"거보라니까. 그리고 나 저 여자 몸엔 손끝 하나도 안 댔어. 옷만 몰래 벗긴 거야. 옷만."

단순하기 그지없는 정태라 팀원들이 오해를 할 일은 없었지만 주인은 달랐다. 정태의 첫인상이 아주 강렬하게 박혔으리라. 충분히 그런 오해를 사고도 남을 일이었다. 정태와 붙어 있는 내내 아마 둘이 엄청나게 싸우리라는 걸 보지 않고도 짐작할 수 있었다.

"하아. 지랄이 아주 풍년입니다. 그 말을 어떻게 믿습니까?"

입심 하나는 그 누구에게도 뒤지지 않을 대단한 신입이 들어왔다. 아마 상황이 이렇게 흘러가지 않았다면 절대 내뱉지 않았을 말이시반, 1차로 징태와 충격적인 첫 만남이 있었고, 2차로 그녀의 표현대로 참 지랄 맞게 정태와 다시 엮이고 말았다.

"믿어야지. 아무렴 김정태가 하는 말인데. 믿어야 하고 말고."

느긋이 자리에 앉아 어느새 신문을 들척이는 김 작가에게로 시선이 몰렸다. 김 작가가 그 시선을 의식한 듯 또 혼잣말처럼 내뱉었다.

"옛날에 태어났으면 내시들하고 동기동창이 되었을 사람인데. 김 고자 선생 말은 꼭 들어야 해. 어쩔 수 없는 그 아픔까지 가슴 깊이 이해하면서 말이야."

너무도 태연한 김 작가의 말에 하마터면 깜빡 속을 뻔했다. 먼저 정신을 차리고 김 작가에게 바락거린 건 정태였다.

"내가 왜 내시랑 동기동창입니까? 전 하라랑 동문입니다."

발끈해 외친 정태의 말을 김 작가가 또 비틀어 꼬집었다.

"그렇다네. 우리 정태가 여자 감성이 좀 남다르다네. 취향이 독특해서 여잔 옆에 있어도 잘 안 건드린데."

이상하게 정태를 비꼬는 것 같으면서도 다들 정태를 감싸고돌았다. 공생 관계라는 말이 딱 어울리는 공간이었다. 살면 같이 살고 죽으면 같이 죽는다. 그런 모티브가 시사교양 2팀 깊숙이 자리하고 있음을 주인은 느낄 수 있었다. 주인이 조금 누그러진 감정으로 정태를 바라봤다. 투덜거리면서도 팀원들이랑 스스럼없이 대화를 주고받는 모습이 오늘은 그날과 조금 달라 보였다.

"오해는 차차 겪다 보면 자연스레 풀어질 거고. 일단은 취재부터 나가."

간부급 회의를 마치고 돌아온 지니가 둘을 돌아보지 않고 명령했다. 자신의 자리에 앉는 지니를 보고 모두들 제자리로 돌아갔다. 단 한 사람 지니의 말이 제대로 받아들여지지 않은 정태만 빼고.

"누구랑 누구 말씀입니까?"

"오해 말인가. 아니면 취재 말인가."

"취재 말입니다."

"둘 다야. 오해든 취재든 둘이 알아서 해. 대신 빠릿빠릿하게 안 움직이면 혼난다. 김정태, 공주인. 빨리빨리 움직여."

뭔가 일이 대단히 잘못 틀어지고 있음을 깨달은 건 지니의 명령에 주섬주섬 카메라와 수첩을 챙겨 들고 있는 자신의 모습을 발견했을 때였다. 정태가 고개를 번쩍 들어 제 앞에 서 있는 주인을 못마땅하게 쳐다봤다. 정태가 마음에 들지 않는 건 주인도 마찬가지였다. 하지만 신입이 직속 사수를 고르는 건 불가능했다. 정해지면 그대로 따르는 게 방송국 불문율이라고 했다.

"꼬인다. 꼬여."

"뭐 저도 같은 심정이니 피장파장이네요."

"뭐야?"

한마디도 지지 않는 주인 때문에 정태의 뒷골이 쑤셔왔다. 정태가 이를 드러내며 씰룩거리자 주인이 슬그머니 시선을 돌려 딴청을 부렸다. 묘한 신경전을 부리는 둘 사이로 지니의 불호령이 떨어졌다.

"내 앞에서 한 번만 더 티격거리는 모습 보이면 둘만 야근시킨다."

야근이란 말에 정태의 눈빛이 돌변했다. 서둘러 짐을 챙긴 정태가 주인의 손을 덥석 잡아 끌어당기며 사무실을 나섰다.

"이거, 꼴통 중에 상 꼴통이 들어온 거 같지?"

"잘하면 올해 또 국수 먹겠네. 꼴통이 사고 하나는 기막히게 잘 치거든."

나 PD와 김 작가가 쿵짝을 맞춰 대화를 주고받았다. 그들의 시선이 천천히 지니의 책상 앞에 손을 올려 고양이 눈망울을 보여주고 있는 하라에게로 돌려졌다. 그들에게서 행복 바이러스가 마구 뿜어져 나오는 것을 보며 나 PD와 김 작가도 흐뭇한 미소를 머금었다.

끝나지 않은 이야기 둘. From : 지니 & 하라

술에 취하지 않은 말짱한 모습으로 근엄하게 앉아 있는 부친을 하라가 신기한 눈으로 바라보았다. 만날 약주를 드링크하시어 온 동네를 악성 음치의 공포에 덜덜 떨게 하시더니, 오늘은 입을 꾹 다문 과묵한 모습을 하고 있었다.

"그만 처다봐야. 아부지 낯 팔려야."

쪽을 판다는 말도 저렇게 사투리로 들으니 참 정겨운 것 같다. 거하게 차린 식탁을 마주하고 양쪽에 앉은 사람들의 얼굴에 묘한 긴장감이 서렸다. 사위에게 집을 첫선 보이는 자리였다. 검은 이브닝드레스를 과감히 벗어 던진 모친의 오늘 컨셉은 홍사과였다. 붉은 빛깔이 아주 먹음직스러운 원피스를 입고 기품 있는 자세로 앉아 있는 것이 도저히 평소의 모습과 매치가 되지 않았다. 그건 하라의 부친도 마찬가지인 듯 자꾸만 곁에 앉은 마누라를 힐끔거렸다.

"그 낯짝 제대로 유지하고 싶으면 눈 돌리시쇼."

"응."

수긍도 참 빠른 부친이었다. 평소엔 참 고분고분 말도 잘 없으신 양반인데 어떻게 술만 들어가면 고성방가를 일삼는지 의문이었다.

"처음 뵙겠습니다. 고지니라고 합니다, 아버님."

"오, 그래그래. 처음이지. 처음."

"처음 아닙니다. 전에 몇 번 이분 등에 실려 오셨잖습니까."

하라기 굳이 하지 않아도 될 낯 뜨거운 장면을 떠올리게 하며 게슴츠레하게 부친을 흘겼다. 그도 그럴 것이 무려 5번을 지니의 등에 업힌 채 고래고래 고함을 지르며 귀가를 했다. 경찰서와 동네 어귀에서. 맨정신으로 단 한 번도 제대로 얼굴을 보지 못했으니 당연히 오늘이 처음 보는 것이라 생각하는 모양이다.

"그랬던가?"

"됐고. 기억 안 나믄 할 수 없는 거제. 우리 첫째랑 둘째는 결혼해서 각자 외국에 이민 가 살아서 우리도 몇 년에 겨우 한 번 얼굴 볼까 말까 하니께. 이해 좀 허고."

"네. 전에 영상 통화로 얼굴 뵀었습니다."

"그려. 우리 고 서방이 어련히 알아서 잘했을라고."

모친의 칭찬에 지니가 엷은 미소를 띠어 보였다. 마음 씀씀이가 어찌나 좋은지 볼 때마다 반하지 않을 수가 없었다. 딸자식 교육을 제대로 못 시킨 건 아니었나 보다. 그나마 남자 하나는 제대로 잘 낚았으니.

"밥 식겠네. 어서 들게."

"네. 먼저 드십시오."

부친과 모친이 먼저 수저를 들기를 기다렸다가 뒤에야 수저를 들었다. 국을 떠 입에 넣고 반찬을 이것저것 골고루 조금씩 맛본 그가 부드럽게 입꼬리를 끌어 올리며 모친에게 말했다.

"아주 솜씨가 좋으십니다. 어느 것 하나 맛있지 않은 게 없습니다."

"오호호. 내가 좀 그렇지?"

"네. 훌륭하십니다."

모친의 두툼한 손에서 나오는 솜씨라고는 도저히 믿기 힘든 음식들이었다. 맛깔나고 정갈한 음식이 맛본 이들 모두에게 감탄사를 터트리게 했다. 그에 공감하며 하라가 고개를 주억거렸다. 계란말이 하나를 집어 그의 수저에 놓아주며 하라가 작게 속삭였다.

"그중에서 이 계란말이가 단연 일품입니다."

"고마워."

싱긋이 말아 올린 지니의 입매에 하라가 마주 미소를 지어 보였다. 도란도란 정겨운 둘의 모습을 물끄러미 바라보다 부친이 모친의 수저에 젓갈을 올려주었다. 둘의 모습을 흐뭇하게 바라보고 있던 모친이 시선을 내려 제 수저에 놓인 젓갈을 빤히 쳐다봤다. 나름 챙겨준다고 챙긴 것인데 그게 썩 마음에 들지는 않았다.

"나 젓갈 못 먹는 거 모르남?"

투덜거리면서 젓갈이 올라온 수저를 들어 입에 머금는 모친을 부친이 멀뚱히 돌아보았다.

"그랬나?"

부친이 느릿하게 말하며 다시 젓갈을 집어 들었다. 모친의 눈이 한껏 가늘어졌다. 자신이 내려놓은 수저로 향하는 부친의 젓가락을 모친이 젓가락으로 막아섰다. 싸하게 빛나는 모친의 눈빛을 정면으로 받은 부친이 젓갈을 제 입에 넣어 오물거렸다. 처음 젓갈을 넣을 때의 느릿했던 손이 서둘러 밥을 입에 퍼 넣었다. 손놀림이 그 어느 때보다 빨랐다.

"훗."

낮게 들리는 지니의 웃음소리에 하라가 손으로 입을 가린 채 조용히 속닥거렸다.

"원래는 이렇지 않습니다. 살벌하긴 하지만 이런 식의 살벌은 아닙니다. 아버지가 빠지고 수다쟁이 엄마가 등장한다는 게 핵심적인 다른 면이긴 합니다만."

"좋아. 식구들이랑 밥 먹는 기분 정말 오랜만이다."

그의 말이 어쩐지 애잔하게 들렸다. 물끄러미 지니를 바라보던 하라가 다정한 미소를 지어 보이며 그에게 약속했다.

"늘 가족과 함께 하루 한 끼 이상은 먹을 수 있도록 해드리겠습니다."

"응."

밥을 먹는 그의 입가에 행복한 미소가 번졌다. 그를 지켜보는 가족들의 눈에도 덩달아 포근한 미소가 떠올랐다. 가족이라는 건 그냥 곁에 있어주기만 해도 힘이 되는 존재라는 걸 새삼 깨닫게 되는 순간이었다.

"여기가 하라 방이야?"

"네. 좀 좁습니다."

"아니야. 아담한 게 꼭 하라 너 닮았어."

"그렇습니까?"

그가 침대에 걸터앉아 옆자리를 팡팡 두드리자 하라가 쪼르르 달려가 그의 옆에 앉았다. 나란히 앉은 하라의 손을 가만히 감싸 잡으며 지니가 입가를 매끄럽게 말아 올렸다. 시선이 마주치자 하라가 배시시 수줍게 웃었다. 그가 잡은 손을 입으로 가져가 그녀의 손바닥과 손등에 입을 맞췄다.

"감사해."

"뭐가 말입니까?"

"내게 가족을 만들어줘서."

"저야말로 감사드립니다."

"뭘?"

"흔쾌히 저의 가족이 되어주시겠다 허락해 주신 점. 정말 감사하게 생각합니다."

고개를 숙여 진심으로 감사 인사를 하는 하라를 지그시 바라보다 그녀의 머리를 부드럽게 헝클었다. 부스스한 머리로 자신을 빤히 올려다보는 하라의 눈에 입을 맞추고 손으로 그녀의 헝클어진 머리카락을 빗어 내렸다. 예뻤다. 무엇 하나 모자람 없이 그녀의 모든 것이 사랑스러웠다.

손가락 사이를 스치는 머릿결의 감촉이 좋아 자꾸만 그녀의 머리카락을 어루만졌다. 머리카락이 흘러내린 목덜미도 좋았고, 살아 있음을 말해주는 맥박이 뛰는 것도 좋았다.

"나 여기서 잔다고 그럼 어머니가 화내시겠지?"

"그럴지도 모르겠습니다."

"여기 너무 포근하고 좋아서 누우면 바로 잠들 것 같은데."

지니가 하라를 끌어안은 채로 그녀의 침대에 몸을 뉘었다. 그의 품에 다소곳이 안긴 채 손끝으로 그의 가슴을 쓸어내며 하라가 작게 입을 달싹였다.

"뭐 그냥 잠만 잔다고 그러면 허락해 주실지도 모릅니다."

"응. 손잡고 잠만 자자. 오늘은."

"정말. 그래도 되겠……."

조곤조곤 말하는 하라의 목소리가 자장가처럼 들렸나 보다. 그가 어느새 눈을 감고 잠을 청하고 있었다. 요즘 시즌 2 촬영 때문에 무척 바쁜 시간을 보내고 있는 그였다. 시즌 1 때보다 더 스케일도 커지고 환아들의 수도 많아졌다. 그러다 보니 이것저것 그가 신경 써야 할 일들이 부지기수로 늘어났다. 그 와중에 하라아이 연애도 소홀히 하지 않고 다 챙기지. 몸이 곤할 수밖에 없었다.

하라가 손을 뻗어 그의 머리를 가만가만 쓰다듬었다. 항상 남을 위로하고 독려하는 것만 할 줄 알았지 자기 자신을 위해 시간을 할애하는 사람은 아니었다. 그래서 항상 그를 보면 가슴 한 켠이 아려왔다. 대놓고 말하지는 못하지만 이렇게 틈을 내 잠을 잘 때는 마치 아이를 대하듯 잠든 그의 머리를 쓰다듬곤 했다. 그러면 그의 표정이 부드럽게 변하고 편안하게 숙면을 취했다. 누군가의 품에서 아무 걱정 없이 잠들 수 있다는 건 참 행복한 일이었다.

"조금만 쉬십시오. 당신이 쉰다고 해서 뭐라 할 사람 아무도 없습니다. 그러니 주변 사람들을 믿고 조금은 쉬어도 괜찮습니다."

하라도 입봉을 했고, 어느덧 후배도 들어왔다. 웬만한 일은 이제 사수 없이 혼자서도 척척 잘해내고 있었다. 그에게 힘이 되고 싶어 참 부지런히도 달려왔다. 노력한 만큼 그에게 도움이 될 수 있었으면 참 좋겠다고 하라는 속으로 생각했다.

가물가물 그의 잠든 얼굴을 보고 있자니. 하라의 눈꺼풀도 무거워졌다. 사르르 감긴 눈동자 속에 지니의 모습이 담겨졌다. 꼭 꿈에서도 만나서 함께 즐거운 시간 보내요. 나의 고느님.

맞잡은 두 손이 본능처럼 꽉 움켜쥐어졌다. 단 한순간도 놓치기 싫다는 강한 의지를 내보이며.

똑똑. 조심스런 노크 소리 후 소리 없이 문이 열렸다. 열린 문틈으로 슬그머니 안을 들여다본 모친이 조용히 다시 문을 닫고 과일 접시를 가지고 돌아갔다. 지금은 먹는 것보다 자는 것이 더 좋은 보약이 될 것 같았다.

얼마나 잠이 들었었는지 시간을 가늠할 수가 없었다. 눈을 떠보니 뜨지 않은 것처럼 사방이 어두웠다. 지니가 눈을 비벼 가물거리는 시선을 바로잡으려 노력했다. 그의 품에 안긴 따스한 육체는 하라일 것이다.

"아, 일어나기 싫다."

그가 꿈결처럼 속삭이며 하라를 꼭 끌어안았다. 보드랍고 따스한 감촉이 좋았다. 어둔 밤 일어났을 때 사랑하는 사람이 이렇게 곁에 누워 차가워진 몸을 녹여주면 참 좋겠다. 잠든 하라의 이마에 가만히 입술을 내려놓으며 그가 아쉬운 입맞춤을 했다.

시간을 확인하니 밤 11시가 훌쩍 넘어 있었다. 아직 결혼도 안한 사이에 부모님이 있는 집 안에서 단둘이 침대에 누워 잠을 잔다는 건 예의에 어긋나는 일이었다. 결례를 범했다. 하라를 조심히 옆에 누이고 자리에서 일어나 소리 없이 방문을 열었다. 집 안 곳곳 작은 전등이 켜져 있었다. 혹시나, 한밤중에 일어나 움직이게 될지도 모를 지니를 위해서 켜놓은 것이었다. 그 깊은 배려에 지니가 감사의 마음을 담아 따스한 미소를 지었다.

"가는 겨?"

인기척 소리에 잠이 깼는지 아니면 아직 잠을 이루지 못한 것인지 하라의 모친이 2층 계단을 내려서는 지니를 올려 보며 나긋이 물었다. 지니가 엷은 미소를 띠며 고개를 끄덕여 보였다.

"네. 늦어서 죄송합니다, 어머니."

"그럴 수도 있는 거제. 외로우면 병나니께 어여어여 결혼해서 평생 끼고 살아야."

"네, 그러겠습니다."

믿음직한 지니의 말에 환하게 웃으며 모친이 그의 등을 쓰다듬었다. 따스했다. 하라와는 또 다른 따스함이 지니의 가슴을 촉촉이 물들였다.

"어여 가서 푹 자."

"네. 그럼. 또 놀러 오겠습니다."

정중히 인사를 건네며 현관으로 향하는 지니를 하라의 모친이 끝까지 배웅했다. 파란 대문이 있는 집. 그 대문 안에는 조금은 엉뚱하지만 마음 따뜻한 사람들이 산다. 지니는 그 대문을 지그시 바라보며 부드럽게 입꼬리를 끌어 올렸다. 곧 그도 이 집의 한 사람이 될 것이다. 가족이라는 이름 아래.

따르릉. 따르릉.

샤워를 하고 나오는 중에 요란하게 울리는 휴대폰 소리를 듣고 지니가 소파에 걸쳐 놓은 재킷으로 다가갔다. 휴대폰을 꺼내 발신인을 확인했다. 지니의 하라였다. 그가 기분 좋게 통화 버튼을 밀고 휴대폰을 귀에 댔다.

[언제 가셨습니까?]

잠투정이 섞인 목소리가 들려왔다. 그가 어깨와 귀 사이에 휴대폰을 끼고 목에 걸어놓았던 수건으로 머리를 털었다.

"11시쯤?"

[에이, 조금만 더 있다 가시지. 전 반쯤에 일어났는데.]

"곤히 자는데 방해하면 안 될 것 같아서."

[자는데 무슨 방해가 됩니까. 계셔도 무방했습니다.]

"내가 안 괜찮을 것 같아서."

[네? 무슨.]

전화기를 타고 들려오는 하라의 목소리에 그녀의 표정이 보이는 듯 눈에 선했다. 지금 고개를 갸우뚱거리며 이게 무슨 말인가 곰곰이 생각하고 있을 게 분명했다. 매끄럽게 입가를 끌어 올린 지니가 소파에 털썩 주저앉으며 휴대폰을 바로잡았다.

"가만두지 못할 게 분명하니까."

[에?]

"세상에 어떤 남자가 사랑하는 여자가 옆에 누워 있는데 가만히 보고만 있겠어. 그건 곤혹이라고."

[아, 또 그런 겁니까? 그런 거라면 건드리셔도 슬쩍 눈감아 드릴 수 있는데.]

그의 눈이 가늘어지며 야릇하게 빛났다. 눈은 감고 있겠지만 몸은 그의 손길에 반응해 화르륵 달아오를 것이다. 참고 견디는 건 지니만 괴로운 게 아니었다. 둘만 있는 공간도 아니었고 자칫 뜨겁게 달아올랐다가 사고라도 치면 큰일이었다.

"지킬 건 지켜야지. 거긴 우리만의 공간이 아니잖아."

[흐음. 그렇긴 합니다. 그래도 아쉬운 건 아쉬운 겁니다. 깨어나서 팀장님이 안 계신 거 보고 많이 허전했습니다. 이젠 곁에 계신 게 익숙해져서 그런가 봅니다.]

전화에 귀를 기울이던 지니의 눈빛이 잔잔해졌다. 누군가 곁에 있음이 익숙해진다. 그거였나 보다. 전과 달리 집에 들어왔을 때 가슴속이 뻥 뚫린 것처럼 허했던 것이. 그 익숙한 사람이 곁에 없어서 그랬던가 보다.

"응."

[네?]

"나도 네가 익숙해져서 이제는 없으면 안 되는 사람이 되어버렸어."

[저 지금 엄청 가슴 떨리는 거 아십니까? 책임지십시오. 오늘 저 잠자기는 글렀습니다.]

"훗. 어떻게 책임지면 되는데?"

이제는 제법 투정도 부릴 줄 안다. 그 모습이 또 귀여워 그가 낮게 웃었다. 반쯤 마른 머리를 뒤로 쓸어 넘기며 지니가 소파 팔걸이에 팔을 올려 머리를 괬다. 지니의 얼굴에 연신 웃음꽃이 피어났다.

[밤새도록 놀아주셔야 합니다.]

"이런. 전화기에 불나겠는데?"

[휴대폰의 뜨거움이 저희의 사랑에 비하겠습니까? 그건 핑계입니다.]

"그래, 놀아줄게. 어떻게 놀아주면 되지?"

쫑알쫑알 목소리가 귓속을 파고드는 게 너무 좋다. 허전했던 마음이 하라로 가득 차는 것을 느낄 수 있었다. 그의 다른 손이 리듬을 타고 허벅지 위를 기분 좋게 두드렸다. 하라의 말을 기다리는 와중에 갑자기 벨이 울렸다.

띵동.

짧지만 긴 여운을 주는 이른 새벽녘의 벨소리. 휴대폰을 든 채 지니가 끌리듯 현관문 앞으로 향했다.

"설마, 아니지?"

[뭐가 말입니까?]

"아니, 누가 온 것 같은데. 그게 혹시……."

장금 장치를 풀고 지니가 문을 열었다. 문밖에 하라가 서 있었다. 운동복 차림으로 서서 휴대폰을 들고 있는 하라의 모습을 보자 콧잔등이 시큰거렸다. 그가 휴대폰을 끄고 주머니 깊숙이 넣었다. 그리곤 하라의 팔을 잡아당겨 그녀를 품에 안았다. 피부를 통해 전해지는 따스한 온기가 그의 마음을 포근하게 만들었다. 그가 하라를 안은 팔에 힘껏 힘을 주었다. 뼈가 부서질 듯 꽉 끌어안는 지니 때문에 하라의 미간이 살짝 찌푸려졌다.

"이러다가 저 두 동강 나지 싶습니다."

"조금만. 조금만 더 이대로 있자."

"살살 다뤄주십시오. 제가 좀 귀하신 몸이라."

"귀하신 몸?"

지니가 무슨 말이냐 의아해하며 고개를 들어 하라의 얼굴을 정면으로 마주 보았다. 하라가 빙긋이 입가를 끌어 올려 의미심장하게 웃었다. 말이 없으니 더 궁금해졌다. 지니의 하라라서? 그가 사랑하는 사람이라서? 그건 항상 하는 말이라 지금의 귀하신 몸과는 조금 다른 의미로 쓰였다.

"일단 조금 앉아서 얘기하면 안 되겠습니까? 급하게 날아왔더니 다리가 후들거립니다."

"뛰어온 거야?"

지니가 날아왔다는 말에 놀라 혹시 그 먼 거리를 뛰어온 건가 싶어 걱정스레 물었다. 하라를 안아 올려 조심조심 소파로 걸어가며 그가 분주하게 하라의 상태를 살폈다. 몇 시간 전 보고 왔을 때와 별반 달라진 점은 찾질 못했다. 하라를 소파 위에 사뿐히 내려놓고 바짝 다가서 조금 더 세밀하게 그녀의 안색을 살폈다. 잘 모르겠다.

"궁금하십니까?"

하라가 약 올리듯 살짝 끝을 올려 말했다. 지니의 눈이 가늘게 내리떠졌다. 이런 식의 밀당은 하라와 어울리지 않는 것이었다. 왜 안 하던 짓을 할까? 지니의 두뇌가 빠르게 회전했다. 그의 시선이 한순간 그녀의 배에 머물렀다. 아직 아무 변화가 없는 배에 뭔가가 있다는 생각을 떨쳐 버릴 수가 없었다. 그가 고개를 갸웃하며 고개를 숙여 하라의 배에 귀를 댔다.

"뭐 하십니까?"

"들어보는 거야."

"뭘 말입니까?"

"여기 있는 존재가 무슨 말을 하는지."

그의 뜻밖의 행동에 잠깐 당황해 무슨 말을 해야 할지 갈피를 못 잡던 하라의 입가가 금세 평온을 찾고 배시시 말려 올라갔다.

"역시, 팀장님은 못 이깁니다."

"그 말은?"

"자다가 깼는데 꿈이 요상하지 뭡니까. 이게 뭘까 곰곰이 생각하다가 갑자기 그날을 지나쳤다는 걸 알게 된 겁니다. 전에 제 모친이 혹시 모른다면서 테스트기를 사다 놓으신 게 있어서 해봤는데."

거기서 말을 끊은 하라가 슬쩍 지니의 눈치를 살폈다. 혹시 그가 싫어하면 어쩌지 하는 걱정이 살짝 비쳤다. 지니가 그녀의 두 손을 감싸 맞잡으며 가만히 고개를 끄덕였다. 괜찮으니 말해보란 뜻이었다. 잔잔한 심해처럼 그윽한 지니의 눈이 하라를 조용히 직시하고 있었다. 그렇지만 겉모습이 평온하다고 마음까지 잠잠한 건 아니었다. 거대한 쓰나미가 휘몰아친 듯 그의 속은 지금 거칠게 소용돌이치고 있었다. 자신이 곧 듣게 될 말의 의미를 되새기며 지니는 설레는 마음을 애써 억눌렀다. 자신이 원하는 말이 아닐 경우를 대비해서였다.

"이 속에 저와 팀장님을 닮은 새 생명이 자라고 있는 것 같습니다."

"새 생명?"

"흔히 태아라고 말하는 그 생명입니다."

"내 아이가 이 작은 뱃속에 있다고?"

그가 조심히 하라의 배 위에 손을 올렸다. 어떻게 하지 못할 만큼 그의 손이 떨리고 있었다. 너무 조심스럽고 귀해서 차마 손으로 더듬지도 못하겠다. 지니가 이렇게 겁을 먹고 떠는 모습을 하라는 처음 보았다. 그가 무엇에 겁을 먹었는지, 왜 이토록 신중을 기하며 조심스럽게 행동하는지 하라는 잘 알고 있었다.

"아직 손톱보다 작을 겁니다. 배를 만진다고 해서 어떻게 되지는 않습니다."

"아, 아는데. 그래도 조심스럽네."

"괜찮으시겠습니까?"

"뭐가?"

"제가 아이를 낳아도……."

잠깐 제 감정에 취해서 깜빡 잊었다. 정말 걱정스럽고 두려운 건 정작 자신이 아니라 아이를 임신한 하라라는 것을. 지니가 그녀 앞에 무릎을 꿇고 앉아 그녀의 두 손을 잡아 지그시 입을 맞췄다. 존경의 의미였다.

"이 세상 모든 어머니는 위대한 사람이야. 그 어머니들이 품은 아이가 어떻게 귀하지 않을 수 있겠어. 더구나 너는 내가 가장 사랑하는 사람인데."

지니가 상체를 세워 하라의 입술에 조심스러운 입맞춤을 했다. 그가 아래에서 위로 하라를 우러러보며 따스한 미소를 지어 보였다. 그를 바라보는 하라의 얼굴에도 행복한 미소가 머물렀다. 울컥. 감격에 겨운 기쁨의 눈물이 솟구쳤다. 이슬이 맺힌 눈으로 지니를 바라보며 하라가 조곤조곤 속삭였다.

"제가 염치없게도 지금 이 자리에서 소원을 한 가지 빌어도 되겠습니까?"

"물론. 어떤 소원이든 다 들어줄게."

"저는 당신 인생의 영원한 동반자가 되고 싶습니다. 나와 당신의 아이와 함께."

그의 입술이 매끄러운 곡선을 그리며 올라갔다. 지니가 고개를 뒤로 젖히며 하라를 애절하게 바라보았다. 그의 입술이 감미롭게 달싹였다.

"당신의 소원은 이미 이루어졌습니다. 나의 영원한 사랑."

또르르. 참았던 눈물 한 방울이 하라의 볼을 타고 흘러내렸다. 그 눈물에 입술을 누르며 지니가 나직하게 속삭였다.

"당신이 있어 나는 더없이 행복합니다. 나와 결혼해 주시겠습니까?"

청혼. 반지도 없고 꽃도 없는 지극히 단순한 청혼이었지만 그게 더 감동적인 건 아마도 하라의 마음속 가장 소중한 선물이 지니 자신이기 때문이 아닐까. 그가 자신에게 온다면 그것만으로 좋았다.

"네. 꼭 해드리겠습니다."

겹쳐진 입술을 통해 서로에 대한 간절함이 전해졌다.

"이거 색이 너무 튀는 거 아니여?"

제비 색이라 불리는 잿빛 치마와 연분홍빛 저고리를 입은 하라의 모친이 치마를 펄럭이며 못마땅한 기색으로 투덜거렸다. 탑 웨딩드레스를 입고 단정히 앉아 있던 하라가 고개를 절레절레 흔들었다. 지금 모친이 입고 있는 한복은 그녀가 평소 즐겨 입는 블랙 이브닝드레스보다는 훨씬 나았다. 조금 고상해 보인다고나 할까.

"됐어. 됐어. 예뻐요. 나이답지 않게 고와."

"그려? 고바?"

"응. 오늘의 주인공이 엄마인 줄 착각할 만큼 엄청 고와."

아부는 성격 모난 하라의 모친도 춤추게 한다. 하라가 엄지를 치켜세워 올리자 금세 환해진 얼굴로 모친이 그녀 옆에 바짝 붙어 섰다. 아무리 신부보다 예쁘다고 입바른 소리를 했지만 그렇다고 뻔뻔하게 신부의 얼굴 바로 옆에 두 배 크기의 얼굴을 갖다 대는 건 너무 무모한 도전인 게지. 속내를 드러내지 않고 카메라 뒤에 선 정태의 말에 따라 입꼬리를 올려 웃었다.

"스마일. 자 갑니다. 쓰리, 투, 원."

찰칵. 셔터가 눌러지자 모친이 다시 자세를 고쳐 잡았다. 도톰한 검지를 치켜세우며 모친이 또 어울리지 않는 콧소리를 냈나.

"원 모어 타임이여."

"아, 예."

그 원모 타임이 계속 이어진다는 걸 정태는 그때는 몰랐다. 무려 25컷의 스틸 사진을 찍고 나서야 흡족한 미소를 띠며 식장 앞으로 걸어간 모친을 정태가 어안이 벙벙한 눈으로 쳐다보았다.

"항상 느끼는 거지만 너희 어머니가 진정한 갑이시다."

"무적의 신 여사라고도 합니다."

"어, 그 말도 들어본 것 같다."

"그런데 주인이는 어디 갔습니까?"

늘 정태와 껌 딱지처럼 붙어 다니던 주인이 보이지 않아 하라가 물었다. 정태가 어깨를 으쓱하며 건성으로 답했다.

"몰라. 어제 술 진탕 마시더니. 속이 불편해서 화장실 갔나 보지."

"뭡니까? 사수가 뭐가 이렇게 후배 단속이 허술해서야 어디 제대로 일이나 하겠습니까?"

"후배도 후배 나름이다."

카메라를 자동 모드로 돌리고 하라 곁으로 다가온 정태가 그녀의 등 뒤에 자리를 잡고 섰다. 그리곤 그녀의 머리 양쪽에 손을 올려 브이를 만들어 까닥였다. 찰칵. 타이머에 맞춰 셔터가 자동으로 눌러졌다. 다시 리모컨을 눌러 타임을 맞추고 정태가 드레스가 헝클어지지 않게 그녀의 목에 헤드락을 거는 흉내를 내며 익살스런 표정을 지었다.

"선배가 이러니 후배가 고분고분 말을 들을 리가 있습니까?"

"뭐, 뭐. 내가 어떤데. 문제는 내가 아니고 그 녀석이야. 도가 지나치게 발랑 까진 거지. 꼭 너처럼."

"와아, 그걸 또 날 걸고넘어지나. 난 깍듯이 선배 잘 모셨습니다."

"사고도 함께 잘 치고 다녔지. 수습하기 힘든 것들로만."

"사람이 말입니다. 원래 지나간 과거는 돌아보지 않아야 앞으로 나아갈 수 있는 겁니다."

"아우, 이게 이게 날로 입만 발랑 까져가지고. 너 그렇게 태교하면 엄청 못된 애 나온다."

"악담을 뭐 그렇게 현실감 돋게 하십니까?"

새침하게 쏘아보는 하라의 어깨를 감싸 다시 헤드락 하는 시늉을 했다. 장난기 가득한 정태의 리액션에 맞춰 하라도 목이 졸리는 듯한 흉내를 냈다.

"김정태!"

서늘 퍼런 목소리가 신부 대기실 안을 쩌렁쩌렁 울렸다. 놀란 둘이 동작을 멈추고 목소리가 들린 쪽을 돌아봤다. 화가 잔뜩 치민 지니가 둘을 향해 성큼성큼 걸어오고 있었다. 움찔한 정태가 하라에게서 팔을 풀고 후다닥 뒤로 물러섰다.

"너 지금 뭐 하고 있는 거야."

"그게, 기념 스틸 샷을 찍고 있었습니다."

"그걸 터치를 꼭 하면서 해야 하나?"

화가 난 이유가 바로 그거였나 보다. 헤드락을 걸어서가 아니라 터치를 했기 때문에. 정태가 도리질을 하며 슬금슬금 하라에게서 최대한 멀리 떨어졌다. 카메라 앞으로 다시 다가온 정태가 서둘러 장비들을 챙기기 시작했다.

"뭐 해."

"네?"

"찍어."

짐을 챙기다 말고 다시 풀어 장비를 갖추며 정태가 어설프게 웃어 보였다. 허튼짓하며 사진 찍는다고 화낼 때는 언제고 이젠 사진을 안 찍어준다고 타박이다. 카메라를 제자리에 갖추고 정태가 렌즈에 눈을 대고 둘의 모습을 담았다.

"그럼 다정하게. 네, 그럼 찍습니다."

지니가 포즈를 잡고 고개를 작게 끄덕였다. 그를 신호로 둘의 눈꼴 시린 사진을 한가득 찍어댔다.

"신랑 신부님 입장 준비하세요."

안내 요원이 대기실 안으로 고개를 내밀고 외쳤다. 그제야 이곳에서 벗어날 수 있다 속으로 쾌재를 부르며 정태가 다시 장비를 담았다.

"일어날 수 있겠어?"

정태에게 말할 때와는 정반대의 나긋함으로 하라를 부축하며 지니가 말했다. 하라가 고개를 까닥이며 천천히 자리에서 일어섰다. 그녀의 배는 커다란 바가지를 엎어놓은 듯 크게 부풀어 있었다. 허리를 손으로 받치고 엉거주춤 자리에서 일어서던 하라가 갑자기 인상을 찌푸리며 멈칫했다.

"왜?"

지니가 설마 하며 조심스레 물었다. 하라가 고개를 갸웃하며 다시 허리를 세웠다. 그러다 이번에는 배를 잡고 앞으로 상체를 숙였다.

"아!"

"배 아파?"

"네에. 배가……."

또 한 번 하라의 몸이 앞으로 숙여졌다. 그녀의 미간도 한껏 구겨졌다. 통증이 시작된 모양이다. 지니가 어쩔 줄 몰라 하며 하라를 다시 의자에 앉혔다. 입장을 해야 하는 신랑 신부가 대기실에서 나오지 않자 진행요원이 재차 찾아왔다.

"신랑 신부님, 무슨 일이세요?"

"119. 아니, 응급차!"

정태가 장비도 다 제쳐 두고 진행요원에게 달려가 횡설수설하며 장황하게 상황을 설명했다. 말인즉, 짧게 요약하면 지금 하라가 진통을 시작했다는 것이다. 놀란 진행요원이 하라의 부모를 찾아 식장으로 뛰어가며 응급차를 부르라고 지시했다.

갑자기 식장이 요란스러워졌다. 때 아닌 분만 소동에 식은 취소되고 신랑과 신부는 물론 친정 식구들까지 모두 병원으로 직행했다. 턱시도를 입은 채로 분만실 앞을 초조하게 오가는 지니를 정태가 걱정스럽게 바라봤다. 천하의 고지니 팀장이 아내가 분만을 한다는 사실 하나에 저토록 흔들리다니. 눈으로 보고도 믿기 힘든 일이었다.

"아무 일 없을 테니께 좀 앉아 기다려."

"아, 예."

보다 못한 하라의 모친이 지니를 끌어다 자리에 앉혔다. 제3분만실 홍하라 산모 분만 중이라는 불만 뚫어져라 바라보며 지니가 심호흡을 했다. 입안이 바짝 마르고 손에 땀이 찼다. 그러기를 2시간 40여 분이 지나고, 분만 중이 분만으로 바뀌었다. 지니의 눈이 부릅떠졌다. 벌떡 자리를 박차고 일어난 그의 눈이 전광판에 붙박였다.

"공줍니다. 예쁜 공주님이 태어났답니다. 축하드립니다, 팀장님!"

정태가 더 기뻐하며 멍하니 서 있는 지니를 끌어안았다. 그제야 지니가 고개를 끄덕이며 자신의 딸이 세상에 나왔음을 실감했다.

"축하하네."

"축하혀. 애 아부지 됐네. 고것도 결혼식 날. 고놈 참 효녀여."

웃음이 한껏 묻어나는 목소리로 하라의 모친이 말했다.

"감사합니다. 장모님, 장인어른."

얼떨떨한 기분으로 인사를 하던 지니의 걸음이 빨라졌다. 분만실 문이 열리고 아이가 나오고 있었다. 한달음에 달려간 그의 눈이 기쁨으로 환해졌다. 아직은 붉은 기가 맴도는 작은 아이가 버둥거리며 제가 세상에 존재하고 있음을 알렸다. 지니가 떨리는 손으로 인큐베이터를 어루만졌다. 그의 눈에 눈물이 고였다. 그가 인큐베이터 외벽에 가만히 입술을 댔다.

"태어나 줘서 너무 고맙다. 나의 천사."

아이가 그의 말을 알아듣는 듯 크게 한 번 버둥거렸다. 그의 볼을 타고 기쁨의 눈물 한 방울이 흘러내렸다.

"손가락 발가락 다 성상이고 반사반응 다 정상입니다. 아버지 고지니, 어머니 홍하라. 확인하셨으면 이동하겠습니다."

"네. 잘 부탁드립니다."

진심을 다해 고개를 숙여 보인 지니가 아이에게서 눈을 떼지 못하고 엘리베이터 문이 닫히는 마지막 순간까지 배웅했다. 또 한 번 분만실의 문이 열리고 이번엔 땀에 흠뻑 젖은 하라가 모습을 드러냈다. 지니가 달려가 그녀의 손을 잡았다. 많이 지쳐 보였다.

"고마워, 감사해."

"저도 감사해요. 내 아이의 아빠가 되어줘서."

"아. 드디어 편하게 말을 놓네."

"부부니까."

"음. 우리 공주님이랑 행복하게 살자."

"네."

맞잡은 두 손에 깃든 바람이 서로의 가슴속 깊이 스며들었다. 말하지 않아도 알 수 있는 사랑의 언어가 빛나는 눈동자를 통해 전해졌다. 가족. 세상 그 어떤 것도 이보다 결속력 강하고 행복으로 가득 찬 단어는 없다. 지니에게 없었던 딱 하나. 그것을 하라가

만들어주었다. 어쩌면 지니에게 있어 진정한 램프의 요정은 하라
가 아니었을까.

'지금, 행복하십니까? 당신의 주변을 둘러보세요. 당신을 행복
으로 이끌 지니가 당신을 바라보고 있을 겁니다.'

THE END

예원북스에서는
로맨스 작가님의 소중한 원고를 기다립니다.

투고해 주실 메일 주소는
yewonbooks@naver.com 입니다.
많은 관심 부탁드립니다.

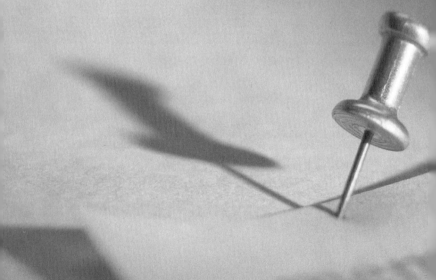